プロヴァンス邸の殺人

ヴィヴィアン・コンロイ
西山志緒 訳

MYSTERY IN PROVENCE
BY VIVIAN CONROY
TRANSLATION BY SHIO NISHIYAMA

MYSTERY IN PROVENCE
BY VIVIAN CONROY

Published by K.K. HarperCollins Japan, 2024

プロヴァンス邸の殺人

おもな登場人物

アタランテ・アシュフォード――寄宿学校の教師
クラレンス・アシュフォード――アタランテの祖父
ルナール――アシュフォード家の従者
ウジェニー・フロンテナック――アタランテの依頼人
ルイーズ・フロンテナック――ウジェニーの姉
フランソワーズ・フロンテナック――ウジェニーの姉
ジルベール――スーモンヌ伯爵。ウジェニーの婚約者
イヴェット――ジルベールの姪
マチルド・ラニエ――ジルベールの前妻。落馬事故で死亡
ヴィクトル――フロンテナック姉妹の友人
ラウル・ルモン――ジルベールの友人
アンジェリーク・ブローノー――有名歌手
マルセル・デュポン――密猟者

1

一九三〇年六月

　ミス・アタランテ・アシュフォードの人生を一変させる運命の報せが届けられたのは、彼女がスイスでごつごつした山道をのぼっている最中だった。その道の先にある城塞跡がただの灰色の残骸ではなく、パルテノン神殿の真っ白い大理石の柱だと空想しているところだったのだ。

　アタランテはとても豊かな想像力の持ち主だ。彼女には山々の斜面で草を食む羊たちの鈴の音さえ、世界じゅうから訪れた旅行者の話し声のように聞こえてしまう。傍らには、アタランテの語るギリシャ神話をぜひ聞きたいという若者たち。ほんの数メートル離れた場所を歩く深い茶色の瞳の男性も、レルネーのヒュドラーについて説明する彼女のほうを興味深そうにちらちらと見ている……。

　きっと彼は誘ってくるだろう。マンドリンのもの悲しい調べが奏でられる中庭へ彼女を連れていき、一本の古い巨木の下に置かれたテーブルにつかせ、甘いお菓子バクラヴァをふたりで試しながら、うっとりしたようにこう言うのだ。「九つの頭を持つ怪物について、こんなにも情熱たっぷりに話す人を初めて見たよ、ミス・アシュフォード……」

「ミス・アシュフォード!」空想の世界の声と重なるように誰かの声がした。でも男性の声ではないし、うっとりした調子でもない。女性の声。しかも若くて、かなりいらいらしているようだ。

アタランテは足を止め、ゆっくりと振り返った。険しい山道ののぼり口に、教え子のドロシーが立っていた。手に持った白いものを振り回している。「ミス・アシュフォード!あなた宛ての手紙です。すごく重要な手紙みたい」

アタランテはため息をつくと、輝かんばかりにまぶしいパルテノン神殿の空想をあきらめ、山道を下りはじめた。現実の世界へ戻らなければ。いままで何度同じことを繰り返してきただろう。そのたびに胸を鋭くえぐられるような悲しみを覚えてしまう。あんなにも幸せでいられるのは空想の世界でだけ。所詮、白昼夢にすぎないと思い知らされるせいだ。

でも今日は、一歩下るごとに新たな決意がふつふつと湧きあがってきた。いつの日か必ずアテネやクレタ島、イスタンブールをこの目で見よう。やっと父の借金を払い終え、自分の旅行のために貯金できるようになったのだから。

ただし、それもあの手紙が別の債権者からのものでなければの話だ。何年もかかって父の借金を完済し、ようやく本当の意味で自立した女性になれたばかり。その自由を心ゆくまで謳歌したい。今年の休暇は近場の渓谷へ出かけるだけだが、それでも初めて自分のためにお金を自由に使えることに変わりはない。父の墓前に立ち尽くし、これからは天涯孤独なのだと思い知らされたあの日、自分にはふたつの選択肢があると気づかされた。ひとつはすべての責任を放り出して逃げる道。もうひとつはどれほど時間がかかっても借金を返済し、再出発する道だ。結局ふたつ目の道を選んだが、また新たな債権者に給料を奪い取られるかもしれない。そう考えただけで心がずしりと重たくなる。

「封筒に紋章みたいなものがついているの！」ドロシーが手にした封筒を眺めながら叫んでいる。「きっと公爵か伯爵からよ」

アタランテは思わず笑みを浮かべた。人は単調でつまらない毎日がいっきに変わるような変化の風を期待するものだ。そういう気持ちはとてもいいと思う。とはいえ、自分に公爵か伯爵から手紙が届くことなどありえない。父は貴族出身ではあるけれど、一族とはいっさい縁を切り、自分の道を切り開こうとした。生まれながらに与えられた権利を利用することなく、自らの手で何かを達成して名を成したいと考えたからだ。父は自分の父親に対して、先祖代々受け継がれてきた爵位を相続するためだけの存在ではないことを証明したいと切望していた。

そのことを思うと悲しくなる。父は人生に失敗したと感じながら息を引き取った。父自身ではなく、ひとり娘であるわたしを幸せにできなかったことを後悔しながら。

父に伝えられたらいいのに。いま、すべてがうまくいくようになったことを。

悲しみをこらえ、ドロシーに注意を戻したが、すぐに眉をひそめた。「ドロシー、どうしてまだここに残っているの？　お父様の運転手が迎えにきているはずでしょう？」

ドロシー・クレイボーン＝スマイスは英国人外交官の娘だ。これから始まる夏休みをトスカーナの別荘で過ごさないとすれば、家族が住むバーゼルの屋敷で一緒に過ごすに違いない。ドロシーが絵葉書を送ってくれたらいいのに。そうしたら、その絵葉書を眺めて空想に浸れる。これまでも絵葉書や新聞から切り抜いた写真をアルバムに貼って、それを眺めては憧れの海外旅行への思いを募らせてきた。〝いつか絶対にこの光景を自分の目で確かめよう〟と誓いながら貼り続けるうちに、そんなアルバムがもう何冊にものぼっている。物事がうまくいかないときでも、これまで完成させたアルバムを生きるよすがにして頑張ってきた。

ドロシーは表情をこわばらせた。「わたし、家に戻りたくない」

反抗的な物言いではない。ひどく悲しげな言い方だ。

かわいそうなドロシー。アタランテは大きな岩から飛びおりて、教え子の隣へ着地すると、一瞬だけ少女の細い両肩に片腕を巻きつけた。「そんなに悪いことにはならないわ」

「ううん、そうなるはず。パパはわたしのために時間を取ってくれたことなんて一度もないし、わたしは継母が大嫌いなんだもの。あの人、わたしの着るものからそばかすまでいちいち口出ししてくるの。本当のママが恋しい」

アタランテは胃がきりきりと痛むのを感じた。どうしてこの少女を元気にするような言葉をかけられるだろう？　かつての自分も同じような気持ちでいたというのに。アタランテは母親をよく知らない。母は若くして、父と娘を遺して突然この世を去った。父が浪費を止められなくなったのはその寂しさを埋めるためだったのかもしれない。家にはお金があるときもないときもあって、ある月はふたりして本や服、甘いデザートを好きなだけ買って楽しむ余裕があったけれど、ない月はアタランテが家にやってくる借金取りの相手をした。すり切れたドレスを着た小さな女の子の姿を見たら、さすがの借金取りたちも不憫（ふびん）に思うだろうからだ。

アタランテはのみ込みが早かった。彼らの態度や目つきから、交渉次第で返済期間を延ばしてくれるかどうか、支払いの一部としてすぐに屋敷にある品物を差し出すべきかどうかを見抜けるようになったのだ。

母の宝石が持ち去られるときも表情ひとつ変えなかった。でも扉が閉じられた瞬間、赤ん坊のようにすすり泣かずにはいられなかった。母の遺した宝石は何ひとつ残っていないが、一緒に過ごしたぼんやりとした記憶ならある。それにベッド脇に置かれていた母の写真も。

「少なくともあなたには家族がいる。我が家と呼べる場所がある」アタランテはドロシーに優しく言った。どんなに寂しくても、ドロシーの家なら住所がしょっちゅう変わることはないだろう。それに〝今度こそ状況がいいほうへ変わるのではないか〟という希望と〝父の仕事の計画がうまくいくことなど絶対にないのではないか〟という絶望の境界線を綱渡りするような日々でもない。父は何か計画しはじめると熱に浮かされたようになり、結局リスクに気づけないたちだった。

「我が家?」ドロシーはしかめっ面をした。「あの家にわたしは要らないんじゃないかって思うことがあるの。あの男の子たちだけで十分じゃないのかって」

あの男の子たちとは、ドロシーの継母が産んだ手に負えない双子のことだ。特に領地の後継ぎである長男は何をやってもたしなめられることがなく、罰せられることもないという。これまでもよくドロシーからそう聞かされてきた。

たしかに、世継ぎとなる男子が大事にされる事実は否めない。裕福な家にはよくある話だ。それでも、自分の教え子がこれほどしょんぼりしている姿を見るのはしのびない。人生は必ずしも自分の思いどおりにはいかないもの。でも自分の見方を変えれば、そういった不愉快な状況も改善できる。常に新しい状況に適応できる能力は、これからの人生の財産となるはずだ。

「だったらあなたは別のやり方を試す必要がある」アタランテはドロシーの肩に手を置い

た。「義理のお母様があなたによくしてくれないときは、どこか別の場所にいる自分を想像してごらんなさい」

「別の場所ってどこのこと？」少女はやや困惑したように尋ねた。

「あなたが好きな場所ならどこでも。本で読んだことがある場所や前に行ったことがある場所。それにあなたの好みどおりに作りあげた場所でもいい」アタランテは熱を込めて続けた。「世の中が寂しい場所に思えるときには、あなただけの秘密のお城に逃げ込める。その場所では、あなたが必要としているものすべてを持つことができる。お友だちでさえもね。そこが想像力のすばらしいところよ。想像力には限界がないんだもの」

ドロシーは疑わしげな表情だ。「それって本当に効果があるかしら？　わたしは学校のお友だちをひとりだって家に招いてはいけないの。あの継母が、あなたたちの騒ぐ声がうるさすぎて頭が痛くなるって言うんだもの。あの男の子たちが一日じゅう叫んでいてもちっともうるさがらないのに。ものすごく不公平だわ」少女はため息をついて頭を傾けると、アタランテの頭にそっと押しつけた。「先生と一緒にここにいられたらいいのに」

ドロシーの何気ないしぐさと言葉に、アタランテは喉に熱いかたまりが込みあげてくるのを感じた。もしこんな妹がいて揺るぎない絆（きずな）を感じられたら……。でもこの寄宿学校の校長はとても厳しい。教師と生徒は親しくなりすぎてはいけないという信条の持ち主だ。感情は抑えるべきであり、共感は認められない。アタランテも生徒たちと一定の距離を保ち続けなければならない。たとえそうしたくなくてもだ。

「でもわたしはここにはいないの」アタランテは温かな笑みを浮かべ、その発言の衝撃を和らげようとした。「少し離れた渓谷にある小さな村を見つけてね。夏休みはそこで思う存分、山登りや探検をするつもりよ」

「だったら先生に手紙も書けないのね」ドロシーは顔をこわばらせた。「悲しい気分になったり、あの男の子たちにからかわれたりしたらいつでも先生に手紙を書きたいのに」

「だったらそのすべてを書きとめて、わたしに手紙を送ったと考えるのはどうかしら」少女時代、アタランテも母親に宛てて数えきれないほどの手紙を書いたものだ。ピアノをどんなふうに習ったか、芽吹きの季節を迎えた庭園がどれほど美しく見えるか。父の仕事について手紙を書いたことは一度もない。母の宝石が持っていかれたことについても。そんなことを書いてもママを悲しませるだけだから。

ドロシーは話を聞いていなかった様子で続けた。「でも、どうせ手紙に大事なことは書けないし」唇をすぼめて続ける。「ミス・コリンズに読まれちゃうもの。ミス・コリンズが封筒を蒸気に当てて開けて、糊（のり）をつけてまた閉じていること、知っているでしょう？」

「他の人についてそんなことを言うのは礼儀正しいとは言えないわ」たとえそれが本当だとしても。アタランテは心のなかでこっそりとつけ加えた。ミス・コリンズはこの寄宿学校の家政婦であり女郵便局長でもあり、他にもいろいろな役割をこなしている。少女たちには優しいし、アタランテがやや変わった教育計画を立てたときも応援してくれるのだが、飽くなき好奇心の持ち主でもある。

　ドロシーの言葉が気になり、アタランテは少女から自分宛ての封筒を受け取ると、念のために開封されていないか確かめてみた。大丈夫。送り主が昔ながらの赤い封蠟（ふうろう）を施していたおかげだ。ご丁寧にその上から自分の指輪まで捺（お）している。ただドロシーが先ほど言ったような紋章ではなくイニシャルだ。古木に巻きつく蔓（つる）のようにIとSが絡み合っている。いったい誰のイニシャルだろう？

　アタランテは封筒をひっくり返し、宛名が書かれた表部分をじっくりと眺めた。整った字で彼女の名前と、国際寄宿学校の住所が記されている。

　だけど送り主の住所は記されていない。とても謎めいている。

「ドロシー・クレイボーン＝スマイス！」ミス・コリンズの声だ。文句を言いにここまでやってきたのだろうが、息切れしているせいで燃料切れのエンジンのようにしか聞こえない。彼女は肉づきのいい両手を腰に当てて、ふたりの隣に立った。「お父様の運転手があなたをずっと待っていますよ。なぜ荷造りをして出かける準備をしていないの？　それにあなたの帽子はどこ？　帽子をかぶらないままで走り回ってはだめですよ」ミス・コリンズはなかば非難するように、なかば面白がるようにアタランテを一瞥（いちべつ）した。「それにあなたもですよ、ミス・アシュフォード」

アタランテは空いているほうの手を頭にかざし、帽子をかぶっていなかったことに気づいた。「はい、ミス・コリンズ」すなおにつぶやきながら心に刻みつける。〝何かの奇跡が起きて、パルテノン神殿に行けたときには、絶対に小粋な日よけ帽をかぶること〟

ドロシーが口を開いた。「それじゃさようなら、ミス・アシュフォード。話を聞いてくれてありがとう」それから学校へ通じる舗装された幅広の歩道を一目散に駆けていった。

アタランテはふとむなしさを覚えた。つい先ほどまで少女が頭を休めていた部分にはもう温もりしか残っていない。教え子たちはこの自分を信頼してくれ、いろいろな話を打ち明けてくれる。アタランテにとってはかけがえのないひとときだ。でも、そんなすばらしい瞬間を生徒と過ごすたび、痛切に思い知らされる。かつての自分には気にかけてくれる人など誰もいなかった。自分ひとりの力でなんとか生きていくしかなかったのだ。

ミス・コリンズはその場から立ち去ろうとせず、アタランテが手にしている手紙を興味深そうにちらっと見た。「郵便配達人が来たのに気づかなかったわ」

それはドロシーのせいだ。父親の運転手から逃げ回ろうとうろうろしている間に、たまたま届けられた手紙をこの女郵便局長さえ気づかないうちに受け取ったに違いない。

「問題なく受け取ったから大丈夫、ありがとう(メルシー)」アタランテは笑みを浮かべた。「さあ、やりかけていたことを済ませてきます、それではまた(オー・ルヴォワール)」ふたたび城塞跡へ向かう山道をのぼりはじめる。ミス・コリンズは常々〝崖をはいのぼる〟なんてレディらしからぬ行いだと公言してはばからない。だから絶対についてこないだろう。てっぺんにたどり着いたらひとりきりで謎の手紙を読める。もし悪い報せなら、学校へ戻る前に気持ちを落ち着ける時間も持てるだろう。

もしいい報せなら……。でも、いい報せってどんな？

数分間ひたすらのぼり続け、小高い山の頂（いただき）にたどり着いた。かつて眼下に広がる村を見おろす城塞だった場所に、いま残されているのはひび割れた岩と苔（こけ）むした土台の残骸だけだ。

石の間にはピンクや白の野の花が咲き乱れ、数匹のハチがまわりを舞っている。頭上では、アカトビが暖かな空気をつかもうとするかのように両翼を大きく広げ、甲高い鳴き声をあげながら、抜けるような青空に輪を描いている。

アタランテは髪から一本のピンを引き抜いて封を開けると、そのピンを急いで上着のポケットへ滑り込ませた。早く手紙が読みたい。

封筒のなかから最高品質の紙を取り出して広げ、最初の数行を読む。力強い筆跡だ。おそらく男性のものだろう。いかにも高価そうな青インクで手書きされている。

親愛なるミス・アシュフォード

お元気でお過ごしのことと思います。この手紙であなたのおじいさまであるクラレンス・アシュフォード様がお亡くなりになったことをお伝えしなくてはならないのは痛恨の極みです。心から哀悼の意を表します。

アタランテははっと息をのみ、足に力を込めてどうにか体のバランスを保とうとした。祖父には前に一度だけ会ったことがある。たしか十歳くらいだった頃、突然うちを訪ねてきて父の借金返済を手助けしたいと申し出てくれたのだ。立派な馬車と身なりのよいその紳士を見て、ついに自分たち親子の祈りが聞き届けられたのかと思ったのもつかの間、父はその訪問者にけんもほろろな対応をした。ひどい非難の言葉を投げつけ、訪問者を侮辱したあげく、二度と訪ねてくるなと言い放って追い出したのだ。

その後状況がさらに絶望的となり、父親の健康状態が悪くなると、アタランテは祖父に援助を請う手紙を書こうかと何度も思い悩んだ。でも結局、一度も出さなかった。祖父から冷たい返事が届くのが耐えられなかったせいだ。以前あんなに屈辱的な追い返され方をされた祖父が、こちらの頼みごとを快く聞き入れてくれるはずがない。父にあれほどひどい対応をされたのだから、何をお願いしても断られて当然だろう。

そのうえ娘が勝手に祖父に連絡を取ったと知れば、父がどうなってしまうか不安だった。激怒するあまり、心臓発作や脳卒中を起こしたらどうすればいい？　そんな危険は冒せない。幸せな結果が待っているとはとうてい思えなかった。

いまとなっては何もかも遅すぎる。

祖父は亡くなってしまったのだ。

首筋に吹きつける風が突然冷たくなったように感じられた。まばたきをして込みあげてきた熱い涙を振り払い、気を引き締めて手紙の先を読み続けた。

あなたのおじいさまは遺言として非常に詳細な指示を残されており、それをあなたに直接お伝えしなければなりません。わたしは駅の向かい側にあるホテル・ベーレンに居を定めており、そこであなたをお待ちしております。ご都合のよいときになるべく早くお目にかかりたく存じます。そうすれば、あなたにご自身の利益となる情報をお知らせできるでしょう。

敬具

I・ストーン弁護士

アタランテはその短い手紙をもう一度、さらにもう一度読み返した。胸が痛いほどどきどきしている。どういう人物だったのか知らないまま祖父が亡くなったことだけでも衝撃なのに、その祖父がこの自分に遺言を残したと知らされたのだ。

しかもこの手紙によれば、その遺言は自分の利益となるものらしい。でもどうして？

わたしの父にひどい態度を取られて以来ずっと、祖父はいかなる方法によっても孫娘を助けようとはしなかったのに？

これはいったいどういうことなのか？

ほてった頬に片手を押し当て、どうにか頭を働かせようとする。無視しなければ。祖父の死を知らされた動揺も、次々と脳裏に浮かんでくる一度だけ目にしたことがあるその姿も。銀髪で散歩用ステッキを持った堂々たる紳士だった。威厳を感じさせるバリトンの声の持ち主だったが、孫娘に優しい笑みを向けてくれていた。

父があんなひどい言葉を投げつけるまでは。

アタランテは唇を嚙みしめた。自分がこの世に生まれてくる前に父と祖父との間に何があったのか、勝手に判断すべきではない。それに父が過去にどれほど傷つけられてあれほど冷たい態度を取ったのか、理解することもできない。

もう一度手紙を読み返す。〝ご都合のよいときになるべく早く〟と書いてある。明日の朝、少し離れた渓谷へ旅立つ予定だ。つまりこの手紙の送り主と会えるのは今日だけということになる。

時計を確認し、心を決めた。午後三時がちょうどいいだろう。自分がすべきは、来たるべき面会に備えて着替えることだけだ。

遺言の件で見も知らない弁護士と会う——ものすごく特別な感じがする。祖父の死は悲しいし、彼の遺言に自分がどう関わっているのか不安ではあるけれど、このまたとない体験を楽しむべきだろう。きっとこんなことはもう二度と起こらないはずだから。

2

十五分後、よそゆき用として大切に保管してあった一番上等なサテンのドレスに、お気に入りの淡いブルーの手提げ袋と同じ色合いの手袋を合わせ、アタランテは丘のてっぺんにある寄宿学校からふもとにある鉄道の駅に向かう通りを下っていた。

木製のバルコニーに赤いゼラニウムの鉢植えが飾られた、本物の木造住宅がずらりと並ぶなか、老人が料理用の薪を運ぶロバの手綱を引いて歩いている。脇を通りすぎたときに小枝が数本地面に落ちたので、アタランテは腰をかがめて拾い、老人に手渡した。「ありがとう」老人は上等なドレス姿のレディが手を貸してくれたことにびっくりしたように言った。アタランテは感謝の言葉を繰り返す老人をさえぎるように手を振り、先を急いだ。

通りの右手には川が流れている。水面をきらめかせながら蛇行するそのさまは銀色のリボンのようだ。川の流れに沿うように旅行者たちを乗せて走る、ラウターブルンネン行きの蒸気機関車が鋭い汽笛をひとつ鳴らした。ラウターブルンネンは落差数百メートルの崖を落ちる大きな滝があることで有名な観光地だ。

　アタランテは寄宿学校に勤めてその観光地を初めて訪れたときのこと――顔にあたるあの水しぶきの冷たさ――を思い出していた。それまでせわしないロンドンという街で、変化に乏しい暮らしをしていたため、あんなに美しく堂々とした景色を目の当たりにしたのはラウターブルンネンが初めてだった。これほどすばらしい自然環境のなかで仕事ができることも自体、天からの贈り物のように思えた。たとえ、それがただ働き同然の仕事だったとしてもだ。女生徒たちにフランス語と音楽を教えるだけでも大変なのに、職員たちのけんかの仲裁をしたり、仮定法なんて絶対にわかる気がしないと涙する生徒たちを励ましたりもする。他の教師たちとの関係は良好だが、本音を打ち明け合ったりはしない。彼らは何よりもまず職場の同僚であり、友だちとは違う。学校の規則は厳しく、教師たちが夜に一緒に過ごすことは禁じられている。たまに教員たち同士で出かけることもあったが、学校側が主催するため堅苦しさは否めない。教育目的で実施される生徒たちの遠足と同じだ。「外出はお楽しみのためではないから」かつて校長がアタランテに言った言葉だ。そのとき、彼は〝お楽しみ〟が汚い言葉であるかのような言い方をしていた。

　ホテル・ベーレンは駅の向かい側にあり、黄色と赤の地方旗を掲げている。少年が小枝をたばねたほうきで正面を掃いていたが、アタランテが通りすぎる瞬間だけすばやく手を止めたため、美しい靴をかすめることもなかった。陽光が降り注ぐ外から薄暗いロビーへ足を踏み入れた瞬間、アタランテは立ち止まって薄闇に目を慣らそうとした。

受付カウンターには、このホテルの経営者である中年女性の娘がいて、革とじの分厚い台帳に何か書き込んでいる。アタランテは彼女に近づき、ここで暮らすようになってから覚えた簡単なドイツ語をまじえて話しかけた。「こんにちは（グーテンターク）、ストーンさん（ヘル・ストーン）はいらっしゃいますか？」

女性は顔をあげ、笑みを浮かべた。「グーテンターク、はい、いらっしゃいます。いまお呼びしますね」

彼女が身ぶりで少年を呼び寄せてきびきびと指示を与えている間、アタランテはあたりを見回した。壁には雄鹿の枝角や鳩時計、それにこの地方の民族衣装を着たいかめしい男性の肖像画も掲げられている。彼らの前にこのホテルを経営していた祖先なのだろうか？

少年が戻ってくると、扉の背後から背の高い男性が現れた。濃い色のスーツを着てブリーフケースを手にしている。彼はアタランテに片手を差し出した。「ミス・アシュフォード？　ずいぶん早かったですね」

もしかしてこの男性は、わたしを欲深い女だと考えているのではないだろうか。自分が何をもらえるか確かめるために、取るものもとりあえず駆けつけたのだと？

そう考えてアタランテは赤面した。いままで父の借金を返済するために必死で仕事をしてきた。誰かを当てにしたことなど一度もない。それがいま、腐肉を漁るハイエナのごとくすばやくやってきたと考えられているとしたら、ものすごくショックだ。

　でも本当にこの男性がそう考えているかどうかなんてわからない。駆けつけたわたしに感謝している可能性だってある。そうすれば彼の仕事をすみやかに終わらせる手助けになるからだ。最高の結果を期待するようにしなければ。目の前にいる男性に関しても、この奇妙な状況そのものに関しても。

　アタランテは男性と握手を交わした。「なんでも早く済ませるのが好きなんです。それに明日は休暇でキーンタールへ出かける予定なので」

「その計画は変更されたほうがいいかもしれません」弁護士は淡々とした口調で言った。

「なぜですか？」アタランテは驚いて尋ねた。「わたしが関わらなければいけない書類手続きがあるとか？」

　ミスター・ストーンは彼らふたりをぼんやりと見つめている受付の女性と少年を一瞥(いちべつ)すると、身ぶりでアタランテについてくるよう示した。「ふたりだけで話しましょう。話を聞けばあなたもその理由がすぐにわかるはずです」

　アタランテは胸の鼓動が速まるのを感じながら、弁護士のあとに続いた。彼は決然たる足取りでどんどん進んでいく。全身から絶対的な自信がにじみ出ているようだ。

　彼はアタランテを連れて朝食の片づけが終わった食堂を通り抜けた。開かれた窓は裏庭に面しており、そこからアイガー、メンヒ、ユングフラウという三大名峰が見渡せる。まさに世界に誇る絶景だ。六月であっても、三山の頂には雪が残っている。

アタランテはその景色を眺めながら思わずほほ笑んだ。なじみのある光景を見たおかげで緊張が和らいだ気がする。自分にとって、ここは勝手知ったる領域にほかならない。何が待ち受けていようと威厳ある態度で対処したい。

庭園に出た弁護士が池近くで足を止めたと思ったら、水面から何かがぴょんと飛びあがった。たぶんカエルだろう。

彼はアタランテのほうへ向くと、ゆっくりした口調で話しはじめた。「あなたのおじいさまが亡くなったことに、もう一度お悔やみを言わせてください。ただわたしが知る限り、あなたは……あまり個人的に彼と親しくなかったように思えます」

「ええ。わたしの父は実家と疎遠だったんです」アタランテは静かに応えた。もしこの弁護士が父の一族の仕事を一手に引き受けているとすれば、これまでずっとわたしの人生に影を落としてきた不幸な出来事についても知っているはずだ。祖父は生前、この弁護士とその件について話し合ったかもしれない。たったひとりの息子が当てにならず、どれほどがっかりしているか。それにその息子に浪費されないように一族の財産を守る必要があったことも。

でも、もしミスター・ストーンが何も知らないなら、わざわざ教えるつもりはない。

彼はうなずいた。「依頼人であるあなたのおじいさまは長いこと、たいそう心配しておられました。先祖たちが慎重に守り抜いてきた領地が……」

アタランテは身が縮む思いで待っていた。彼は次にどんな言葉を投げかけてくるつもりだろう？

弁護士はこの場は慎重な態度を貫くのが一番だと考えたようだ。「……将来の世代に受け継がれないのではないかと。彼は伝統や遺産を代々引き継いでいくことの大切さを強く信じていたのです。だから自分の孫娘が気品のある、しかも頭の回転の速い女性に育ったことを喜んでおられました」

その褒め言葉を聞き、アタランテは驚いた。まさか祖父が孫娘の現状を気にかけていてくれたとは。ましてやこの自分の人柄を認めてくれているなんて思いもしなかった。

ミスター・ストーンは、こちらの沈黙を〝話を続けて〟という意味に取ったらしい。すぐに言葉を継いだ。「あなたのおじいさまは、あなたが人生の問題にどう対処されているのかすべてご存知でした。彼の息子が生きている間も、彼が早すぎる死を迎えたあともです。そのうえで、あなたにならご自分の大切なものを託せるとお考えになりました」

アタランテの心は千々に乱れた。たった一度会っただけで〝立派な紳士〟という印象しか残っていないあの祖父が、この自分のすべてを知っていたなんて。なぜ祖父はこっそり見守っていたのだろう？　どうして生きている間に連絡をくれなかったのか？　もしそうなら、自分も祖父についてもっとたくさん知ることができたのに。

「でもわたしに……何か受け取る資格があるとは思えません」アタランテは反論した。「祖父とはきちんとした形で会ったことが一度もないんです。彼が会いたいと思うような、好ましい孫娘ではなかったからだと思います」

「いいえ、むしろその反対です。彼にとって、あなたはまさにご自慢の孫娘でした」

アタランテは目をしばたたいた。「わたしにはさっぱり意味がわかりません」

「この手紙をお読みになればわかります」弁護士はポケットから一通の封筒を取り出し、彼女に手渡した。「あなたのおじいさまから遺言とともに託されたものです。彼の遺言の内容をご説明する前に、どうしても直接あなたにお渡しして読んでいただく必要があると思いました」

「そうですか」アタランテは手渡された封筒を見つめた。祖父がこの自分に宛てて書いた手紙。これまで何度か空想したことがある。こちらから連絡を取るのは気が引けるけれど、もし祖父がわたしに手紙を書いてくれたら、連絡を取ってくれたらどうなるだろうと。

いま、ついにその瞬間が訪れたのだ。

アタランテは慎重な手つきで封筒をゆっくり開けた。この手紙に傷つくような言葉が書き連ねられている可能性もある。その場合に備えて心を引き締めておきたい。祖父はわたしたちの家から追い返された、あの日の醜い言い争いについて書いているだろうか？　わざわざ祖父のほうから助けの手を差し伸べようとしてくれたのに、父から〝助けの手を借りるくらいなら、さらなるトラブルに巻き込まれたほうがまだましだ〟とにべもなく拒絶されたときのことを？

親愛なるアタランテ

祖父が〝親愛なる〟という言葉を使っていたとわかり、とりあえず安堵のため息をつくとその先に目を走らせた。

この手紙がおまえのもとへ届けられる頃には、わたしはもう生きていないだろう。まさかこんな形でおまえに連絡を取ることになろうとは思いもしなかった。息子、つまりおまえの父親が死んだとき……

そこで手書き文字がわずかに震えている。祖父の感情が伝わってくるようだ。

……すぐにおまえに手紙を書こうと考えた。だがはたしておまえはわたしからの連絡を喜んでくれるだろうかと不安になった。なにしろ、あれほど長い歳月、自分たちの力でなんとかすればいいとおまえたち親子を放っておいたのだ。わたし自身も、あの援助の申し出を断られたあと、あんなに意地を張るべきではなかったと思う。だがおまえの父親とわたしはいつもうまくいかなかった。いろいろな感情がもつれ合い、常に重苦しい雰囲気が流れていた。もし同じ部屋にいたなら屋敷全体が崩壊して、ふたりとも瓦礫の下に埋まっていてもおかしくないほど危うい親子関係だったのだ。

アタランテは喉が詰まるのを感じた。あのふたりが緊迫した雰囲気で対峙した瞬間を、いまもよく覚えている。わずか十歳の子どもではあっても、ふたりの間に流れる激しい感情がいまにも爆発しそうになり、口には出されない言葉が宙に漂っているのを感じ取っていた。祖父を責める気にはなれない。あんなふうに追い返されたのだ。ないがしろにされたと感じて当然だろう。

祖父はわたしに手紙を書き、連絡を取ろうと考えてくれていた。この自分と同じように。きっと祖父もわたしと同じように机に座り、ペンを手に取って手紙を書こうとしては断念し、不満げにため息をつきながらペンを脇に置いていたのだろう。

懸命に涙をこらえながらその先を読み進めた。

あの日、わたしは我を忘れるほどの怒りを抱いたまま、立ち去るべきではなかった。あの場におまえが、かつて一度も会ったことのなかった小さな女の子がいたのだから。

てっきりおまえの父親はおまえのためにわたしの申し出を受け入れると考えていた。彼ひとりの力では、おまえをちゃんと育てられないのは明らかだったからだ。だがおまえの父親は誇り高い男だ。だからこそ、あの日わたしはもっと違った言い方で援助を申し出るべきだったのだろう。彼が陥っている状況では満足な子育てなどできるはずがないと指摘せず、わたし自身が年老いてきているいま、領地には彼が必要だ、と諭すような言い方をすべきだったのだ。彼の同情を誘うようにすれば、もう少しいい結果が出ていたかもしれない。とはいえ、彼はわたしのことをよく知っている。だからあの場でそんな言い方をしても、見破られていたかもしれないと思ったりもしている。

その言葉はアトランタの心の琴線に触れた。ふたりはずっと疎遠だったかもしれないが、この世の誰よりもお互いのことをよく知っていたのだ。

おまえは父親の短気な一面に悩まされたと思うが、同時に彼の優しさや寛大さも知っていたはずだ。彼は常に自らの感情の赴くままに生きていた。そうすることで彼自身や彼の愛する者たちにいい影響が及ぼうと、悪い影響が及ぼうと、彼自身に対して正直でありつづけようとしていた。自分の信念に忠実であろうとしたわたしと同じように。

息子の死を知らされたとき、おまえにすぐ手紙を書いて援助を申し出たかった。だが

おまえを苦しめるような選択を強いたくないとも思った。おまえのことだ、わたしから
の支援を受けるのは自分の父親に対する裏切り行為だと感じるかもしれない。彼がこれ
まで闘ってきたすべてを否定することになるかもしれない、と。だから息子の死の直後、
おまえに連絡を取るのは不適切なことであり、思いやりのない行為だと考えた。かつて
一度……

そこでまたしても手書き文字が震えていた。それ以上書き続けるのが難しいかのように。

……おまえの母親が、おまえの父親とわたしを和解させてくれる心強い味方になって
くれるはずだと考えたことがある。彼らが結婚する少し前、実際に彼女にそう話した。
とても感じのいい印象を受けたし、彼女ならわたしたちの親子関係を修復する手助けを
してくれるかもしれないと期待もした。ところがそのことに気づくと、おまえの父親は
烈火のごとく怒り出し、彼女を非難したのだ。結婚そのものがなくなりかけたほどだ。
おまえの母親はひどく落ち込んでいた。そして、わたしは何もせず、このまま成り行き
に任せるほうがいいと思い知らされたのだ。あのときも、おまえが生まれたあとも。お
まえたち家族の幸せを台無しにしたくなかった。おまえの母親のひどく傷ついた姿を思
うと、おまえの父親が死んだあともおまえに手紙を書けなかった。そんなことをすれば、

おまえにわたしの手紙に応じるか、無視するかという一番難しい選択をさせることになるからだ。絶対にそんな無理はさせたくなかった。おまえならば義務感から、祖父からの手紙に応えなければならないと思うかもしれない。たとえ心の奥底で、自分の父親の望みに逆らっているように感じていてもだ。それが心配だった。そんなふうにおまえの心を引き裂くようなことはできなかった。

アタランテは息をのんだ。祖父は十分に考慮してくれていた。けっして怒りやプライドのせいではなく、孫娘のことを心から心配したうえでああしたのだ。しかもその行動の根底には彼の息子に対する愛情が感じられる。けっして歩み寄ろうとはしない、そんな息子でも放っておけなかったのだろう。

それでも自分の弁護士に、おまえから目を離さず、おまえがなんらかの問題に巻き込まれたらすぐに知らせるよう依頼していた。おまえがスイスにある一流の寄宿学校での仕事を見つけ、そこで尊敬される教師になったと知らされたときは自分を恥ずかしく思った。わたしの力など借りずとも、おまえは自分自身の力で成功をつかめるのだともっと早く気づくべきだったのだ。

一瞬文字がにじんで見えた。まばたきをして涙を振り払おうとする。

おまえが英国からも、これまでのあらゆる問題からも遠く離れて新しい生活を始めたと思った。父親が金を借りていた英国の債務者たち宛てに、おまえが給料を全額送金していたと知ったのはあとのことだった。その行為ひとつ取ってみても、おまえが自分の父親を深く愛していたのがよくわかる。彼の借金を全額返済し、父親の名前に傷がつかないようにしたのだから。ストーンからその話を聞かされ、わたしはすでに考えていた計画がうまくいくはずだと確信した。

アタランテ、おまえも知ってのとおり、わたしには遺すべきものがたくさんある。それを託せるのは、わたし自身が信頼できる人物だけなのだ。

アタランテは大きく息をのんだ。この瞬間の重みをひしひしと実感したからだ。手紙を持つ指先に力を込める。どんな相手かほとんど知らないのに、この自分に莫大な遺産を託そうとしている男性からの手紙だ。

「やはり自分に資格があるとは思えません」彼女はミスター・ストーンに言った。

弁護士は考え込むようにアタランテを見た。「お父様の債権者たちはこぞって、あなたのことを褒めていました。彼らの話によれば、あなたは誰かに強制されたからではなく、あなたご自身が借金を返済することを選ばれたそうですね。そうした責任を放棄することもできたというのに。彼らは口々に、あなたにはそこまでしてお父様を守る理由などないはずだと言っていました。彼はあなたにひどい仕打ちをしたのですよ。彼が生前関わった他のみんなにしたように」

それでもわたしは父を愛していた。

アタランテは背筋をしゃんと伸ばすと、話題を手紙に戻した。「あなたからわたしのしたことを聞かされたとして、どうして祖父がわたしのことをすべてを託せる相手だと考えたのかわかりません。だってわたしは一介の教師にすぎません。裕福だったことなんて一度もないんです」なんだか頭がくらくらしてきた。「もし祖父がわたしに領地の運営管理を任せたいと考えていらしたとしても、そんなことできるはずもありません。さっきあなたが旅行の計画を変更したほうがいいと言ったのはそのせいでしょうか？　これからあなたと一緒に英国へ行って亡き祖父の事業を引き継ぐ必要があるから？」

「英国だけでなく、フランスやギリシャのコルフ島にも行けますよ」弁護士は口元を一瞬ほころばせた。「いまや世界じゅうを旅するお金があるのですから、キーンタールに隠れている必要はどこにもありません」

世界じゅうを旅する……すごい。

頭のなかで、夢に描いた場所にいる自分の姿を想像して楽しんでいたのはわずか一時間前のこと。それが実際にどこへでも行けるようになったなんて？

一瞬、目の前に広がるホテルの庭園がローマの壮大な古代遺跡コロッセオに姿を変えたように思えた。あの永遠の都にも実際行くことができるのだろうか？　そこからフィレンツェやヴェネツィア、ウィーンにも足を伸ばせるの？

コペンハーゲンにも？

モスクワにも？

頭が目まぐるしく回転している。不意に、世界旅行が想像の世界よりもずっと身近なことに思えてきた。

「ただしひとつだけ条件があります」弁護士の冷静な声でアタランテは現実に引き戻された。「その手紙に条件が書かれているかどうか、わたしにはわかりません。わたしの口からご説明する必要があるでしょうか？」

条件？　どんな条件なのだろう？

アタランテは疑わしげな目で弁護士を見た。

「誰かと結婚しなくてはいけないとか？」自分を愛するどころか、気にかけてもくれない相手と結婚できるだろうか？　祖父が残した遺産とずっと憧れ続けてきた暮らしを手に入れるために？　そんな結婚生活はロマンチックとはほど遠い、嘘にまみれたものに思える。

「もし祖父がわたしのことを男性に守ってもらうべきだと考えていたとしたら……」

「まさか、あなたのおじいさまはそんなふうに考える方ではありませんでした。自立した女性のすばらしさを認めていらしたんです」

「本当に？　だったら、なおさらもっと早く祖父と知り合いたかった」

「〝条件〟というわたしの言い方がよくなかったのでしょう」ミスター・ストーンは考え込むように眉をひそめた。「一種の……天職のようなものです。ご自分ではもう果たせなくなった役割を、あなたが代わりに果たしてくださることを望んでおられました。彼がずっと続けてきたよい行いを引き継いでほしかったのです。手紙の続きを読んでみてください。きっとそのことについて書かれているはずです。もしそれを読んで質問があれば、できる限りわたしがお答えするようにします」

天職。がぜん興味を引かれる言葉だ。だって人生における使命のようなものだもの。それも壮大な目的を果たすための。

アタランテは手紙の読みかけの部分を探し当てた。

　おまえに黙ったまま、おまえの暮らしぶりを調査していたことを許してほしい。おまえの父親が非現実的な男であることが、いつだってわたしを苦しめていた。彼は後先も考えずに何かに挑戦しようとする向こうみずな男だった。たった一度、しかも子どもの頃に会ったきりだったため、おまえが父親のそういう一面を受け継いでいるかどうかよくわからなかった。だが息子の死後、おまえがどんな行動を取ったか知り、父親とはまったく違う娘に育ったのだと確信した。おまえは分別があり、たとえ困難な仕事を前にしても恐れたりしない。目の前の状況の問題点よりも解決策を考える女性に思えたのだ。

アタランテは頬を緩め、ささやいた。「ええ。生き残るためにどうすればいいか学ばなければいけなかったから」

わたしが何よりも必要としているのは、責任を持って約束を果たすことの意味をきちんと理解し、わたしの遺産を賢く運用してくれる者だ。遺産には金や不動産などが含まれているが、本来人はそういったものに目をくらませるべきではない。その種の豊かさは日々の暮らしを快適にしてくれる物質的なものにすぎない。人生で大切なのは、わたしたちが生きる目的だ。わたし自身、人は誰しも生きる目的を持ち、果たすべき役割を担ってこの世に生まれてくると強く信じている。わたしに与えられた役割は、このわたしを信じて打ち明けてくれた人びとを手助けすることだった。

アタランテはふと思い出した。これまでも真夜中に寝室の扉が叩かれ、生徒たちがちょっとした違反を告白しにきたり、けんかした友だちと仲直りするための方法を尋ねられたりしたことが幾度となくあった。一度など、自分より年若い女性教師から庭園にこっそり呼び出され、生涯の友だちから突然愛を告白されてどうすればいいのかと助言を求められたこともある。

彼女と話し終えたあと、アタランテはなぜ自分に相談してくれたのかと尋ねてみた。それまで個人的な打ち明け話をしたことが一度もなく、当たり障りのない世間話をするくらいの間柄だったからだ。すると、彼女はやや考え込んでからこう答えた。「あなたが問題を楽しむ人のように思えたから。他の人たちなら問題を避けようとしたり無視しようとしたりするけれど、あなたはいつだって問題に正面から向き合おうとする。これまでを見ていても、あなたはその状況をあらゆる方向から見つめて一番いい解決策を見つけていたもの」

まるで祖父はそのことを知っていたかのようだ。それは彼自身も同じだったからだろうか？　世代を超えて祖父とわたしは同じ性質を持っていたのか？

〝秘密厳守〟。これまで自分がやってきた活動を説明するには、この言葉がふさわしいかもしれない。わたしは上流社会の人たちにまつわる繊細な問題の解決に努めてきた。彼らから秘密を打ち明けられ、その事柄に関する調査を行ってきたのだ。

アタランテははっと息をのみ、ストーンに尋ねた。「祖父は私立探偵だったの？　信じられない。十二歳の誕生日に父からシャーロック・ホームズの本をプレゼントされて、夢中になって数日で読んでしまったの」

物語に描かれていたロンドンの通りを探しに出かけ、偉大な探偵が角を曲がって歩いてこないかと空想を膨らませたものだ。そうしたら彼のあとをこっそりつけてどこへ行くのか、何をしているのか探るのに……もちろんあれほど鋭い観察眼の持ち主だから、尾行されているのに気づかないはずはないのだけれど。そのあともホームズの物語をページがすり切れるほど何度も読み返し、その本はいまでも宝物のひとつだ。元々宝物はそんなに多くないが、その本と母の形見となったギリシャ神話の本だけは絶対に手放さず、ずっと大切にしている。

「私立探偵？」ミスター・ストーンは考え込む表情になった。「ある意味、そう言えるかもしれません。ですが、彼はご自分の仕事について広告を出したことも、周囲の人たちにわざわざ知らせたことも一度もありません。彼から聞いた話によれば、どういうわけかいつも依頼人が彼を探し出してやってくるのだそうです」

弁護士は顔をしかめた。祖父の言葉を一言一句正確に伝えたかどうか考えているかのようだ。「かつて彼からこう言われたことがあります。もし自分の死が広く知られることになり、その女相続人が後継者として姿を現せば、みんながあなたのもとへ相談にやってくるかもしれないと」

「わたしのもとへ？　それは、どう考えても誤解では？」

アタランテは手にした手紙の続きを読んだ。


誰かが助けを求めておまえを訪ねてきたら、彼らを全力で手助けしなければならない。すべてをおまえに託す条件はそれだけだ。いまここで、彼らがどんな類いの手助けを必要とするか教えることはできない。場合によっては、おまえ自身が情報を見つけ出したり、実際に関係者のなかに紛れ込んで彼らの振る舞いを観察したりしなければいけないこともあるだろう。とにかく常に注意を怠らず、誠実さを忘れず、断固たる態度を貫く必要がある。当然自分の依頼人の利益を守る必要はあるが、調査を進めるにつれ、おまえ自身で道を切り開かなくてはいけなくなるだろう。何よりも〝困難に立ち向かうこと〟と〝ひとりきりで行動すること〟を恐れてはならない。すでに後者の能力が備わっていることは、おまえ自身が身をもって証明してくれた。おまえにはこの仕事に必要なその他の能力も備わっているはずだ。そう強く信じている。


だけど、わたしはただの教師にすぎないのに。

アタランテはふたたび心もとなさを感じた。自分が四歳の女の子で、馬たちに引かれてひた走る馬車のなかに座っており、その馬車が見知らぬ目的地を目指してどんどん速度をあげているような感じだ。窓からはぼやけた景色しか見えず、茫然(ぼうぜん)自失の状態のまま恐れだけが募り、いますぐその馬車からおりてしまいたい。「でもわたしと関わりたい人なんているかしら?」うっかり口に出した。「祖父とは違い、わたしをよく知る人は誰もいない。それなのにどうしてそういう人たちがわたしを訪ねてくると言い切れるの?」

「彼らがあなたを訪ねてくるかどうか、おじいさまも確信があったわけではありません」ミスター・ストーンが言う。「ですが、あの方は彼らが訪ねてくるかもしれないことを、あなたに知っておいてほしかったのです。もし実際に訪ねてきた場合、あなたが彼らの問題に耳を傾け、その解決を手助けできるよう手はずを整えておきたかったのでしょう。あの方からそれほど厚い信頼を得ていることを、あなたは大変光栄なことと受け止めるべきです」

大変光栄なことであると同時に、大きな責任を伴うことでもある。祖父は手紙のなかで、わたしの父が後先も考えずに何かに挑戦しようとする向こうみずなたちだったと書き記している。わたしはそうではない。だからこそ、自分でも本当にこのリスクを背負いたいのかどうか自信が持てない。

アタランテは視線を手紙に戻し、結びの部分を読みはじめた。

自分がおまえに無理をさせようとしていることはわかっている。だがよくよく考えたうえでのことだ。いつからか、わたしは女性のほうがこの仕事に向いているのではないかと思うようになった。女性ならばすぐに他の女性たちの信頼を勝ち取れる。男性よりもずっと簡単なはずだ。女性は家庭の秘密を知っていることが多い。しかもその直感力たるや最強だ。おまえなら、これまでのわたしよりもうまくこの仕事をこなすことができると信じている。わたしがおまえを導こう。

アタランテはその短い文章をもう一度読み直した。「祖父はここにおまえを導びこうと書いています」指でその部分をたどりながら尋ねる。「どうやって？」

「彼はわたしにも詳しいことは話してくださいませんでした。ですが、これからあなたが彼の屋敷に住み、彼の車を運転し、彼が出席していたパーティーに参加なさるのなら、おのずとあなたは彼の知り合いと交流するようになり、その言葉の真の意味を理解されることと思います」

「屋敷？　車？　パーティー？」信じられない。この弁護士はそれらの言葉を何気なく口にしたけれど、アタランテにしてみればすべて別世界の出来事だ。今朝までは自分から最もかけ離れたことに思えていたのに、いま突然身近な出来事になったとは。

でもそれ以上に興味深いのは、祖父と同じ生活を送ることで、彼がどのような人間だったかわかるかもしれないことだ。これまで知りたくてたまらなかったのに一度も知ることがなかった祖父の人となりを理解できるかもしれない。祖父の使用人たちに、彼について質問することだってできる。それに祖父の遺した手紙や写真があるならば、それらを手がかりとして、父と家族の間にどんな問題があったのかわかるかもしれない。

他の人たちが抱える問題を調査するというこの任務を引き受ければ、わたしはまたとない機会を得られるだろう。自分自身の過去について、父の家族について、いまよりも詳しく知ることができるのだ。

どうしてそんな絶好の機会を逃すことができるだろう？ 「ぜひやってみたいです……」アタランテはストーンに言った。神経のたかぶりのせいで声が震えている。

「だったらこれですべて決まりですね。何枚かの書類に署名をしていただく必要があります。そのあと、あなたのパリのご自宅の鍵をお渡しするつもりです。まずはそちらに行っていただく必要があります」

わたしのパリの自宅の鍵。

アタランテは心のなかでその言葉をしみじみと嚙みしめ、知り合いの誰かにさりげなく口にしているところを想像してみた。たとえばミス・コリンズに。彼女が驚きに目を丸くする様子までありありと！

「そこにいるあなたのおじいさまの従者が他の屋敷や車の鍵を持っていて、すべてを把握しています。彼がさらに詳しい説明をしてくれるでしょう」弁護士はアタランテを見つめた。「おめでとうございます。あなたはいまや非常に裕福な女性になったのです。ただ、このことはあまり口外なさらないことをおすすめします。悪者たちを引き寄せてしまう可能性がありますから」

「絶対に誰にも話さないわ」アタランテは彼を安心させた。「明日の朝、キーンタールに行くよう見せかけて、パリに向かうようにします」

身震いするほどの喜びが全身を駆け抜けるのを感じた。いますぐ両腕を上げて、歓喜の叫びをあげたい気分。もうすぐわたしは自分自身の家を手に入れることになる。これまで暮らしていた寄宿学校の部屋は、家具さえ自分のものではなかったのに。これからは自分のベッドで眠れる。それに自分の本棚も持てる。その本棚に愛してやまないシャーロック・ホームズとギリシャ神話の本を飾ることができるのだ。

もはや授業計画に従って働く必要はない。それどころか、その日の予定を好きに立てられる。エッフェル塔の真下に立ったり、焼きたてのクロワッサンを頬張ったり、ベルサイユ宮殿の庭園を訪れたり――たちまち頭のなかが、これまで見たかったものや試してみたかったことのイメージでいっぱいになった。

まずはやってみよう。新しいことに挑戦しない人生なんて退屈なだけだ。

その道のりの一歩ごと、祖父がともに歩んでくれることになるだろう。なぜならこのすべてを可能にしたのは、ほかならぬ祖父なのだから。彼がわたしを導いてくれるはず。わたしは彼の足跡をたどっていこう。ついに一族の輪に、そして自分の過去につながることができたような気がする。もはやひとりぼっちであてどなくさまよっている感じはしない。祖父としっかり結びついたような安定感を覚えている。

ありがとう、おじいさま。

あなたはわたしの人生を大きく変えてくれました。

3

〝カンクレール通り〟

アタランテは道路標識の前に立ち、信じられない思いでそこに記された通りの名前を見あげた。ここだ。このパリにある洒落(しゃれ)た街路こそ、彼女の自宅がある通りなのだ。

ここまで、立ち並ぶ店々のウィンドウを見ながら歩いてやってきた。ドレスや帽子の店もあれば、レストランやコーヒーハウスもあるし、凱旋門(がいせんもん)のシルエットも見えたが、一歩進むごとに立ち止まって頰をつねりたくなった。これは現実。本当に自分はここにいる。それなのに、キーンタールを散策しながら白昼夢を見ているのではという疑いがぬぐえず、どうしても確かめずにはいられない。何もかも夢ですぐに消え去るのではないだろうか？このすべてが自分の想像の産物にすぎないのでは？　特に祖父とのつながりが消えてしまうのが恐ろしい。これまで幾度も願うだけで、絶対に現実にはならないと思っていた特別なものだからなおさらだ。

誰かにいきなりぶつかられたと思ったら、目の前を赤と青の何かが通りすぎていった。

電報配達の少年だ。悪態をつきながらものすごい速さで遠ざかっていく。たぶんアタランテには意味がわからないと思ったのだろう。「すみません（パルドネ・モワ）」少年の背に向かって叫んだが、謝罪の言葉は交通渋滞の騒音にかき消された。この言語を日常的に使っている人たちに、こうしてフランス語で話しかけるときがとうとうやってくるとは。

もう一度道路標識を眺めると、歩調を緩めて、立ち並ぶ屋敷の石造りの階段の前の通りを進んでいった。どの屋敷の窓にもレースのカーテンがかけられ、玄関扉にはよく磨かれた真鍮（しんちゅう）の呼び鈴がついている。そのうちの一軒からひとりの女性が出てきた。シルクのデイドレスの上に優雅な上着を羽織っている。ちょうど膝下くらいのスカート丈のせいでヒール靴が見えている。驚くほどヒールが高い。どうやって歩くのだろうと心配になったが、彼女は優雅な足取りで自宅前の階段をおりてくると、肩に巻いた薄いスカーフをなびかせながら待たせてあった自動車に乗り込んだ。光沢のある自動車だ。わたしのための車もあんなデザインかもしれない。きっとメルセデス・ベンツかロールスロイスだろう。高級車なんて必要としていないけれど、そういう車の所有者になると考えるだけで夢が広がる。そんな喜ばしい瞬間を余すところなく楽しみたい。

八番、十番……とうとう目指す十四番の屋敷の前にたどり着いた。首を伸ばして朝の柔らかな光に照らされたベージュ色の外観を熱心に見つめる。高窓はどれも優雅なデザインで、高い屋根の真下の隅に施された石造りの百合の装飾が金色に輝いている。すべてがこれ以上ないほど完璧だ。

あの高窓の奥にあるいくつもの部屋が、かつてそこで暮らしていた男性について教えてくれるだろう。わたしをこうして庇護してくれた祖父。彼についてもっといろいろ知りたくてたまらない。

鍵は持っているが、こういう屋敷の所有者がめったに鍵を使わないことは知っている。自分で開けるのではなく呼び鈴を鳴らして、なかにいる使用人たちに開けさせるのが普通だ。特にいまのわたしの場合、呼び鈴を鳴らすのがふさわしいように思える。なにしろ、ここにくるのは初めてで、使用人たちの誰とも顔を合わせたことがない。自分で鍵を開けてさっさと入り、彼らを驚かせるのはどう考えても不適切だろう。

手袋をはめた片手を正面玄関に通じる階段の手すりにかけて三段あがり、呼び鈴を鳴らした。音は聞こえない。おそらく屋敷の奥にある配線盤につながっているのだろう。表から見えないその場所では、使用人たちが屋敷のすべてを適切に保つために働いているはずだ。いまのぼってきた階段にも、扉にも泥ひとつついていない。昨日は一晩じゅうひどい土砂降りで、砂や埃(ほこり)が跳ねあがっていてもおかしくないはずなのに。新たな屋敷の所有者のために、誰かが最善を尽くして屋敷を磨きあげたに違いない。

扉がゆっくりと開かれ、ひとりの男性が姿を現した。従者のお仕着せ姿だ。細面で薄くなった灰色の髪を後ろに撫(な)でつけている。深く窪んだ青い瞳のその男性は、表情を変えず、アタランテを見つめた。

「ミス・アタランテ・アシュフォードです。わたしは……」不意に気まずさを覚えた。祖父のもとで働いていたこの男性は、一族の事情をどこまで把握しているのだろう？　わたしの父が祖父と疎遠だったことを知っているのだろうか。かつて祖父に対して恥ずべき態度を取ったことも？　この男性はわたしが新たな女相続人となった現実をどうとらえているのか？

　弱々しい声にならないよう力を込めて、ふたたび口を開いた。「わたしはあなたの亡き主人の孫娘なの。祖父が亡くなってとても残念だわ」

「わたしもです、お嬢様。本当にすばらしいご主人様でした。さあ、お入りください。こんなに早くご到着されてなによりです。緊急事態が起こっておりますので」

「緊急事態？」アタランテは屋敷のなかに入りながら繰り返した。興味深い言葉を聞かされ、この男性が自分をどう考えているだろうかという心配が吹き飛んだ。

　蜜蠟ワックスと磨き剤の匂いが漂うなか、目の前には絨毯が敷かれた幅広い階段があり、その階段に沿うように重厚な金箔の額縁に肖像画が数枚飾られていた。右側にはいくつか扉がある。廊下はおそらく奥にある厨房と使用人部屋に通じているのだろう。

　左側にもいくつか扉があり、それらを通りすぎると、明るい陽光が差し込む応接室に出た。絵を描くのに最適な室内の明るさだ。この屋敷は北向きに建てられていて、屋敷の奥が暖かく居心地のよい南向きということになる。祖父はその南側に温室を持ち、珍しい植物を育てていたに違いない。

もしそうでなくても、わたしが温室に希少な植物をつけ加えればいい。まず買いたいのは純白のラン(スノーホワイト・オーキッド)。かつて母が育てていたが、その死後、ランも同じく枯れてしまった。母の愛情こもった世話を恋しがるかのように。でもここで自分も新たなランを育てよう。ねえママ、ピンク色や黄色のランも育てるわね。これから自分の家で新たな人生を始められるなんて、まだ信じられないけれど。

「依頼人の緊急事態なのです、マドモワゼル」従者はそう言うとわずかに腰をかがめた。「今朝、彼女はご主人様との面会を求めてこの屋敷へやってこられました。彼が亡くなったことをお伝えしたのですが、後任の方がこちらに向かっている途中だとご説明したら、どうしてもここで待つとおっしゃったのです」

「わたしを?」アタランテは驚いて尋ねた。「でも、あなたはわたしが今日ここへやってくることを知らなかったはず。そうでしょう?」

従者は込みあげてくる笑いを抑えるような表情になった。「マドモアゼルは新しいご自宅を早く見たいと思われたはずです。働いていらっしゃる寄宿学校はすでに夏休みに入っているため、生徒がいない学校に残っているのは退屈で寂しいに違いないと想像したのです」

「ええ、そのとおり。ご明察だわ」当然ながら祖父は彼自身と同じく、観察力があって頭の回転が速い、結論をすぐに導き出せる男性を従者として雇っていたのだろう。「だったら、この緊急事態にすみやかに対処しましょう」

アタランテは手袋を外して上着を脱ぐと、バッグと一緒に従者に手渡した。背の高いホールの鏡の前に立って小さな帽子を脱ぎ、客観的な目で自分の姿を見つめる。早足で歩いてきたせいで血色がいいし、髪も乱れていない。身につけている服は最高に優雅とは言えないけれど、訪問者よりも立派な身なりでないほうがいいだろう。むしろ専門家らしく見えたほうがいいはずだ。依頼人がこの自分に何を期待しているかさっぱりわからないけれど、とにかくその〝緊急事態〟とやらに正面から取り組んでみよう。

「まだあなたの名前を聞いていなかったわね」従者に話しかける。

「お許しを、マドモワゼル。どうかわたしのことはルナールとお呼びください」

「ルナール？　あの狐のルナールの物語の？　あなたはフランス人なの？」

「フランスと英国の血が半分ずつ流れています、マドモワゼル」彼はまばたきひとつせずに答えた。従者に質問する権利があるのはわかっていても、自分の歳の二倍、いや、それ以上年上かもしれない男性に個人的なことを尋ねるのは奇妙に感じられる。前々から思っていたのだが、執事や従者はどこか人間味が感じられず年齢不詳な印象が強い。とはいえ、彼らにも感情がある。だから無神経な態度でこの男性に接したくない。それに、彼の知識を活用できたら有益な情報が得られる可能性は高い。どの屋敷においても、使用人というのはまたとない情報源だ。

「その依頼人について何か情報はある？　あなたは彼女を知っているの？」

「パリにいる者で彼女を知らない人はおりません、マドモワゼル」事実をありのままに述べたように聞こえるが、それでもアタランテはやや非難されているように感じた。ここにくる前に新聞を何紙か買ってニュースに目を通すべきだったのだろうか？　いまパリの大衆を熱狂させているのはどんな出来事なのだろう？　劇場やオペラハウスのホールでささやかれているのはどんな噂(うわさ)話なのか？

「ということは、彼女は有名人なの？」さらなる情報を得るべく慎重に尋ねる。手探りしているような状態だ。

「彼女はこの街の非常に裕福な一族の出身です。父親は工場をいくつも所有し、母親は結婚する前、コンサート・ピアニストでした。いまでも夜会(ソワレ)では定期的に演奏していらっしゃいます。依頼人は三人いるご令嬢たちの末のお嬢様ですが、一番早くご結婚することになりました。二、三カ月前に、ご両親が突然彼女とスーモンヌ伯爵との婚約を発表されたのです。昨今ウジェニー・フロンテナックのかわいらしい笑顔が掲載されていない新聞など、どこを探しても見当たりません」

「なるほど」アタランテは必要な情報をできるだけ脳裏に刻み込もうとした。「それでいま、そのウジェニー・フロンテナックがここへやってきているのね？　問題を抱えて？」

「〝緊急事態〟と呼んだほうがよろしいかと思います。わたしのご主人様は……非常に慎重な方でしたので」ルナールは笑みを浮かべた。「あの方はよく〝金持ちには問題などない。彼らには高い身分がある、なんでも自分の思いどおりにできるほどに。ただ、ときに彼らは緊急事態に陥ることがあって、そういう事態は誰かが慎重に考慮すれば解決できるはずなのだ〟とおっしゃっていました」

　その言葉を聞く限り、祖父はただ慎重なだけでなく明敏な人でもあったようだ。実際のところ、アタランテの生徒たちは裕福な家庭の子女ばかりだったが、親たちは世間の他の人たちが日々気にかけるようなことにあまり頓着しなかった。彼らは自分たちの娘がホームシックにかかったりテストで落第したりといった学校側からの話を聞きたがらなかった。そういう類いのことはすべて、学校が面倒を見るべきだと考えていたからだ。

　そのせいで、アタランテは言葉を慎重に選んで対応する術を学ばざるをえなかった。もとより自分には慎重さが足りないのではないかと不安だったが、教師である以上、生徒の親と言い争うわけにもいかない。だから誰かに不快な思いをさせることなく、真実を伝えるやり方を学んだのだ。ここでその能力が役に立つかもしれない。

「だったらその若い女性に会わなければ」アタランテはルナールに言った。「どうやって彼女を手助けできるか、その方法を見つけ出さないと」

「どうして彼女が若いと思うんです？」

「あなたは先ほど、彼女が三人いるうちの末娘で一番早く結婚することになったと言っていたでしょう。一般的に、良家のご令嬢というのは若いうちに結婚することが多いし、彼女の姉たちも四十歳にはなっていないはずだから」そう答えた瞬間、遅まきながら気づいた。ルナールはさりげなくわたしをテストしたのかもしれない。探りを入れるように従者を一瞥したが、彼は表情をいっさい変えず、満足げな様子はかけらも見られない。

　祖父はこの男性にわたしを試すよう指示したのだろうか？　あの手紙に祖父が書いていた〝わたしがおまえを導こう〟という謎めいた言葉がいまだに脳裏から離れない。でもどうやって？

　ルナールは大股で歩き出し、アタランテを左側にある二番目の部屋の前まで連れていくと扉を開いた。奥の壁際に豪華なピアノが、右側には優美なデザインのソファが置かれている。ここに集まった上流階級の人びとが洗練された女性の巧みなピアノ演奏に耳を傾けている姿が目に浮かぶようだ。でも祖父はここにひとりで暮らしていたはず。友人たちをこの屋敷に招いたりしたのだろうか？　祖父が特別懇意にしていた親族はいるのか？　そういう人たちと会って、祖父をもっと理解する手助けとなるような話を聞く機会はやってくるのだろうか？

ソファから若い女性が立ちあがった。金色の髪を高く結いあげ、赤い羽根飾りの頭部用装身具(ファシネーター)で留めている。黄色のドレスの襟と袖口には赤い刺繍(ししゅう)が施され、両手にはめた指輪やブレスレットがきらきらと輝いている。背は高くないが、ゆったりした優雅な動きでアタランテのほうへ近づいてきた。「こんにちは(ボンジュール)、あなたが後継者なの？」

　アタランテがそうだと答える前に、依頼人は堰(せき)を切ったように話し出した。「あなたはわたしを助けなければならないわ。自分の幸せにこんな泥を塗られたままでいいわけがない。絶対に嘘よ。そんなことありえないもの。でも確実にそうだとわかるまで、一瞬も心が休まらないの」彼女は青白くなるほど手を握りしめている。

　アタランテはソファに置かれたままの依頼人のバッグをちらりと見た。バッグの上にしわくちゃの手袋が置かれている。明らかにウジェニー・フロンテナックはひどく緊張した状態で、誰かがやってくるのを待ち続けていたのだろう。それこそ手袋を破ける寸前まで握りしめるくらいに。彼女がこの部屋でひとりだったことを考えれば、その苦悩が本物であるのは明らかだ。アタランテは依頼人に尋ねた。「ご用件を尋ねてもいいでしょうか？」

「紅茶を持ってまいりましょう」ルナールは歌うような声で言うと、扉から出ていこうとした。

「チョコレートもお願い(シル・ヴ・プレ)」依頼人はルナールににっこりと笑みを向けた。「元気を取り戻すために甘いものが必要なの」

彼女は身ぶりでアタランテにソファを指し示した。「ここに座りましょうか？」

アタランテはやや不意を突かれた。自分の屋敷なのに依頼人のほうから座るよううながされるとは。でも同時に、この依頼人の気分がころころ変わる様子に興味をかき立てられている。つい一瞬前まで助けを求めていたのに、いまは堂々とこの場を取りしきっているなんて。とはいえ、彼女が末娘であることを考えれば当然かもしれない。きっと恐ろしく甘やかされて育ち、指をぱちんと鳴らせば望みのものを得られる状態に慣れっこになっているに違いない。そういった女の子の扱いは学校で嫌というほど経験済みだ。まずはこの依頼人の好きなように振る舞わせ、彼女の話からこの案件の調査に役立つ情報がどれだけ引き出せるか様子を見てみるのが一番だ。

案件！　わたしはいまから案件の調査依頼を受けようとしている。わずか二日前まではごく平凡な生活を送っていたのに、いまはこうしてパリにいて、探偵業をしていた祖父と同じことをしようとしているのだ。祖父の期待を裏切りたくない。

ウジェニーは言った。「あなたはわたしのことも、わたしがどういう状況にあるかも知っているはずよね」

アタランテは心ひそかに、知る必要のある情報すべてを伝えてくれたルナールに感謝した。おかげで一歩先んじることができる。「あなたはスーモンヌ伯爵と結婚する予定なんですよね」

「ええ。でも誰かがわたしたちの仲を裂こうとしているの」依頼人は両手を掲げ、大げさな身ぶりでいらだちをあらわにした。「ジルベールに求婚されてからずっと、みんながわたしを妬んでいるのはわかってる。でもそれって当然のことだと思うの。彼は最高の結婚相手だと考えられてきたから」彼女は笑みを浮かべた。そんな彼から求婚されたことに満足そうな様子だ。「最初の奥さんを亡くしてから、ジルベールは誰にも興味を示そうとしなかったの」

「まあ、彼は奥様を亡くされたんですか?」

「ええ、マチルドは結婚してすぐに、プロヴァンスにあるジルベールの地所で起きたいたましい事故のせいで亡くなったの。彼はその衝撃から立ち直るのにかなり長いことかかったみたい。あちこち旅をしたり、仕事に打ち込んだり、絵画の買いつけをしたり。宝探しをする人みたいに、誰も目をつけていなかった場所からルネサンス期の絵画を探し出してパリの画廊へ持ち込んだりしているの。名画探しに関して言えば、彼はまさに天才よ」婚約者についてもっと何か言うべきことはないかと考えるかのように、彼女は一瞬口をつぐんだ。

アタランテはふたりが誰かの紹介で結婚するのかどうか知りたかった。それともウジェニーが純粋に相手の男性を好きになったのだろうか? とはいえ、そんなあけすけな質問を口に出せるはずがない。他のやり方で答えを見つけ出さなければ。「彼とはどうやって知り合ったんです？」

「二月にあった友人の誕生日パーティーで出会って、彼がすっかりわたしに夢中になってしまったの」彼女はふたたび満足げな小さな笑みを浮かべた。「それから何度かこっそり会っていたらわたしの母に見つかってしまって。母はすぐに別れるか、それともわたしと結婚するか、どちらかに決めてくれってジルベールに選択を迫ったわ。最初彼はまだ早すぎると考えていたみたい」

ウジェニーはしばし口をつぐんだ。あまり打ち明けたくない出来事について他にも何か詳しく思い出したかのように。

アタランテはふと思った。もしかして伯爵はこの女性に伝えたのだろうか？　彼自身は結婚を考えるほどふたりの関係を真剣には考えていなかったのだと？　ウジェニーの言葉を借りれば〝最高の結婚相手〟にとって、彼女との数回の密会は何を意味していたのだろう？

ウジェニーは我に返って言葉を継いだ。「でも数日パリを離れていたあと、ジルベールは突然どこからともなく姿を見せて、父にわたしと結婚したいと申し出たの。すぐに結婚式の準備に取りかかりたい、そうすればラベンダー畑が満開の夏に結婚できるからって。ママンは婚約期間が長いほうがいいと考えていたはず。そうすればあちこちのパーティーでジルベールを見せびらかせるし、わたしのために完璧なドレスを用意することもできるから。でももちろん、伯爵の希望に対してママンがノンと答えることはなかった。だからいまでは誰もが喜んでいるの」

「あなたも含めて?」アタランテは尋ねた。直接的な質問だが、この会話の流れだとこう尋ねるのが自然だろう。今ここで聞いておけばあらためてウジェニーの気持ちを尋ねる必要もない。こういうやり方を祖父が認めてくれますように、と願うばかりだ。

彼女は不意を突かれて混乱したようだ。「どうしてわたしが喜んでいないと? 三人姉妹のなかで一番最初に結婚を申し込まれたのよ。姉たちはものすごく羨んでいたわ。いまもそう」彼女はまたしても笑みを浮かべた。

扉が小さくノックされ、さっと開かれるとルナールが入ってきた。運んできた銀製のティートレイをテーブルに置いて低い声で尋ねる。「お注ぎしましょうか?」

「わたしがやるわ」アタランテは手をひらひらとさせて彼に立ち去るよう伝えた。ふたり以外の存在によって、これまでの雰囲気を壊したくない。

香り高い紅茶を繊細なデザインの磁器カップに注ぎはじめると、ウジェニーはもう一度尋ねてきた。「なぜあなたはわたしが喜んでいないと考えたの?」先ほどよりも弱々しく、不安さえ感じられる声だ。

アタランテは肩をすくめた。「あなたはまだ若いもの。これから一生ずっと誰かに縛りつけられたいと本気で考えているんですか?」目の前にいる女性は、寄宿学校の最年長の生徒たちとほとんど年齢が変わらない。守りたいという気持ちがいっきに押し寄せてくる。

彼女は一瞬身震いをした。「そんな言い方をしたら、まるで有罪宣告みたいに聞こえるわ」

「あなたを動揺させたいわけじゃないの」アタランテはなだめるように言い、依頼人の顔を見つめた。そこに浮かんでいる感情は、あまりに興味深くて見過ごせない。

依頼人はその謝罪の言葉を払いのけるように手を振ると、何かを告白するかのように身を乗り出した。「わたしだって、あなたが何を言いたいのかよくわかっている。わたしがこんなに早く屋敷から出ていくことになって母は涙を流しているけれど、とにかく自由になりたいの。パリからも、絶え間ない噂（ゴシップ）からも離れたい。自分のいい点や悪い点をあれこれ言われるのはうんざり」

「ということは、結婚したら、伯爵はあなたをどこか遠くへ連れていくつもりなのかしら？　仕事のためにパリに住んでいるんじゃないの？」

「冬はほとんどパリにいるけれど、夏はラベンダー畑のある自分の地所で過ごしているのよ。わたしはまだ一度も行ったことがないけれど、ジルベールがその場所のすばらしい絵を描いてみせてくれたの。四方八方に広がる美しい景色（ベルヴュー）が楽しめるから〝ベルヴュー〟と呼ばれているんですって」

「なるほど」そこは彼の最初の妻マチルドが亡くなったのと同じ土地なの？　そう尋ねた

くなったものの、アタランテはどうにかこらえた。そんな想像をするのは失礼だ。それに何かをほのめかしているようでもあり、依頼人の心の平安を乱す可能性がある。でも、だったらわたしはなぜそんなことを考えたのだろう？

「これが不幸な結婚だなんて思っていなかった」ウジェニーは紅茶をすすって自分の前方をぼんやり見つめた。

アタランテはその先をうながすように言った。「いつまで？」

「この手紙が届くまでは」ウジェニーが紅茶のカップを突然置いたため、褐色の液体が縁からこぼれた。ソファに放ってあった自分のバッグをつかんで開け、なかから何かを取り出す。くしゃくしゃになった一通の封筒だ。彼女は膝の上でその封筒のしわを伸ばした。「こんな卑劣なことを」感情のたかぶりのせいで次第に声が大きくなる。「しかもくだらないし……こんなものを送ろうと考える人がいるなんて信じられない」

アタランテは無地の封筒を見つめた。〝マドモワゼル・E・フロンテナック〟という宛名が書かれている。住所は記されていない。

依頼人は歯を食いしばった。「まだ信じられない。これは絶対にわたしたちを……別れさせようとする悪ふざけよ。わたしが幸せになるチャンスを台無しにしようとしている誰かのしわざだわ」

「手紙にはなんて？」

「自分の目で確かめて」ウジェニーはしわくちゃの封筒を手渡すと、アタランテがそれを開けてなかから手紙を取り出すのを見守った。

出てきたのは一枚の紙だ。ふたつに折り畳まれている。紙を開いた瞬間、鮮やかなインクの色が目に飛び込んできてアタランテは目を見開いた。血のような真っ赤な色でメッセージが記されている。声に出して読みあげた。「彼の最初の妻は事故で死んだのではない。注意しろ。恐れよ」

ぼんやりした意識のなかで、文字が慎重に記されていることに気づいた。あえて文字の特徴を抑えて誰の筆跡かわからないようにしている。この手紙を書いた人物が意識的にそうしたに違いない。生徒たちもたまに使う手だ。〝イライザは本当に豆類を食べられない〟〝パトリシアは一日おきにテニスをすることを許されるべきだ〟などという内容の手紙を自分で書き、両親からの手紙だと言ってよこしたりする。ねじれた手書き文字を記しているのは単に用心のためなのか？　それとも送り主はその手書き文字を見たらウジェニーがすぐに誰かわかるような相手ということか？　これは興味深い。

ほらね、わたしはいまこの匿名の手紙からわかる最小限の事実から、見事に情報を引き出している。あたかも本物の探偵みたいに。にわかに興奮を覚えたが、この手紙に記された言葉の重さを考えたら、そんなうわついた気持ちはすぐに吹き飛んだ。

このメッセージが何を伝えようとしているかは明白だ。そこにはいかなる想像の余地も残されていない。

ウジェニー・フロンテナックが結婚しようとしている男は殺人者だ。ちょっと待って。それはどうかわからない。ただ彼の最初の妻が事故で死んだのではないと書いてあるだけだ。もし彼女が殺されたのだとしたら、誰だって犯人の可能性がある。いっぽうで、彼女が結婚しようとしている相手が危険な人物でなかったとしたら、なぜ新たな花嫁にこんな警告が届いたのだろう？

「彼の最初の奥様がどうして亡くなったか知っていますか？」アタランテは尋ねた。

「ええ。マチルドは馬から放り出され、首の骨を折ったの。間違いなく事故だった。誰にも防ぎようがなかったんだもの」彼女はアタランテの目をまっすぐに見つめた。「これはわたしに婚約を破棄しろとほのめかす、本当に卑劣な手紙だわ。でもわたしはそんなことするつもりはない」

「ということは、あなたの心は決まっているんですね？」

「ええ」

「だったらどうしてここにやってきたんです？」

「この手紙を送りつけてきたのが誰か知りたいから。わたしの結婚を台無しにしたがっているのが何者か突き止めたい。わたしの婚約者を悪者にしたがっているのが何者なのか、こんな非難がましい言葉を書いてきた相手がどこの誰なのか、どうしても知りたい。それだ。

に……」彼女はむせそうになり、カップをふたたび持ちあげると紅茶をすすってのみ込んだ。

アタランテは口を開いた。「匿名の手紙というのは送り主を突き止めるのが難しいものです。これは無地の紙だし、何かの印でもない限り……」紙を光に透かして特徴となる印がないかどうか探してみる。何も見当たらない。「この紙からは何もわからないし、手書き文字も相手を特定する役には立ちません。インクは……」よく観察してみる。「インクから何か情報がたどれるかどうかは疑わしいですね。見たところ、この封筒にはあなたの名前だけしか記されていない。どうやって届けられたのかしら？」

「それがなんとも不思議なの。うちの料理人は新鮮な野菜を買いに外出するとき、いつも大きなバスケットを持っていくんだけど、彼女が屋敷に戻ってバスケットからニンジンとニラネギを取り出したら、その間にこの手紙が入っていたの。それで料理人がメイドに頼んでこれをわたしに届けさせたというわけ。もちろん、この手紙を読んですぐに厨房におりて、どうやって届いたのか料理人に尋ねたわ。でも彼女が市場にいる間に、誰かがバスケットのなかにこの封筒を忍び込ませたということ以外、何も聞き出せなかった」どこか残念そうな言い方だ。

「なるほど。それであなたとしては、これは単なる嫌がらせだから放っておこうとはなさらなかったのですね？　どうしても調査をしたいと？」

ある意味、それは自然なことだろう。ウジェニー・フロンテナックのように甘やかされて育った若いレディなら、こんなふうに幸せに水を差されたら激怒して当然だ。とはいえ、自分の傷ついた気持ちを満たすためだけに、手紙の差出人が誰か私立探偵に調べさせようとするだろうか。先ほどから依頼人の手が小刻みに震えていることから察するに、彼女は何かを心から恐れているのだろう。

ウジェニーはティースプーンを指でもてあそんだ。顔に浮かんでいるのはどこかもの思わしげな表情だ。悲しみの表情に近い。

アタランテは優しく、あえて気さくに話しかけた。「もっと何かあるんですね？ もしよかったらわたしに話して」

彼女はため息をついた。「この手紙のせいでいろいろ悪いことを考えてしまうの。こんな手紙に影響されるべきではないとわかっているのに、実際は影響されている。あれこれ考えはじめるようになって……。ジルベールの最初の奥様はとても裕福な家の出身で、彼と結婚したとき莫大な花嫁持参金を持ってお嫁に行ったの。彼女が亡くなってから、その持参金はすべてジルベールのものになり、彼の事業や新しい絵画探しといった活動に使われているみたい。父はわたしを心から愛してくれていて、おまえを手ぶらのまま嫁には出さないと約束してくれている」そこで口をつぐんだ。

アタランテはゆっくりとうなずいた。「あなたは結婚したあとすぐに、自分もまた死ぬのではないかと恐れているのね。そして伯爵が花嫁としてあなたが持参したものすべてを自分のものにするのではないかと」

「ふとそんなふうに考えてしまう。いけないことだとわかっているけれど、他にどう考えればいいというの？　誰かがこんな手紙をわざわざ送ってきたのはなぜ？」ウジェニーは息を思いきり吐き出した。「そんなことは考えないようにしようとしても、夜ベッドに横になると悪い夢を見るの。女性が馬から放り出される姿を見て、鞍の下にトゲが仕込んであるのではないかと考えている夢よ。寝転がって天井を見つめているうちにうとうとするけれど、突然息苦しさを感じたりもする。誰かがわたしの顔の上から枕を押しつけているから。黒い影がわたしにのしかかってくるのが見えて……ああ、自分はお金のために死ぬんだとしか考えられなくなる」彼女は大きくあえいだ。「あなたの力で、わたしの身にそんなことが起こらないようにしてほしいの。結婚する前に、この手紙を送ってきたのが何者か、わたしのために突き止めて。この手紙はわたしと婚約者を別れさせるための嫌がらせにすぎないのか、それとも正真正銘の警告なのかを探り出して。さもないと、片時も安心できない」

アタランテは無言のまま座り、この緊急事態について考えてみた。手紙を書いたのが誰か特定できるかどうか自信がない。それにスーモンヌ伯爵の最初の妻が事故死かどうかも。そんなことをどうやって調査すればいいのだろう？

いま目の前にある仕事の重大さに比べると、これまでの人生で経験してきたありとあらゆることが子ども劇のように思えてきた。祖父は自分と同じようなことがわたしにもできると考えたのかもしれない。だけど——。

「わたしと一緒に来て」ウジェニーは懇願するような表情でアタランテを見た。「ベルヴューへ一緒に来て、結婚式の関係者たちと実際会ってみて。そのなかでこの手紙を書くことで、わたしに脅しをかけたいと思っているのが誰か見きわめてほしいの。それか、わたしのためを思って忠告してくれているのが誰なのかを。もう一通手紙が届くときにわたしと一緒にいて」

「どうしてもう一通手紙が届くと思うの？」アタランテは鋭い口調で尋ねた。「男性であれ女性であれ、送り主はこの手紙で望みを遂げたはずなのに」

「そうなったかどうか、送り主にはわからない。書かれている内容なんて全然気にせずに、わたしがこの手紙を暖炉に放り込んだと考えるかもしれないし」

たしかにそうだ。

何より不安なのは、ウジェニーがこの手紙の送り主の標的が自分だと考えていることだ。パリを離れて未来の夫が所有する地所に出かけたあとも、そう考え続けるだろう。

もしかして彼女は送り主に心当たりがあるのでは？　その人物が犯人ではないと証明させて安堵するために、本気で探偵を必要としているのでは？

ウジェニーはアタランテの腕をつかんだ。「お願い、一緒に来て」

ベルヴューは伯爵の最初の妻が予期せぬ死を遂げた場所に違いない。おそらく当時何が起きたかを知る使用人や隣人、友人たちがまだいるはずだ。目立たないように調査をして、それが悲劇的な事故かどうか突き止めることができるかもしれない。もし彼らの証言が一致すれば、この手紙の内容は悪意ある嘘にすぎないと証明でき、目の前で悲嘆に暮れているレディの心も穏やかになるはずだ。それなら自分にもできそうな気がする。

未来の花嫁はアタランテの腕をぎゅっと握りしめた。「お願い。あなたの助けがどうしても必要なの」

炉棚の上に置かれた金箔貼りの振り子時計が十一時を告げた。チャイムの音色がどっしりとしたピアノに伝わり、反響している。いまやこのすべてがわたしのものなのだ。もしわたしが困っている人たちを助けるならばという条件で、祖父が引き継がせてくれた。そしてまさにいま、自分の隣に助けを必要としている人が座っている。せめてこれから向かう土地へ同行し、この緊急事態の成り行きを見きわめてほしいと懇願している。祖父が書いていたとおり、女性である自分は男性よりも多くを発見できるかもしれない。実際すでにそうなっている。いまウジェニーはわたしに対して心を開いているけれど、もし相手が祖父だったら同じ結果になったかどうかは疑わしい。

つまり、祖父の計画はうまくいきつつあるということだ。

アタランテはウジェニーに笑みを向けて答えた。「ええ、あなたと一緒に行くわ。出発はいつにしましょうか?」

4

ルナールがウジェニー・フロンテナックを送り出す間、アタランテの頭は出発に向けて何を準備すべきかということでいっぱいだった。あれからウジェニーと話し合い、彼女の遠縁のいとことしてベルヴューに同行することとなった。ウジェニーの話によれば彼女の父方は大家族で、一度も実際に会ったことがないいとこたちがたくさんいるから大丈夫とのことだ。

それでもなお念には念を入れるべく、アタランテは急きょ自分が属することになった一族の分家について、できる限りの情報をウジェニーから引き出そうとした。結局のところ、結婚式は家族行事だ。式に参列する花嫁の近しい親戚筋がこちらに興味を抱く可能性は十分考えられる。

嘘をついていることがばれるような質問をされやしないかと恐れを募らせ、四六時中、誰とも顔を合わさないようにこそこそするなんて最悪だ。

これから本当に調査に出かけようとしていると考えるだけで胸の鼓動が速くなる。同時に、かつてないエネルギーが湧いてくるのも感じている。

ルナールがほとんど物音を立てず部屋に入ってくると、眉をひそめながら尋ねてきた。

「誰を付き添わせるつもりですか、マドモワゼル？」

「なんですって？」

「メイドか話し相手（コンパニオン）を同伴しなければなりません。良家の令嬢たるもの、使用人を同行させずに旅するなどありえません」

「前世紀まではそうだったかもしれない。でももはや現代だもの」アタランテは力なく反論した。ルナールの〝良家の令嬢たるもの〟という言葉を聞き、自分の父が高い地位から転落したせいで、自分自身が良家の令嬢として当然受けるべき教育を受けられなかった事実を痛切に思い知らされていた。もし父がもう少しお金を慎重に遣っていたら、事態は違っていたはずなのに。

ルナールは続けた。「それにあなたには調査を手助けしてくれる者が必要なはずです。あなたの目となり耳となる者がいれば、使用人たちから情報を得るのに役立ちます」

「たしかに。わたしは裕福なフロンテナック一族の遠縁のいとことして同行することになったの。それで、ウジェニーから探偵活動以外にどんな才能があるのかと尋ねられて……」アタランテはやや赤面せずにはいられなかった。その才能が本当にあるかどうか自分でもまだよくわかっていないせいだ。「フランス語と音楽を教えていると答えたら、彼女は嬉しそうな顔になって、だったら結婚披露宴の晩餐でピアノを弾いてと言われたの。彼女の婚約者が披露宴に有名歌手を招待しているからちょうどいいって。アンジェリーク・ブローノーという歌手みたい」

ルナールは目立たないよう小さな咳をした。

アタランテにとって、それは何度も耳にしたことがある類いの咳だった。かつて彼女と父親がどこかに到着するたびに、周囲からよくそういう咳が聞こえ、彼らはいっせいに目配せをし、こっそり耳打ちをしはじめたものだ。「アンジェリーク・ブローノーに関して何か聞かせたい話があるの？」

「わたしは噂話などしたくありません、マドモワゼル。あるいは彼女に実際に会う前だというのに、あなたの判断に影響を与えたくもありません。ですが……」

「ええ」アタランテはその先を続けるようにうながした。

「アンジェリーク・ブローノーは十年にひとりの逸材と考えられています。批評家たちはかの小夜啼鳥よりも甘い歌声の持ち主だと絶賛しているほどです。パリにお住まいの裕福なご令嬢たちはむしろ、彼女を妖婦と噂しております」彼は一瞬ためらった。「あなたは神話にお詳しいですか？」

「セイレンについて？　もちろん知っているわ。わたし神話に目がないの。有名なホメロスの『イリアス』やオウィディウスの『変身物語』はもちろん、あまり知られていない物語でも面白そうなものは何でも」アタランテはそこで口をつぐんだ。そうしないと、寄宿学校近くにある村の小さな古書店で見つけて買い求めた本を読んで、つい最近発見したことについて、長い時間をかけて語り聞かせてしまいそうだったからだ。「彼女たちがセイレンと呼ぶのは、アンジエリーク・ブローノーが男性を虜にする美しい声の持ち主だということね」

「声だけでなく他の特性のせいもあります」ルナールはそっけなく答えた。「とはいえ、アンジエリーク・ブローノーがスーモンヌ伯爵の結婚式で歌を披露するというのは……どう控えめに言っても驚くべきことです」

「何か噂があるのかしら？　伯爵が……彼女に興味を持っているとか？」アタランテは慎重に尋ねた。

ルナールはひるむことなく彼女の視線を受け止めた。「ウィ、ですがそれだけではありません。彼女は伯爵の前の結婚式でも歌を披露しているのです」

なんですって？　アタランテはその新事実について考えようとした。「彼女は伯爵が最初の妻と結婚したときに歌を披露していた？　それでそのあとすぐにその妻が事故死したというの？」

「しかも、事故はマドモワゼル・ブローノーが伯爵の屋敷に滞在中に起きたのです」

「本当に？　それはまた興味深い」アタランテは部屋を行きつ戻りつした。大きな手がかりを与えられ、その意味を理解しようと必死だ。「ということは、ふたりは伯爵が結婚する前から関係を持っていて、アンジェリークが彼の妻を殺したという可能性が考えられる……でもどうして？　伯爵がすでに結婚したあとにふたりの関係が始まったのだとしたら話のつじつまが合う。彼女が伯爵の妻を殺したのは、夫婦の絆から伯爵を解放すれば自分と結婚できると考えたから。でも伯爵が結婚する前からふたりがつき合っていてアンジェリークが妻を殺し、それなのに伯爵が彼女とは結婚しないまま、今度はウジェニーと出会って再婚を決めたとすれば……殺人を犯しても彼女にはなんの得もない」

「当時アンジェリーク・ブローノーは、伯爵が金のために結婚したと信じていたのかもしれません。もしその妻が死んで金が伯爵のものになれば、彼が自分と結婚してくれると考えた可能性もあります。ありのままの真実ではなくとも、そう信じ込んだ強い感情に突き動かされて彼女は殺人を犯したのか……」

「うーん」アタランテはピアノの脇で立ち止まり、鍵盤の上に指を軽く滑らせた。「たしかにその可能性はある」特に感情が絡んでくると、真実がどうであれ関係ない。その真実を誰がどう認識したかという点が重要になってくる。「でも仮にアンジェリークが妻を殺して新たなスーモンヌ伯爵夫人の座を狙っていたとしたら、なぜ彼女はいまだに伯爵と連絡を取り合っているの？　どうしてよりによって彼の結婚式で歌を披露しようとしているの？　もう二番目の花嫁を殺す計画は立てられないはず。だってそんなことをしたらあまりに……あからさますぎるもの」

それでも二度目の殺人を実行しようとする図太い神経の持ち主などいるだろうか？　アタランテはこれまで殺人者の気質について深く考えたことは一度もない。でもいまはその必要に迫られている。

結局すぐにベルヴューで殺人犯と顔を合わせることになるかもしれない！

ルナールは言った。「いま、あからさますぎるとおっしゃいましたがどうしてです？　最初の殺人は――もし本当に殺人事件だったらの話ですが――事件として捜査されていません。誰もがあれは乗馬中の事故だと考えていました。ただの事故だと。アンジェリーク・ブローノーは、新しい花嫁も別の事故に見せかけて殺害できると信じているのではないでしょうか？」

「でもどうして？　ただ伯爵を自分のものにするためだけに？　彼に自分と結婚する気がないことは彼女もわかっているはず――もし伯爵がそのつもりだったら、いま頃とっくに結婚しているはずだもの」アタランテは両手を広げた。「わたしにはさっぱり理解できない」

もし恋愛感情が動機でなければ、他にどんな理由が考えられるだろう？　いままで読んだ推理小説の数々を思い出し、他にもっともらしい理由がないか考えてみる。「アンジェリークはお金持ちなの？」

ルナールは唇をすぼめた。「間違いなく、それなりにお金はあるはずです。いろいろな場所へ演奏旅行へ出かけていますし、ステージの報酬も高額と聞いています。ただし、彼女は美しい服や宝石に目がありません」

「つまり稼いだお金のほとんどを遣っていると？」アタランテは結論を口にした。

「その質問にはイエスとお答えしていいと思います。パリにいるとき、アンジェリーク・ブローノーはパリ郊外にある屋敷に滞在しています。それが彼女自身の持ち家か、誰かから借りている屋敷なのかは調べればすぐにわかるはずです。ただ、それが持ち家だったとしても、彼女がマルタン・フロンテナックの娘に匹敵する財産を持っているとは考えられません。資産を比べた場合、アンジェリーク・ブローノーは絶対に勝てないでしょう」

「なるほど。もし彼女が伯爵を本当に愛していたら、いま頃つらい思いをしているに違いないわ」アタランテは足元の鮮やかな色合いの絨毯を見おろし、しばし考え込んだ。「愛という感情は生きるうえで強力な動機となるものだから」

「むしろ、この場合は復讐（ふくしゅう）と呼んだほうがよろしいかと」ルナールは正しく言い直した。

「わたしにはアンジェリーク・ブローノーがスーモンヌ伯爵を心から愛しているとは思えません。伯爵が彼女を愛しているとも思えないのです。あのふたりはどちらも自分勝手すぎて、他の人を深く気遣うことなどないはずです」

「どうしてそう言えるの？　相手を判断するとき、わたしたちは目に見える印象を頼りにするしかないけれど。相手の心のなかまではわからない」

ルナールは納得できない様子だったが、その件についてそれ以上話そうとはしなかった。

「それで、あなたはアンジェリーク・ブローノーの披露宴の伴奏者として行かれるのですね。もしそうなら、滞在する理由を誰にも疑われたりしないでしょう。それにマドモワゼル・ブローノーと親しくできれば、調査にとって役立つに違いありません」

「たとえわたしがいなくても、あなたなら殺人犯をすぐに突き止められそう。伯爵の地所に一歩も足を踏み入れなくても」アタランテはからかうように言った。

ルナールはやや不機嫌そうな顔になった。「心配なさる必要はありません」硬い口調で言葉を継ぐ。「いまは容疑者不明でも、すぐに多くの容疑者候補者が出てくるはずです」

「伯爵の最初の奥様はそんなに嫌われていたの？」アタランテは眉をひそめながら尋ねた。

「だとしたら、どうして誰も彼女の事故を疑おうとしなかったの？　彼女が殺されたのではないかと疑った人はひとりもいなかったの？」

「生前の彼女について、活発で魅力的な若い女性だという噂を耳にしたことがあります。もし実際そうだったら敵がおおぜいいたとは思えません。ですが、人は幸運な人を妬むものです。それに当時からすでに伯爵は人気者でしたから」

「いまはさらに人気者だということ？」アタランテはルナールの〝当時からすでに〟という言葉に食いついた。

「はい、そうだと思います。当時に比べると、伯爵はルネサンス期の美術専門家としてさらに高い名声を得ていますから。彼がイタリアで発見した絵画ならどんな大金を払ってでも購入したいという裕福な殿方はおおぜいいます」

「でももし伯爵がそんなに引っ張りだこなら、花嫁持参金を自分の自由にするために新たな花嫁を殺す必要などないんじゃない？　過去に何が起きたにせよ、いまの伯爵はお金に困ったり――」

アタランテは口をつぐんだ。片手を掲げたルナールにさえぎられたのだ。「伯爵が金に困っていたから最初の妻を殺したとは断定できません。そもそも殺人事件かどうかもわからないのです。もしかすると、伯爵には最初の奥様を殺す他の動機があったのかもしれません。それに伯爵の財政状況を判断する場合、彼の収入だけでなく支出も確認するべきです」

アタランテは考え深げにうなずいた。「つまり伯爵は収入を超えるほどお金を遣っているから、いまだにお金を必要としているかもしれないということね」

「前に信頼できるある筋からこんな話を聞いたことがあるのです。伯爵は一回のポーカー・ゲームに千フラン賭けることがあると」

アタランテは目を見開いた。「彼が勝ち方を知らなければとんでもない無駄遣いになってしまうわね」

「いえ、彼は本当に勝ち方を知っているんです。とはいえ、彼がゲームで不正な手を使っているという噂もあります。自分の息子が伯爵からゲームで金をむしり取られるのを快く思っていない父親がおおぜいいるというのです」

「ということは、伯爵には敵が多い」アタランテはふたたび行きつ戻りつしはじめた。「あの血のような赤い警告文が届いたのは、伯爵自身の人間関係のもつれのせいかもしれない。誰かが今回の再婚を阻止しようとしたのかも。そうすれば伯爵は利益を得られなくなるし、評判も傷つくことになる。もしこの婚約が破棄されたら、みんなこぞって噂話に興じるに違いないもの」

「そうなったらマルタン・フロンテナックは激怒するでしょう。彼は計画を邪魔されて黙っているような男ではありません」

「なるほど。だからなおさら伯爵の敵たちにとっては、そうやって弱い立場に立たされた彼を叩きのめすことになるというわけね」アタランテは不意に口をつぐんだ。「ルナール、あなたは本当にたくさんのことを知っている。もしわたしを助けられる人物がいるとすれば、それはあなたよ。わたしと一緒にベルヴューへ行ってもらえない?」何ものも見逃さないよう注意深く彼を見つめる。ルナールの顔にわずかでも満足げな表情が浮かばないだろうか? もしかして彼は自分が招かれたいためだけに、わざと誰かを同行させたほうがいいなどという話題を持ち出したのか?

ルナールは背筋をまっすぐに伸ばした。「いいえ、マドモワゼル、それはだめです。わたしはあなたの亡きおじいさまの従者です。彼の相続人であるあなたが許してくださる限り、ずっと彼の所有物を大切に管理することはできます。ですが緊急事態に対処するために、あなたの旅に同行することはできません。人びとはわたしのことを知っておりますので」

アタランテは言い返したくなった。世間の人は使用人にほとんど注意を払わないものだ。それに自分の目には、ルナールが他の執事や従者と同じに見える。でもそんなことを言って彼を傷つけたくない。しかもほんのわずかな可能性であったとしても、誰かがルナールの正体に気づいて疑いを募らせたら、この案件は台無しになる。

そんな浅はかな提案をした自分を思いきり蹴飛ばしてやりたい気分だ。探偵業を始めたばかりとはいえ、こんな失言は許されない。とはいえベルヴューで、いったい誰がわたしを手助けしてくれるというのだろう？　本当にひとりでこの調査をやり遂げなければいけないのだろうか？

「たしかにあなたの言うとおりね」アタランテは彼と目を合わせた。「ただ、これから会うことになる人たちの関係について、わたしもあなたみたいに詳しい知識があればいいのにと思ったの」

この仕事はわたしには荷が重すぎる。いったいどうすれば結果を出せるのだろう？

「同時に、そういう知識があなたの判断を偏らせることもありえます。あなたのおじいさまは深い洞察力をお持ちで、その能力を役立てて案件を解決されていました。彼はあなたが自分とよく似ていると信じていらしたように思います」ルナールは唇を噛んで笑みを抑えた。「彼は間違っていません。わたしは自信を持ってそう言えます。なぜなら、あなたはおじいさまと同じで自主性のある方だからです。大変いいことだと思います。自主性を活かせば、あなたはどんな状況にも足を踏み入れ、すんなり順応できるからです。周囲の話によく耳を傾けることで多くを学べるでしょう」

ルナールは眉をひそめて続けた。「もし音楽教師で遠縁というふりをするなら、メイドを同行させる必要はないでしょう。とはいえ、あなたはベルヴューで誰ひとり信頼できないなか、ご自分がひとりだということに気づいていますか？　その場にいる誰もがなんらかの魂胆を持ってあなたに近づき、取り入ろうとする可能性があります。だからこそ常に用心を怠ってはいけません」

アタランテは背筋が寒くなった。こうしてパリにやってこられて興奮している。それに自分自身の屋敷を持てたことにも、ママが好きだったランの花も育てられることにも、もうすぐ目の前に広がるラベンダー畑を見られることにもだ。でもいままで、この事態をそんなふうには考えていなかった。だけどこれから自分が向かおうしているのは、少しの油断も許されない現場にほかならない。それぞれ隠しておきたい秘密があるかもしれない人たちのなかに足を踏み入れることになる。もし彼らのうちの誰かがスーモンヌ伯爵の最初の妻の死因について詳しく知っているとすれば、その人物は何者にも過去をほじくり返されたくないと考えて当然だ。

わたしがその件に関して尋ねはじめたら、どんなに無邪気さを装っても、その人物は驚いて強い興味を示すはずだ。

そしてその人物は痛いほどわかっているに違いない。あの過去の出来事をほじくり返されたら危険だと。

もしその人物が……これ以上わたしに調べさせるのは危険だと考えたら？

アタランテは思わず両手で自分の肩を抱きしめた。ウジェニー・フロンテナックは我が身に危険が及ぶのではないかと恐れ、この自分に助けを求めてきた。彼女の仕事を引き受けることで、わたしは自分の身を危険にさらすことになるかもしれない。よほど注意しなければ、わたしにとって最初であるこの案件が……最後になるかもしれないのだ。

ルナールはアタランテをじっと見た。「ご自分がどのような責任を引き受けようとされているのか、お気づきになりましたか？」優しい声で尋ねる。「あなたが恐怖に顔をこわばらせるのは見たくありません。ですが、ご自分の立場をしっかりと理解していただきたいのです。何をするにせよ、けっして気を抜かずに慎重にやる必要があります。夜はご自分の寝室に鍵をかけるようにしてください。常に周囲を細かく観察する習慣をつけるのです。なんであれ、他の誰よりもいち早く気づくようにしてください。プライドが許さないからと助けを求めるのをためらってはいけません。いつでもここにいるわたし宛てに手紙を書くことができます。あるいは電話でも構いません」彼はアタランテの目を見つめた。「それに最初の妻は殺されてなどおらず、あの手紙が単なる嫌がらせだという可能性だってあるのです。結局それでおしまいかもしれません。そうでないと誰が言い切れるでしょうか？」

ルナールはドア口に向かった。「もし夕食に特別召しあがりたいものがあれば、料理長に伝えることができますが」

アタランテは目をぱちくりさせた。ルナールが突然日々の業務に関する話に戻ったからだ。彼女にとっての初めての依頼人に関する話はこれで終わりと言いたげに。つい一瞬前まで、部屋には鍵をかけて常に注意を怠るなと忠告していたのが嘘みたいに。

だがルナールはドアの取っ手に手をかけながら言った。「たとえあの手紙が単なる嫌がらせだったとしても、そこにはなんらかのよからぬ感情が生まれていることになります。伯爵と新たな花嫁の幸せを願っていない何者かがいるということです。だからこそ危険なことに変わりはありません。慎重のうえにも慎重を期する必要があります。あなたが傷つけられるのをあなたのおじいさまが望んでいるはずがありません」

「これまでだって必ずしも簡単な人生ではなかったけど、どうにかやってきたわ」

ルナールは頭を下げた。「お許しを」優しい口調で言う。「ですが、困難な状況と闘うことと、悪意ある人たちに立ち向かうことは同じではありません。これまでの話を聞く限り、あなたは誠実で優しい心根の持ち主です。でも他人もそうだと信じてはいけません。誰も信用しないように」彼は扉を開けて廊下へ踏み出した。「あなたの依頼人も含めて」

「なんですって？」ルナールの最後の言葉に困惑し、アタランテは叫んだ。でも彼はすでに扉を閉じていた。

太陽の光が燦々（さんさん）と降り注ぐ部屋のなか、しばし立ち尽くす。あたりを囲んでいるのは新たに自分の所有物となった美しい調度品の数々だ。でも、いまはっきりと思い知らされた。これから自分が取りかかろうとしている仕事には、多くの困難がつきまとうだろう。今後新たに出会ってつき合う人たち全員に対して注意を怠ってはならない。しかも何事も額面どおりに受け取ってはならない。

たとえ自分の依頼人から聞かされた話であってもだ。ウジェニー・フロンテナックのことを寄宿学校で教えていた子たちより少しだけ年上の生徒のように見なしていた。わがままで、甘やかされていて、すぐに感情的になるたちだと。でもそのすべてを見直す必要がある。彼女の第一印象にとらわれず、それ以外にどんな可能性が考えられるか吟味しなければならない。ウジェニーから聞かされた話はあくまで彼女の視点から見た話にすぎない。意識的に話していない出来事もあるかもしれない。あるいは単に彼女が重要だと考えていないせいで話さなかった出来事も。それに真実を大げさに語ったり、自分の目的に見合うようわざと嘘をついたりしている可能性もある。もっと言えば、悪意を持ってさえいないのに嘘をついている場合も考えられる。何かを気まずく感じたせいで、言わないほうがいいと考えた話もあるかもしれない。でもウジェニーが口にしなかった話こそ、わたしにとって重要な情報である可能性もある。

アタランテは立ったままピアノを手で軽く叩きながら、しばし考え込んだ末に心を決めた。いま手元にある情報が事実に基づいたものか確認するには、わたし自身がこの足を使って調査する必要がある。パリからベルヴューへ旅立つ前に、どうしても調べておかなければ。

5

一時間後、アタランテはパリでも屈指の高級住宅街にある美しい屋敷の前に立っていた。濃紺の地味なデザインのドレスを身にまとい、バスケットを抱えている。なかに入っているのは、モンマルトルの露天商から買った切り花だ。しばし建物の正面を見つめてから屋敷脇の裏路地に入り、建物奥にある使用人用出入口の前に立つ。ノックをすると、すぐにお仕着せ姿の少年が扉を開け、アタランテをじろじろと眺めた。

「ディナーの食卓に飾る花を買ってもらうためにきたの」アタランテは少年に話しかけた。

「詳しい話は料理人が知っているわ」

少年は疑わしげに彼女を見たが、片手を振ってなかへ入るよう示した。彼のあとについて、ひとりのメイドがせっせと皿洗いをしている食品貯蔵室(パントリー)を通り抜けて広々とした厨房へ出た。ずんぐりした女性が料理用ストーブの前に立ちはだかり、鍋のなかを激しくかき混ぜている。あたりに漂う甘い匂いからすると、どうやらカスタードソースを使った菓子のようだ。少年はその女に話しかけた。「マダム・フルニエ、この花売り娘があなたの知り合いだと言ってやってきました」

マダム・フルニエは肩越しにアタランテを見た。「あたしがあんたを知っているって?」鋭いブルーの瞳でアタランテのこぎれいな服装と手に抱えたバスケットを一瞥する。

「とてもきれいな花だけど、うちはもう間に合ってるよ」

「お願い、話を聞いてください」アタランテは厨房のテーブルの上にバスケットを置き、あんぐりと口を開けている少年を無視して説明を続けた。「もうすぐ結婚式があると聞いたんです。それも社交界の方たちが集まる、とても大きな結婚式だと。わたしなら、あなたのために花を生けることができます。しかもそれを届けるだけでなく、美しいブーケにしたりテーブル用にアレンジすることもできるんです。家族のためにどうしてもお金を稼ぎたいんです。どうか仕事をください」

料理人は表情を和らげ、また鍋をかき混ぜて蓋(ふた)をしてからアタランテに完全に向き直った。「ああ、たしかに結婚式は行われるよ。でも場所がパリじゃないんだ」

「ベルヴューって場所なんだ」少年が自慢げに言う。

「よけいなことを言うんじゃないよ」料理人はぴしゃりと言うと、ふたたびアタランテに話しかけた。「マドモワゼル・フロンテナックは伯爵と結婚されるんだ。彼はプロヴァンスに立派なお屋敷を持っていて、そこで結婚式を挙げる予定になっている。きっと大きな庭園のあるお屋敷だから、その庭園から摘んだ花が飾りに使われるに違いない」

アタランテはがっかりしたようにこうべを垂れた。

料理人が言葉を継ぐ。「でもその花は本当に見事だね。ジャン」少年を見て命じる。「ムッシュー・ヴィヴァールを探して、今夜のディナーのテーブルにこの花を使えるかどうか尋ねてきて。さあ、行った行った」

アタランテは胸の鼓動が速くなるのを感じた。上級の使用人が呼ばれるとなれば、ここでの自分の目的を果たす時間が限られてしまう。

「ありがとう（メルシー）」アタランテは料理人に感謝の笑みを向けた。「あなたはとても優しい人なのね。やっぱり、ここにやってきた本当の目的を話さなくてはいけないわ。実はわたしは花売り娘ではなくマドモワゼル・フロンテナックの友人なの」

料理人は混乱した様子だ。「友人？」アタランテの飾り気のない装いを値踏みするように見つめる。

アタランテは説明を始めた。「ウジェニーのことをとても心配しているの。ここ最近、彼女はいつもみたいに明るくないから。気がかりな手紙を受け取ったんだとわたしに打ち明けてくれてね。彼女が言うには、あなたがその手紙を届けたんですってね」

期待どおり、料理人は飛びあがって自分を弁護しはじめた。「いいえ、あたしじゃない。あの手紙はあたしが市場から戻ったらバスケットのなかに入れられていたんだ。ちょうどニンジンやらニラネギやらの間にね。バスケットから野菜を取り出したときに気づいてお嬢様の部屋に届けさせた。まさかあれほどお嬢様を動揺させるとは思わなかったんだ。彼女は怒ったような顔でここにやってきて、どこであの手紙を受け取ったのかと尋ねてきたけど、何も答えられなかった。本当に何も知らないんだから」

「彼女は本当はあなたが知っていると考えているみたい」アタランテはさらに追い詰めるような言い方をした。この料理人が気の毒ではあるが致し方ない。どうしてもさらなる情報をいますぐ手に入れる必要がある。ジャン少年がムッシュー・ヴィヴァールを探し出して戻ってくれば、その絶好の機会を失ってしまう。

料理人は言った。「あの手紙がどこから来たかなんて知らないよ。市場は人でごった返していたし、ひっきりなしに誰かとすれ違っていたからね。きっとそのなかの誰かがバスケットに滑り込ませたんだろう」

「あなたは市場から屋敷に戻ったとき、まっすぐここへきてバスケットから野菜を取り出したの？」

「ああ、まっすぐここにやってきて、そのテーブルにバスケットを置いたんだ」料理人はバスケットを置いた場所を指差した。「ただ、応接室の呼び鈴が鳴ったけど誰ひとり駆けつけようとしなかった。だからメイドたちがいないのかと廊下まで出てみたんだ。ちょうど執事が午後の休憩を取っているときだったからね。そういうときはこのあたしが他の使用人たちから目を離さないようにしているんだ」彼女はやや誇らしげな口調だ。「図書室でメイドたちがおしゃべりしているのを見つけたから早く行くように言って、あたしはまたここに戻ってきたんだよ」

料理人が厨房から出ていったその間に手紙をバスケットに入れることもできた。アタランテは考えをめぐらせた。この屋敷の誰かがそうした可能性がある。ウジェニーは姉たちが自分に嫉妬していたと話していた。姉のうち、どちらかがウジェニーの幸せを台無しにするために手紙をしのばせたのだろうか？

「手紙の筆跡に見覚えはなかったかしら？」アタランテは料理人に尋ねた。ここでは何も手がかりは得られそうにない。

料理人は思いきり眉をひそめた。「いいや、見たことがあるとは思えない。ものすごくきちんとしてやたらとまっすぐな字だった。およそ生身の人間の手で書かれたようには見えなかったんだ。奥様が夜会のためにお書きになる献立表なんて、くねくねしていてあたしにはさっぱり読めないんだよ」

アタランテがうなずいたとき、廊下から足音が聞こえて扉が開かれ、濃い色の髪で鼻の高い長身の男性が入ってきた。見下したようにこちらを見おろしながら厳しい口調で言う。

「行商人から花を買うつもりはない。すぐに出ていくんだ。さもないと警察を呼ぶ」

「もう出ていくところです」彼を安心させるように言うと、花の入ったバスケットを手に取った。手のひらに汗をかいていたものの、心のなかでほほ笑まずにはいられない。やった。変装してどうにか情報をつかめた。

裏路地に出てじっとしていたところへ、背後から物音が聞こえて振り返った。料理人が追いかけてきたのだ。「あなたの話が本当だってことは、あたしにはよくわかっている」早口でつけ加える。「マドモワゼル・ウジェニーはあたしにあの手紙について絶対に誰にも話すなとおっしゃった。さっきも言ったとおり、あのとき執事は休憩中だったしメイドたちは図書室でおしゃべりをしてた。ジャンは使い走りの仕事で屋敷を離れていた。お嬢様が取り乱してあの手紙をどこで見つけたのかと尋ねにここへいらしたとき、あたし以外に誰もいなかったんだ」

料理人は息を吸い込んで続けた。「そのとき、お嬢様はこのことは誰にも知らせてはいけないとおっしゃった。特に旦那様には絶対に言うなと。お嬢様の話によれば、旦那様は今回のことをとても喜んでいらっしゃるから心配させてはいけないということだった。もしお嬢様があなたに打ち明けたとすれば、あなたは彼女にとって本当の友だちに違いない。もしあなたがお嬢様の親友で彼女の幸せを願っているなら、お嬢様にどうしてもひとつお伝えしてほしいことがある」

料理人の切羽詰まった声を聞き、アタランテは両腕に鳥肌が立つのを感じた。いったい彼女はこの自分に何を告げようとしているのだろう？　大きな秘密？　あの警告の手紙に隠された真実を見つけ出す手がかりとなるような事実だろうか？

アタランテは料理人の心配そうな瞳をのぞき込んだ。「ええ。何かしら？」

料理人は深呼吸をすると、誰にも聞かれていないか確認するように背後をちらりと見てささやいた。「あの指輪は本物じゃないって」

「なんですって？」

「伯爵がマドモワゼル・ウジェニーに贈った婚約指輪のことさ。ダイヤじゃなくて青い色の大きな宝石がついているけど、あの宝石がなんて名前だかあたしにはわからない。だけどうちの執事には裁縫師として働いている甥っ子がいてね。その子がムッシュー・フロンテナックの結婚式用のスーツの仮縫いをしにこのお屋敷にやってきたんだ。仮縫い中にマドモワゼル・ウジェニーが話をしにやってきて旦那様の腕に手をかけられたとき、甥っ子は婚約指輪の宝石をじっくり観察することができた。彼は宝石職人の息子で、十歳のときから父親の仕事の手伝いをし、父親の店で弟子として働いていたんだが、服の仕立てのほうが好きになって父親をがっかりさせることになったらしい。だけど一度学んだ知識を忘れてはいなかった。だからあの婚約指輪の宝石をじっくり見きわめたうえで、あとであれは偽物だと言い切ることができたんだ。あの伯爵はマドモワゼル・ウジェニーをだましているんだとね」

それは興味深い。ということは、伯爵はふたたび金に困るようになり、自分の事業に注ぎ込むための莫大な資金をもたらしてくれる新たな花嫁を熱心に探しているという筋書きが成り立つ。しかもその筋書きならば、伯爵が婚約期間をこれほど短くしようとしているのも説明がつくのではないだろうか？　ウジェニーの花嫁持参金をできるだけ早く手に入れるためにそうしたのでは？

「教えてくれてありがとう」アタランテは料理人を安心させるような笑みを向けた。とはいえ、伯爵がそれほど冷徹で計算高い人物かもしれないと思い至り、胸の鼓動が激しくなっている。敵として見なさなければいけない人物がひとり現れた。

料理人はちっとも安心したようには見えなかった。両手をきつく握りしめながら言う。

「おかわいそうなマドモワゼル・ウジェニー。本当に愛している男性との結婚が許されないだけでも最悪なのに、偽物の宝石を与えるような恥ずべき男のものになろうとしているなんて……」彼女はかぶりを振って立ち去った。

アタランテは遠ざかっていく料理人の姿をまじまじと見つめた。彼女が本当に愛している男性……？

依頼人から愛する別の男性がいるなどという話は聞かされていない。彼女はスーモンヌ伯爵との結婚を喜んでいるように見えた。ルナールならそのもうひとりの男性について何か知っているだろうか？　だからこそ彼はわたしに、たとえ依頼人であっても誰も信用すべきではないと言ったのか？

あのルナールの警告を聞いたときは胃がきりきりするのを感じた。そしていまウジェニーが一部の情報を伝えていなかったという証拠をつかんで、胃の痛みがさらにひどくなっている。ウジェニーがそうした理由は単純なものかもしれない。きっとその相手にのぼせあがっていた時期が終わり、いまではそのことを思い出すたびにきまり悪さを感じているのかも。

でも、それ以上にもっと複雑な状況も考えられる。まだその相手を愛しているにもかかわらず、ウジェニーは両親の認めた男性と結婚しようとしているのかもしれない。彼女に爵位と富をもたらしてくれる男性と。

その秘めたる恋の相手があの手紙を書いたのではないだろうか？　ウジェニーを怖がらせて婚約者から離れさせるために？

その相手が何者なのか、もしくは相手として考えられる人物は誰か、ルナールに尋ねなければ。

6

「まあ、ほら見て、あれよ！」長く曲がりくねった道を進むロールスロイスのなか、ウジェニー・フロンテナックは窓ガラスに頬を押しつけた。正面に見えてきたのは、小塔がいくつか張り出した白い漆喰（しっくい）壁の堂々たる屋敷だ。道の両側に広がる一面のラベンダーがそよ風を受けて揺れている。ウジェニーは屋敷を指差した。「ベルヴューはこれまでわたしが見たなかでも一番美しい場所だわ。お屋敷があんなに真っ白だし、まっすぐな小塔も優雅だし、すべてが完璧にデザインされている。てっぺんにある金色の風見鶏（かざみどり）も、夜になると明かりがつくという噴水もすてき。まさに夢のような場所ね」

アタランテも認めざるをえなかった。たしかに屋敷といい、その周辺の環境といい、実に魅力的な一幅の絵画のようだ。ツゲの生け垣は複雑な形をした円錐（えんすい）形や動物の姿に見事に刈り込まれ、木陰の東屋（あずまや）には黄色とオレンジ色のツルバラが絡まっており、錬鉄製の標識は訪問者のために貝殻洞窟がある方角を指し示している。

貝殻洞窟？　こんな場所に？　どんな洞窟なんだろう？

　運転手がロールスロイスの速度を落とし、一本道の右側にある土手のほうへ寄せた。道の左側に木製の手押し車があって、しわだらけの青いズボンにごわごわしたリネンのシャツを合わせたふたりの男たちが、道路脇のどぶから何かを引きあげている。アタランテには、それが焦げ茶色で泥にまみれているのが一瞬だけ見えた。しかも何かがぐったりと垂れ下がっている。まるで……人の腕のようなものが？

　アタランテははっと息をのみ、もっとよく見ようと前のめりになった。でも男たちはすでにその何かを手押し車に積み終えており、もはや何も見えない。

「いったい何かしら？」ウジェニーが運転手に尋ねた。

　彼は肩をすくめた。「おそらく酔っ払った浮浪者ですよ。あのふたりは男を近くの村に連れていくところでしょう。彼が寝て酔いをさませるように」

　死体ではなく酔っ払いだったのだ。アタランテは安堵のあまり、込みあげてきた笑いを嚙み殺した。目的地である屋敷に近づき、神経がたかぶっているのだろう。これから、ここで本当に殺人が起きたのか確かめなければならない。しかもその間ずっと、調査のことはおくびにも出さず、無邪気な招待客を演じ続ける必要がある。それなのにこんな調子では先が思いやられる。まだ到着したばかりだというのに。祖父が生きていたら眉をひそめられていただろう。すぐに結論に飛びつかず、まず質問を思い浮かべなければ。

　でもいろいろな質問を思い浮かべてみても気分はちっとも休まらない。なぜ酔っ払った浮浪者をどぶからわざわざ引きあげていたのだろう? ロンドンの貧しい地域では、道路脇に誰が横たわっていようと人々は気にもとめない。夏に物乞いや浮浪者が路上にいるのは当たり前の光景だった。照りつける太陽のせいで日射病になりかけていても、誰も彼らに手を貸して救護施設に連れていこうとはしない。

それなのに、ここではどぶに落ちた浮浪者を引きあげている。ロンドンみたいな大都会に比べると、ここでは人びとが互いをもっと気にかけているのだろうか?

ウジェニーは運転手の説明を額面どおりに受け取ったに違いない。ふたたび前方に見える屋敷に注意を戻すと口を開いた。「この時間だと、きっとまだジルベールは屋敷にいないわね。お友だちと乗馬したり、ご近所を訪問したりしているはず。とにかく彼は人気がある人だから。結婚しても――」彼女はにっこりと笑みを浮かべた。「――人気がおさまるかどうかはわからないけれど」

ほんの一瞬、彼女は表情を曇らせた。何か不愉快なことを思い浮かべたように見えたが、すぐにその表情を消し、窓の外を指差した。「ほら、わたしを歓迎する人たちがあんなに!」

屋敷の玄関が開かれ、数人がなかから出てくると、砂利道から建物正面にある石造りのポーチに延びた階段にずらりと勢揃いした。

一番前に立っている男性――たぶん執事だ――は、ロールスロイスが停車するとすぐに女性たちのためにドアを開け、最初にウジェニーがおりる手助けをした。「ようこそ、ベルヴューへ、マドモワゼル」

「ありがとう」ピンク色のシフォンドレス姿のウジェニーはわずかに背筋を伸ばすと、あたりを見回した。「なんて気持ちのいい日なの」

執事はアタランテがおりる手助けを終えると、運転手に車を裏に回して荷物を運び込むよう指示した。「荷物は廊下に置いておくように。わたしがお嬢様たちの部屋に運ぶ」彼はふたりにどうぞこちらへと身ぶりで示すと、待ち続けている使用人たちの前に連れていった。

そこに並んでいたのは、蠟人形のように硬い表情の従者ふたりと濃い紫色のドレス姿の中年の家政婦がひとり、二十代とおぼしきメイドたち三人だ。メイドたちは緊張した様子で小さくお辞儀をしている。そのとき、開かれた正面玄関からひとりの少女が飛び出してきて出迎えの列に加わった。青緑色のゆったりしたドレス姿で十六歳くらいに見える。そのあとを追うように白い小犬も飛び出してきて、ふわふわした小さな尻尾をせわしなく振りながら、少女の足元のまわりをくるくると回りはじめた。

執事は咳払いをした。「マドモワゼル・イヴェット、そこはあなたの場所ではないと思いますが」

「いいえ、ここでいいの。この屋敷ではわたしは人間以下の扱いなのね。自由に外出することも、好きなときに馬に乗ることもできない。もう赤ちゃんじゃないのに」

アタランテは前に何度も、これと同じすねたような口調を耳にしたことがある。寄宿学校にやってきた少女たちはきまって、こんな調子で文句を言ったものだ。〝お父様もお母様もひどい。わたしをこんな刑務所みたいなところへ送り込むなんて。ここではやりたいこともできない。この場所のすべてがいや。死んでも好きになれない〟彼女たちは自分が惨めな存在だと決め込み、そうやって訴え続けることで他の人たちも惨めな気分にさせるのだ。

「イヴェット！」そう叫んだウジェニーが少女に近づいていく。「なんて嬉しい驚きなの。あなたがここにいるなんて」前かがみになり、少女の両頬に音を立てながら二回エアキスをした。小犬がウジェニーに向かって吠えると、彼女の足首に跳びついた。ウジェニーはあとずさり、犬をにらみつけたが、すぐに笑みを浮かべ、イヴェットに熱心に話しかけた。

「てっきりあなたはニースにいるものだと思っていたわ」

「そうだったらいいのに」イヴェットはため息をつくと、アタランテに視線を向けた。

「彼女があなたのお姉様のうちのひとり？　ルイーズと……あともうひとりはなんて名前だった？」

「フランソワーズよ。あなたもよく知ってのとおり」ウジェニーは一瞬いらだった表情になったが、すぐに作り笑いを浮かべた。「こちらはわたしのいとこ、アタランテ・フロンテナックよ。音楽教師で、披露宴でピアノを演奏する予定なの」

ここへやってくる前にふたりで話し合い、アタランテは自分の名前をそのまま名乗ることに決めていた。ウジェニーの話によれば、フロンテナック家の誰もが長い名前なので、誰が誰だか正確にわかる人はひとりもいないという。特に一族のなかでもスポットライトの当たらない、地味な面々ならなおさらだ。アタランテは、戦前スイスに移住した、ウジェニーの父親の弟の四女ということになっている。ウジェニーは自信たっぷりに言っていた。「彼らとはほとんど音信不通状態なの。うちのおばあさまでさえ、どの娘がどんな人生を送っているかはっきりとはわからないはずよ」

イヴェットはアタランテにしかめっ面をした。「賭けてもいい。あなたがわたしよりじょうずにピアノを弾けるはずがない。どうしてジルベールはわたしに披露宴でピアノを弾かせてくれないの?」少女は踵を返すと走り出し、あっという間に屋敷のなかへ姿を消した。白い犬が甲高い鳴き声をあげて彼女のあとを追いかけていく。これも何かの遊びだと思っているのかもしれない。

「彼女の失礼な態度を許してやってね」ウジェニーがアタランテに話しかけてきた。「たぶんあの年頃だからだと思う。ジルベールって本当に優しい人よ。ずっと彼女の面倒を見ているんだもの。本当ならあの娘と手を切ることもできたのに」

その言葉はまったく別な意味に聞こえた。〝本当ならあの娘と手を切るべきなのに〟アタランテは使用人たちがすぐ近くに立っているのが気になった。顔の表情ひとつ変えていないが、あとでゴシップに興じるために、彼らは一言も聞き逃さないよう耳をそばだてているはずだ。

彼らに噂話のネタを提供してなるものですか。

だからウジェニーに笑みを向けて話しかけた。「さあ、そろそろなかへ入って少し休まない？　本当に長いドライブだったから」

執事は任務を果たすべく、ふたりをそれぞれの部屋へ案内した。ウジェニーの部屋があるのは東翼だ。どの扉にも凝ったデザインの装飾が施されていて、扉の向こうにはさぞ立派な部屋が広がっているに違いない。アタランテは途中から案内役を代わったメイドによって西翼に案内された。壁にかけられたつづれ織り（タペストリー）は色鮮やかで、ステンドグラスの窓からは緑豊かな庭園が見渡せる。でもアタランテの部屋の扉は羽目板で、真鍮のドアノブのみがついているあっさりしたデザインだった。

ただし部屋そのものはすてきだった。大きなベッドと化粧台が置かれ、窓辺にはソファもしつらえられていて、毛布からカーテンまですべてが濃淡のついた薄紫色で統一されている。外に広がる、この地域を象徴するラベンダー畑をほうふつとさせる色合いだ。

この部屋からラベンダーは見える？　窓辺に駆け寄ったが、残念ながら部屋はラベンダー畑ではなく森に面していた。屋敷の裏手にある深い森には巨大な樫の木や白樺、低木の茂みが広がっている。そのとき、木々が落とす深い影の間から何かが走り去るのが見えた。もしかするとシカかもしれない。

開放的な雰囲気の庭園と、暗さに包まれた深い森はいかにも対照的だ。こうして一面に広がる森を見つめているとわくわくしてくる。貝殻洞窟はあの森のどこかに隠れているのだろうか？

メイドの少女に部屋は気に入ったかと尋ねられ、アタランテは向き直って答えた。「ウィ、メルシー」メイドは部屋から出ていき、扉を閉めた。

思いきり息を吸い込み、両手を上げて伸びをした。とうとうここまでやってきた。初めての調査が始まろうとしている。その瞬間、脳裏によみがえったのは一本の腕の記憶だ。すぐに男たちが運び去ったため、見えたのは一瞬だけだったが、ぐったりと垂れ下がっているのがわかった。

この場所には、美しさと贅沢さ以上の何かがひそんでいる。

両肩に腕を巻きつけ、大きく深呼吸をして不安を振り払おうとした。そのとき部屋にバルコニーへ通じる扉があるのに気づき、ドアを開いて石造りのバルコニーに出た。新鮮な空気が顔に当たり、ほてった頬を冷やしてくれる。このバルコニーに椅子を置いて、ゆったりした時間を過ごしてみたい。すばらしい眺めが楽しめるだろう。早朝にはこの世界がオレンジと赤の朝焼けに包まれる様子を眺められる。夕方には鳥たちのコンサートを楽しめる。勤めていた学校と同じように、ここにもフクロウがいるかもしれない。

頰を緩めながらバルコニーの手すりに両手を突いて体を乗り出してみると、地平線の彼方まで深い森が広がっているのが見えた。このすべてが伯爵の地所なのだろうか？　だとしたら、彼は正真正銘のお金持ちに違いない。

「こんにちは（グッド・アフタヌーン）」突然男性の声がした。

驚いて下を見ると、ちょうどバルコニーの真下にある芝生にひとりの男性が立っている。たしかに黒髪の背が高い男性は、太陽の光をさえぎるように片手を目の上に当てていた。まぶしい。それでもアタランテには、彼の瞳が深い茶色であることがわかった。いつも異国を旅する想像をめぐらせているときに登場する〝見知らぬ男性〟と同じだ。

まさか。あれはわたしの想像の産物だもの。

落ち着かなければ。冷静な声を心がけながら男性に返事をする。「こんにちは。本当にこれ以上すばらしい午後（グッド・アフタヌーン）はないわ。まさに完璧ね」

「最高の褒め言葉だね。だがぼくの午後は、ようやくすばらしくなってきたところなんだ」男性は両方の口角をわずかに持ちあげた。

それって、バルコニーにいるわたしを見かけたからという意味？

そんなはずがない。アタランテは自分を戒めた。ここには仕事でやってきている。見知らぬハンサムな男性に気を取られている暇はない。彼はわたしをからかっているだけ。不意にひらめいた。たしかウジェニーは婚約者が外出していると言っていた。もしかして彼が伯爵？　屋敷に戻ってきたところなのだろうか？　結婚を間近に控えた身でありながら気安く誘いかけてくるなんて、これほど端整な顔立ちの男性であっても、どうにもいただけない。

もちろん、それはわたしの依頼人の立場を考えての意見だ。

「もうあたりは散策したかな？」男性が叫んでいる。「貝殻洞窟には行っただろうか？すぐおりてきてくれたら、ぼくが案内しよう」

「でも……」アタランテはためらった。貝殻洞窟はぜひ見てみたい。とはいえ、到着したばかりだというのにさっそく飛び出して、自分ひとりで探検するわけにはいかない。正式な招待客してここにやってきているのだからなおさらのこと。

「急いでおりてきて。屋敷の前で待っているから」男性はアタランテの返事も待たずに大股で立ち去り、姿を消した。

いつしかバルコニーの手すりにしがみついていたのに気づき、手を離して深く息を吸い込んだ。もう一度、冷静さを取り戻してよく考えなければ。彼が招いてくれた主催者である以上、その誘いを断るのはありえない。それに、これは伯爵の立ち居振る舞いを公の場でないところで、間近で観察できるいい機会だ。しかもふたりだけで。こんなチャンスはめったにない。

慌てて部屋のなかへ戻り、化粧台の鏡の前で髪型や小さな帽子の位置がおかしくないか確かめた。今回ここへやってくるにあたり、新しい服を何着か買うことにした。高い値段ではないが、それなりに洒落たデザインだ。場にそぐわない服を着て、ウジェニーに恥をかかせるわけにはいかない。遠縁ということになっているけれど、それでも彼女の一族の血を引く者であることに変わりはない。

頬をつねって血色をよくする必要はない。すでに赤みがさしている。駆け足にならないよう注意しながら廊下へ出て、階段をおりて玄関ホールに着くと、あの男性が待っていた。

「いつまで経ってもおりてこないからなかへ入ってしまった」彼が片腕を差し出してくる。「どうして女の人は外出の支度にこんなに時間がかかるんだろう？　ぼくらはベルヴューの外に出かけるわけでもないのに」

アタランテは差し出された腕を無視することにした。伯爵とあまり親しくしすぎると、ウジェニーが気を悪くするだろう。その埋め合わせをするようににこりとほほ笑んだ。

「ぜひベルヴューを見てみたかったんです。お屋敷もそのまわりも本当に美しいから」

「ただし欠点もある。きみも一日か二日後には、香水店みたいな匂いにうんざりするようになるはずだ。ラベンダーが至るところに咲いているから」

　男性はアタランテに体を寄せてきた。「知ってる？　ラベンダーの香りは眠りを誘うと考えられているんだ。招待客たち全員がここへ到着してすぐに気を失わないのが不思議なくらいだよ」

「それほど強烈ではないでしょう？」アタランテは尋ねた。そんなに強いラベンダーの香りなら、先ほど車からおりたときにどうして気づかなかったのだろう？　屋敷から外へ出るとすぐに思いきり息を吸い込んでみた。「少ししか香っていないわ」

「よかった。きみに居眠りしてほしくないからね。これからぼくらは楽しい洞窟探検に出かけようとしているんだから」

　その男性の言葉に、アタランテがこれまで心から望んでいた夢のすべてが詰め込まれているような気がした。

　ここでは自分でやりたいことを決めていい。もはや校長の命令や同僚教師の指示に従う必要はない。そう、自分は招待客なのだ。大切に扱われ、自由に振る舞える。

　アタランテは男性とともに歩き出すと、首を伸ばしてあたりを眺めた。道の両側にある花壇に揺れているのは百合とダリアだ。庭師が手に持ったリストを見ながら花を摘んでブーケを作っている最中だった。ディナーの食卓に飾るための花だろうか？

「貝殻洞窟は、ここ一帯でも一番古くて由緒正しい場所なんだ。十七世紀に造られたものでローマ神話をモチーフにしている。きみはローマ神話を知っている？」

「ええ、神話は大好きなの」アタランテは勢い込んで答えた。かつて父と一緒に古代ローマの遺跡の発掘現場を訪れたことがあるとうっかり漏らしそうになったが、そんなことを言えばさらに質問されてしまうだろう。ここは慎重に。身元を明かすようなことは何ひとつ言わないようにしなくては。「小さい頃から本をたくさん読んできたから」

男性は笑いをこらえている様子だ。「ここにもまたひとり、本の虫がいるってわけだ」

「またひとり？　もうひとりはウジェニー？」

彼はなんでもないというように手を左右に振った。「この道の先にあるんだ」

その道は他と比べて幅が狭く、足元の土が踏み固められている。歩いていると、黄色い花をつけた蔓植物が垂れ下がっている場所があり、頭を低くして通らなければならなかった。突然頭皮にちくっとした痛みを感じて立ち止まり、手を伸ばして確かめてみると、髪に小枝が引っかかっていた。

「ぼくに任せて」男性が手を伸ばし、髪の毛からゆっくりと小枝を外してくれた。近くに立っているせいでコロンの香りがわかる。「ほら、これで大丈夫」

髪が枝に引っかかったのはこの男性のせいではないけれど、彼はこういう状況でもやけに落ち着いているように見える。こんなに近づいてくるなんて、結婚を控えている男性にあるまじき行為だ。ウジェニーを本気で愛していないということだろうか？

一瞬、男性は焦げ茶色の瞳を合わせてきたがなんの表情も読み取れない。そのあと背を向けるとさらに道を進みはじめた。「ここからもうそんなに遠くないよ」

　これほどわくわくすることがあるなんて。でも自分が調査にきているのを忘れてはいけない。もしかすると、目の前を歩いているこの男性が殺人者かもしれない。

　不意に背筋を冷たいものが走り、五感が研ぎ澄まされ、耳元でルナールのささやき声が聞こえた気がした。〝他の誰よりもいち早く気づくようにしてください〟

　道の先に岩を積みあげたような構造物が見えた。その入口はツタで半分覆われ、よく見るとすでにブドウの小さな房がなっている。「まさにぴったりだな」男性は低い声で言った。「手の届かない場所にブドウの房が垂れている神話があったよね？」

　洞窟に入るとすぐに湿ったような匂いに鼻腔をくすぐられ、アタランテは思わず体を震わせた。とはいえ、天井にひとつ空いた穴から日の光が差し込んでいて、貝殻で作られたモザイク画を照らし出している。淡いピンクやベージュ、薄紫、茶色。さまざまな色の濃淡で描かれているのは、水浴び中の金髪の若いニンフを茂みの陰から見つめているひとりの猟師、さらに追いかけてくる犬たちから必死に逃げようとしているシカの姿だ。「アクタイオンね」アタランテがささやく。欲望ゆえに死によって罰せられた神話の登場人物だ。

　モザイク画には木をつつくキツツキやウサギたちも描かれ、左隅には羽を大きく広げたクジャクの姿もあった。こうしてじっと見ていると、細かなモチーフがいろいろ描かれているのがわかる。

「どう、ご感想は?」男性が尋ねてきた。

「あなたのご先祖はすばらしい趣味をお持ちだったのね」

「ぼくの先祖?」横から聞こえた彼の声が少し近くなっている。続いて聞こえたのは柔らかな笑い声だ。「お嬢さん、ぼくがスーモンヌ伯爵だと考えていたのか? まさか。ぼくは彼のしがない友人にすぎない。爵位も金もないんだ」

本当に? 願ってもない展開だ!

どうにか喜びの表情を押し隠し、代わりに眉をひそめて新たな知り合いを見つめた。

「会ったときに自己紹介してくれたらよかったのに」

「きみだってそうだ」男性は体の後ろで手を組んだ。「きみのことを花嫁だと勘違いしていたよ。花嫁なら、わざわざ自己紹介しなくても自分の婚約者はわかるはずだからね。つまりぼくも思い違いをしていたんだ」

アタランテは頰を真っ赤に染めた。この伯爵の男友だちは、わたしをウジェニーだと思っていたから親切にもここへの案内を申し出たのだ。わたしが花嫁ではないとわかったいま、せっかく騎士道精神を発揮したのに、とんだ時間の無駄だったと後悔しているかもしれない。

「誤解してしまったこと、謝らないといけないな」男性はまじめな調子で言うと手を差し出した。「ラウル・ルモンだ。来たるべき結婚式の立会人として呼ばれた」

「アタランテ・フロンテナックよ。披露宴でピアノを演奏することになっているの」

彼は笑みを浮かべた。「つまり、ぼくたちふたりとも、この幸せな結婚式の端役というわけだ」どこか皮肉っぽい口調だ。

薄暗い洞窟のなかで、アタランテは目を凝らし、彼の顔に浮かぶかすかな表情を読み取ろうとした。何を考えているのだろう？「結婚は幸せだと考えていないの？」

ラウルは突然現実に引き戻されたようだ。「いまなんて？」

「結婚しても幸せになれないと思っている？」

彼は笑いともため息とも取れる声を発した。「ぼくは一生誰かに縛られたいとは思わない。だがぼくの友だちはそういう道を選ぼうとしている。またしても」

「ええ。伯爵が以前結婚したのに、すぐ悲劇に見舞われた話は聞いたわ」ここだ、いまこそあの事故について話すチャンス。でもあくまでさりげなく。「あなたは彼の最初の奥様を知っていたの？」

「マチルドを？」ラウルは驚いたような声だ。「ああ、もちろん知っていた。だがまさかフロンテナック家の関係者から彼女の名前を聞くとは思わなかった」

非難するような口調にたじろいだものの、アタランテはラウルから目をそらそうとはしなかった。それどころか、その言葉の意味を探ろうとした。「どういう意味？　伯爵が前に結婚していたことは誰でも知っているはずよ」

「ああ、そのとおり。だがごく短い期間だった。わずか数週間の結婚生活だったんだ。取り立てて言うほどのことではないと考える人までいる。彼がマチルドを選んだのが……間違いだったと考えている人たちは特に」

「なるほど」殺人の可能性もあると考えた場合、これは聞き捨てならない意見だ。「なぜその人たちはそんなふうに考えたのかしら?」

ラウルは肩をすくめた。「マチルドは若くて奔放だった。本当は結婚なんかに向いていなかったんだ。あの事故の日、男だって手を焼く牡馬をわざわざ選んで乗っていたことひとつをとってみても、彼女がどんな性格かわかるだろう。マチルドはいつも自分に扱いきれる以上のものを求めていたんだ」眉をひそめながらつけ加える。「かわいそうな人だ。その過ちの代償として、結局命を落としてしまった」

「そんなに乗りこなすのが難しいので有名な馬だったの?」アタランテは心臓の鼓動が速まるのを感じた。この事実はマチルドの事故死を裏づける証拠になるかもしれない。「前にも乗り手を振り落としたことがあったとか?」

「ああ。だからジルベールはあの馬を売り主に返そうと考えていた。ここの厩舎には安心して置いておけないと話していたんだ。だが実際にそうする前に、マチルドがあの馬に乗ってしまった。もちろん、ジルベールがそんなことなど知りもしない間にね。結局彼女は放り出されて首の骨を折った」ラウルは首を後ろにそらし、天井の穴から差し込んでいる光をぼんやりと見つめた。「マチルドは無鉄砲すぎた。だがあんな死に方をするべきではなかった」

「亡くなったとき、彼女はひとりだったの？」そう尋ねたとたん、不自然な質問だったことに気づき、慌ててつけ加えた。「ひとりぼっちでそんな亡くなり方をしたらあまりに悲しすぎる。誰もそばにいない場所でひっそり息絶えるなんて」

「いや、友人と一緒だった」ラウルは険しい表情になった。

男友だちだったのだろうか？　そうでなければ彼がこんな厳しい口調で答えるはずがない。

「だがもう昔の話はやめよう」ラウルはアタランテの腕に軽く触れた。「過去の黒雲は吹き飛ばされ、太陽がふたたび顔を出したんだ。ジルベールが新しい花嫁を迎え、ぼくらは披露宴で祝福のダンスを踊ることになる。さあ行こう」ふたりは洞窟の外へ向かった。

マチルドが死んだとき、一緒にいた友人について尋ねたい。でももう遅すぎる。アタランテは不意に敗北感に襲われ、胸が苦しくなった。しかも、もはやその話題をもう一度持ち出すこともできない。フロンテナック家の一員としてここにやってきている以上、伯爵の最初の妻について一時的な興味を持つことはあるだろう。でも変に詮索しすぎると不審がられてしまう。その妻が死んだ経緯について根掘り葉掘り尋ねたらなおさら怪しい。

ラウルは突然、その場から逃げ出すように歩き出した。踏み固められた細い道を戻っていくと、ひとりの乗馬服姿の男性が見えた。こちらに気づいたらしく、手に持った鞭を振っている。彼の隣では制服姿の警官がひとり、身ぶりをまじえながら何か説明していた。

警察？　アタランテは歩みを緩めた。さまざまな疑問がとめどなく湧いてくる。ここであの警官は何をしているのだろう？　地所の見回り？　犯罪とは無関係の業務だろうか？

「あれがスーモンヌ伯爵だ」ラウルがアタランテに言う。「きっと機嫌が悪いはずだ。馬に乗っている間に、ぼくが彼を置き去りにしたから」

アタランテはラウルのこざっぱりとしたスーツを見た。「でもあなたは乗馬服じゃないのね」

「鋭い観察力だね。ジルベールとゲームをしていたんだ。キツネ役のぼくが足跡を残して、彼が追いかける遊びだがつまらなくなって、彼をそのままほったらかしにした。この屋敷でどんな見世物が繰り広げられているのか見たくなったんだ」

見世物？　ウジェニーがすでにここへ到着したことを、ラウルはどうやって知ったのだろう？　料理人の話によれば、ウジェニーには本気で愛した男性がいたという。あのルナールでさえ、それが誰なのか知らなかった。

もしかして、その相手がラウル？　彼がここへやってきたのは、ウジェニーが結婚しようとしている男と同じ屋根の下で、彼女と逢引きするため？　だとしたらラウルは本物の怖いもの知らずだ。

でも待って。だとすれば、どうしてラウルはわたしをウジェニーと間違えたのだろう？　あんな勘違いしたということは、ふたりは一度も会ったことがないに違いない。

もちろん、もうひとつ可能性が考えられる。ラウルは伯爵のいないところで、わたしと過ごしたいと考えたのかも。そんなはずがないとは言い切れない。正直言って、この温かな目をした黒髪の男性はとびきり魅力的だ。どんな女性もひと目見た瞬間に彼を好きになるだろう。楽しく戯（たわむ）れたいと思うはずだ。

もしかして、ラウルは純粋にわたしの興味を引くために、貝殻洞窟へ案内するという見えすいた口実を使ったの？　ふたりだけの時間を過ごすために？

だめだめ。ここの洞窟がどれほど心惹（ひ）かれる場所でも、わたしはここでの調査に全神経を集中させなければ。

警官は伯爵との話し合いを終えると、うやうやしくお辞儀をしてその場から立ち去った。ひとり残された伯爵は屋敷に向かいはじめたが、途中で気が変わったらしく、こちらにやってきた。アタランテの頭のてっぺんからつま先まで値踏みするように見つめている。

「きみがマドモワゼル・アタランテ・フロンテナック？　ウジェニーから一緒に連れていきたいという手紙をもらってね。少々面食らったよ。披露宴で歌手のピアノ伴奏は任せると、姪（めい）のイヴェットと約束していたものだから」

「あの小さなイヴェットが、かの大物歌手アンジェリーク・ブローノーのピアノ伴奏？」

ラウルは体をのけぞらせるようにして高らかに笑った。「イヴェットがアンジェリークをどう思っているか、きみだって知っているはずだ。前回顔を合わせたときだって、あの娘はアンジェリークのベッドに濡れたほうきをこっそり置いていったんだぞ」

「あのときはイヴェットもまだ子どもだったんだ」自信たっぷりに言ったものの、伯爵の首は真っ赤になっている。「今回はあの子も行儀よくするだろう」

「とはいえ、イヴェットはマドモワゼル・ブローノーから遠ざけておくのが一番だ。もしここにいるマドモワゼル・フロンテナックがピアノを弾けて、きみの愛する花嫁が彼女にピアノ伴奏を頼みたいと言うなら、彼女の意見に従わないとな」ラウルは前かがみになり、伯爵の腕を軽く叩いた。「男っていうのは自分の妻の言うことを聞くものだ。そうすれば結婚生活の多くの不幸は未然に防げる」

伯爵は虫にでも刺されたかのようにさっと腕を引っ込めた。その瞳に浮かんでいるのは紛れもない怒りだ。ラウルめがけて鞭を振りおろし、ひっぱたくつもり? ところが白昼の稲妻のように、伯爵の怒りの表情はすぐに消えてしまった。実際に見たのか、目の錯覚だったのかすらわからない、あっという間の出来事だった。

もちろん、伯爵が友人に暴力を振るうわけがない。

ちょっとからかわれたくらいで。

ベルヴューにきている人たち全員に亡くなったマチルドとのつながりがあるのは明らか

だ。妻とか結婚という話題が出るたび、緊迫した空気が流れるのが気になる。

「いま一緒にいたのは警官ですか？」アタランテは伯爵に尋ねた。「何か起きたのでなければいいのですが。ひょっとして強盗？　最近では泥棒たちの手口もかなり大胆になっているみたいだから、昼日中にこんな立派なお屋敷に忍び込んだとしてもおかしくありません。しかもあなたは美術品を収集されていて、価値の高い作品をたくさん手元に置いてあるはずですもの」

「違いますよ。あの警官は密猟者がわたしの地所で死んだことを報告しにきただけです」伯爵は否定するように手を軽く振った。「普段から酒浸りだった老人でね。どぶでのたれ死ぬ運命とは気の毒に」

どぶで？　アタランテはその言葉が何を意味するかに気づき、はっと息をのんだ。ここへやってくる途中に見た、運び出されていた男性は酔っ払いではなく、死人だったのだろうか？

ええ、わたしにはわかっていた。あのぐったりと垂れた腕を見たから……。

ラベンダーに囲まれた土地での死。ウジェニーはここが夢のような場所だと言っていたけれど、わたしはとてもそんなふうには言えない。死が関わっているから。マチルドに続いて、またしてもここで人が亡くなったのだ。

でもマチルドの死因は乗馬中の事故だけれど、あの老人の場合は酒の飲み過ぎだ。伯爵の地所でふたりが亡くなったのはたまたまかもしれない。単なる偶然かも。

とはいえ、こんな偶然があるだろうか？　どうにも居心地が悪い。優れた探偵は何事も偶然とは見なさないはず。ルナールも教えてくれた。〝他の誰よりもいち早く気づくようにしてください〟と。

とはいえ、その教えを実行するために、わたしはどうすればいいのだろう？

7

アタランテはディナーの席についていた。食欲をそそる香りと軽い味わいの、まさに完璧な前菜。スープは――いいえ、あれは〝ブイヨン〟と呼んだほうがいいのかもしれない――えもいわれぬおいしさだった。そしていま、メイン料理のシカ肉とマッシュポテト、ラタトゥイユ添えを味わっているところだ。クリスタルグラスにはワインが注がれ、食卓の堂々たるセンターピースには見事に生けられたダリアが飾られている。今日の午後、アタランテが見かけた庭師が摘んでいたダリアだ。

ウジェニーはこのダイニングルームに入ってイヴェットの愛犬ポンポンに気づくと、すぐに犬を部屋から追い出すべきだと文句を言った。だがイヴェットはポンポンと片時も離れることなどできないと言い張り、懇願するようなまなざしでちらちらと伯爵を見た。その結果、ジルベールがとうとう譲歩し、イヴェットに愛犬と一緒にいることを許したのだ。

いまイヴェットはテーブルの下で、愛犬にこっそり自分の食事を分けてあげている。同時に、どうだと言わんばかりにウジェニーと視線を合わせようともしていた。アタランテとしては、ウジェニーはもう少し大人らしく振る舞ったほうがいいと考えている。少女の視線になど気づかないふり、あるいはまるで気にしていないふりを続ければいいのに。でも知らんふりなどできないたちゆえか、ウジェニーは食べる気にもなれないと言いたげに料理をつつきながら、イヴェットがダマスク織りのテーブルクロスの下に片手を伸ばすたびに、少女をにらみつけている。

伯爵もただ手をこまねいていたわけではない。夏のこの地方の美しさについて会話を続けようと何度か試みた。だが新たな花嫁から気のない返事しか戻ってこないのに気づき、いまはシカ肉料理を黙々と口にし、赤ワインの芳醇(ほうじゅん)な味わいを楽しむことに集中している。ラウルが面白がるような表情で、アタランテをちらりと見た。

彼は悦に入っているのだろうか？　結婚や結婚にまつわるすべてを敬遠している自分は、やはり正しいのだと考えているの？

そのとき、けたたましいクラクションが沈黙を破った。伯爵が弾かれたように顔をあげる。「いったい誰だ？」

イヴェットは席から飛びあがると一目散に窓辺に駆け寄り、レースのカーテンを開けた。ポンポンがあとを追い、窓辺によじ登ろうとするように窓の真下の壁に両脚をかけた。

「なんてゴージャスなスポーツカー！」イヴェットは叫ぶと早足で部屋から出ていった。愛犬もすぐあとに続いた。

「ぼくも気になる」ラウルが言って、イヴェットが立っていた窓辺へ向かい、舌打ちをした。「彼女はゴージャスなスポーツカーと言っていたが、ぼくには退屈な車にしか見えない」

アタランテもこれ以上ないほど興味をかき立てられている。いますぐ窓辺に駆け寄り、この目で外の様子を確かめたいのは山々だ。でもおとなしく席に座り続けた。主賓である伯爵に敬意を表してのことだ。せっかくのディナーを邪魔されて、ジルベールは眉をひそめている。

廊下から笑い声が聞こえ、すぐに背の高い、くるんとした巻き毛の金髪の男性がダイニングルームに入ってきた。ゴーグルを手にしている。彼にしなだれかかっている青緑色のドレス姿の女性が、着席している一同に向かって手を振った。「みなさん、こんばんは。ディナーの時間に遅れてしまったようね」女性は男性から体を離すと、優雅な足取りでテーブルの主賓席へ向かい、かがみ込んで伯爵の片頰にキスをした。「ジルベール、また会えて嬉しいわ」それからウジェニーに向き直った。「それに可愛い妹にも……」

ウジェニーの顔が突然真っ赤になる。「いったいここで何をしているの？」声がかすれていた。

この女性は、前にイヴェットが話していたウジェニーの姉に違いない。たしかルイーズとかいう名前の。イヴェットの話を聞いたとき、もうひとりの姉はさほど気にしなくてもいいだろうと考えた。でも今回登場したほうの姉からは目が離せない。頭上のシャンデリアの光に照らされ、光沢のある金髪が輝いて見える。彼女は瞳をきらめかせながら、大胆にも招待客に視線を走らせていた。

ドア口に立っていた男性がウジェニーに向かって笑みを浮かべた。「サプライズ！　ぼくらは少し早めにやってきて、この空気のいい場所で二、三日くつろごうと考えたんだ」

「あの新しいおもちゃで公害をまき散らしているなら、空気がいいとは言えないはずだが」皮肉っぽい口調で応じたものの、ジルベールは指を鳴らして執事に命じた。「到着したお客様に料理を出してくれ」

「ディナーなら途中ですませてきたわ」女性がすかさず口を挟んだ。「すごくロマンチックだった。こぢんまりとしたホテルのちっちゃなテーブルで、キャンドルが灯されていて」ふたたび男性のもとへ戻り、いとおしげに片手を彼の腕に滑らせる。「むしろ階上で体を休めて、このあとのダンスのひとときに備えたいわ。もちろんダンスはするつもりでしょう？」

「すてき！」イヴェットは叫ぶと、到着した男性を崇めるようにちらりと見た。

新たに到着したふたりは階上の部屋に立ち去った。執事と話す彼らの声が廊下に響いている。

ジルベールはウジェニーを見た。「きみはルイーズがやってくると知っていたのか？」

やはりあの女性がルイーズだ。アタランテはワイングラスを手に取ってすすり、目の前のやりとりから注意をそらさないようにしながらも、心のなかで自分にうなずいていた。自分の考えが当たっていると、ぞくぞくするような喜びを感じてしまう。かつて父とチェスをしていたとき、相手が勝っているかのように思わせつつ、一手ずつ追い詰めて着実にチェックメイトできるよう備えていたときと同じだ。

ウジェニーは椅子の背にもたれた。「なぜわたしが知っていたと？」

「きみが彼女をここに呼んだのかと思ったんだ」

「まさか」ウジェニーは渾身の力を込めてシカ肉をナイフで切った。「それにもちろん、彼もここへ呼んだりしてないわ」〝彼も〟という言葉にありったけの嫌悪感が込められている。

伯爵は少し安堵したようだ。「そうなんだね。だったら、できるだけのもてなしをするだけだ。あのふたりを追い返すことはできない」

「もしあなたがそうしても、わたしは全然気にしない」ウジェニーはナイフとフォークを放り出した。「悪いけど失礼するわ。ひどい頭痛が始まったから」アタランテにすがるような一瞥をくれる。「ちょっと散歩につき合ってくれる？　新鮮な空気を吸えば、少しは気分もよくなるかもしれないから」

「ええ、喜んで」立ちあがったとき、ラウルがかすかに笑ったのが見えた。ウジェニーのしもべのように、彼女の命令に嬉々として従っているると考えているのだろう。

ラウルに〝一族のなかでも取るに足りない〟〝ここにいる招待客たちとは不釣り合いな〟存在だと思われている——そう考えたとたん、胸が苦しくなった。生まれて初めて心惹かれる男性と出会ったというのに。もしラウルとの出会いがいまとまったく違う状況だったら、と思わずにはいられない。パリのパーティー会場で、巨万の富を相続した女相続人として周囲から羨望のまなざしを向けられるなか、ラウルに紹介されていたら。しかも誰からも尊敬されていた、あのクラレンス・アシュフォードの孫娘として。でもここで求められているのは、周囲にいる人たちのような高い地位や富とは無縁の、取るに足りない誰かという役割にすぎない。そういう役割にはこれまでの人生で慣れているはずなのに、いまはそれがもどかしい。

かえってちょうどいい。自分を慰めるように心のなかでつぶやいた。すでに何度も言い聞かせている言葉だ。あの弁護士の警告を思い出さなければ。自分が裕福なことを知られてはならない。さもないと誰かにつけ込まれる危険性がある。金持ちだという理由で、ラウルが色目を使ってきたらどうだろう？　そんなの最悪。だったら、いまみたいに鼻であしらわれているほうがまだましだ。

いつだって理性の声は助けになる。それでも今回は、そんな理性の声もわたしを完全には説得できないみたい。心のどこかで、目の前にいるこの人たちに溶け込みたいという思いがうずいている。彼らの輪の外からのぞき見するのではなく、一度くらい自分もその一員になってみたい。

ウジェニーとともに屋敷の外へ出ると、彼女は袖口から繊細なレースのハンカチを取り出し、目元を押さえた。「信じられない。ルイーズったらどういう神経の持ち主なの。あんなふうにやってくるなんて。大恥をかいたわ」

「お姉様が二、三日早くやってきたことで、なぜあなたがそんなに居心地の悪さを感じているの？　伯爵はホストとして完璧なのに」

「ルイーズはわたしがいやがると思うことを、いやな気分にさせたくてやっているの」ウジェニーは苦しげに言った。「前にもルイーズは、父にわたしを勘当させるために悪い男とつき合うよう仕向けたんだから……」体をぶるりと震わせる。「とにかくルイーズは悪魔よ。きれいな顔をして、その気になればいつでも感じのいい態度で誰とでも接することができる。でも姉の心は夜の闇のように真っ暗なの」

ルイーズが妹を脅すために、あの手紙を書いたのでは？　アタランテは歩みを緩めた。いまそのことについて、失礼にならない尋ね方をするにはどうすればいいだろう？　とはいえ、あの匿名の手紙に関する調査を依頼してきたのはウジェニー本人だ。しかも将来の夫に潜在的な恐れを抱いている。だったらここは変に言葉を濁さないほうがいい。

「ルイーズとは仲がよくないの？」ずばりと尋ねた。

「前は仲がよかったの。ルイーズはわたしより一歳しか年上じゃない。だからいつも一緒に遊んでいたし、乳母や家庭教師も同じだった。双子だと思われることもあったくらい」

ウジェニーは頬を緩めた。「昔はどんな秘密も打ち明け合ったものよ。お姉様から裏切られることになるなんて思いもしなかった」

彼女はラベンダーを数本摘んで香りを嗅いだ。「あのときに戻れたらいいのに。ルイーズを心から信頼できたあの頃に。だけどみんな、大人になると変わるものなのね。いつしか興味も違ってくるし……ルイーズは若いうちに結婚したがっていた。でもあんなに魅力的でなんでもできるのに、つき合った男の人たちは姉への興味を失ってしまう。わたしは何度も忠告したの。殿方はわかりやすすぎる女性に関心を失ってしまうものだって。ルイーズときたら、いつも相手にどうしてほしいか言ってしまうんだもの。男性はそんな女性に魅力を感じない。殿方って、この女性はいったい自分にどうしてほしいのだろうと頭を悩ませるのが好きなんだから」アタランテをちらりと見た。「いつしかルイーズは仲人役として知り合いを引き合わせるようになったの。ジルベールに最初の奥様を引き合わせたのもお姉様よ」

「マチルドを？　彼女はルイーズの友人だったの？」

「ええ。一緒の寄宿学校に通っていたわ」

アタランテはラウルから聞いた話を思い出した。あの運命の日、マチルドは友人と一緒に乗馬に出かけていたはず。もしかして、それがルイーズ？

ウジェニーがふたたび口を開いた。「当時のわたしは誰かとくっつくことに全然興味がなかった。だからマチルドとジルベールが結婚すると聞いて、ああよかったと思っただけ。いまでもあのふたりはお似合いだったと思う」沈んだ表情だ。悲しそうにさえ見える。

「あなたと彼よりも？」アタランテは優しく尋ねた。

ウジェニーは突然ぴくっと背筋を伸ばした。「こんなこと言うつもりはなかったんだけど……マチルドってどこか人と違っていたの。思いやり深くて、話し方も優しくて、ありえないほど優雅で。悪意のかけらも感じられない人だった。噂話をしたことも、自分より不幸な誰かを笑ったりしたことも一度もない。思うに……ジルベールはマチルドを心の底から尊敬していたんじゃないかしら。聖人のように台座に飾って崇めているみたいだった。でもそれってかなり不自然よね。わたしたち、ただの人間なんだもの」

「そうね」アタランテは相槌を打ち、ウジェニーに話を続けるよううながした。ラウルから聞いたマチルドの印象とまるで違う。わがままで、好き勝手なことばかりして、たとえ自分の夫から禁じられていることをしても気にしない女性。

それとも、それがマチルドの魅力なのだろうか？「それなのに、ジルベールがそんな特別な女性を失ったあとでも、ルイーズは彼がまた恋に落ちると考えたの？」

「ええ。それも自分と」ウジェニーはアタランテに燃えるようなまなざしを向けた。「わたしたちの仲間うちでも、いっときルイーズがジルベールをそれは熱心に慰めようとしているると噂になっていた。まだ奥様を亡くして間もないというのに……みっともないわよね。でもそう教えようとしても、ルイーズは怒り出してしまう。〝あなたたちはわたしの気持ちを誤解している〟の一点張り」

とはいえ、ルイーズが魅力的なスーモンヌ伯爵にぴったりのマチルドを引き合わせたあとに自分も伯爵に惹かれていると知り、あらためて自分の間違いに気づいた可能性はないだろうか。だからマチルドが落馬するよう工作して、男やもめになったジルベールを慰め、新たな伯爵夫人の座につこうとしたのでは？

もしそうなら、ルイーズは失敗したことになる。

でもその間にどんな経緯があったのだろう。ルイーズは自分の想いをジルベールに伝えようとして彼から振られたのか？　噂によれば、伯爵は美術作品を収集するために何カ月も旅をしているという。その本当の理由は、ルイーズを避けたかったからなのでは？

自分がルイーズなら、そんな仕打ちをされたらつらい。というか耐えられない。いまのルイーズは復讐心に駆られ、辛辣で手に負えない女性になってしまったのだろうか？

ウジェニーは言葉を継いだ。「ルイーズはちっとも恋愛対象として見てくれないジルベールに夢中になって、そんな自分を嫌悪して笑っていた。しかもその間も、わたしに誰かを紹介しようとしていたの。姉がよかれと思ってそうしていると信じて、紹介された男性と何度か会ったわ。姉からはその男性がドイツの大きな工場の跡取り息子だと聞かされたけど、結局全部嘘だったとわかり、姉のせいでわたしの評判は台無しになってしまった。きっとルイーズはわざとやったんだと思う。両親はルイーズが男やもめに熱をあげているのを快く思っていなかったから、ふたりの関心を自分からそらしたかったんでしょうね。でも手遅れにならないうちに、わたしは相手の男性が何者か、何をやっている人かを突き止めたの」彼女は拳を握りしめ、手のなかにあるラベンダーを押しつぶした。「その彼がここにやってきた」

「あなたのお姉様と一緒にいた男性が、そのドイツの工場の跡取り息子？」

「ええ。でも跡取り息子なんかじゃない。彼は風見鶏みたいな男よ。わたしかルイーズのどちらかとつき合って、うちの財産のおこぼれに与ろうとしている。彼にとってはどっちでもいいことだもの。ルイーズがここに彼を連れてくるなんて信じられない。しかも姉の振る舞いときたら、まるで彼と……」

「関係があるみたいよね」アタランテはゆっくりとうなずいた。キャンドルが灯されたテーブルでディナーを食べた話には、そういう含みが感じられた。「もしかするとそうなのかもしれない。彼女は伯爵が自分の愛情に応えてくれない事実を受け入れて、別の男性を選んだのかも」

「選んだですって？」ウジェニーは憤懣やるかたない様子だ。「お父様の小切手しか狙っていない男の腕に抱かれるのを〝選ぶ〟なんて言える？　お姉様のことを軽蔑するわ」

「彼のことはどう思っているの？」アタランテが静かな口調で尋ねると、ウジェニーは少し考えてから答えた。「ヴィクトルはああせずにいられない人なのよ」

姉に対する手厳しい意見に比べると、ずいぶんと穏やかな感想だ。ウジェニーはまだ姉に紹介された、あのヴィクトルという男性に優しい気持ちを抱いているのだろうか？　なんてややこしい関係だろう。「あなたはお姉様をここに招待していなかったの？」

「もちろん結婚式には招待したわ。しないわけにはいかないでしょう？　もしルイーズを呼ばなければ、ママンから一生許してもらえないもの。でも、他の招待客たちと一緒に、結婚式の前日にやってくるんだと思っていたの。まさかこんなに早く、しかも……あんなに芝居がかった様子で登場するなんて思わなかった」ウジェニーは両手を開き、しおれたラベンダーの茎をじっと見つめた。「いい香りね」思いきり花の香りを吸い込んだ。「この花を小さな匂い袋に入れて枕の下に置いておかないと。ラベンダーには眠りを誘う効果があるんですってね。いまのわたしに必要なものだわ。この結婚のせいで、これほど不安をかき立てられているんだもの」アタランテをちらりと眺めた。「あの手紙を書いたのは誰か、何か手がかりは？」

「ごめんなさい、まだ何も」アタランテはかぶりを振った。「そんなに早く答えは見つけられないわ」

「それまでに時間が十分にあるといいんだけど、とてもそうは思えない。なんだかここで……不吉なことが起こりそうな気がするの」

死んだ密猟者を思い出し、アタランテは息をのんだ。伯爵はディナーのとき、あの話を持ち出そうとしなかった。賢明な選択だろう。不愉快な話題は招待客たちには伏せたほうがいい。

それとも、伯爵があの話をしなかったのには別の理由があるとか？

ウジェニーは口を開いた。「じょうずに説明できないけど、胸が重苦しい感じがして、息がうまくできない気がする。外の空気がどれほどきれいでも」彼女は両腕を自分の肩に巻きつけた。

「ウジェニー、具合が悪いのかい？」突然男性の声がした。

ふたりとも驚いて振り向いた。

こちらに笑みを向けて立っているのは、金髪の巻き毛の持ち主ヴィクトルだ。左手にたばこを持っているが、火はついていない。たばこを吸ってくると言い訳をして外に出て、ウジェニーのあとを追いかけてきたのだろうか。

ヴィクトルは近づいてくると片手を伸ばし、ウジェニーの左手にそっと触れた。「冷たいじゃないか。こんな肌寒い夜に散歩なんかしちゃだめだ」

「いまは六月よ」アタランテは口を挟んだ。「まだ二十度くらいあるはずだわ」

役？」

ヴィクトルはブルーの目をきらめかせてアタランテを見た。「きみは彼女の付き添い役？」

「彼女に必要だとでも？」アタランテは言い返した。

このやや失礼な質問のあと、突然沈黙が落ちた。ヴィクトルに対してこんな態度を取ったことを、ウジェニーは怒っているのかもしれない。とはいえ、もし彼がドイツの大きな工場の跡取り息子だと嘘をついていたとすれば、これ以上ウジェニーに近づかないよう遠ざけられて当然だ。

「アタランテ、先にお屋敷に戻っていて」ウジェニーが優しい声で言った。「わたしならもう大丈夫だから」

そうだろうか？　つい先ほど、この依頼人は何か不吉なことが起こりそうな予感がすると言ったばかりなのに。「ひどい頭痛がすると言っていたでしょう。あまり長い間、外にいないほうがいいのでは？」

「さっき今夜は暖かいと言っていたじゃないか」ヴィクトルが挑むような笑みを向けてきた。「それにぼくがそばにいれば、ウジェニーは野生動物にも浮浪者にも襲われる危険はないよ」

彼がそばにいるからといって、ウジェニーが危険でないとは言えない。とはいえ、ヴィクトルと一緒にいては心配だなんて、本人がすぐそばに立っているのに言えるわけがない。

アタランテは笑みを浮かべた。「だったらあなたの騎士道精神にお任せするわ」

　その言葉に含まれた二重の意味を聞き逃さなかったらしく、ヴィクトルは探るような目でこちらをちらっと見た。ウジェニーと会うのを禁じられている事情について、どの程度知られているのか気にしているようだ。

　アタランテはどんな感情も顔に出さないように気をつけた。それ以上探っても無駄だとわかったのか、ヴィクトルはウジェニーに話しかけた。「突然やってきてすまない。だがルイーズがどうしてもと言って聞かなかったんだ。きみを驚かせたがっていた」

「ディナーに間に合うよう急ぐこともできたはずよ」

　それにその気になれば、ルイーズのあんな意味ありげなほのめかしを止められたはずでは？　アタランテはその場から立ち去りながらも心のなかでつぶやいていた。屋敷の近くまで戻り、振り返って彼らのほうを確かめると、ヴィクトルがウジェニーの両肩に手を置き、早口で何か話しかけているように見えた。彼が何を話しているのか聞こえたらいいのに。

「追い払われた？」皮肉めいた声が聞こえた。前に立っていたのはラウルだ。アタランテの背後に目をやり、遠くにいるふたりを一瞥する。「〝三人だと台無しだ〟ってわけか？」

「先に屋敷に戻るよう言われただけ。ふたりもあとからすぐにくるわ。あのふたりがどんなことを話し合っていようとわたしには関係ない。あなたにも」

ラウルは目を細めながらふたりをじっと見ている。「それはどうかな」

アタランテは彼を見つめた。「あなたはこの一族とよほど親しいのね。だからここで何が起きているか、そんなに気にしているんだわ」

ラウルは体をぶるっと震わせると彼女に面と向き合った。「ぼくの目は節穴じゃない。なんでも見通せる目がふたつもついている」

「だから?」

「そのふたつの目を光らせて、せいぜい利用するつもりだ」ラウルは彼女に背を向けると、大股で屋敷へ戻りはじめた。

彼についていくために、アタランテは少し走らなければいけなくなった。いったい彼は何を企んでいるのだろう? 「ふたりが一緒にいたことを伯爵に話すつもり?」

「なぜぼくがそんなことをすると思うんだ?」

「たぶん、あなたはこの婚約が破棄されるのを望んでいるから?」

ラウルはナイフで刺されたように突然立ち止まると、目をぎらつかせながらアタランテを見つめた。「なぜそんなふうに考えた?」

「さあ、わからない」心臓が早鐘のようだ。あの手紙を書いたのはラウルなの?

彼はかぶりを振った。「マドモワゼル・アタランテ、いまみたいな曖昧な返事はやめてほしい。自分がなぜいまの質問を口にしたのか、きみにはちゃんとわかっているはずだ。

きみは多くを語らないもの静かなタイプだが、常に目と耳を働かせてあたりを観察している。そうやって……何か自分のために利用できるネタがないか探しているんだろう。ぼくがきみに口止め料を払うとでも考えているのか？」

その言葉を聞いてあぜんとした。このわたしが脅迫者？　信じられない。体の奥底から笑いが込みあげてきたが、ラウルの表情を見たとたん、喉のあたりで笑いが消えてしまった。

ラウルは本気だ。本当にわたしのことを、チャンスがあれば自分の利益のために誰かの弱みにつけ込もうとする脅迫者だと考えている。

わたしにはお金がないという理由だけで？　体の芯まで凍りついたような気がした。いつまで経っても同じなのだろうか。この世界から偏見や嘘はなくならないの？　つい最近、巨万の富を手にしたことをひけらかしたくなんてない。でも、単にわたしにお金がないからという理由のせいで、最悪な想像をする相手の場合は話が別だ。

「ひどい侮辱ね」背筋を伸ばしてラウルと目を合わせた。「あなたとは知り合ったばかり。あなたはわたしの身分以外、何も知らない。わたしが音楽教師だからという理由だけで――」怒りのあまり、声が震えた。

「もしぼくの心を操れると考えているなら」ラウルはうなるような声でさえぎった。「考え直したほうがいい。ぼくは簡単に操れる男じゃない」踵（きびす）を返して大股でその場から立ち去った。

アタランテは遠ざかるラウルの姿を目で追った。憤慨するあまり、両脚が震えている。なんて図太い神経の持ち主だろう。あんな卑劣な言葉で非難するなんて。しかも面と向かって。

両手を頬に押し当て、息を何度か深く吸い込んで気持ちを落ち着けようとした。ラウルは自制していたつもりのようだけど、彼もまた本性をむき出しにした。いったいなぜ、このわたしが他人の弱みにつけ込もうとしているなんて考えたのだろう。不都合なことなんて何も起きていないのに。

ただし、ラウルが自分自身で認めている以上に、はるかに多くのことを知っているとすれば話は別だ。

いいところに気がついた。

それを手がかりにすれば、この事件解決の手助けになるのでは？　いまや、いろいろなことが明らかになってきた。伯爵と最初の妻マチルドの縁結びをしたのはルイーズであること。そのルイーズはいまもここで起きていることになんらかの役割を果たしていること。ウジェニーは伯爵との結婚に同意する前に、別の男性を愛していたかもしれないこと。でも、そこにラウルがどう関わってくるのだろう？　なぜラウルはあんなに怒ったのだろう？　わたしから注意深く観察されていると知ったとたんに？

アタランテはこめかみをさすった。これまでわかったことをすべて書き出す必要がある。この混沌とした状態で、いったい何を優先して調べるべきかじっくり考えなければ。

8

アタランテは化粧台の前に座り、暗号を使って短い記録を残していた。寄宿学校でいつもやっていたのと同じやり方だ。生徒たちの成長ぶりや癖、長所も短所もずっと記録に残し続けていた。最初は帳面にただ書き記していたのだが、あるとき頭のいい生徒がその帳面を盗み、他の生徒たちを操るために利用したことがある。それ以来、自分なりの暗号を編み出し、ミス・コリンズや彼女のように好奇心旺盛な同僚教師たちにも、生徒たちにも、自分の頭のなかをのぞかれないようなやり方で記録をつけることにしていた。

最初はキリル文字を使うようにした。経験上、この文字なら周囲でわかる人がほとんどいないのを知っていたからだ。だが念には念を入れて、たとえ文字が読めても意味がわからないように、文字を並べ替える転置式暗号も取り入れるようにした。教師時代、こうして暗号で記録をつけるのはささやかな喜びだったのだが、いまこうして慣れ親しんだキリル文字をメモ用紙に書き連ねていると、言いようもない興奮が全身に広がっていくのがわかる。この情報は、かつて残したどの記録よりもはるかに重要なものなのだ。

そんな興奮を覚えている自分を恥じるべきなのだろう。ここで女性がひとり亡くなっているのだ。死ほど悲劇的なものはない。関係者全員に影響を与えてしまう。たとえ事故だったとしてもだ。でも、もし殺人だったとすればさらに最悪だ。ひとりの若い女性が残酷なやり方で命を奪われたのなら、自分は間接的であってもそんな事件に関わるべきではないと思う。それなのに実際はその事実をもっと詳しく知りたいという気持ちに突き動かされている。本当のところ、いったい何があったのだろう？　もし事故ではないとしたら、何者の仕業なのか？　その人物の動機は？

あの貝殻洞窟にあるモザイク画を見ているようだ。一見なんの変哲もない壁に見えるのに、よく目を凝らすとはっきりした絵が浮かんでくる、作り手はどうやってあのモザイク画を生み出したのだろう？　すべてのピースをどうはめ込めば、あのように壮大な作品ができあがると思いついたのか？

この殺人事件は、いわば貝殻の一部が間違った場所に貼りつけられたあのモザイク画のようなもの。無意味な情報や意識的な嘘によって、なんの絵柄かわからなくなっている。でも取り除くピースと残すべきピースをきちんと見分けられたら、そこから浮かびあがる全体像を理解できるはず。真実にたどり着くには、自分なりの方法を見つけなければならない。

扉がノックされる音がして、アタランテは体をこわばらせた。暗号を記したメモ用紙を引き出しにすばやくしまい、応答する。「どうぞ入って！」

訪問者はルイーズ・フロンテナックだった。純白の美しいイブニングドレスに真珠の首飾りを合わせている。部屋へ足を踏み入れると、そっと扉を閉めて口を開いた。「あなたに話があるの」

アタランテはすっくと立ちあがった。このほうが座ったままよりも自分が強く感じられる。用件がなんであれ、この冷たい表情を浮かべた美人と正面切って向き合う力が湧いてくる。

「あなたがどうやってウジェニーと知り合ったか知らないけど」ルイーズが言う。「でもあなたが経済的に自立できていない一族のひとりであることはお見通しよ。あなたはいつでも自分よりお金を持っている他人に頼って生きる必要があったはず。いいえ、あなたよりもっと才能があって勤勉な他人と言うべきかしら？」

アタランテは身を固くした。この屋敷で〝怠惰で努力しない〟という非難の言葉が一番当てはまらないのは、この自分だ。それなのに最初はラウル、お次はルイーズからいわれのない非難の言葉を投げつけられるなんて。

だがすぐに自分を弁護しようとすれば、他の人たちが何をどう考え、感じているか知る機会を失うことになる。ここは非難の言葉を気にしているそぶりを見せつつ、少しルイーズを挑発するような態度を示して、彼女の出方を見たほうがいい。

アタランテはわずかに顎をあげた。

ルイーズはその挑戦に応じるかのように、目を細めた。「あなたはウジェニーを格好のカモくらいに思っているかもしれない。でもこれだけは言っておくわ。妹にはあの子を守る家族も友人もいる。あなたはあの子からは何ひとつ奪うことはできない」

「それはあなたの思い違いよ」アタランテはさりげない、ほとんどうぬぼれているような口調を心がけた。「ウジェニーはわたしに披露宴のピアノ演奏を頼んだだけだもの」

「だったら、なぜ結婚式の前にここへやってきたの？」

「パリで知り合ったとき、ウジェニーから一緒に行こうと誘われたの。ひとりだと旅は本当に退屈なものだから」

ルイーズはあざけるような笑みを浮かべた。「あなたが妹にそう吹き込んで、あの子がそう信じたんでしょう。でもわたしは違う。あなたには気をつけろと、妹にはっきり警告するつもりよ」

「だったらなぜウジェニーと一緒にいないの？　早く警告すればいいのに？」

ルイーズはさらに冷たい表情になった。怒りのせいで頬が青ざめている。「わたしに向かってよくそんな口のきき方ができるわね？」

「わたしは使用人ではないの。あなたの命令に従う理由はどこにもない。わたしは自立した女性よ。ここにきたのも自分の意志。ウジェニーに依頼されたからやってきたのよ」もしあなたがマチルドの死に関わっているとすれば、その〝依頼〟によって、わたしは驚くべき事実を発見するかもしれない。いまのあなたは知るよしもないでしょうけど。

さらにつけ加えた。「ウジェニーも自立した女性だという事実を、あなたも受け入れるべきよ。彼女は自分自身の人生を歩もうとしている。もはや姉の助けは必要としていない」

「ほらね。あなたはあの子がわたしを嫌うように仕向けている。あの子が望まない人生を無理に押しつけようとしている鼻持ちならない女だと吹き込んでいるんだわ」ルイーズは草むらから不意に首をもたげた毒蛇を見るような目つきでアタランテをにらんだ。「あなたは妹とわたしの関係を壊そうとしている。わたしの代わりに、あの子が秘密を打ち明けられる相手の座に居座ろうとしている。それがあなたにとって得になるから。でもこれだけは言わせて」一歩踏み出し、嫌悪感たっぷりに言葉を継いだ。「あなたは後悔することになる。それもすぐに」

ルイーズは踵を返すと部屋から出ていき、扉をばたんと閉めた。

アタランテは息を吸い込んだ。なんてことだろう。今夜のディナーのあと、現れた敵はこれでふたり目だ。ちょっとユーモラスに考えようとしたのに、うまくいかない。化粧台のスツールにふたたび腰かけて、ため息をついた。

ルイーズに嫌われても全然気にならない。ウジェニーがあの姉を信用していないのは明らかだ。もしわたしの悪口を吹き込まれても姉の話に耳を傾けようともしないだろう。実際の話、あのルイーズが自分の立場が危ういと感じ、それを守ろうとなんらかの行動に打って出るとしたら、それはそれで意味がある。

ただしラウルの場合、話が違ってくる。彼のことはかなり好きだ。それなのにいま、はっきりした理由もないのに彼からあからさまな敵意を向けられている。ラウルはああやって怒ることで心の傷を隠しているのだろうか？　前に誰かに裏切られたことがあるとか？　できることならもう一度あの会話をやり直し、違う結果が出るようにしたい。でももちろん、そんなことできるわけがない。それにこちらがこんなに思い悩んでいることを知られたら、ラウルからあざ笑われる可能性もある。特に、ラウルが何も気にせずに、これから始まるダンスの支度をしているならなおさらだ。わたしもそろそろ準備しなければ。

ペンを手に取り、ルイーズに関する短い記録をつけ加えると、半分だけ荷解きを終えたスーツケースの前へ行って、ダンスにふさわしいドレスを探した。そのとき、何着か重ねられたドレスの間に白い封筒があるのに気づいた。宛名にアタランテの名前が、力強い筆跡で記されている。この封筒はどうやってこのスーツケースに入れられたのだろう。

もしかしてルナールから？

開封してなかに入っていた手紙を読む。

最愛なるわたしの孫娘へ

心臓がとくんと跳ねた。亡き祖父からの二通目の手紙だ。しかもわたしへの呼びかけに〝親愛なる〟ではなく〝最愛なる〟という言葉を選んでくれている。

この手紙を読んでいるということは、すでに最初の事件に取りかかっているのだろう。おまえが最初の調査地に到着したらすぐにこの手紙を見つけられるように、ルナールに命じておいた。その場所がどこなのかわたしにはわからない。フランスなのか外国なのかもだ。かつてわたしが扱った案件では、何度も外国へ出かけたものだ。スイス、イタリア、オーストリア、ポーランドも訪れたことがある。おまえのような若さと才能があれば、きっと海を越えてアメリカ大陸まで渡れるに違いない。

ニューヨーク！　アタランテは体がしびれるような興奮を感じた。

いまおまえがどんな案件を調べているのか、わたしにはわからない。だから具体的なことは教えられない。それはいいことなのだろう。とっくの昔に引退しているのに、まだ狩りをしているつもりで吠え続ける老いぼれた猟犬ほどわずらわしいものはない。もはや馬たちを先導するのはもちろん、馬たちの速さにすら追いついていけないのだからなおさらだ。

あなたはそんなに年老いていなかったはずよ、おじいさま、アタランテは心のなかでつぶやいた。最後の最後まで、あなたは頭脳明晰だったはず。

だがおまえに一般的な忠告を与えることはできる。常に最初に立ち戻るようにしなさい。あらゆる物事を動かしている動機について考えるんだ。なかには磁石に吸い寄せられるように危険に引きつけられる人もいる。彼らはリスクを冒すこともためらわず、むしろその考えに突き動かされてさらに大胆になってしまう――それが死という選択肢であってもだ。絶望は何者をも止めることができない。だからこそ人から聞いたいかなる話も信用してはならない。その背後に隠された事実を調べるのだ。おまえが手に入れた情報の裏付けを取ることで、より確かな事実を探り出せれば、いっそう前進できる。

ええ、そうしている。アタランテは心のなかで祖父に話しかけた。この足でフロンテナック家へ出かけ、料理人とじかに話をした。きっとあなたなら褒めてくれるはず。

他人の意見には価値がある。ただし、それが誰にとって都合のいい意見なのか考えるのをゆめゆめ忘れてはならない。こうして手紙を書いていると、自分のいままでの体験が鮮やかによみがえってくる。おまえはおまえにしかできないやり方で独自の道を歩んでほしい。

おまえのことを心から信じている。

敬具

手紙の最後には力強い署名が記されていた。アルファベットのCとA。クラレンス・アシュフォードの略だ。一度も言葉を交わすことがなかったのに、これ以上ないほど強い結びつきを感じずにはいられない。この手紙はお守りとして大切にしよう。

もちろん手紙は隠さなければならない。わたしの正体も、ここへやってきた本当の目的も知られないために。

アタランテは裁縫セットから小型ナイフを取り出し、スーツケースの裏地を切ってそのなかへ手紙を滑り込ませた。弁護士から受け取った、祖父からの最初の手紙も同じ場所に隠してある。もう一度裏地を丁寧に縫いつけると、本来やろうとしていた仕事に戻った。でも何赤いイブニングドレスに着替えながら、脳裏に祖父の忠告を刻みつけようとした。でも何より嬉しかったのは、わたしにしかできないやり方で、独自の道を歩んでほしいという祖父の言葉だ。わたしならではの方法を編み出したら、そのやり方に従って突き進もう。階段をおりている途中、二手に分かれた踊り場で足を止め、背の高いピンクのバラが見事に生けられた大理石の花瓶をうっとりと眺めた。バラの茎を囲むようにスイートピーも飾られ、花輪のように広がっている。どこかに温室があるに違いない。そこではランも育てられているのだろうか？　ずっと長いことランの花が見たかった。自分のために買い求める計画を立てていた。ああ、ママ、わたしがいま何をしているか、あなたに知ってもらえたらいいのに。

そのとき、耳障りなピアノの調べが屋敷じゅうに響き、アタランテは弾かれたように振り向くと耳をそばだてた。本音を言えば、耳をふさぎたい。不協和音が次々と鳴らされ、不愉快なことこのうえない。まるでピアノをいじめているみたい。こんな弾き方をしているのは、いったい誰？

両手で耳を覆いたくなる気持ちをこらえながら、ピアノの音が聞こえる部屋へ駆け込んだ。イヴェットが鍵盤に両手を叩きつけていた。渾身の力で、不協和音を次から次へと鳴らしている。そのそばでは、ウジェニーがやめてと金切り声で叫んでいた。

ポンポンはソファの陰に隠れ、両耳をだらんと垂らしたままだ。それでも部屋から出ていこうとはしない。女主人から片時も目を離したくないのだろう。

ジルベールは窓辺に立ち、たばこに火をつけている。ライターの炎に照らされ、一瞬浮かびあがったその顔には悲しみと不安が浮かんでいた。アタランテは彼に近づいて話しかけた。「あの年頃の女の子と暮らすのは大変ですね。なかなか簡単にはいかない」

伯爵は片眉をつりあげ、彼女を見た。「なぜそんなことを知っているんです?」

「音楽を教えているので。生徒たちからよく、ままならない人生について不満を聞かされてるんです。親が全然理解してくれないとか、親友と突然うまくいかなくなったとか」本当に人生はままならない。初めて好きになった男性が振り向いてもくれない相手だったり。

「それに想像もつかないかもしれませんが、わたしも十六歳だったことがあるので」

今回は伯爵も笑わずにはいられなかった。「親愛なるマドモワゼル、そんなに昔のことではないはずだ。きみを侮辱するつもりはない」

アタランテは笑みを返した。「あなたはとても優しい方ですね。でもあんなふうにかんしゃくを起こしている彼女を見ていると、もうずいぶん昔のことのように思えます。大人になると、たくさんの責任を背負って、その責任を放り出すことができなくなるから」

伯爵はため息をついた。「本当にそのとおりだ」手にしたたばこで、ピアノの前に座る少女を指し示した。いまやイヴェットはピアノの鍵盤を叩き壊さんばかりの勢いで不愉快な演奏を続けている。ウジェニーは叫ぶのをやめ、今度は両手をばたばたさせながら片足を踏み鳴らしている。そうすることでピアノの音をかき消そうとしているかのように。

「ウジェニーがあの娘とうまくやってくれたらいいんだが。イヴェットは女性らしい穏やかさに飢えている。男のわたしには与えられないものだ。マチルドなら……」彼は黙り込んだ。

伯爵が先ほどあんなに悲しげな顔をしていたのはそのせい？「あなたの最初の奥様ですね」アタランテは言葉をおぎなった。「彼女はイヴェットにそういう穏やかさを与えていた？」

「ああ、ふたりは本当に仲がよかった。マチルドは夢みたいなことばかり話していたが、イヴェットは彼女の話を夢中で聞いて、それを本格的に調べたらどうかと尋ねていた。それに……」ソファからちょこんと顔を出しているポンポンを指し示した。姿を現すべきなのか隠れるべきなのか、迷っている様子だ。「あの小さな犬を飼ったのもマチルドの考えだったんだ。世話をする相手がいれば、イヴェットも少しは落ち着くだろうと考えていた。ただイヴェットがどれほど犬好きでも、あの犬に助けられているとは思えないが。むしろますます手に負えなくなっている」

「あなたの奥様が亡くなられたことは、イヴェットにとって本当にショックなことで、いまだに立ち直れずにもがいているところだと思います。人が考えるほど悲しみはそんなに早く和らぐものではないから」ふとした瞬間に、いまだに悲しみに襲われるときがある。父が部屋に入ってくるなり、〝ついにこの悪運を断ち切ってふたりで幸せになる方法を見つけたぞ！〟と叫んだりする姿を二度と見ることはないと思うたびに。それにあの両手でわたしの体を地面からすくいあげて振り回しながら〝今度こそ大丈夫さ〟と部屋じゅうをぐるぐる回る父の姿も。

やがてそんな言葉を真に受けることもなくなったけれど、父の笑顔には人を惹きつける力があった。新たなチャンスを見つけたと大喜びする父のペースについ巻き込まれてしまったものだ。あれこれ言う人もいたが、父はけっして簡単にはあきらめない人だった。

伯爵はたばこをおろし、あたりを見回した。灰皿を探しているのだろう。アタランテは炉棚の上にある銀色の灰皿を手に取ると、窓辺に置いた。

「メルシー」灰を落としながら言う。「マチルドの前ではたばこを吸わないようにしていた。彼女はたばこの匂いを嫌っていたし、カーテンが汚れるのも嫌だと言っていたからね」身ぶりで白いレースのカーテンを指し示す。たしかに、わずかだが黄色くなっている部分があった。「だから書斎にいるときだけ吸うことにした。彼女は書斎には絶対に入ってこなかったから、あそこだけは禁煙する必要がなかった。とにかく彼女はわたしに本当にいい影響を与えてくれたんだ」

「ウジェニーは？　カーテンが汚れるからとあなたがたばこを吸うことに反対しないんですか？」

「さあ、わたしにはわからない。彼女がここにあるどんなものも気にしているのかどうか」伯爵は片手を大きく振って部屋全体を示した。壁には油絵が、台座には彫像が飾られ、窓の向こう側にはなかなか暮れない夕日に照らし出された庭園が広がっている。「あるいはベルヴューに存在するいかなるものも気にかけているのかどうか」

「気にかけていると思います。ここに車でやってきたときも、本当にはしゃいでいました。お屋敷が見えたとたん、嬉しそうに声をあげて。パリにいたときも、ここの景色を早く見たくてたまらないと話していたんです」

「彼女にはそういうところがある。人前でははつらつとしているんだが……」伯爵は口をつぐみ、たばこを吸った。

アタランテは彼が気の毒になった。きっと伯爵はイヴェットについてと同じように、ウジェニーについてもあまり理解できていないのだろう。不満げな姪の後見人になったのと同じく、ウジェニーの婚約者となったことも失敗だったと感じているに違いない。

何か元気づけることを言えればよかった。だがそうする前に、おかしな音が聞こえた。どさりという音、続いて泣き声だ。イヴェットがピアノの椅子から床に放り出され、その上に覆いかぶさるようにウジェニーが立ちはだかっていた。

ウジェニーがイヴェットを椅子から引きずりおろしたのだろうか？

「このこと絶対に忘れないから。このくそばばあ！　あんたなんか死ね。死んじゃえ！」イヴェットは叫ぶと立ちあがり、走り去った。ポンポンがすかさずあとを追いかける。しばし廊下に鋭い鳴き声が響いていたが、やがて聞こえなくなった。

耳障りな音楽がやんだいま、室内がやけに静かに感じられる。すべての生気が沈黙に吸い取られ、うつろな空間だけが残されたかのようだ。ウジェニーは顔をゆがめ、イヴェットが出ていった扉を見つめると、婚約者に向き直った。「ねえ、聞いた？　わたしのことをくそばばあって呼んだのよ！　わたしはまだ二十三歳にもなっていないのに。しかも死ねだなんて」

「一時的に感情を爆発させただけだ」ジルベールは冷静な声で答えた。「なぜあの娘の演奏をやめさせた？」

「演奏ですって？　あの頭がおかしくなりそうなのが演奏と呼べるの？　正気になるまでイヴェットを自分の部屋に閉じ込めるべきだわ。そうよ、どうしてそうしないの？」ウジェニーは目をぎらつかせながら伯爵に詰め寄った。「使用人にそうするよう命じて。そうすれば、あなたも自分で言う必要はなくなるわ」二番目の言葉はあざけるような言い方だった。伯爵にそんなことはできないだろうとほのめかしているように聞こえる。

ジルベールは首まで真っ赤になった。「そんなことをするつもりはない。あの娘は動物じゃないんだ。檻(おり)に閉じ込める必要などない」

「だったらあんなふうに振る舞うのをやめさせるべきだわ」ウジェニーは背筋を伸ばした。「もう頭がずきずき痛くてたまらない。あの娘の……過激な振る舞いのせいよ。こんな状態でダンスなんてどうやって踊れというの？」

「それなら踊らなければいい」伯爵が目を光らせながら言う。「誰もきみに無理強いはしない」

ウジェニーは息をのみ、勝ち誇った表情から一転、打ちひしがれたような表情になると叫んだ。「ええ、そうよね。あなたはわたしよりも他の人たちと踊りたいんでしょうから！」

伯爵は制するように片手をあげたが、ウジェニーは続けた。「もうたくさん。失礼するわ」彼女は踵を返し、顎をあげたまま立ち去った。

伯爵は降参とばかりに両手を掲げた。「まったく女の人というのは！　いくら機嫌を取ってもすねてしまう」

「戻るよう彼女を説得しましょうか？」

「いや、いいんだ。放っておこう」伯爵は冷たい表情に戻った。「もし彼女がイヴェットみたいに子どもっぽく振る舞いたいのなら、そうさせるまでだ。ただもう今夜は、彼女の不機嫌な顔を見たくない」伯爵は窓のほうへ向き直ると庭園をぼんやりと眺めた。夕日の残滓によってバラの花々が照らされている。

アタランテはなだめるように話しかけた。「彼女はあなたの花嫁、あと数日後に結婚する相手です。いまちゃんと仲直りしておかないと――」

「まさに裁きのときだな」伯爵はため息をついた。「もう一度結婚しようなんて考えたわたしが間違っていたんだ。再婚してもいいことはないとわかっていたはずなのに」灰皿にたばこを押しつけて低くつぶやく。「悪いが失礼する」

部屋から出ていく伯爵を見送り、アタランテはひとり取り残された。沈黙が両肩に重くのしかかっている。本来なら人生で一番幸せなときを迎えようとしているのに、ここにいる伯爵とウジェニー、それにイヴェット、なんて不幸せなのだろう。こんなに美しい屋敷に住み、心安らかな人生を送るための完璧な条件を備えているように見えるのに……生々しい感情に突き動かされ、いがみ合い、大切なものをすべて台無しにしている。

でもわたしに何がわかるというのだろう？　すばらしい家族がどういうものか知らず、妄想することしかできないのに。

すぐにこの部屋から出ていきたい。ここにひとりでいてもちっとも落ち着かない。そのとき、部屋の隅にある小さなテーブルの上に飾られた写真立てに目がとまった。セピア色に変色しているが、写っている人たちのなかに見慣れた顔がある。伯爵とラウル。ふたりとも今より若く見える。屈託ない表情を浮かべ、グラスを掲げている。男性たちのなかに穏やかな笑みを浮かべた女性が写っている。派手さこそないが、記憶に残るような静かな美しさだ。彼女がマチルド？

アタランテはもう一度彼らの顔をよく確認すると、部屋をあとにした。

9

　ウジェニーとイヴェットの言い争いで、昨晩の予定は突然中止となった。結局伯爵の決定により、急きょダンスは取りやめになったのだ。それだけに翌朝の朝食の席に向かうとき、アタランテは覚悟していた。きっと最悪な雰囲気になるに違いない。

でも驚いたことに、朝食の席では誰もが明るく機嫌がよかった。ウジェニーは昨夜枕の下にラベンダーの匂い袋を置いたおかげで、ぐっすり眠れたと話している。嫌な夢にうなされることもなく、あんなに熟睡できたのは初めてだと大変な喜びようだ。イヴェットは午前中は森へ絵を描きに出かけるつもりだと話し、伯爵は残念ながら商用で出かけなければならないが、戻り次第、近くの湖にみんなを連れていくつもりだと高らかに宣言した。

　ピクニックの計画を立て終えると、それぞれが朝食の席から離れた。アタランテはウジェニーから〝午前中は手紙を書きたいから自由に過ごして〟と言われた。

よし。だったらこの空き時間を利用して新聞を読もう。あの密猟者の記事がどこかに載っていないか確認したい。

届けられたばかりの地元紙を手にして庭園へ行き、東屋の隣にある長椅子に腰をおろした。東屋には黄色とオレンジのバラの蔓が絡まっている。蕾がまだ半分しか開いていないものもあるが、ほとんどが美しく咲き誇っていた。

新聞の一面はもうすぐ開催される村祭りの記事で埋まっていた。二ページ目は敬愛すべきスーモンヌ伯爵の結婚式にやってくる注目すべき招待客たちについての記事だ。残念ながらラウルに関する詳細は何ひとつ書かれていなかった。

それから村人たちの出産や結婚についての記事、純金の結婚指輪を含めた落とし物についての記事、さらに移動販売員たちの広告が続き、人生相談欄では既婚婦人たちの家事にまつわる疑問への回答、さらに殿方の注目を引きたいと頭を悩ませている若い女性への回答が掲載されていた。

最後のページをめくると、マルセル・デュポンという男性の死亡記事が載っていた。ごく短い記事によれば、彼は密猟の罪で十二カ月の刑期を終えて、つい最近刑務所から出所したばかりだったという。

哀れな男性だ。ようやく自由の身になれたというのに、すぐあの世にいってしまうとは。刑務所にいる間は酒を飲むことを許されなかったはず。釈放されてすぐに酒を飲んで酩酊したせいで、命を落としたのだろうか？

だったら、たしかに話のつじつまが合う。アタランテは危うく記事の最後の部分を見落とすところだった。

検死の結果、マルセル・デュポンの死因は刺殺と判明。警察は殺人事件と見て、被害者が亡くなる前に誰かと口論していなかったか等、目撃情報を求めている。

あのラベンダー畑で人が亡くなった？

いや、あのラベンダー畑で殺人事件が起きたのだ。

記事には〝刺殺〟と書かれている。事故死ではない。暑さと酒の飲み過ぎが重なり心臓が弱ったせいでも、不幸にもつまずいて泥だらけのどぶに倒れ込んだせいでもない。あれは殺人事件だ。

命を奪われたのは、最近まで刑務所に入っていた密猟者だった。ずっと出所を待ちわびていた被害者には敵がいたのだろう。彼の死と前スーモンヌ伯爵夫人マチルドの死に関連性があるとは思えない。ふたりは住む世界が違う。

それでもやはり、この殺人事件に関する情報を追いかけなければ。被害者に致命的な刺し傷を負わせた人物に関して、警察がどんな情報を得ているか探る必要がある。

アタランテは新聞を脇へ置くとあたりを見回し、心臓の鼓動を静めようとした。朝の光に照らされ、バラの花びらがいきいきと輝いている。石畳の上に一匹の蝶が舞いおり、陽光の暖かさを楽しむように羽を広げている。森の奥深くからはキツツキが立てる軽快な音が聞こえている。

昨晩この屋敷に滞在している人たちの間で、あんな緊迫したやりとりがあったなんて信じられない。それにウジェニーが何か不吉なことが起こる予感がすると話していたことも。みずみずしい庭園やひっそりとした森は、危険とはまるで無縁に思える。それに前日ラウルと探検した、複雑なモザイク画のある神秘的な貝殻洞窟も。

ラウル……彼はどこに行ったのだろう？

朝食のとき、ラウルはトーストを切り分けるのに夢中な様子で、午前中の予定を一言も口にしていなかった。屋敷へ戻ってラウルの動向を探るべきだろうか？　でも〝相手の秘密を探って口止め料を払わせようとしている〟と非難された手前、ラウルの動きをこっそり観察するのは間違ったことのように思える。そもそも本当に彼を容疑者リストにつけ加えるべきなのだろうか？　ウジェニーと伯爵、ルイーズの三角関係に、ラウルが関わっているとは思えない。

あるいはウジェニーとルイーズ、ヴィクトルの三角関係にも。

ヴィクトルは何を考えているのかわからない。いまだに謎めいた存在のままだ。他の人たちはうっかり本音を漏らしたり、わたしに食ってかかってきたりしているというのに、ヴィクトルだけは慎重にこちらと距離を置いて、なるべく話しかけまいとしているように見える。朝食の席で、彼はウジェニーにもルイーズにもなんの興味も示そうとしなかった。ただ自分の皿にスクランブルエッグやハム、あんずのコンポートを山ほど盛りつけていた。まるでまともな食事を一度も食べたことがないかのように。あの振る舞いのせいでヴィクトルがますます怪しく見えてきた。出しゃばらないようにおとなしくしているが、抜け目なくあたりを観察し、何かを待っているのかも？　わたしたちと同様、ヴィクトルも昨日、あの密猟者が殺された日に到着している。

でもそれを言うなら、ルイーズだって同じだ。

あの日、ラウルはすでにここに滞在していたけれど、森で彼の跡を追っていた伯爵とはしばらく離れていた。言い換えれば、伯爵もラウルとは同じだけ離れていたことになる。そしてふたりとも、マチルドかもしれない美しい女性と一緒の写真に写っていた。

なんてややこしい！

ルナールが一緒にいて、ここにいる人たち全員についてもっと詳しく教えてくれたらいいのに。彼はあんなに易々とフロンテナック家にまつわる事実をひとつ残らず語ったのだ。ラウルたちについても、何か役に立つ情報を知っているに違いない。

イヴェットに関しても気になることがある。なぜ伯爵は彼女の後見人になったのだろう。彼女の両親はすでに故人なのだろうか。

そのとき、静寂を切り裂くような女性の悲鳴が聞こえた。

アタランテは弾かれたように立ちあがった。悲鳴は森のほうから聞こえているようだ。イヴェット！　まだ十六歳のあの少女は森で、ひとりで写生しているはず。

そういえば、昨夜ヴィクトルが浮浪者の話をしていた。たとえ話をしただけなのか、それとも本当に森のあたりを浮浪者がうろついているのか？　イヴェットがひとりでいるところに偶然出くわし、少女に金を恵んでくれと頼んだのでは？　イヴェットから断られてかっとなったのかも？

あるいは少女を襲ったのは、マルセル・デュポンを刺した殺人者？　なぜ密猟者が亡くなったことを知っていたのに、伯爵はイヴェットがひとりで森のなかへ行くのを禁じようとはしなかったのか？

またしても取り乱したような悲鳴が聞こえ、アタランテは声のするほうへ駆け出した。心臓の鼓動が耳まで響いているのが聞こえる。スイスの山々を散策するのは慣れているし、体力にも自信がある。だから全速力で走っても、すぐに息切れすることはない。両方の拳を握りしめながら、走るスピードをさらにあげていく。

最初に木々が見えてきたとき、その下に誰かがいるのがわかった。こちらに向かってきている。でも、ほっそりしたイヴェットではない。危険から逃れようと必死に走っているわけでもない。それに金をせびろうと追いかけてくる男でもない。頭のてっぺんからつま先まで、茶色の汚れがべっとりとついている。まるで哀れなその人物めがけて、天空から大量の泥が降ってきたかのように。こちらのほうへ駆け寄りながらも、その人物は泣き叫び続けている。

　アタランテは驚きのあまり、突然立ち止まった。あと二歩というところまで近づいてようやく、相手が何者かわかったのだ。ウジェニー。泥まみれになっている。グリム童話『ホレのおばさん』に登場する娘のよう。といっても、井戸のなかに落ちてホレおばさんから金貨をたくさんもらった働き者の姉のほうではない。いい思いをしようと姉を真似て井戸に飛び込み、コールタールまみれになった怠け者の妹のほうだ。ウジェニーはアタランテの目の前で歩みを止め、泣き声で訴えた。「誰かがわたしを殺そうとしたの」

「あなたはお屋敷で手紙を書いているんだと思っていたわ」いったいわたしの依頼人はここで何をしていたのだろう？

「新鮮な空気を吸う必要があったから。外へ出たついでに、貝殻洞窟が見たくなっただけよ」ウジェニーは大きくあえいだ。「そうしたら、わたしめがけてこれが落ちてきたの。きっと誰かがわたしを殺そうとしたんだわ」

　あの貝殻洞窟で？　アタランテは考えをめぐらせた。ラウルと一緒に見に行ったとき、あの場所には崩れそうなところなどなかった。もちろん、突然誰かの頭の上に何かが落ちてくるようなからくりもしかけられていなかった。

　ウジェニーの体からしたたっている茶色の液体はひどい臭いだ。頭めがけて落ちてきたのが洞窟の岩の破片だったなら、どこもけがをしていない様子なのはおかしい。

「上から泥が落ちてきたの？」アタランテは尋ねた。

「いいえ、ええ。よくわからない」ウジェニーは両手を掲げた。「この姿を見てよ。殺されていたっておかしくない」語尾を遠吠えのように伸ばしながら訴える。

耳障りな叫びを聞き、アタランテはたじろいだ。「わたしに見に行かせて。洞窟で何が起きたのか調べてくる」

「誰かがあとを追いかけてきたの。それが誰か知りたい」ウジェニーは嘆いた。「それがジルベールの可能性は？　今朝は仕事で出かけると言っていたけど……」

「ねえ、彼の狙いがあなたの持参金じゃないかと恐れていると言ったのはあなたよ。結婚する前にあなたを殺して、伯爵になんの得があるの？」

取り乱しているせいでウジェニーは理性的に考えられないようだ。すすり泣きながらさらに訴える。「もうここにいるのは嫌。悪い夢を見ているみたい」

ここはウジェニーの肩に腕を回して屋敷のなかへ優しく連れ戻してあげるべきなのだろう。でも好奇心がどうしても抑えられない。いますぐあの洞窟へ行き、自分の目で状況を確かめたい。この出来事の痕跡がきれいに消されてしまう前に。やはり証拠集めをするのが一番だ。「またあとで会いましょう」依頼人にそう告げ、体の向きを変えて洞窟のある方向へ歩きはじめる。ウジェニーはがっかりしたような声をあげたが、すぐに屋敷のほうへ歩き出した。

一度訪れていたおかげで、洞窟にはすぐにたどり着けた。なかに入る前に一瞬立ち止まり、外から様子を観察してみる。昨日と変わったところはどこにも見られない。上部が崩れ落ちた様子もないし、一部が壊れているようにも見えない。

入り口に近づき、なかをのぞいたとたん、悪臭が鼻をついた。泥まみれのウジェニーの全身から立ちのぼっていたのと同じ、ねっとりとした汚臭だ。いったい何が起きたのか？

一度深呼吸をしてからなかへ入った。背中を壁につけながら慎重に進み、天井の穴から陽光が差し込んでいる場所を見あげる。穴の縁には茶色い液体がべったり付着し、したたり落ちている。

洞窟が崩れ落ちたのではない。誰かがあの穴から泥を流し込んだのだ。ウジェニーの頭めがけて。

でも、そもそもウジェニーはなぜここにやってきたのか？

アタランテは思いきり眉をひそめながらふたたび外へ出て、洞窟の岩肌を見あげた。洞窟はあの貝殻のモザイク画を保存し、この地を訪れた客たちの目を楽しませるために特別に造られたものだ。犯人の痕跡がないか確かめるために、この上までよじ登ることはできるだろうか？

もし洞窟がいまにも崩れそうなら、よじ登るのは賢い選択とは言えない。足の骨を折るか、もっと最悪なことが起こる危険性がある。

それに、もしウジェニーを襲った犯人がまだうろついていたら？

だったら慎重によじ登ればいい。学校近くの城の廃墟でいつもやっていたように。

洞窟の岩肌を登り、無事にてっぺんへたどり着くと、ゆっくり体をかがめて、天井に空いた穴を確認した。誰かが先にここへ登っている。岩肌は苔に覆われているのだが、穴の周辺だけ苔が薄くなっている。しかも、穴のすぐ近くに何かを置いたような痕跡が残されていた。泥をいっぱい詰めたバケツのあとだろうか？

「やあ！　きみは頭がおかしくなったのか？」突然誰かの声がした。驚きと非難が入り混じったような声だ。

アタランテは体を起こし、下に広がる大地を一瞥した。ラウルがまぶしい陽光に目を細めながら、こちらを見あげている。

もちろん、ラウルだろう。こんな怪しいことをしているところを誰かに目撃されるとすれば、それは彼しかいない。どう説明しよう？

「すぐにおりていくわ」

ある程度安全な場所までおりてきたところで、ラウルが姿を現した。力強い両手が腰に回され、体が持ちあげられたかと思ったら、あっという間に大地に着地していた。ラウルが手伝ってくれたのだ。彼が探るような目でこちらをじっと見ている。「まったく、きみはシロイワヤギよりすばしっこいんだな」

「うちの家族はスイスに住んでいるの」ここへやってくる前に、ウジェニーと考えたとおりの話をした。でもこれ以上は何も言わないほうがいい。うっかり口を滑らせることがないように。「ウジェニーの身に何が起きたのか調査していたところ」

「調査？」ラウルは茶色の瞳を好奇心たっぷりに光らせながら繰り返した。

しまった、言葉選びを間違えた。「つまり」すばやく説明をつけ加える。「ウジェニーから貝殻洞窟が崩れ落ちたと聞かされたけれど、おかしいなと思ったの。だから何が起きたかこの目で確かめようと思って。この洞窟そのものが崩れたわけじゃなかった。誰かが天井に空いた穴から大量の泥を、彼女めがけて落としたの」

ラウルは片眉をあげた。「泥が自然に落ちるのはわかるが……誰かがわざと落としたというのか？　いったい誰が？　なんのために？」

「わからない」残念ながら。「誰かがこの洞窟のてっぺんまでのぼって、バケツのようなものを使って穴から泥を落とした痕跡が残っていた。泥がいっぱい入ったバケツを持ったまま、この岩だらけの洞窟の上までよじ登るのはかなり大変なはず。ウジェニーを間近で見たけど本当に泥まみれだった。あれは風に吹かれて泥の一部が落ちたせいじゃないと思う」

「鳥たちが森で巣作りをしている。ときどきその巣がぐらついて落ちてくることもある」

「鳥の巣にしては、あまりにどろどろだったの。彼女がどんな姿だったか見てない？」

「髪を振り乱し、洞窟がどうのこうのと口走りながら、屋敷のなかに駆け込んでくる姿は見たよ。だから何があったのかとここへやってきたんだ」

やったのはラウルでは？　ウジェニーに恥をかかせるために？　それか怖がらせるために？

「ここにやってくる間に誰か見なかった？」アタランテは尋ねた。彼の反応を確かめたい。

「いいや。きみは？」ラウルが尋ね返してくる。「誰かに会うとは思わなかったのか？　その犯人と？　ウジェニーが叫び、声をあげたとき、犯人はここから走り去ったはずだ」

「どうして彼女が叫んだことを知っているの？　あのとき、あなたは外にいたの？」

「彼女が叫ばないはずがない。蝶が自分の腕をかすめただけで金切り声で叫ぶんだから」ラウルは肩をすくめた。「だがきみはどこにいたんだ？　彼女のお供をしていなかったのか？」

「わたしはウジェニーのメイドじゃないのよ」ぶっきらぼうな言い方になったため少し優しい声でつけ加える。「午前中は手紙を書くから――彼女からはそう言われた」

「彼女からは？　きみは彼女を信じていないんだな？」

「ウジェニーはわたしに、手紙を書いているうちに新鮮な空気が吸いたくなったから外へ出たと説明した。でも最初から彼女は外へ出る予定だったような気がするの」

「どうしてそう思うんだ？」

「わからない」アタランテは目を伏せた。正直に言えば、ウジェニーがここへヴィクトルに会いにやってきたのではないかと疑っている。でも、ここであの金髪の男性を見かけたわけではない。ただの憶測をラウルに打ち明けるつもりはない。

ラウルはこちらにさらに近づいた。「きみは本当にここへ、披露宴のピアノ伴奏のためにやってきただけなのか？」

「ええ、あなたも知ってのとおり」不意に頬が染まっていくのを感じた。ラウルとの距離が近すぎる。どう考えてもマナーの範囲を超えた近さだ。彼に背を向けながら口を開いた。「もう行かないと。ウジェニーの様子を見なくては」

「それで彼女にはなんて言うつもりだ？　洞窟のてっぺんに隠れていた誰かが、彼女めがけてわざとバケツいっぱいの泥を落としたと？　そんなことをしても、彼女の神経をさらに逆撫でするだけだ」

「さらに？」アタランテは尋ねた。もの問いたげなラウルと目を合わせたくない。でも、彼が口にしたこの興味深い言葉を聞き逃すわけにはいかない。「あなたは彼女の神経が……すでに逆撫でされていることを知っていたの？」

「ぼくはフロンテナック姉妹のことをよく知らない。だがウジェニーは昨日、頭痛のせいでかなり神経が張り詰めているように見えた。よく眠るためにラベンダーの匂い袋を使お

う と考えたのもそのせいだろう。ああいう女性はちょっとしたきっかけで、驚くような妄想を膨らませるものだ」

「でも、実際に彼女が泥まみれになった事実は否定できない。まさか彼女が自分でやるわけがないし」

「そこできみは自分なりの仮説を立てた」ラウルがさらに近づいてくる。「きみの考えを聞かせてくれないか？」

アタランテは一瞬ためらった。本音を言えば、この出来事についてラウルと話し合いたい。彼の反応を確かめるために。こちらの考えをすべて打ち明ける必要はない。あくまで仮定として話せばいい。「誰かがウジェニーをからかっている気がするの。イヴェットかもしれない。昨夜は、何か仕返しでもしかねない口ぶりだったから」彼女はピアノをめぐるいさかいについて手短に説明した。

ラウルは声をあげて笑った。「そんなささいなことで？　こんな大がかりな、しかも劇的な仕返しをするはずがない」

アタランテは小首をかしげた。彼ののんきな反応を見て少しほっとしている。とはいえ、ラウルはあの少女を見くびっていないだろうか？　「イヴェットは気が短いし、ここではほとんどひとりぼっちで過ごしている。おしゃべりをする同じ年頃の女友だちもいないでしょう。とんでもないことを思いついたとしてもおかしくない」

ラウルに腕を取られた。「まさか彼女が精神的に不安定だと言いたいわけじゃないよな？」

「わたし、そんなことを言ったかしら？」生徒のなかには、侮辱されたと感じてわけのわからない行動を取る者もいた。でも何を言いたかったか説明する前に、ラウルに腕をぎゅっとつかまれて言われた。「そんな言葉に耳を貸す気はない。彼女を悪く言うのはよせ」

イヴェットを悪く言う？　アタランテはまばたきをした。彼はイヴェットの振る舞いを無邪気なものだと笑い飛ばした。それなのに一瞬後、わたしが彼女のことを精神的に不安定だと言ったと決めつけた。いったいなぜ？「あなたが何に腹を立てているのかわからない。わたしはただイヴェットは気が短い、だからひとりきりの時間にウジェニーめがけて泥を落とすようなとんでもない復讐計画を思いついた可能性がある、と言っただけなのに」

ラウルは彼女の腕を放した。「たしかに」突然冷静さを取り戻したようだ。「きみが何を考えているかわかるよ。あの年頃の少女が考えそうないたずらで、悪意のあるものじゃないと思っているんだね」どういうわけか、彼自身に言い聞かせているように聞こえる。ただラウル自身、自分の言葉を信じているようには見えない。

別の機会にもう一度、ラウルの前でイヴェットの話題を持ち出してみよう。彼があの少女をどう考えているのか、なぜ彼女のことをそれほどまでに気にかけているのか聞き出したい。でもいまはまだそのときではない。ラウルにつかまれていた腕がひりひりと痛んでいる。またしても彼に最悪な女だと思われてしまった。最初はイヴェットを脅迫したと非難され、いまは彼女の悪口を言ったと責められている。

なぜわたしのことを気にするの？　ここでは完全なよそ者なのに？

屋敷が見えるところまで戻ってくると、テラスでルイーズとヴィクトルがコーヒーを飲んでいるのが見えた。彼らの頭上にはギリシャ神の彫像がそびえ立っている。弓と矢、剣と盾を手にしていることからすると、あれは軍神アレスの彫像だろう。奇妙なほどぴったりだ。この屋敷に漂うのはまさに一触即発の緊張感。ちょっとしたきっかけで、みんながいっせいにお互いの喉元につかみかかり、熾烈な戦いが始まってもおかしくない。

横にいるラウルをちらりと見て気分が沈んだ。初めて出会った日、バルコニーにいたときに下から声をかけてきた彼からは想像できないほどの敵意が感じられる。

ルイーズが手を振って話しかけてきた。「ねえ、一緒に楽しみましょうよ。ここは日陰で気持ちいいわ。料理長がマカロンを作ってくれたの」彼女が指し示した皿の上にはピンクや黄色、緑色の繊細な菓子がたくさん盛りつけられている。

ヴィクトルが言う。「ピスタチオのはそんなに甘くないんだ」

「わたしはウジェニーの様子が見たいから」アタランテはそう応え、ふたりの反応を見逃さないようにしながら言葉を継いだ。「彼女がひどく慌てて戻ってきたとき、あなたたちはここにいなかったの？」

ヴィクトルは自分のカップの脇に置こうとしたマカロンを取り落とした。「何かあったのかな？」

ルイーズは自分のコーヒーを見つめたまま、何も言おうとしない。

「森でちょっとした事故にあったの」アタランテは答えた。

ヴィクトルが座ったまま、身を乗り出した。「けがをしたのか？」彼は体を震わせているように見える。

「大げさに騒いでいるだけよ」ルイーズが鋭い口調で答えた。「ウジェニーは目立ちたがり屋だから」

「とりあえず彼女の様子を見てくるわ」アタランテは繰り返した。ラウルはふたりのテーブルに加わり、ヴィクトルに呼び鈴を鳴らして彼の分のコーヒーを運ばせるよう頼んでいる。

屋敷のなかに足を踏み入れると、ほっとするような沈黙が落ちていた。ひとりのメイドが階段の埃を払い、磨かれたオーク材にさらに磨きをかけている。そのそばを通りすぎて階段の上へ向かうとき、アタランテはメイドに笑みを向けながら尋ねた。「マドモワゼル・ウジェニーのお部屋はどこかしら？」

「ご案内します」メイドはエプロンのポケットに雑巾をねじ込むと、先に立って歩き出した。ある扉の前で立ち止まってノックをし、なかから応答が聞こえると少し大きな声で言った。「マドモワゼル・アタランテ・フロンテナックがいらしています」それから下がると、アタランテを通した。

なかへ入ると、アタランテに与えられた部屋よりも広々とした空間が広がっていた。四柱式ベッドの上から分厚いベルベットのカーテンが垂れ下がり、そのカーテンは繊細な金糸の刺繍が施された飾り帯で支えられていた。ベッドの頭部分には、木製の複雑なからくりが施されている。刺繍された紐を引くと作動し、涼しい風が送られるしかけだ。アタランテはいままでこのからくりについて本で読んだことしかなかった。扇のように作動するこのしかけは、寝苦しい夏の夜に備えてのものだ。

ウジェニーはすでにネグリジェに着替え、窓辺に座っていた。両手で顔を覆ってすすり泣いている。部屋に悪臭は漂っていない。あの洞窟のじめじめした嫌な臭いもだ。ウジェニーはすでに体を洗ったのだろうか？

アタランテは彼女に近づいた。「気分は少しよくなった？」

「誰かがわたしを傷つけようとしているのに、いい気分になれるとでも？　あの洞窟全体が崩れ落ちてきたのよ。その前に誰かの影が見えたと思ったら、突然崩れはじめたから必死で逃げ出したの」ウジェニーがぶるりと体を震わせる。「ここにやってくるべきじゃなかった。もうここにはいられない。今日戻ってパパに話すわ。あの恐ろしい男とは結婚できないって。あの……殺人鬼とは！」

「あの洞窟で起きたことに、あなたの婚約者が関わっていると考えているの？」

「だってそれしか考えられない。あんなことをする人が他にいる？　ジルベールは絶対にわたしを憎んでいる。あなたは持参金のこともあるし、彼がそんなことをするはずがないと言っていたわね。でもあなたは彼がどんな人か知らないから、そんなことが言えるんだと思う。昨夜イヴェットがわたしに食ってかかってきたときだって、彼はわたしの味方にさえなってくれなかった」

アタランテは口を開き、むしろウジェニーのほうがイヴェットに襲いかかり、ピアノの椅子から引きずりおろしたのだと指摘しようとした。でもいまのウジェニーの精神状態では、理性的に考えることなど無理だろう。だから優しく言った。「伯爵はイヴェットのことを心から気にかけている。彼女はまだ十代だし、感受性の強い娘だもの。それにこれから環境の変化に慣れる必要がある……あなたがこの屋敷に住むことになるのだから」

「でもわたしはここに住みたくないし、もう帰りたい。スーツケースに荷物を詰めてよ」

ウジェニーは手を振り回して衣装だんすとベッドの間を指し示した。

「わたしは使用人じゃない。それにここを離れるのが賢明だとも思えない。あの洞窟は崩れてはいなかった。つまり、あなたは本当の意味で危険にさらされたわけじゃなかったの」

「本当の意味で危険にさらされたわけじゃない？　よくもそんなことが言えるわね！　わたしは死ぬかと思うほど怖い目にあったのに。そうよね、あなたは気にする必要ないもの。そうでしょう？　だって赤の他人なんだから」

「大きな声を出さないで」アタランテは彼女をたしなめた。「すべて台無しになってしまう」扉を一瞥し、しっかりと閉まっているのを確認した。

「誰かが扉の前で立ち聞きしていると思ったの？」ウジェニーは心配そうな表情を浮かべた。

「さあ、わからない。でも用心するに越したことはないから」

ウジェニーは大きく鼻をすすったものの、声をひそめて続けた。「あなたはわたしの気持ちなんてどうでもいいのね。みんなそうだわ」

そうかもしれない。話をもっと真剣に聞いてほしいなら、その芝居がかった振る舞いをやめるべきよ。思わず本音を漏らしそうになったが、どうにかのみ込んだ。そんなことを言われても、この依頼人は新たなヒステリーを起こすだけだろう。ここは彼女を慰め、いまは過激な行動を取るべきときではないと説得しなければ。となると、やはりまず伯爵について話し合う必要がある。

「あの洞窟で何が起きたか聞いたら、あなたの婚約者はものすごく動揺するはずよ」励ますような調子を心がける。「それにわたしは、あなたがどんなふうに危険な目にあったのか徹底的に調べようと、実際にあの洞窟を調べに行ったの。洞窟はたしかに崩れていなかった」今度はウジェニーもこちらの話に耳を傾けているようだ。だから強調するように言った。「あらゆる角度から洞窟を観察してみた。もちろん、なかもてっぺんも確かめてみたわ」

「てっぺんも？」ウジェニーは興味を引かれたような表情だ。「つまり、あなたはあの上までよじ登ったってこと？」

「ええ。あなたはわたしの依頼人だもの。依頼人への責任はまじめに果たしたいから。そうしたら、誰かが洞窟の上にのぼった痕跡が残されていた。きっと、あの泥を落としてあなたを怖がらせるためよ。でも殺すつもりはなかったはず。だって泥を落としたくらいでは、人は死なないもの」

「でも驚きすぎて、わたしの心臓が止まる可能性もあったかも……」ウジェニーは早口で反論したが、少し冷静になりはじめたようだ。涙で濡れたハンカチを両手で握りしめながら言う。「だったらあなたは、あの一件は誰かがわたしを殺す目的でやったわけじゃないと考えているの？　ただわたしを脅かそうとしただけだと？」

「むしろいいたずらに近いと思っているわ」

〝いたずら〟という言葉を聞き、ウジェニーはまた早口で反論しそうになったが、アタランテは片手をあげて彼女をさえぎった。「でも、あれはどう考えても卑劣ないたずらよ。

見逃すわけにはいかない。それに、あなたに怒る権利がないなんて言うつもりもない。誰がやったにせよ、その人物は自分自身を恥じるべきだと思う。とはいえ、あれはあなたの命を狙った事件ではない。あんな警告の手紙が自分宛てに届いたから、あなたは当然、身の危険を感じたはず。でもそんなふうに考える必要はない。あなたはこれまでに起きた出来事とすべてをつなぎ合わせて考えるべきじゃない」

「たとえそうだとしても……」ウジェニーはゆっくりと息をした。「ここでは心が休まらない。特にルイーズとヴィクトルがやってきたいまはなおさらよ」

「でも、あなたは婚約中でこれから結婚する。あともう少しで、ここがあなたにとっての我が家になる。これからあなたがここの女主人になるの」アタランテは身を乗り出し、さらにつけ加えた。「だったら、女主人としての立場を守って。もうすぐ妻になるのだから、伯爵とちゃんと向き合うようにして、いつも彼の味方でいて。自分が彼にどう思われているのか気にしていると態度で示すのよ」ウジェニーは反論したそうだったが、アタランテは続けた。「イヴェットやお姉様とのいさかいに気を取られるあまり、あなたは自分にとって本当に大切なのは何か忘れてしまっている。あなたにとって何より大事なのは、心から尊敬し大切に思える男性と結婚することよ」

今度はウジェニーも何も言い返そうとせず、座ったままだ。そうしていると裸足の女の子みたいに幼く見える。

「もちろん、あなたがそうしたいならここから去ることもできる」アタランテはさらに畳みかけた。「わたしもあなたを止めることはできない。でも個人的には、あなたの婚約者は誠実に向きあって当然の人だと感じている」昨夜、ウジェニーとイヴェットの関係が心配だと打ち明けてくれたとき、伯爵は本当に心配そうだった。「伯爵が前の奥さんの事故にどう関わっているのか、確かなことはわからない。でも、もしあの手紙にあなたたちふたりを傷つけるための嘘が混じっていたとすればどう？　あなたのいまの振る舞いは、まさにあの手紙の送り主の思うつぼだわ」

ウジェニーは背筋を伸ばした。その顔に浮かんでいるのは決然たる表情だ。「あなたの言うとおりだわ。相手を満足させてなるものですか」

「その調子よ。ついでにひとつ教えて。あなたが外に出たのは、本当に新鮮な空気が吸いたくてたまらなくなったせいなの？」

突然ウジェニーに質問を投げかけた。わざとだ。この作戦はうまくいった。ウジェニーの頰がみるみるうちに染まっていく。「いいえ、手紙を受け取ったから。この部屋の扉の下から押し込まれたの。午前十一時に洞窟、とだけ書かれていた」頭を垂れながら言葉を継ぐ。「てっきりヴィクトルからかと思った……彼がわたしに会いたがっているんだって」

「あなたも彼に会いたいと思ったの？　この屋敷から遠く離れた場所で？」アタランテは小首をかしげた。これでよし。元恋人と会うためにこっそり家から抜け出したことを理由に、ジルベールと仲直りするよう説得できるだろう。

ルナールは本当に正しい。自分の依頼人を信じてはならないのだ。「もしあなたの婚約者がそれを知ったら……」

「でも、彼は仕事で出かけていたもの。それにヴィクトルに説明するチャンスがいままで一度も持てなかったから……ただ未解決の問題を片づけたかっただけなの。ヴィクトルとの仲をちゃんと終わらせたかった」

ウジェニーは手にしたハンカチを握りしめ、話す最中もアタランテと目を合わせようとしない。まるで心にもないことを口にしているかのようだ。彼女とヴィクトルはまだ強い感情で結ばれているのだろうか？　それともウジェニーが彼に注目されたがっているだけ？　たとえ他の誰かと結婚する予定でも、ヴィクトルにちやほやされていい気分になりたいとか？

もしかして姉を傷つけたかったから？　まだヴィクトルは自分に未練があり、ルイーズの魅力に屈することはないと証明してみせることで？

どの思いも理解できるし、うなずける……。

「ピクニックのために着替えないと」ウジェニーが言う。意思が感じられる力強い声だ。

「ここから立ち去る気はさらさらないことを、みんなの前で見せつけてやる。ベルヴューはわたしの新しい家になり、わたしはこの土地の人間になるんだもの」

アタランテはうなずいた。「そうこなくては。あら、車の音が聞こえたわ。きっとあなたの婚約者が戻ってきたのね」そう言い残して部屋から出た。ウジェニーが落ち着きを取り戻したのはいいことだ。でも彼女の反応は何かがおかしい。もう出ていくと言っていたかと思ったら、すぐにここに残ると言い出した。あれはすべて演技なのだろうか？　わたしをあざむくための？

でもいまはまず、伯爵のアリバイを確認しなければ。

階下におりていくと、伯爵が鼻歌を歌いながら玄関ホールに入ってきた。挨拶をしながら彼のそばを通りすぎて外へ出ると、ちょうど運転手が車で走り去ろうとしているところだったため、呼び止めて尋ねた。「伯爵はどこへお出かけだったの？　別に正確な場所まで知りたいわけじゃないの。あなたの車でここを出発してから、伯爵がずっとベルヴューへ戻ってこなかったかどうか知りたいの」

運転手は戸惑った表情を浮かべた。「もちろんです。わたしは伯爵をサンミシェルまでお連れしました。そこでお約束があったので」

彼の疑わしげな目に気づき、すぐにつけ加えた。「伯爵の婚約者マドモワゼル・フロンテナックがちょっとしたサプライズを用意しているの。もし伯爵が予定より早く戻ってきて、準備しているところを見られたらすべてが台無しになると心配していて。彼女を安心させたくて尋ねたのよ」

「そういうことなら安心してください。伯爵が〈カフェ・シュルメール〉で仕事の打ち合わせをしている間、わたしは街の広場で新聞を読んで待っていました。打ち合わせを終えてカフェから出てきた彼をそのまま乗せて、ここまで戻ってきたんです。伯爵はずっとあの場所にいました」

ということは、伯爵にはここへ戻ってきて、洞窟の上からウジェニーめがけて泥を落とすチャンスはなかったということだ。少し安心した。ここから立ち去るべきではないとウジェニーに忠告したのは、間違いではなかったのだ。「助かったわ、ありがとう」

運転手は困惑したような目でこちらを見ている。女は思いつきで何をするかわからないと言いたげな表情だ。でもこれで必要な情報は得られた。もう少しここに残ったほうがいいと忠告したのは、ウジェニーのためになることだったのだろう。あの洞窟での出来事は、殺意を募らせた婚約者のしわざではなかったのだから。

とはいえ、あれが誰のしわざなのか探り続けなければならない。イヴェットだろうか？

そう、ウジェニーの反応が奇妙に思えたのはそのせいだ。そう気づき、その場に凍りついて立ち尽くした。なぜウジェニーは自分をいらだたせているイヴェットのしわざだと考えなかったのだろう？ あの少女を非難する絶好のチャンスなのに。前夜イヴェットはウジェニーを侮辱し、死ねとまで口走ったのだ。洞窟での出来事は少女のせいだと考えて当然ではないか？

それなのにウジェニーはイヴェットの名前さえ口にしようとしなかった。犯人として真っ先にジルベールの名前をあげたのだ。こちらがイヴェットのいたずらの可能性をほのめかしても、その話に注意さえ払おうとしなかった。

どう考えてもありえない。なぜウジェニーはあれほど嫌っている少女を非難しようとしないのか？

単にあの手紙のせい？　手紙に記されていた内容のせいで、ウジェニーの心のなかで婚約者を非難したい衝動がすでに高まっていた？

でも、もしまだヴィクトルに未練があるなら、ウジェニーにまったく罪がないとは言えない。後ろめたい気持ちのせいで、自分の婚約者が怪しいと考えたくなったのかも？

〝人から聞いたいかなる話も信用してはならない。その背後に隠された事実を調べるのだ〟祖父からの忠告だ。

そのことを肝に銘じなければならない。それに祖父が次に記していた言葉も。〝おまえが手に入れた情報の裏付けを取ることで、より確かな事実を探り出せれば、いっそう前進できる〟

このピクニック中に、新たに何かわかるかもしれない。

10

よく晴れた夏空の下、小さな湖は青く澄み切っている。伯爵はその草むした岸に毛布を広げた。ウジェニーがバスケットから食べ物と飲み物を取り出し、毛布の上に並べはじめる。まさに完璧な女主人のようだ。近くの茂みを探っていたポンポンは、突然飛び立った鳥に驚いて吠え声をあげると戻ってきた。

「あいつは本当に臆病者だな」ラウルがからかうようにイヴェットに言う。

「まさか。ちっちゃいけどあの子はすごく勇敢なんだから。あんな小さな体なのに」イヴェットは毛布に寝そべった。持ちあがったドレスのスカートの下から、ストッキングに包まれた両膝が現れる。ルイーズが警告するような一瞥をくれたが、少女はあっさり無視した。

アタランテは少女の膝を確認した。今朝岩肌をよじ登ったときにできたあざや擦り傷はないだろうか？　たしかに傷ひとつない膝とは言えないが、どの傷も新しくは見えない。

ラウルはトランプ一組を取り出してイヴェットとゲームを始めた。シェマン・ド・フェールだ。彼がわざとイヴェットを勝たせているのか、少女が強いのかどちらかわからないが、ラウルを打ち負かすたびに少女が嬉しげな叫びをあげている。どんどん笑みが広がり、その場の雰囲気もよくなってきた。

ルイーズが昨年ローマを訪れた際の話をいきいきと披露するいっぽうで、ヴィクトルはスケッチブックを膝上に置き、木炭で熱心に絵を描いている。

軽食が配られている間に、アタランテは立ちあがり、ヴィクトルのスケッチをちらりと見て思わず息をのんだ。目の前で集う人びとがかなり器量よしに描かれている。ただヴィクトルは少しだけ彼らの特徴を強調していた。何かに飢えたような表情のイヴェットには鋭さが、高く頭を掲げたルイーズには優雅さが、ウジェニーの夢見るような表情には優美さが感じられる。

伯爵は少し離れた場所から一同を眺めているように描かれていた。目の前の集まりから何かが、あるいは誰かが飛び出してくるのを期待しているかのようだ。実際、スケッチのなかにいる伯爵の視線の先にはひとつの影が描かれている。姿の見えない何者かがそこに立っているのだ。和気あいあいとしたその場の雰囲気に、ぽつんと影を落とし続けている。

ヴィクトルはアタランテを見あげた。「気に入った？」

「ええ、あなたはとても才能があるのね。わたしも絵は少し描くけれど、こんなわずかな時間でこれほどそっくりな似顔絵は描けない」

ヴィクトルはお世辞を振り払うように手を前後に振った。「学生時代、パリで旅行者たちの似顔絵を描いて、わずかばかりの小遣い稼ぎをしていたんだ」

「つまり、きみはモンマルトルの浮浪者たちみたいな暮らしをしていたんだな」鋭い口調でジルベールが言う。「きみのお父上が認めるはずがない」

「父はぼくにどう思われているかなど一度も気にしたことがない。だからお返しに、ぼくも自分が父にどう思われているか気にしないことに決めたんだ。それが続いている間は、じゅうぶんまともな関係に思えた」

「だがあいにく、きみのお父上は息子のやっていることを気にしていたらしい。さもなければ、きみから相続権を奪わなかっただろう」

「ジルベール！」ウジェニーが割って入る。驚いたような、それでいてどこか面白がるような調子だ。「ヴィクトルはいつも飾らずありのままを話してくれるけど、ご家族に関するごく内輪の話をこんな場所でする必要ないわ。こんなに楽しいときに」

イヴェットが立ちあがり、カードを放り投げた。「ああ、暑い！　泳ぎたいわ」自分の言葉にどう反応するか確認するようにウジェニーと目を合わせた。

「無理よ、誰も水着を持っていないもの」そう応じたのはルイーズだ。だがイヴェットはその言葉をさえぎるように言った。「わたしには必要ない」立ちあがったかと思うと湖のほとりまで向かい、靴を蹴り飛ばし、体をかがめてストッキングまで脱ぎはじめた。

「ばかはやめて」ウジェニーは怒りに顔を赤くしながら警告すると、〝あなたからも何か言って〟と要求するみたいに婚約者を一瞥した。

だが、伯爵は座ってぼんやりと遠くを見ているだけだ。庇護している少女のおふざけになんの反応も示さない。

イヴェットはストッキングを脱ぎ終わると、湖のなかへ足を踏み入れた。湖は浅く、むき出しの足首のまわりで水が跳ねている。「すごく冷たくて気持ちいい」彼女が叫んだ。「誰もこないの？」

「彼女は無視するのが一番」ルイーズが言う。顔が真っ赤なのは腹を立てている証拠だ。

「あなたのスケッチブックを見せて、ヴィクトル」ウジェニーが言うと、三人は体を寄せてスケッチを眺めはじめた。ヴィクトルがページをめくるたびに、フロンテナック姉妹が感嘆の叫びをあげる。

ラウルは毛布の上で仰向けになると、頭の後ろで両手を組んで目を閉じた。

こんなの、よくない。なぜみんな、イヴェットをもっと気にかけてあげないの？

その間にもイヴェットは両腕を広げて体のバランスを取りながら、どんどん湖を進んでいく。そのとき彼女は突然金切り声をあげ、がくんと前につんのめった。湖面にしぶきがあがったかと思うと、みるみるうちに少女の体が視界から消えた。湖面の波立ちもすぐにおさまった。何事もなかったかのように。

ラウルがすでに立ちあがり、服を着たまま湖のなかへ入っていた。湖面の下に両手をもぐらせて消えた少女を探している。

イヴェットは見つかる？　アタランテは胸苦しさを覚えた。心臓の鼓動が速まっている。体の両脇で手をきつく握りしめ、湖面を見つめ続ける。

伯爵は立ちあがると、顔に片手を当てた。ルイーズとウジェニーは目の前でマナー知らずの誰かが入浴を始めたかのように、非難がましい表情を浮かべている。

アタランテは前に進み出たが、突然立ち止まった。手を貸すべきだろうか？　それともラウルに任せるべきなのか？　敏捷（びんしょう）な動きを見る限り、ラウルがスポーツ好きな力強い男性であるのは明らかだ。

両腕をすばやく動かしていたラウルが何かを引きあげた。ずぶ濡れになった少女を肩に担ぎあげ、みんなのいるほうへ戻ってきた。

「あなたは本物の英雄ね」ルイーズがまつげをはためかせながら言った。それを見てヴィクトルは目をぐるりと回し、ウジェニーは笑いを噛み殺している。

誰も慌てていない。イヴェットの様子を確認しようともしない。少女の両脚がだらりと垂れているのに。あれはまるで……。

マルセル・デュポンの腕の記憶が鮮やかに脳裏によみがえり、アタランテは胃がきりきりするのを感じた。これほど若くて健康な少女があんなふうに死ぬわけがない。必死に自分に言い聞かせようとする。とはいえ、冷たい怒りを覚えずにはいられない。かわいそうなイヴェット。誰も本気で彼女のことを心配していない。だからこんな事故が起きたのだ。

事故？

伯爵は立ちあがったまま。ラウルが歩みを止めて大きくあえぎながら、濡れた少女の体を地面に横たえるのをじっと見守った。顔が真っ青だ。イヴェットの前でかがみ込みながら姪の名前を呼んだとき、彼の声は震えていた。

そのときけたたましい笑い声が響いた。イヴェットが自分で起きあがり、ぶるりと体を震わせる。「みんな、だまされた？」

伯爵は一歩あとずさると、目を大きく見開き、口を真一文字に結んだ。「どうしてこんなばかなことを？」吐き出すように言う。「けがをする危険もあったというのに」もっと言いたそうだったが、彼は踵を返して歩きはじめた。

「ジルベール！」ウジェニーが立ちあがって婚約者のあとを追い、彼の腕をつかんで何か話しかけた。でも伯爵は彼女を振り払い、ひとりその場に残して立ち去った。

ウジェニーがみんなのいるほうへ戻ってきた。傍目から見ても、いらだっているのがわかる。彼女がイヴェットに向けた悪意ある視線を目の当たりにして、アタランテは衝撃に言葉を失った。まさに〝相手を一瞬で殺しそうなほど激しい一瞥〟とはこのことだろう。これまで小説でしか読んだことがなかったが、ウジェニーはいま地獄の業火のごときまなざしを少女に向けている。それこそ瞬時にイヴェットの全身を焼き焦がすほどの。

イヴェットは草地に座り、濡れた髪を後ろにかきあげながら笑い声をあげた。「わたしは溺れてなんかいない。足をとられてもいない。ただうんざりしていただけ。だから騒ぎを起こしてちょっと楽しみたかったの」

「みんなに心臓発作を起こさせるほど心配をかけるのがそんなに楽しい？」ルイーズはそう言うとヴィクトルを見た。「ジルベールはこの娘をしつけるために寄宿学校へ入れるべきよ。それも一番厳しい規則で知られる学校に」

イヴェットは弾かれたように顔をあげた。青ざめた顔をしている。ほんの一瞬、彼女の目がうつろになったように見えた。「彼がわたしをどこかへ追い払うはずがないわ」

「あら、どうして？」ルイーズが挑むように問いかける。「彼が永遠にあなたを手元に置いておくはずないわ。もうすぐ結婚するんだから」

「もし結婚式があればね……」イヴェットは立ちあがると、濡れたプードルみたいに体を震わせ、裸足のまま走り去った。

ラウルが背後から呼びかける。「これ以上最悪にしないでくれ。こっちへ戻ってくるんだ」憤懣やるかたない様子で息を大きく吐き出した。髪から水がしたたり落ち、高価なスーツが台無しだ。

衝撃のあまり、アタランテはまだ両脚に力が入らなかった。まさに目の前で、イヴェットが命の危険にさらされていた光景を目の当たりにして衝撃を覚えている。しかも、それが冗談だったなんて。イヴェットがこんなことをしたのは、女性たちの挑発するような態度が気に入らなかったから？

あの少女の向こうみずさは問題だ。

アタランテは口を開いた。「わたしに彼女と話をさせて」

うっせきした感情をありったけのエネルギーに変えるようにして、全速力で少女のあとを追いかけた。やがてイヴェットの姿が見えてきた。背の高いひまわりが咲き乱れるのどかな道を駆けている。「イヴェット！　逃げても無駄よ。どうせベルヴューに連れ戻されるんだから」

「なぜ戻らなきゃいけないの？　誰にも必要とされていないのに？」怒ったような声だ。でもどこか寂しそうにも聞こえる。

アタランテは唇を噛んだ。この心寂しい少女に対する同情が波のように押し寄せ、先ほどまでの怒りがあっという間に押し流されていく。イヴェットはみんなを敵に回すことでしか、周囲の人とつき合えないのだ。

つい一瞬前までは、なんてばかなことをするのかとイヴェットの体を思いきり揺さぶってやりたいと思っていた。けれどいまは、ほっそりした両肩に腕を回して強く抱きしめてあげたい。でもそれはいい考えとはいえない。いくら傷ついていたとしても、イヴェットはもっと大人になりたがっている。もっと自分の話をまじめに聞いてもらいたがっている。ここで子どものように扱えば、少女の心がさらに離れていくだけだ。大人同士のように、きちんと言葉を尽くす必要がある。「いいえ、伯爵はあなたを必要としている。さっきあなたが湖で溺れたとき、紛れもない恐怖を感じていたもの。彼の表情を見たの。あなたのことを本気で心配していたわ」

イヴェットは怒りの表情を少し和らげたが、それでも不機嫌そうに言い返した。「彼が気にかけているのはわたしじゃない。あのばかみたいな女たちだけ。わたしよりもあの女たちの意見を気にしている。子犬にお座りを教えるみたいに、みんなでわたしをしつけようとしているのよ」

「それがそんなに悪いことかしら？」アタランテは前かがみになった。「少なくともあなたは感じよくすることができるはず。彼らがいる前だけでもね」

「あなたはそうよね。なんの地位もないからみんなに感じよくしなきゃいけない。ただの音楽教師だもの。みんなからお金をもらうために、いつだってにこにこしてなきゃいけないのよね」

その言葉に傷ついた。たとえ、そもそも最初に傷ついたのがこの少女だったとしてもだ。いっそのこと、本当は自分が大金持ちであることを明かしてしまおうか？　欲しいものはなんだって買えるし、イヴェットも行ったことのない遠い異国へ旅することもできるのだと。そんな激しい衝動に駆られた。

　でもやり返した満足感は一時的にしか続かない。しかも相手に与えた傷は消せず、永遠に残ることになる。これまでの人生の大半でそうだったように、いまも分別を働かせなければ。侮辱の言葉を投げかけられても、自分がどう感じたかは態度で示さないほうがいい。

　イヴェットはアタランテに向かって叫んだ。「わたしにはお金がある。それでも最初に生まれたわたしよりも、あとから生まれた男の子のほうが大切だなんて、くだらないルールだわ」

「ということは、あなたには弟がいるのね」なぜその弟の話をこれまで一度も聞いたことがなかったのだろう？　弟はどこにいるのか？

　イヴェットはうなずいた。「もう何年も会ってない。でも気にしてないわけじゃない」

　アタランテはしばし口をつぐんだ。ここは慎重に話を進める必要がある。「あなたは自分を守ろうとしている。それはわたしにもよくわかる。わたしもいままでずっとそうしないといけなかったから」イヴェットはこれまでわたしが惨めな生活を送ってきたと考えているのだろう。そこを強調すれば、この少女とさらに親しくなれるのでは？　この少女と心を通わせるために必要な共感を呼び起こせるかもしれない。

　ところがイヴェットは思いきり顔をしかめた。「わかってもいないのに、わたしのことをわかったようなふりをするのはやめてよ。みんな、そう。ウジェニーもルイーズも『さあ、あなたの秘密を打ち明けて。あなたの一番の親友になりたいの』ってすり寄ってくる。でも彼女たちを信じたりしない。わたしのいないところで、わたしをあざ笑っているから。彼女たちは、わたしのことを自分の気持ちもわからない頭の鈍い娘だと考えている。でも自分の気持ちくらい、よく知っている。そのうち彼女たちもそうだとわかるはず」

イヴェットは顔を上げ、アタランテを見た。もはや攻撃的な目つきではない。「もちろん、あなたと一緒に戻るけどね。他に行く場所がないから」さっと体の向きを変えると、元いた場所へ戻りはじめた。

アタランテはまばたきをした。少女は急に態度を変えた。少し前まで激しい怒りをぶちまけていたのに、スイッチが切り替わったかのように、一瞬後にはまるで別人だ。別の誰かが乗り移ったかのよう。

思わず体を震わせ、むき出しの両腕をこすった。頭のなかでラウルの言葉がこだましている。〝精神的に不安定〟――彼はわたしがこの少女のことをそう考えているのではないかと心配していた。本当にそう考えたほうがいいのだろうか？

それともイヴェットはわざとこんな振る舞いをしているだけ？　誰も自分を気にかけてくれないと泣きわめいたり、かと思えば、気分がころころと変わったり……。

イヴェットは溺れたわけではないと認めている。頭のいい娘なのだろう。周囲の人たちが対立するように仕向けてその様子を楽しんでいる。全員が満ちたりた気分になり、ひとつのチームのようにまとまりかけると、次の瞬間みんながばらばらになり、お互いに攻撃や非難を始める。その繰り返しだ。イヴェットはそんな状況全体を楽しんでいるように見える。

他の人びとから少し離れた場所で、ラウルにばったり出会った。髪はまだ湿っているものの、もはや毛先からしずくは垂れていない。「どうだ、大丈夫なのか?」彼は探るような目でイヴェットに尋ねた。

「あんなことする必要なかったのに」イヴェットは顎をぐっとあげた。「それにあなたがああした理由はわかっている。ウジェニーの前で英雄を演じたかっただけよ。だってあなたは自分の手が届かない彼女にずっと憧れているから。でも本当に彼女に気に入られたいなら、わたしをあのまま溺れさせるべきだったわね。それこそウジェニーが望んでいることだもの。わたしが死ぬのを見るのがね」

イヴェットは捨てぜりふを残して数歩歩き、ピクニック用の毛布に近づくと、その上にどさりと寝転んだ。ポンポンがすかさず駆け寄り、少女の片方の手をなめはじめる。その拳は握りしめられたままだ。

「ずいぶん芝居がかっているんだな」ラウルは目をぐるりと回したが、アタランテとは目を合わせようとしない。イヴェットの言うとおり、彼はウジェニーに恋心を抱いているのだろうか?　たしかに、ウジェニーはそのときの気分次第でとびきり魅力的になれる女性だ。ラウルのような男性なら、そんなことはお見通しだろうと信じたい。だけど自分がラウルの何を知っているというのだろう？　彼がどんな選択を下し、どのような人生を生きてきたのか何か知っているとでも？　それにどんな女性が好みかも？

自分の目には、ラウルの振る舞いすべてが不可解に見える。大人になってからずっと女性ばかりに囲まれた日々を送ってきた。だから男性についてほとんど何もわからない。彼らが月からやってきた生命体のように思える。男の人は何を欲しいと思っているのだろう？　どんなふうな考え方をするのか？　ウジェニーが受け取ったような手紙を衝動的に書いたりするものなのだろうか？

アタランテはため息をついた。ベルヴューの雰囲気が穏やかで快適そのものに思える瞬間がある。それこそ不吉さや暗さとはいっさい無縁の場所だと思えるほどに。かと思うと、ここの居住者や招待客たちが激しく口論する姿を目の当たりにする瞬間もある。そうなると、その場にいる全員が息詰まるような緊張感にのみ込まれ、いっきに押し流されるのを指をくわえて見つめるほかない。

それにわたし自身、公平な立場に立っているとは言えない。そうありたいと願っているし、そうするよう自分を戒めている。とはいえ、親戚の家で暮らすイヴェットと、おじとして彼女を必死に育てようとしているジルベールを気の毒に感じずにはいられない。ジルベールに寄り添いながらイヴェットを育てる役割にウジェニーがふさわしいとは思えない。

あの手紙の内容が真実かどうかに関係なく、ウジェニーとジルベールは本当に結婚すべきなのだろうか？

でも、わたしがここへやってきたのはその疑問に答えを出すためではない。目の前で繰り広げられている個人的なやりとりを客観的な視点から観察し続け、マチルドの死にまつわる真実を見つけ出さなければならない。それに密猟者マルセル・デュポンの死に関してもだ。伯爵やイヴェット、ウジェニーに関する自分の意見は重要ではない。

とはいえ、流砂の上をあてもなく歩いているみたいな気分。どこにもたどり着けず、しかもゆっくりと、でも確実に足元のすべてが壊れていく。きっと祖父は女の直感について楽観的に考えすぎていたのだろう。〝最強〟――手紙にはそんなふうに書き記していた。でもわたしはいつだって、直感のような曖昧なものよりも自分の理性を頼りに生きてきた。そう、人の感情のように信じられないものではなく。

アタランテは唇を嚙んだ。自分の感情をいっさいまじえず、周囲の人たちの気持ちを理解するなんて、わたしにはとうてい無理に思える。

それに、彼らの秘密を見つけ出すのが危険な行為のように思えてしかたない。

11

あのあと伯爵は湖に戻ってきたが、依然として重苦しい雰囲気のまま、みなで屋敷へ戻ってくると、正面に車が一台停まっていた。正面玄関へ続く階段をのぼると扉が開かれ、慌てた様子の執事が現れて、伯爵に告げた。「マダム・ラニエです。結婚式のためにここへ滞在するとおっしゃっています」

ジルベールは血相を変え、初めて耳にした外国語であるかのようにおうむ返しに聞き返した。「結婚式のために？」

「あなた、彼女を招待したの？」ウジェニーが金切り声で尋ねる。「まさか……そんな」

「わたしは彼女を招待などしていない」ジルベールは鋭い目で彼女を一瞥した。「だが、たとえそうしたとしてもきみには関係ないことだ」執事に向き直って尋ねる。「彼女はいまどこに？」

「サロンです」

「すぐに会いに行く。彼女を説得しないと……」

「ここから立ち去るように、かな？」ラウルがアタランテにささやいた。

アタランテはそっとラウルに尋ねた。「マダム・ラニエって？」

「マチルドの母親だ」

アタランテは目を見開いた。「実の娘が亡くなったのに、義理の息子と別の女性の結婚式に出席しようというの？　その女性が自分の娘の代わりに妻の座におさまろうとしているのに？」

ラウルは肩をすくめた。「そういう言い方をすれば、たしかに普通じゃないように聞こえる。だがこれまでの状況を理解しないといけない。マダム・ラニエはいつだってジルベールを心から愛していた。とても親しい間柄だったんだ。あの事故のあと、彼女は数週間ここに滞在していた。ぼくにはとうてい想像できないんだ。その間に彼女が……」

「伯爵を非難している姿を？」アタランテは言葉をおぎなった。がぜん興味を引かれている。ラウルが言葉を選ぶなんて。

ところがラウルはまばたきひとつせず、ほっとしたようにうなずいた。「そのとおり。あの馬がジルベールのもので、しかも手に負えないほど気性が荒いことがわかっていたのだから、マダム・ラニエは彼を非難して当然だ。だが同時に、彼女は娘のマチルドが自分の望みのものをいつだって手に入れようとする性格だということも知っていた。だめと言われても絶対に引き下がらない娘であることをね」

アタランテは彼の話を上の空で聞いていた。この屋敷へ戻る途中は、すっかり意気消沈していた。敗北感に打ちひしがれ、心ここにあらずの状態で、何ひとつ理性的に考えられなかったのだ。だがどうだろう。いま暗がりに一筋の明るい光が差し込んできた。マチルドの母親がやってきたことで、この案件の突破口が開かれるかもしれない。マダム・ラニエという女性に会ってみたい。そして彼女の娘が亡くなったもっと詳しい経緯や事情を聞き出したい。

マダム・ラニエはジルベールを疑っていないのだろうか？　彼がマチルドの死になんらかの形で関係しているのではないかという疑念を完全に払拭できているのか？　もしそうなら、ジルベールとウジェニーの結婚を邪魔するものは何もない。いまの時点では、ふたりが幸せな結婚生活を送れるかどうかまだわからないけれど。ふたりはあまりに違いすぎているように思える。それに彼らの間にはイヴェットもいる。とはいえ、その問題はわたしの調査の範囲外だ。

〝だったら死んだ密猟者マルセル・デュポンは？〟頭のなかで小さなささやき声が聞こえた。デュポンもベルヴューで死んでいる。しかも彼の場合、明らかに事故死ではない。

〝重要なことから先に〟自分に自分で反論する。まずはマダム・ラニエだ。

屋敷のなかへ入ると、みんなそこでばらばらになった。アタランテは他の者たちと一緒に階上へあがり、自分の部屋へ向かうふりをした。だが彼らがそれぞれの部屋へ向かったのを確認するとふたたび階下へおり、サロンの扉に近づいた。胸の鼓動が速くなる。当然だろう。これから盗み聞きなどという卑劣なことをしようとしているのだから。でも、こんなチャンスをみすみす逃す手はない。

ところが扉はしっかりと閉ざされている。いくら聞き耳を立てても何も聞こえない。一瞬立ち尽くした。半分いらだちを覚えているが、盗み聞きをしなくて済んだことでどこかほっとしている。とはいえ、私立探偵というのは難しい状況でも解決策を見いださなければならない。もっと別な方法があるのでは?

屋敷の外へ出て、サロンのフレンチドアの前まで歩いていった。案の定、この暑さのせいで窓は大きく開かれ、人の声が外まで漏れ聞こえている。

ジルベールの声がした。「もちろん大歓迎ですよ。ここに泊まって式に出席してくださ い。ここはあなたの屋敷でもあるんです。いつでもマチルドを偲んでください。ただし、こんなことを言ってあなたを傷つけたくないんですが……わたしはふたたび結婚することができますが、あなたは自分の娘を取り戻すことが二度とできません」

「わかっているわ」女性の涙声が聞こえた。「それでもなお、ここに顔を出さなければと思ったの。わたしがあなたの幸せを願っていないなんて噂を立てられるわけにはいかないわ。それに、わたしがあの事故のことであなたを責めているなんていう噂もよ。まったく、ばかばかしい。だってあの馬は誰の手にも負えないとわかっていた。娘は絶対に乗るべきではなかったのよ。でも世間がどういうものか、あなたも知っているはず。彼らは最悪の事態を想像する。ありとあらゆることを噂話のネタにして、ぺらぺらと言いふらすものなの」

はっきり聞こえてくる足音からすると、ジルベールは部屋を行きつ戻りつしているようだ。「わたしの評判をそれほど気にかけてくれるとは、あなたは本当に心優しい方ですね。ですが、わたしはあなたに結婚式の間じゅう、ここにいてほしいなどとはとても言えません。あの幸せだった一日を思い出さないはずがない。わたしがマチルドの手を取って……」

ドレスの衣ずれの音がした。「わたしの愛しい息子……」

アタランテが思いきって部屋をのぞくと、黒いドレス姿の小柄なレディが、スーモンヌ伯爵のがっちりした体に両腕を回しているのが見えた。伯爵は女性の肩に頭を預け、嗚咽を漏らしている。

急いでその場をあとにした。頬が真っ赤に染まっているのがわかる。盗み聞きするなんて卑しい行為だ。しかも、あれはごく個人的な会話にほかならない。けっして他人に聞かせるためのものではない。

それでもなお今の会話から、やはりジルベールはマチルドの死には無関係という思いが強くなった。

でもだからといって、誰かがマチルドが落馬して死ぬよう仕向けた可能性がゼロになったわけではない。ウジェニーもまだ安全とは言い切れない。貝殻洞窟で彼女めがけて泥を落としたのは何者なのだろう？　その動機は？

アタランテは自分の部屋に戻り、また暗号で記録をつけた。貝殻洞窟事件に関して、調査して明らかにしなければいけない点がいくつかある。それに、ウジェニーを誘い出す手紙を書いた者に関してもだ。刺殺された密猟者の事件に関して、警察の捜査がどの程度まで進展しているかわかったら、かなり助かるだろう。たとえば警察が〝彼を刺殺した犯人は競争相手の密猟者〟と断定していた場合、マチルドの死との関連性を疑う必要がなくなる。

突然、沈黙を切り裂くような鋭い悲鳴が聞こえた。今度はいったい何事？　アタランテはペンを落として立ちあがると、すぐに部屋から出た。廊下に出て、悲鳴が聞こえたほうへ向かおうとする。別の翼から聞こえたはずだ。

慌てて走っていると、前方にルイーズが現れた。シルクの淡い黄色の部屋着の裾をはためかせ、小走りでウジェニーの部屋の前へたどり着くとノックをした。「ウジェニー？　どうしたの？　なぜ叫んでいるの？」

応答はない。ルイーズが扉を開けてなかへ踏み込む。アタランテもあとに続いた。恐ろしい光景が待ち構えているかもしれないと、気持ちを引き締めながら。

ウジェニーはベッドの端に座っていた。リネンの匂い袋を手にしている。青いベッドカバーの上には焦げ茶色の汚れがついていて、おぞましい臭いを放っていた。

「いったいどういうこと？」ルイーズは叫び、鼻にしわを寄せながらあとずさった。ウジェニーがすすり泣きながら答える。「馬糞（ばふん）よ。わたしが匂い袋に入れていたラベンダーの代わりに馬糞が仕込まれていたの。もう最悪。リラックスしたくて匂い袋の香りを嗅ごうとしたら……ラベンダーじゃなかった。わたしが自分で摘んできたラベンダーじゃなかった。いったい誰がこんなことを？　どうして？」

ウジェニーは突然ベッドから立ちあがり、汚臭を放つ汚れから離れた。「絶対にイヴェットよ。あの小さな魔女がすべてを台無しにしようとしているんだわ。でもそうはさせるものですか」ルイーズとアタランテを押しのけて廊下へ出ると、嵐のごとき勢いでイヴェットの部屋へ向かい、ノックもせずに扉を開けてなかへ入った。

アタランテもルイーズとともに慌ててあとを追いかけた。ルイーズが妹にばかなことをするなと止めようとしている。

イヴェットは窓辺に腰かけ、胸に一冊のアルバムを抱えていた。つかつかと歩み寄ってきたウジェニーにアルバムをひったくられ、金切り声で叫ぶ。「だめ、やめて！」

ポンポンが心配そうに吠えるが、ウジェニーを邪魔することはできない。彼女はものすごい勢いで部屋から出ると、一番近くにあった浴室へ駆け込み、浴槽の水栓をひねって流れる水の下にアルバムを突き出そうとした。

イヴェットが悲鳴をあげ、濡れてしまう前にアルバムを必死に取り戻そうと追いかけてきた。ウジェニーをひっぱたき、どうにかアルバムを取り返したが、今度は思わぬ反撃にあった。ウジェニーが手近にあった水差しを水でいっぱいにして、イヴェットの全身に思いきり中身をぶちまけたのだ。全身だけでなくアルバムにまで。

イヴェットは泣き叫び、木製の浴用ブラシを引っつかむと、ウジェニーの頭めがけて振りおろした。ウジェニーが反射的にあとずさったため、ブラシはこめかみに当たった。たちまち一筋の血が流れ出す。何かが頬を伝っているのに気づき、ウジェニーが片手を当てると、手のひらに赤い血がついた。「この娘、わたしを殺そうとした」よろよろとあとずさりながら、血のついた片手を宙に伸ばし、どこかにつかまろうとする。

いまや血はウジェニーの顎にまで伝っている。アタランテは清潔な浴用タオルをつかんで傷口に押し当て、ルイーズの助けを借りながら、ウジェニーの体をどうにか支えようとした。だが名前を呼んでも返事がない。意識を失ったのだろうか？

やっとのことでウジェニーを彼女の部屋まで運び、ベッドに寝かせた。アタランテは彼女のこめかみに当てていたタオルを持ちあげた。傷からまだ出血している。ルイーズが急かすように言った。「清潔な布と水を持ってきて。傷を消毒しないと」

「すぐに持ってくるわ」アタランテは早足で浴室へ戻った。イヴェットがまだそこにいれば、いまの出来事について話が聞けるのに。誰かに殴りかかろうとしたのは深刻な問題だが、それでもイヴェットが挑発されてああした事実は否めない。少女はとにかく必死に戦ってあのアルバムを取り戻そうとした。それこそ野生のネコのように。あれはどういうアルバムなのだろう？ なかにどんな写真が？

でも浴室はすでにもぬけの殻だった。イヴェットの姿はどこにもない。いったいどこへ行ったのか？ あんな激昂した状態では、イヴェットは何をしでかすかわからない。

それにこの屋敷にはマダム・ラニエがいる。洗面器に水を張りながら首を振り、アタランテは新しい浴用タオルを手に取って姉妹のもとへ戻った。ウジェニーはあの小さな怪物を檻に閉じ込めるべきだと言い続けている。あの少女を精神科医に診せるよう、前にもジルベールに言ったのにと不満たらたらだ。「あの娘はどうかしてる。完全に頭がいかれてる」

アタランテはルイーズに洗面器を手渡すと中座を断ってから部屋を出て、イヴェットの部屋へ駆け込んだ。あの少女がまた何か危険なことをしないように注意しなくては。よほど慎重に行動しないと、イヴェットは本当に精神的に不安定だと診断されてしまうだろう。

そうなれば、ラウルはさぞショックを受けるに違いない。なぜそれがこんなに気になるのか、自分でも考えたくない。いまはただ、この大騒ぎをどうにかおさめたい一心だ。

でもイヴェットは部屋にもいない。

ポンポンの姿もない。

アタランテは室内を見回し、どこにも隠れる場所がないのを確認すると、今度はバルコニーを見た。誰もいない。次に音楽室を目指して階段を駆けおりた。あの少女はまたしてもピアノにどうしようもない怒りをぶつけているかもしれない。

でも音楽室にも誰もいない。耳を澄まし、誰かのすすり泣きか怒りの言葉、あるいは小犬の鳴き声が聞こえないか確かめてみる。だがあたりはしんと静まりかえったままだ。息詰まるほどひっそりとしている。さらなる大爆発を予感して、すべてがなりをひそめているかのよう。

命を失いかねない大爆発を？

廊下に出たとたん、メイドにぶつかりそうになったが、すぐにマドモワゼル・イヴェットを見かけなかったか尋ねてみた。だが答えはノー。「外にいらっしゃるのでは？」

アタランテが正面玄関から飛び出すと、庭師がツゲの生け垣を刈り込んでいた。少女を見なかったか尋ねると、庭師はうなずき、植木ばさみで方向を指し示した。彼に礼を言って、すぐに小道を駆け出す。その間も耳をそばだてるのを忘れない。イヴェットの居場所の手がかりを示す音を何ひとつ聞き逃したくない。

庭園はとても広く、いくつかのコーナーに長椅子が用意され、ひとりの時間を楽しめるようになっている。気が動転している少女が姿を隠すには、まさにうってつけの場所だ。

とうとうすすり泣きが聞こえ、知恵の女神ミネルヴァの石像の下で体を丸めているイヴェットを見つけた。あのアルバムを大切そうに胸にしっかりと抱えている。その足元にはポンポンがいて、彼女の足首に小さな頭を寄り添わせていた。

なんとかしてあげたい。そんな思いが込みあげ、アタランテは胸が苦しくなった。少女のかたわらにひざまずいて、腕にそっと手を置く。きっと少女は、この世にひとりぼっちであるような寂しさを感じて……。

「どこかへ行ってよ」イヴェットが言う。

「いいえ、どこにも行かない」悲しみに暮れるこの少女に言いたいことは山ほどある。だけどイヴェットは耳を貸そうとはしないだろう。どうすればいい？

ちょっと待って。教師時代、生徒たちの信頼を勝ち取るために一番簡単なやり方を学んだはず。先生や親の意見が当然正しいと言い聞かせるのではなく、彼女たちの言い分に耳を貸せばいい。同じやり方がイヴェットにも通用するだろうか？「あのラベンダーの袋に馬糞を詰めたのはあなたなの？」

「だとしたら？　あの女はラベンダーの匂い袋のおかげでどれほどよく眠れたか、だらだら話し続けていた」イヴェットは顔をしかめた。「だからいたずらしてやりたくなったの。もし彼女が気持ちを落ち着けようとあの袋に鼻を近づけて、思いきり吸い込んだら、馬の糞の臭いがするなんて！　想像しただけで笑えるでしょ」

アタランテは笑いを噛み殺した。たしかに少しひねりも感じられる、よくできたいたずらだ。それでも厳しい表情を崩さずに答えた。「あなたはこのお屋敷の住人よ。招待客に対して不作法な真似をしたり、嫌がらせをしたりするのは許されない」

「あの女は自分のことをベルヴューに招かれた招待客だなんて思ってない。もうすでにこのすべてが自分のものだと考えているの。あの女が歩き回っているときの顔を見てすぐにわかった。結婚したらすぐになにもかも変えるつもりよ。いまある家具は売り払って新しい家具を買い、部屋の模様替えを徹底的にやるはず。いまも階上にある一室を赤く塗り替えさせている。真っ赤よ！　勘弁してほしい。本当にぞっとする。だけど彼はあの女の思いどおりにさせてるの」

「伯爵のこと？」

イヴェットは鼻をすすった。少し体の力が抜けたようで、いまはアルバムを両膝の上に置いている。アタランテはそのアルバムに視線を移して尋ねた。「写真のアルバムよね？　あなたのご家族が写っているの？」

少女はうなずいた。「ウジェニーは、わたしのママがあまりに美しいのに我慢できないのよ。だから思い出の品をすべて、台無しにしたかったんだわ」

「彼女がそのアルバムを奪ったのは、あなたに匂い袋に馬糞を詰め込まれて怒ったからだと思うわ」アタランテは優しい口調で指摘した。「それにあの洞窟での出来事もあなたのしわざだと考えたのかも」

「洞窟って？　あの貝殻洞窟のこと？」イヴェットはもの問いたげに目を大きく見開いた。

「わたしはもう何日もあそこには行っていないわ」

「何者かがあの洞窟で彼女に泥を落としたの」

「わたしじゃない」イヴェットはアルバムを見おろし、美しい装飾の表紙を指先でいとおしそうにたどりはじめた。いまの彼女はいかにも少女っぽく見える。何か物思いにふけっているようだ。母親との幸せな記憶をたどっているのだろうか。

それとも、そんな幸せな日々が二度と戻らない事実に心の痛みを感じている？

過去についてあれこれ考えていると、なんとも言えずほろ苦い気分になるものだ。

悲しみは人を変えてしまう。一瞬であれ、永遠であれ、そのことに変わりはない。心が悲しみと怒りにむしばまれたせいで、イヴェットは危険な娘になったのだろうか。自分に対しても、周囲の人に対しても？「わたしには正直に話すと約束して。あの貝殻洞窟でウジェニーに泥を落としたのはあなたではないのね？」

イヴェットはまっすぐ見つめ返してきた。「なぜそれがそんなに重要なことなの？」

アタランテはため息をついた。もしいまここで、みんながイヴェットの精神状態をひそかに疑っているなどと話せば、少女を怖がらせるだけだ。たしかにイヴェットはむこうみずな振る舞いをしたが、このことが少女に悪い影響を及ぼさないよう守らなければ。「ウジェニーは身の回りで起きていることすべてがあなたのせいだと思い込んでいる。でもわたしは彼女が過剰に反応しすぎていると考えているの。この場所の張り詰めた空気のせいで、ウジェニーは神経過敏になっているから」

イヴェットは肩をすくめた。「なぜわたしがそんなことを気にしないといけないの？」彼女がポンポンの耳の後ろを軽くかくと、小犬は気持ちよさそうに目を閉じた。

「もしこんな状態が続くなら、結婚式は中止になるかもしれない」アタランテはそう言ってから、初めて思いついたようにゆっくりとつけ加えた。「もしかして、それがあなたの望みなの？　いままでいろいろやってきたのはすべて、ここからウジェニーを追い出すため？」

「彼女は関係ない」イヴェットはまた体を丸めると、アタランテに背を向けた。

「だったら、なんのためにあんなことを？　伯爵の愛情を試すため？　誰が彼の愛情を勝ち取るか競争しているとか？」

「わたしは彼の家族よ」少女は憤慨したような声だ。「あの女は赤の他人だわ」イヴェットはアタランテに向き直ると、目を見開いた。「なぜ赤の他人たちがぞろぞろやってきて、すべて台無しにする必要があるの？　マチルドが死んだ後、ここは完璧だったのに」

「完璧だったのは、あなたが伯爵を独り占めできたから？」

「彼はわたしにチェスのやり方も教えてくれたし、近くのお城にも連れていってくれた。ようやくわたしのために時間を割いてくれるようになったの」イヴェットが唇をすぼめる。「でもそれが永遠に続くわけじゃないって気づくべきだった。いいことって絶対に長続きしないものだから」

アタランテは少女をじっと見た。「ウジェニーが伯爵の人生に関わってきても、彼があなたとチェスをやれなくなったり、散歩に行けなくなったりするわけじゃない」

「いいえ、絶対にそうなる。あの女がずっとここにいるようになればね。彼女はいつだって男の気をひこうとするタイプの女よ。もしわたしたちがチェスをしていても、トラみたいにあたりをうろつき回って、ジルベールの気をひこうとする。あくびをしながら退屈でたまらないと訴え、彼にチェスをあきらめさせて散歩へ連れていくことを同意させる。そして勝ち誇った笑みをわたしに向けるに決まっている」

「これは競争とは違う。人は自分以外の人をさまざまなやり方で愛するものよ。伯爵はあなたのこともウジェニーのことも愛せるわ」

イヴェットは答えようとしなかった。だからアタランテは続けた。「マチルドのお母様が到着したわ。あなたは彼女のことが好き?」

イヴェットは黙ったまま。近くの花壇で花から花へと飛び回る蝶の動きを目で追っていたが、唐突に口を開いた。「あの人はわたしに優しくしようとしている。でもどうしてだかわからない。人がなぜわたしに親切にしようとするのか全然わからない」

善意の人たちにことごとく疑いの目を向けるのは、よほど苦しいことに違いない。それも常に用心を怠らず、自分の身を守るために。「きっと彼女は本当にあなたに興味があるからだと思うわ」アタランテは穏やかな声で答えた。

「どうして？　わたしは誰にも望まれていないただの子どもよ。ママが死んでから小包みたいにあちこちたらい回しにされた」

「その言い方は正しくないと思う。だって伯爵はあなたがここに住むことを望んだのだから。マチルドがやってきたとき、あなたはすでにここに住んでいたんだもの」

「あれはほんの一年前の話よ。わたしが言っているのはその前のこと」イヴェットはいきなり立ちあがった。「でもあなたはそんなこと知らないし、わからない。それにわたしだって、あなたにわかってほしいなんて思わない。わたしにはあなたも、他の誰も必要ない」

「洞窟でウジェニーに泥を落としたのはあなたなの？　あなたじゃないの？」

イヴェットは顎をあげた。「もしわたしがやったと言ったら、あなたはどうするつもり？警察を呼んで、わたしが彼女を殺そうとしたと話すつもりなの？　警察なんか来ないわ。あの死んだ密猟者の事件で大変だもの」彼女は勝ち誇ったように目を光らせている。

「どうして警察のことまで知っているの？　何か見たとか？」

「警察がわざわざここまでやってきて状況を報告していたもの。ジルベールが伯爵だからよ。その家族に、あの人たちが干渉するはずない」イヴェットは満足げにほほ笑んだ。「それじゃ」と言って、小犬を抱きあげて立ち去った。

アタランテはその場に立ち尽くし、しばし大理石のミネルヴァ像を見つめていた。いくら見つめても女神の顔はなんの感情も表さない。でもイヴェットは血の通った人間で、すぐかっとなったり苦しそうな顔になったりするのに、本当のところ、あの少女が何を考えているのかわからない。なぜあんなふうな振る舞いをしているのかも。

イヴェットは匂い袋に馬糞を入れたのは自分だと認めたが、あの洞窟でウジェニーに泥を落としたのは自分ではないと否定した。なぜ嘘をつく必要があるだろう？　おじの婚約者に一泡吹かせた話をしているとき、少女は本当に誇らしげだった。

もしイヴェットが本当に無関係だとすれば、洞窟の事件はいったい誰のしわざだろう？　それになぜあんなことを？　命を狙っていたら、相手の頭めがけて泥を落とすやり方なんてしないはず。恥をかかせるためかもしれない。

もしかして、たちの悪い冗談？

ルイーズ？

それとも、ウジェニーから袖にされたヴィクトルかも？　前日の夜、ウジェニーは洞窟へ誘う手紙を受け取っている。そこが重要だ。ウジェニーを誘い出したのが誰であれ、その人物は、ヴィクトルが待っていると信じ込ませればウジェニーがやってくることを知っていた。

ウジェニーを試したのかも？

近くで物音がした。弾かれたように振り返ると、すぐそばにラウルが立っていた。両手をズボンのポケットに突っ込んで、アタランテを見つめているが、表情からは何を考えているかわからない。手首にはめた金の腕時計に太陽の光が反射している。「あんなやり方ではイヴェットの信頼は勝ち取れないよ、マドモワゼル・アタランテ」

不安が波のように押し寄せてくる。ラウルはわたしたちの話をいつから盗み聞きしていたのだろう？　そもそも何を知りたくて聞き耳を立てていたのか？

「それになぜきみは彼女の信頼を勝ち取りたいと思っているんだ？」ラウルは首をかしげた。「自分には教師としての天賦（てんぷ）の才能があると考えているとか？　生徒たちの個人的な事情に本物の興味を抱けるとでも？」

あまりに皮肉っぽい物言いに、アタランテは頰を紅潮させた。「イヴェットはわたしの生徒とは違うわ」

「そう、実際のところ、きみにとって彼女はなんでもない。きみはここの招待客にすぎない。結婚を祝う席で歌の伴奏をするために呼ばれた。それなのに、なぜきみはここで起きている出来事にそんなに関心を抱いている？」

「だったら、あなたはなぜ、わたしが関心を抱いている理由にそんなに興味を持っているの?」アタランテは言い返した。思えば、ラウルはいつも近寄ってくるし、わたしと一緒の時間を過ごして話をしたがる。もしかしてわたしを疑っているのだろうか? それとも、本気でわたしと一緒に過ごしたいと考えているの?

心臓がとくんと跳ねた。ラウルがさらに近づいてくる。これとまったく違う状況なら、わたしだって……。

でも状況は何も違わない。わたしはここへ仕事のためにきている。ラウルを好きになるべきではないし、彼を信用することもできない。

だったら、なぜ彼と一緒にいたいと考えてしまうの?

アタランテはラウルの横を通りすぎて、屋敷へ戻りはじめた。

ラウルがあとからついてくる。「きみになんの得があるのかわからない」

「わたしになんの得があるのか?」

「そうだ。きみはフロンテナック家の親戚だ。それでも彼らほど裕福でもないし、特権階級でもない。ウジェニーの味方をすることで、彼女に気に入られたいと考えているのか?」

「なぜあなたは、わたしがウジェニーの味方をしていると考えたの?」まさにそこが問題だ。わたしは依頼人であるウジェニーを支えるべきだ。でもここに滞在するうちに、伯爵とウジェニーの結婚に関して疑念が湧いてきている。本来なら、彼らを無事に結婚させなければいけない立場なのに。

ラウルが突然立ち止まったため、アタランテも歩みを止めた。「それともこう考えるべきなのか？」大げさな戸惑いの表情を浮かべながら言葉を継ぐ。「きみがイヴェットの味方をしていると？　きみの立場を考えると、どう見てもそれは賢明なこととは言えない。ウジェニーはイヴェットを嫌っている。もしあの少女の味方をすれば、きみはウジェニーを遠ざけることになるんだ」

それだと状況がいまよりさらに悪くなる。もしわたしがイヴェットに同情を覚えれば、依頼人の利益を損なう恐れがある。それではプロとは言えない。それでもなお、どうしてもイヴェットに同情してしまう。わたしと同じく、あの少女も母がいない。ベルヴューを我が家のように感じたいという憧れを募らせながらも、ここからいつ放り出されるかわからない恐怖と絶えず向き合っている。持ち物を荷造りして、また別の見知らぬ土地を目指して旅立つ――そんなことを繰り返さなければいけないなんて最悪だ。しかもイヴェットは、母の写真を大事に保管していたアルバムを台無しにされたのだ……。もし一枚しかない自分の母の写真に誰かが手を出したら、わたしも我を忘れて飛びかかるだろう。

「遠ざけることになるんだ」ラウルが繰り返す。「きみが自分の野心をかなえるためにこの世で一番必要としている、まさにその女性をね」

もちろん彼はそう考えるだろう。わたしの狙いはお金だと考えているのだから。

「あなたは、わたしが自分の野心をかなえるためにウジェニーを必要としていると考えたの?」威厳たっぷりな声で応えた。「わたしはわたし。誰の味方につくかは、自分で決められる」早口でつけ加えた。「といっても、どちらの味方につくか選んだわけじゃないけれど。まだ心を決めかねている」

ラウルはこちらをじっと見ると、突然大声で笑い出した。「ああ、親愛なるアタランテ、きみは本当に憤慨しているんだね。どういうわけか……自分がこのすべてに関して理性的でいられると本気で信じている。完全に客観的でいられるはずだと。だが人は理屈ではなく一瞬で心を決めるものだ。そうだろう? たとえばきみは誰かを見て、その人物が魅力的だと感じたり……」ラウルは一瞬アタランテの目を見つめ、言葉の余韻を残した。

思わず息をのんだ。喉がからからに渇いている。

ラウルは続けた。「あるいは誰かの意見を聞いて、その意見はうなずけるとか同意しかねるとか思うはずだ。人との関わり合いは、法廷裁判とは違う。関係者全員の話を聞いて、なるべく客観的な判断を下すことを求められたりはしないものだ」

「わたしはできる限り客観的に判断したいと考えているの」そうする必要がある。探偵として成功するために。

「いっさいの感情をまじえず客観的に?」ラウルはさらに近づいてきた。濃い茶色の瞳の奥に輝きが見えている。その輝きがアタランテをとらえて放さない。「きみはただそこに立って、あたりを観察し、周囲の声に耳を傾け、自分の主観をまじえることなく判断を下せるのか？　自分の感情をいっさい排して、傷つくこともなくそうできると？」

アタランテは目をそらすことも、気の利いた言葉を返すこともできずにいた。頭が空っぽになり、何も考えられない。しかも両膝に力が入らず、くずおれそうだ。

「この世に完全な傍観者などひとりもいない」ラウルが低い声で言う。「ぼくたちはひとり残らず、人生というゲームに参加している。そのゲームにおいて、ぼくらは選択を下す。いい選択であれ、悪い選択であれ、選択することに変わりはない。ぼくらはいつだって関わっているし責任を負っている。あるいは責任を負わせる」

「それに罪悪感も？」アタランテはささやいた。ラウルの瞳のどこかに、なんらかの反応を見つけたい。それなのに、いくら見つめても彼の瞳に反応らしきものは見当たらない。ふたりはしばし無言で立ち尽くしていた。これは一種の沈黙の戦いだ。どちらも先に目をそらそうとはしない。

そのときアタランテを呼ぶ声が聞こえ、ふたりは離れた。ラウルが庭園の奥のほうへ歩いていく。屋敷に戻る気があるのかどうかも不確かな、心ここにあらずといった足取りで。

アタランテは近づいてくるメイドのほうへ早足で向かいはじめた。誰かに追いかけられていたかのように呼吸が浅くなっている。ラウルに投げかけられた質問が、いまも心のなかで響いている。この案件において、わたしは自分の感情をいっさい排するどころか、自分の気持ちに振り回されていた。そんな自分を責めずにはいられない。それでもなお、いま感じているありとあらゆる感情を止められない。わたしはなんて無力なのだろう。だけど何よりもそういう無力感を感じることこそ、今後すべてをいい方向へ変えるために役立つはずだ。

メイドが話しかけてきた。「あなたの裁縫師が到着しました」

「わたしの裁縫師？」

「はい。あなたの結婚式用のドレスを持ってきています。彼女の話によれば、最後の手直しが必要だとのこと。あなたのお部屋でお待ちです。失礼ながら、わたしが階上まで案内しました」

その女性が誰か見当もつかない。もちろん、裁縫師にドレスを頼んだ覚えもない。平静を装いながら、メイドのあとについて階段をあがり、自分の部屋へたどり着いた。待っていたのは、ほっそりとした金髪の少女だ。洒落たクレープ生地のデイドレスを着ている。彼女は持参した大きなかばんを開けると、なかからドレスを取り出してベッドの上に置いた。

アタランテは信じられない思いでライラック色のドレスを眺めた。優美なゆったりとした袖がついた、ひと目で上等な仕立てとわかる一着だ。「これがわたしのドレス？」息をのんで尋ねる。案内してくれたメイドはすでに退室していた。裁縫師と称する少女は扉が閉まっているのを確認すると、小さな声で答えた。「ムッシュー・ルナールの言いつけでここにきました。結婚式用のドレスをあなたに届けてほしいと言われました。それに彼があなたのために集めた情報も一緒に」

「情報？」アタランテは目の前に希望が広がるのを感じた。何かためになる情報を見つけてくれたのだろう。その情報があれば、自分はふたたび正しい道を進めるようになるはずだ。

「ドレスをお召しになってみてください。ぴったりかどうか確かめて、必要があれば調整しましょう。ちゃんと役割を演じなければなりません」少女はウィンクをよこした。

「あなたはわたしの祖父を知っているの？　前に彼のために働いていたのかしら？」

「ウィ、ムッシュー・ルナールを通じて」

アタランテはドレスを手に取り、着替えのためについたての背後に行くと尋ねた。「パリからわざわざここへ？」

「ムッシュー・ルナールが車と運転手を用意してくれました」

「彼は本当に思慮深い人なのね」きっとわたしが助けを必要としていると考えたに違いない。否定できない。というか、実際ひどく混乱している。彼にこれほど混乱していることを知られなくてよかった。

アタランテはドレスを身につけた。肌を滑るような柔らかな感触が心地いい。丈は完璧だったが、ウェストが少しだけ緩いようだ。ついたての後ろから出ていくと、少女はこちらの全身に視線をすばやく走らせた。「ちょっと手直しします」

少女はアタランテの周囲を回りながらドレスを手直ししはじめた。ピンを打ち、何かぶつぶつとつぶやいている。

とても特別な気分になる。まるでこれから結婚する花嫁になったみたい。誰かと恋に落ちるのはどんな感じなのだろう？　しかも、その相手に残りの人生を過ごしたいと思うほどの愛情を感じるのは？

でも案件のことをゆめゆめ忘れてはいけない。「ルナールはわたしになんて伝えるよう、あなたに頼んだの？」

「あなたに渡してほしいと一通の手紙を預かっています。その手紙を安全な場所に保管して、絶対に誰にも見つかったり読まれたりしないようにしてほしいと伝えるよう言われました」少女がしかめっ面をする。「彼はときどき、ものすごく秘密主義になるんです」

アタランテは笑みを浮かべた。「そうやって前もって用心するのは賢明なことだと思うわ。ここでもどこで誰が見ているか、聞き耳を立てているかわからないもの」

少女はアタランテがドレスを脱ぐのを待ってから、手直しを始めた。その間にアタランテは窓辺に座り、ルナールからの手紙を読みはじめた。

こんなやり方で連絡を取るのを、出過ぎた真似と思われませぬよう祈るような気分です。ただ、その場所から遠く離れたところにあなたを応援する友人たちがいること、あなたはけっしてひとりではないことをお知らせしても、あなたを傷つけることにはならないだろうと心から信じております。

アタランテは頰を緩めた。いま自分が彼の言葉をどれほどありがたく受け止めているか、ルナールは知るよしもない。

両家と紳士クラブの使用人たちを通じて、亡きスーモンヌ伯爵夫人の落馬事故に関する調査をしました。事故以外の可能性を疑う者はひとりもいないようです。幼い頃からマチルド・ラニエはおてんばで、大人になるまでに木の上から転落したり、ポニーから落馬したりと何度か事故に遭っています。友人と訪れたアルデンヌでは洞窟探検をしている最中に頭を打ち、六週間もの入院生活を送りました。そんな彼女の死に、周囲の人はなんということだとかぶりを振って悲しんでいた様子でしたが、事故以外の可能性を疑う人は誰もいなかったようです。運よく、マチルドの花嫁持参金についての情報も得ることができました。持参金の受け取り人は彼女の子どもたちであり、子がいないまま彼女が亡くなった場合は実家に戻される条件になっていました。つまり、スーモンヌ伯爵は前妻の死によって経済的利益をいっさい手にしなかったということです。

アタランテは心のなかでひとりごちた。ということは、彼女の死は本当に事故だったということになる。伯爵にはマチルドを殺す動機がなかった。少なくともお金に関する動機は。だって前妻が死んでも、伯爵はお金や資産をいっさい手にしていないのだから。

手紙はこう締めくくられていた。

あなたが注意を怠らず、調査を順調に進めていると信じております。もし必要な情報があれば、パリへ戻るマドモワゼル・グリセルに伝えてください。

アタランテは少女を見た。「時間はまだある？　届けてほしい手紙を書きたいんだけど？」

「もちろんです。あなたが手紙の返事を書きたい場合は時間を気にせず待つよう、ムッシュー・ルナールから言われています。よければこのドレスの裾もほどいて、縫い直しますが」

「いいえ、いいの。この美しいドレスはそのままにしておいて。手紙はすぐに書くから」アタランテは化粧台のスツールに座り、勢いよく手紙を書きはじめた。

親愛なるルナール

情報をありがとう。とても役に立ちました。今度はイヴェットという少女について調査をお願いしたいの。伯爵の屋敷に住んでいる十六歳の少女です。伯爵の身内であり、姪に当たるという話だけれど、正確にはどのような関係なのかよくわかりません。それとイヴェットには弟がひとりいるはず。この少女についてわかることはすべて調べてください。特に、彼女にこれまで病歴があるかどうか、病気以外にも特別興味を引くようなことが他にないかどうか。

アタランテは一瞬ためらった。先の庭園での奇妙なやりとりを思い出すと、また頭がこんがらがってしまう。
だから思いきって書き足すことにした。

あとひとり、ラウル・ルモンについても調べてください。彼は一家の友人で、昔の写真では伯爵や他の人たちと一緒に写っています。でもいまからどの程度前のものなのかはわかりません。くれぐれも調査は誰にも知られないよう慎重に行ってください。

敬具、ＡＡ

アタランテは手紙を封筒に入れると封をした。

グリセルはドレスの手直しを終えて、ベッドの上に戻した。「さあ、もう一度試着してください、マドモワゼル」彼女は手紙を受け取って自分のかばんのなかへしまった。「今夜パリへ戻る予定です。ムッシュー・ルナールから急ぐよう言われていますので」

ふたたびドレスに袖を通し、アタランテは姿見に映る自分の姿を見つめた。先ほどよりもほっそりとした腰が強調され、背が高くなったように見える。ドレスのライラック色が顔色によく映えて、魅力を引き立ててくれているようだ。こんなドレス姿でパリの街を歩いたら、周囲はこの新たな女相続人はいったい誰なのかと目を瞠るかもしれない。

でもパリはここから遠く離れている。パーティーに参加して気ままな女相続人という立場を楽しむことはできない。たとえこの優雅なドレスを身にまとっていても、わたしが常にある役目を果たしていることに変わりはない。私立探偵という仕事をこなす役目だ。そう考えると、これが自分を魅力的な女相続人に見せるドレスであると同時に、仕事の制服のようにも思えてくる。わたしに新たに与えられたふたつの役割を、ひとつにまとめてくれる一着だ。

いとおしそうに指先で生地をたどりながら、アタランテは口を開いた。「こんなすばらしい贈り物をありがとうと、ルナールに伝えて」

「これは贈り物ではありません」グリセルは笑顔で訂正した。「これは明らかに、あなたのおじいさまの遺産で仕立てられたドレスです。いまではすべてあなたのものです」まっすぐな目でアタランテを見つめる。「あなたはちょっとおじいさまに似ています。あの方も背が高くて、世界が自分のものであるかのように振る舞っていらっしゃいました」

その言葉をどう受け止めればいいのか、アタランテにはわからなかった。嬉しい褒め言葉なのか、それとも自信過剰に振る舞っていると暗にほのめかされたのか？　わたしのそういう一面がラウルをいらだたせているのだろうか？

「おじいさまは幸せだったかしら？」グリセルに尋ねてみる。

彼女は困惑したようにこちらを一瞥した。「はい、そう思います。彼はお金持ちで、たくさん旅行をして、多くの人を助けていました。それがあの方にとって大切なことだったように思えます。案件の調査を始める前、あの方はほとんど領地でひとりで過ごされていました。でも調査をするようになると、ひんぱんに外出されるようになりました。謎を解くことで、頭脳をさらに鍛える機会を与えられたのでしょう」

頭脳を鍛える。そう、働かせるのは〝感情〟ではなく頭脳だ。きっと祖父はすべてにおいて非常に冷静な人だったのだろう。案件の関係者全員とほどよい距離を保っていたに違いない。

でも、わたしにはそれができない。

その瞬間、思わずグリセルに一緒にパリへ戻ると告げそうになった。自分に求められているような役割は果たせそうにない。このままパリへ戻って、新しい家でゆったりした時間を楽しみたい。それに洒落たカフェでマカロンを味わったり、パリ屈指の服飾デザイナー(クチュリエ)から帽子を買い求めたりしたい。この場所のぴりぴりした雰囲気に耐えながら、自分に課せられた責任の重さを痛感する日々を送る代わりに。

もうこれまでの人生でそういう生活は嫌というほど経験してきた。いまこそ、まったく違う生き方をすべきときだ。たまには息抜きを楽しみながら、自分のことだけ考えて生きるべきとき……。

裁縫道具を片づけ終えたグリセルが言う。「幸運をお祈りしています。ここに滞在されてすべてが明らかになるのを見守っているのは、さぞわくわくすることなんでしょうね」

「わくわくする?」アタランテは繰り返した。「いいえ、とてもそんな気分にはなれない。いつだって何かが起こりそうな雰囲気が漂っているように感じるの。いいことであれ、悪いことであれね」

「でも、あなたはその結果に影響を及ぼせます。関係者全員にとっていい結果をもたらすことができるんです。前にムッシュー・ルナールから、ご主人様がこうした仕事を引き受けているのは最高の満足感を得られるからだ、と聞かされたことがあります。関係者たちの人生をよりよい方向へ変えられるからだって」

イヴェットの人生をよりよい方向へ変えられるだろうか？　いまあの少女がどれほど不幸かよくわかるだけに、彼女に笑顔を取り戻してほしいと切実に思う。イヴェットが安心と自信を感じられるような環境を生み出してあげたい。でも伯爵とウジェニーの結婚によって、そんな心癒される環境が作り出されるだろうか？

なぜ真っ先にイヴェットのことを考えてしまうのだろう？　自分の依頼人はウジェニーだというのに？　探偵たるもの、依頼人に忠誠を尽くすべきだ。

祖父は手紙のなかで、わたしにどんな言葉をかけてくれていただろう？　今夜もう一度あの手紙を取り出して読み返さなければ。祖父がわたしに伝えたかったことは何か、あらためて考えてみたい。

アタランテは急いで普段着のドレスに着替えると、グリセルとともに階下へおり、彼女を乗せた車が走り去るのを見送った。どうして一緒にあの車に乗らなかったんだろう？そんな後悔がいっきに込みあげてくる。でも、解決できていない疑問があまりに多すぎる。この案件に関してだけでなく、自分自身に関してもだ。本当のところ、わたしは人生に何を求めているのだろう？　面倒を見なければいけない父はもうこの世にいない。父の残した問題もすべて片づいたいま、むなしさと寂しさにさいなまれている。

サロンからルイーズが出てきて尋ねた。「あら、お客様だったの？」

「いえ、式の準備のために人がやってきただけ」

ルイーズは足を踏ん張るように、ヒールの踵をきつく絨毯に押しつけた。「あなた、まだ結婚式が行われると思っているの？」その目には明らかに挑むような光が宿っている。

「取りやめになる理由がないもの」

「わたしの妹はけがをしたのよ。しかも顔に傷がついている。あんな状態でウジェニーが結婚したがるかどうかわからないでしょう」

「傷はこめかみだから、髪をアレンジすれば隠せるわ。それにヴェールもかぶるはずよ」

「ルイーズのあの傷は、どこかの芝居がかった少女に硬い木製の浴用ブラシで頭を叩かれたせいなのよ」ぞっとしたような表情を浮かべる。「イヴェットがいる限り、うちの妹にとってここが安全な場所と言えるかどうか疑問だわ。ジルベールはもっとあの娘のことをよく知るべきだし、彼女をどこかよそへやってしまうべきだと思う」

「寄宿学校へ？」前にルイーズがそんな話をしていたのを覚えている。彼女のことだ。実際に問い合わせをしているかもしれない。

ルイーズは嘲笑を押し隠すような声をあげた。「あの娘を引き取る人がいるとは思えないもの。ジルベールが引き受ける前、三カ所も違う場所に預けられ、そのたびに放り出されたのよ。あの娘って……他の女の子とは違うから」

「きっと母親の死で、さぞ大きな打撃を受けたのね」アタランテは答えた。ルイーズがそのことについて何か話を聞かせてくれたらもうけものだ。だが彼女は興味なさそうな顔をしたまま口を開いた。「その言い訳はうんざりするほど聞かされてきたわ。もう聞きたくもない。ジルベールはイヴェットをかわいそうに思っているから、あの娘が何をしても罰を与えようとしない。だけど彼ももう少しよく現実を知るべきよ。マチルドはあの娘を甘やかしていたかもしれないけれど、ウジェニーがそうするとは思えない。もしここにウジェニーとイヴェットを一緒に住まわせたら、争いが絶えなくなるはずだわ」

いまだってすでにそうだ。だがそんなよけいなことまで言うつもりはない。「マチルドはイヴェットとどうにか仲よくやっていたの？」

ルイーズが肩をすくめる。「マチルドはイヴェットにちょっと似ていたから。荒々しくて予測不能なところがね。どんなルールも我慢できないわがままなふたりだからこそ、気が合ったんだと思う。マチルドはよくあの娘と宝探しをしているんだと話していたものよ。そんな作り話で、勝手にふたりで盛りあがっていたのね」

アタランテははっとした。「宝探し？　いったいなんのことかしら？」

「さあ、わたしにはわからない。尋ねたこともないし。ありえない空想をして日がな一日過ごすような人たちには興味がないの」

「あなたがマチルドと仲がよかったなんて信じられない」アタランテはあえてそう口にした。「話を聞いていると、結局あなたたちふたりは全然違うタイプのように思える」

ルイーズは痛々しいほど真っ赤になった。「彼女とは親友だったわけじゃない。まあまあうまくやっていた感じだった。でもそのことをあなたに説明する必要はないはず。ママンがここへ到着したら、きっとあなたにいくつか質問するはずだわ」前かがみになって敵意むき出しに言う。「あなたが正確にはどのフロンテナックの血筋なのかに関する質問をね」

アタランテの背筋に冷たいものが走った。もし質問されて、その試験に落ちてしまったら……。この機会にそろそろ、ここから立ち去るべきかもしれない。

パリへ戻る車はすでにベルヴューを離れたというのに、わたしはまだここに残っている。どうしても答えを見つけると決めたからだ。自分がどんな立場に立っているのか、何者なのか、そして祖父がわたしに寄せてくれた信頼は正しかったのか、間違っていたのか。

アタランテは笑みを浮かべたまま応じた。「ええ、わたしもあなたのお母様に会うのが楽しみよ」

12

アタランテがディナーのために階下へおりていくと、ダイニングルームにいたのはマダム・ラニエだけだった。壁にかけてある巨大な絵の前に立ち、描かれた海の景色をぼんやりと見つめている。すぐそばまで近づいて声をかけようとした瞬間、彼女が振り返った。

「まあ、びっくりした」澄んだ青い瞳で探るようにこちらを見ている。「前にお会いしたことはないはずよね」

「ええ。アタランテ・フロンテナックです。この場を借りてお悔やみを言わせてください。マチルドさんのこと、本当にお気の毒です。たしか一年前ですよね。ただその話をつい最近まで知らなかったものですから……こんな美しい場所で亡くなった方がいるなんて本当に信じられません」

　マダム・ラニエはため息をついた。「あの報せを聞いたとき、わたしも信じられませんでした。何かの間違いに違いないと思ったの。あの元気いっぱいの娘が死ぬはずなんてない。特にあれほど幸せの絶頂にあって、とうとう落ち着ける場所を見つけたあのタイミングで死ぬなんてありえないと」

「落ち着ける場所？　ここベルヴューが？」

「そうよ。娘はこの家も庭園もあの森も心から愛していたのよ。何よりもあの貝殻洞窟をね。何時間も過ごしていたものよ。娘はあの場所で、ずっと探し求めていた心の平安を感じられたみたい。姿を隠すことができる、自分だけの世界をね。森を流れる小川のせせらぎを見つめていると、ものすごく幸せな気分になると手紙に書いていた」マダム・ラニエはかぶりを振った。「実際、娘が本当に幸せそうで驚いていたの。わたしはあの子がジルベールからの求婚を受けたあとも、うまくいくかどうか半信半疑だったから。ジルベールは社交的な男性とは言えない。ベルヴューにいるか、絵画の買いつけにイタリアへ行くかだけの生活でずっと満足していたの。娘を連れて、舞踏会やオペラに行こうともしなかった。マチルドはそういった催しが何より好きだったのに。それに、あの子はダンスも音楽も愛していたし、自分でもピアノを弾いていた。それにフルートも。パーティーも開かれない、こんなへんぴな場所にある自宅で過ごす娘の姿なんて想像できなかった。一時的に熱に浮かされたようになって郊外の暮らしを始めても、すぐに飽きるはずだと思っていたの」

マチルドはここでの暮らしに飽きたのだろうか？　ジルベールに、パリへ戻ってもいいかと尋ねたとか？　そのことについて夫婦げんかをしたのだろうか？　ふたりが一度も言い争わなかったというのは、どうにも信じがたい。いつでもどんなことに関しても、ふたりの意見がぴったり一致するなんてありえない。そんな完璧な結婚がこの世に存在するだろうか？

マダム・ラニエが言う。「この結婚がうまくいくかどうか心配していたの。でも実際うまくいった。娘の手紙は楽しそうだった。いろいろな計画を立てていたわ。庭園を作り替えて、あの貝殻洞窟で演奏会を開きたいなんていうことまで」目に涙をためながら言葉を継ぐ。「本当にいきいきとしていたのに……馬から落ちてしまった……唯一の慰めは、あの子が即死だったこと。きっと苦しまずに済んだはずだから」

「本当にお気の毒に」アタランテは年配の女性の腕にそっと手をかけた。「ここに戻っていらしてかつてマチルドさんが暮らしていた部屋をご覧になるのは、さぞおつらいことなんでしょうね」

「それがそんなに嫌な気分ではないの。あの子はここで幸せに暮らしていた。廊下を歩くと、娘の声が聞こえる気がする。いまもあの子がこの屋敷のなかを歩き回っていて、わたしたちに話しかけてくるような、そんな気がするの」マダム・ラニエはまばたきして涙を振り払った。「わたしはあの子を忘れるつもりはない。娘がこの世に生を受けて死んでいったことをなかったようなふりはしたくない。悲しいことだけれど、わたしたちはあの子を認めなければいけないの」両手をきつく握りしめながら、切羽詰まったような調子で繰り返す。「わたしたちはあの子を認めなければいけない」

マダム・ラニエは自分の娘の記憶が忘れ去られていくのを恐れているのだろうか？　まさに新しい花嫁がかつてのマチルドの座を奪おうとしているいま……。

他の人びとが部屋に入ってきて挨拶を交わし、テーブルの席に着くと、ジルベールが言った。「婚約者が同席できないのを許してほしい。ウジェニーは頭痛のせいでここにこられない」

「わたしのために嘘をつく必要なんてない」イヴェットは立ちあがり。怒りに目を光らせながら言った。「ウジェニーの頭痛の原因はわたしよ。浴用ブラシで彼女の頭を叩いたの」

マダム・ラニエは目を見開いた。「どうして？」

「彼女がマチルドの写真を台無しにしようとしたから」

重たい沈黙が落ちる。アタランテは身じろぎもしなかった。てっきりあのアルバムに貼られているのはイヴェットの家族写真だろうと考えていた。少女が亡き母親の写真を守ろうとしていたのだと。だがアルバムにはマチルドの写真も貼られていたのか？

マダム・ラニエはジルベールを見つめ、甲高い声で尋ねた。「あなたも同意していたの？自分の婚約者がそんなことをするのを許したの？」

「もちろんそんなことはありません。わたしだって、ウジェニーがなぜそんなことをしたのかわからないんです。彼女は一度だって――」伯爵はそのあと口をつぐんだ。

マダム・ラニエは立ちあがった。「気分がよくないから失礼するわ。少し横になりたいの」よろめくような足取りで扉へ向かう。

ジルベールはすばやく立ちあがった。「部屋まで送りましょう」

「いいえ、気にしないで」彼女は冷たい声でそっけなく答え、扉を叩きつけるように閉めて出ていった。

ジルベールがイヴェットに向き直る。目が怒りに燃えていた。「なぜあんなことを話した？」

「だって本当のことだもの。ウジェニーは、わたしとマチルドが写っている写真を台無しにしようとした。嫉妬のせいでね。彼女は嫉妬に駆られた醜い怪物なの」

ルイーズは一瞬だけ勝ち誇ったように瞳を光らせた。ヴィクトルはいかにも居心地が悪そうだ。ラウルは膝上に置いたナプキンを一心に伸ばしている。

アタランテは咳払いをした。「実際はそんなふうじゃなかったの。ウジェニーがあんなに怒ったのは、誰かが彼女の匂い袋にラベンダーの代わりに馬糞を仕込んでいたから」

ヴィクトルは笑いを嚙み殺すように苦しげな声をあげた。

アタランテが続ける。「ウジェニーはそれをイヴェットのしわざだと思い、事の真相を確かめるために彼女の部屋に乗り込んだの。そこでイヴェットがアルバムを抱えているのを見て、とっさにアルバムをひったくって水びたしにすると脅したけれど、怒りのせいであんな行動を取っただけじゃないかしら。ウジェニーだって何もわざと……アルバムにマチルドの写真が含まれていたことさえ知らなかったはずだもの」

「いいえ、知っていたわ」イヴェットが背筋を伸ばして座り直した。「前にアルバムをウジェニーに見せたことがあるもの。彼女はわたしの部屋にやってきて、わざとあのアルバムをめちゃくちゃにしようとした。マチルドの痕跡をひとつも残さないようにしてやるって言ってたもの」

「わたしは聞いていない。彼女はそんなことを言っていなかったはずよ」アタランテは反論した。

心臓の鼓動が速まっている。イヴェットはいったい何を言い出したのか？　少女は同情を買うために本能的に嘘をついたのだろうか？　それともわざと嘘をついたのか？　自分がやったことのせいで罰せられないように？　あるいはもっと……よこしまな目的のために？　この場にいる人を意のままに動かすために？

アタランテはラウルをちらりと見た。自分の皿をじっと見つめているが、この話題に興味を抱いているのは明らかだ。

ルイーズがアタランテの味方をした。「わたしも妹がそんなことを言っているのは聞いていないわ」イヴェットを冷たく一瞥する。「あなたは面白おかしくしようと作り話をしているのね。まったくひどい嘘つきね」

イヴェットは自分のグラスを引っつかむと、ルイーズの顔めがけてワインを浴びせかけた。ダマスク織りのテーブルクロスがみるみる血のような赤色に染まっていく。ルイーズはたまらず悲鳴をあげた。

「イヴェット！」ジルベールは色を失った。「すぐに謝るんだ」

「いやよ。彼女も妹と同じ怪物だもの。でも、あなたには彼女たちの本当の姿が見えていない」イヴェットが立ちあがる。「わたし、もう彼女たちと一緒に夕食は食べない」

「だったらこれから毎回夕食は食べなくていい。おまえには何も出さないようにと使用人たちに命じておく。聞こえたか？」伯爵は最後の言葉を大声で叫ばなければならなかった。すでに少女が部屋から走り出ていたからだ。

ルイーズが顔を軽く押さえながら早口で言う。「まったくひどい騒ぎね。彼女は自分の衝動を抑えられない。ジルベール、あなたはあの娘を精神科医に診せるべきよ。絶対に普通じゃない」

「ぼくもそう思う」ヴィクトルが同意した。「もし本当にあの浴用ブラシでウジェニーを叩いたとしたら、イヴェットは危険だ。きみにはもうあの少女をかばうことはできない」

ジルベールは、ドア口に立ってこの一部始終を無表情のまま見つめていた従者に、スープを出すよう身ぶりで伝えた。それからルイーズをちらりと見た。「あのアルバムはイヴェットにとってかけがえのないものなんだ。彼女の母親のすべてが詰まっている」

アタランテの脳裏にまたしても、子どもの頃の嫌なイメージがよみがえった。債権者たちの手が、自分のベッドの脇にある宝石箱へと伸ばされ、母の形見の宝石を奪っていくイメージだ。そのたびに手ひどく傷ついたものだ。当時はよく彼らと戦う夢を見た。手近にあるものを夢中でつかんで債権者たちに激しく襲いかかり、どうにかして止めようとしている悪夢を。

「ウジェニーはあのアルバムに触れるべきじゃなかった」伯爵がぽつりと言う。

ルイーズは反論したがっているように見えたが、伯爵は言葉を継いだ。「子どもみたいなまねはもうたくさんだ。もう少し尊厳を持つ人間として振る舞ってほしい」

そのとき玄関の呼び鈴が鳴った。伯爵の手からスプーンが滑り落ち、皿に当たってカチャンと音を立てる。

ルイーズは息をのみ、片手を喉元に当てた。「ここに漂う緊張感のせいで、神経がどうかなりそう」

扉が開かれ、執事が高らかに告げた。「ムッシュー・ジュベールがお見えです」

制服姿の警官が執事の脇を通って姿を現し、堅苦しい口調で告げた。「夕食のお邪魔をして申し訳ありません。ですが、すぐにベルヴューと貝殻洞窟を捜索する許可をいただく必要があります。村人数名も連れてきております。あの密猟者マルセル・デュポンがベルヴュー内のどこか別の場所で殺害され、その後道路脇に遺棄された可能性があることがわかったのです」

アタランテは体をこわばらせた。やはり思っていたとおりだ。デュポンの死はここベルヴューと関係があったのだ。

ジルベールが立ちあがった。「ベルヴューで殺害された？」そのこと自体が罪であるかのような剣幕だ。

「はい。デュポンのポケットに貝殻が残されていました。ここの洞窟のものと思われます。彼は何者かと会うためにあの場所へ行ったのかもしれません。刑務所にいる間も、デュポンはあなたの猟場番人ギヨーム・サージャントに脅されていました」

伯爵は少し安堵した様子だ。「ああ、そうだった。デュポンとサージャントは以前から激しく対立していたから。それで警察は、彼らがその争いに決着をつけたと考えているのか？」

「もしそうだとしても驚きはしません」警官は伯爵の声の調子が穏やかになったのを聞き逃さなかった。おもねるように続ける。「もし現場でサージャントの痕跡が見つかったら、すぐに彼をデュポン殺害容疑で逮捕します」

「仕事柄、彼はわたしの地所を自由に歩き回っているのだから当然痕跡は見つかるだろう。しかし捜索しなければならないきみたちの立場もわかる。ただし、わたしたちの邪魔はしないでほしい。結婚式をあさってに控えているんだ」

「存じております、伯爵」警官は深々とお辞儀をした。「捜索は目立たないように行いますので」そう言うと、足早に部屋から立ち去った。

「目立たないように、か」伯爵が低い声で言う。「あの男はいつも目立っているがね。だが不愉快なことは早く終わらせるのが一番だ。ここ数年ずっとデュポンとうちの猟場番人のサージャントはいがみ合っていた。サージャントは職務に忠実なまじめな男で、この土地からウサギやキジ一羽たりとも密猟されるのが許せなかったのだろう。でも、デュポンはそんなサージャントをよく出し抜いて、その話をして村人と大笑いをしていた。サージャントはそのことに激怒し、恨みを晴らそうとデュポンを脅しつけていたものだ。遅かれ早かれ、ふたりのうち、ひとりがもうひとりを殺そうとしてもおかしくはなかった」伯爵はかぶりを振った。「避けられない事態だったのだ」

「きみの地所で、デュポンが密猟の罪で逮捕されたのは、ちょうどマチルドが死んだ日じゃなかったか？」そう尋ねたのはラウルだ。

なんですって？　アタランテは衝撃のあまり、ラウルをまじまじと見つめた。そのことを知っていたのに、彼はこれまで一度も口にしようとしなかったのだろうか？　あの新聞記事を読んで、密猟者が刺殺された理由を不思議に思わなかったのか？

「そうだ」伯爵が答えた。「もし彼女の落馬事故が起こらず、走り去った馬を探すために人びとが森へ押しかけなければ、デュポンが逮捕されることはなかっただろう」スプーンを手に取りながら言う。「やつにとっては不運だったが」

伯爵はしばらくするとつけ加えた。「あの日、馬はここから遠く離れたサン・ポニエーレ近くで発見された。かわいそうに、よほど怯えていたに違いない」

アタランテはスープを口に運びながらも考えを必死にめぐらせていた。心のなかで、その日の光景をなるべく鮮やかに再現したい。当日はマチルドの落馬事故のせいで、森は逃げ出した彼女の馬を探す人びとでいっぱいだった。その捜索活動の最中に、密猟者デュポンが捕まったのだ。いつもならば抜け目ないデュポンが捕まるはずはない。ところがその日はたまたまそういう事情のせいで、さすがのデュポンも逃げ場がなかったのだ。そう考えればつじつまが合う。

でも、とても重要なことに誰も気づいていないようだ。もしマチルドの事故が起きた時間にその密猟者が森をうろついていたとすれば、何かを目撃した可能性がある。デュポンは事故を目撃していたかもしれない。

そしていま、彼は死んでしまった。彼を刺したのは、長い間反目し合っていた猟場番人ギヨーム・サージャントなのだろうか？

それとも……。

あの日目撃したことを誰にも話さないようにするために、デュポンが刺殺された可能性はないだろうか？　デュポンが刑務所に入れられている間は、誰も危険にさらされることはなかった。だが釈放されたとたん、もしかすると彼は……。

アタランテは料理を味わうどころではなかった。自分なりの理論を組み立て、それを確認する方法を考えるのに必死だった。それからしばらくテーブルについていたが、適当なタイミングで立ちあがって厨房へ向かった。執事の居場所を尋ねていたところへ、ちょうど彼が食品庫から出てきた。ワインを手にしている。「マドモワゼル？」

「ちょっと話せるかしら、ふたりきりで」

「もちろんです」執事はワインをテーブルに置くと、アタランテのあとからついてきた。おかしな要求をされ、いぶかしがっているのが表情から伝わってくる。

「マドモワゼル・ウジェニーとわたしがベルヴューに到着した日、誰かが伯爵を訪ねてこなかったかしら？　ちょっとみすぼらしい感じの、歳を取った男性が」

執事はわずかに片眉をあげた。「伯爵は普段から、そういう男性とはお会いになりません」

「とても大切なことなの。覚えていない？　そういう男性が呼び鈴を鳴らさなかったかしら？　それか使用人用の出入口あたりや庭園をうろついたりしていなかった？」

「わたしにはわかりかねます、マドモワゼル」

「他の使用人たちに尋ねて、教えてもらうことはできる？」

「それはできるかもしれません。ですが……」

「言っておきたいのは、わたしがこんなことを尋ねているのは、伯爵の利益を一番に考えてのことなの。知ってのとおり……」アタランテは少しためらった。「密猟者が殺された件で警察がここを捜索することになった。彼が殺される前、このベルヴュー内をうろついていたようなの。わたしが知りたいのは、彼がこの屋敷を訪ねていないということだけ。もしそうなら一点の疑いもなく、結婚式を執り行える。わたしは伯爵とマドモワゼル・ウジェニーには幸せになってほしいと心から願っているの」

「もし警察がわたしどもに何か尋ねてきたら、知っていることはすべてお話しします」執事の声色からこんな考えが伝わってくる。〝警察が何か尋ねてくることはまずない。だからあなたも彼らにならうのが賢明だ〟

アタランテはうなずいた。この男性からはこれ以上何も聞き出せないだろう。ルナールから忠告されたように、自分の目となり耳となって使用人たちから情報を得てくれる者をここへ連れてくるべきだった。わたしのミスだ。

ミスばかり犯しているみたい。自分でも対処しきれないほどに。

両手が冷たいのに、じっとり汗をかいている。不確かなことが多すぎる。こんな状態で、このまま結婚するようウジェニーを励ますことなんてできるだろうか？

廊下に戻り、依頼人の様子を確かめようと階上へ向かう。浴用ブラシはまともに当たったというよりは、彼女のこめかみをかすめた程度だった。でも誰かに頭を叩かれるのが危険なことに変わりはない。いま頃、ウジェニーはベルヴューから立ち去る決意を固めているのでは？

依頼人の部屋へ近づくにつれ、室内の声が漏れ聞こえてきた。扉が開かれている。さらに近づいたところ、ウジェニーの声が聞こえた。「あの嘘つきの小娘が話全体をねじ曲げているの。わたしはあなたの娘さんの写真を台無しにするつもりなんてこれっぽっちもなかった。ただ、あの小娘に思い知らせてやりたかっただけなの。わたしを傷つけることはできない、もしそんなことをしたらただでは済まされないとね」

「本当に残念」マダム・ラニエの穏やかな声がした。「わたしの娘とは似ても似つかない人が、娘の後釜に座ろうとしているなんて。マチルドは思いやりがあって優しい娘だった。あの少女を妹みたいに愛していたの。でもあなたは違う。あの少女を見下して、ジルベールとの仲も裂こうとしている。ひどい仕打ちだわ。相手は無力な子どもなのに」

「無力な子ども？」ウジェニーは憤ったような声だ。「言っておきますけど、イヴェットは無力でも子どもでもないわ。ラウル・ルモンの気をひこうとしているんだから。ジルベールにあの娘をここから追い出すよう忠告するつもりよ。わたしたちがとんでもない醜聞に巻き込まれて手遅れにならないうちに」

「わ、わたしたちですって？　ジルベールがイヴェットを手放すことに同意するはずがありません。仮に彼がそんなふうに思いはじめていたとしても、即刻そんな考えは捨てるようわたしが説得します」

「ジルベールがあなたの話に耳を貸す必要なんてない。彼にとってあなたはもうなんの関係もない人だもの。自分のお金も取り戻したくせに、なぜあなたがここにいるの？」

一瞬重たい沈黙が落ちた。「自分のお金を取り戻したというのはどういう意味？」マダム・ラニエは危ういほど冷たい声だ。

「結婚の取り決めで、マチルドの花嫁持参金を受け継ぐのは彼女の子どもたちで、もし子がいない状態で彼女が亡くなったら実家へ戻す取り決めになっていたのでしょう。だからジルベールはマチルドから一フランも受け取っていないし、もちろん、あなたにだってなんの借りもない」

マダム・ラニエは誰かに殴られたかのように鋭く息をのんだ。

アタランテは体をこわばらせた。こんなことを言うなんて信じられない。相手は、この場所で悲劇的な亡くなり方をした娘を持つ母親なのだ。しかもマダム・ラニエが、この屋敷にも元義理の息子にもまだ愛情を抱いているのは明らかなのに。

それにもしウジェニーがマチルドの持参金に関する取り決めを知っていたのなら、なぜわたしに助けを求めにやってきたとき、ジルベールが金銭目当てで自分を殺そうとしているかもしれないなどと訴えたのか？

マダム・ラニエが口を開いた。「彼はわたしを敬ってくれているし、会うたびに敬意を示してくれます。でもあなたはそうとは言えないわね」

もう話すことは何もないという締めくくり方だった。ひどい言葉を投げつけられたマダムが立ち去ろうとしているのだろう。アタランテは慌ててあとずさり、あたりを見回した。どこかに隠れる場所は？　残念ながらどこにもない。

扉が開き、マダム・ラニエが出てきた。こちらに気づいて足を止め、もの問いたげに見つめている。アタランテはどうにか笑みを浮かべた。「ウジェニーの様子を見にきたんです。頭の傷は少しはよくなったでしょうか？」

「さあ、どうかしら。彼女の振る舞いからすると錯乱しているとしか思えないけれど」マダムは肩をそびやかしながら優雅な足取りで立ち去った。

アタランテは扉をノックした。

「やめて、もうこれ以上何も聞きたくない！」ウジェニーの叫び声が聞こえる。

アタランテは部屋に入って扉を閉めた。「わたしひとりよ。あなたの具合が知りたくてきたの。こめかみはまだ痛む？」先のやりとりを聞いて憤りを覚えている。それを押し隠すのがどうにも難しい。でも非難がましい態度を取るよりも、同情を示したほうが依頼人からは答えをより多く引き出せるはずだ。

ウジェニーはたちまち怒りの表情を消すと、震える手で自分のこめかみに触れ、顔をしかめて手を引っ込めた。「ものすごく痛い。あのアルバムを火のなかに放り込んでやりたかったのに。夏のせいで暖炉に火がなかったから……」顔を背けてすすり泣きを始める。

アタランテは息を深く吸い込んだ。「イヴェットが話全体を自分に都合のいいようにねじ曲げたとは思えない」こんな言い方をすれば、さらにウジェニーを怒らせかねない。とはいえ、さらなる情報を引き出すには、どんなやり方であれ、依頼人の信頼を勝ち取るしかない。「ディナーのとき、イヴェットが何を言ったか聞いた？　彼女がどんなふうに――」

「残念ながら、あの娘の悪意たっぷりの嘘の数々にはすでに慣れっこよ。マダム・ラニエがここにやってきたのは、わたしが彼女の娘に取って代わる価値もない人間だと非難するためよ。マチルドはさぞご立派な聖人だったんでしょうね」不満げに締めくくる。

本当にそう？　ウジェニーはこれからもずっと前妻の影と闘い続ける必要があるのだろうか？　あのヴィクトルでさえ、ピクニックに出かけたとき、とらえどころのない存在のようなものを感じ取っていた。

アタランテはベッドの隅に腰かけた。「娘を亡くしたマダム・ラニエを責めてはいけないわ。人はもうこの世にいない存在を偶像みたいに崇拝するものだから」

ウジェニーがこちらに顔を向けた。「わたしだってわかっている。そこまで愚かじゃないわ。もしイヴェットがいなければ、悲しみに暮れる母親にあんな血も涙もない言葉を投げつけたりしなかった。とにかくイヴェットといると腹が立ってしかたない。彼女がいるせいで、わたしたちは永遠に穏やかな気分になれない。あの娘の望みはこの結婚を台無しにすることなのよ」

イヴェットの振る舞いのせいで、誰もが相手構わず食ってかかる険悪な雰囲気になっているのは否めない。ウジェニーは人を思いどおりに動かすのがうまいかもしれないが、イヴェットもそうだ。あの少女は〝ウジェニーがマチルドの思い出すべてを消し去ろうとした〞と嘘をつくことで、マダム・ラニエの恐れを最大限にまでかき立てた。そういう意味では、ウジェニーとイヴェットは似たもの同士と言えるだろう。アタランテはそっと提案した。「いまからでもマダム・ラニエに謝ることはできる。もしあなたの気持ちを彼女に説明したら……」

「いいえ、わたしは絶対に謝らない」ウジェニーが反抗的に目を光らせる。「謝らなければいけないとすればイヴェットよ。あのアルバムについて嘘をついたと説明すべきだわ。わたしはマチルドの写真を台無しにしたいなんて思ってもなかった。そもそも、なぜそんなことをしなければいけないの？　ジルベールは彼女を心から崇拝していた。いまもこれからもずっとそう。でも彼は結婚する必要があるから……」

「あなたは伯爵がまだ彼女を愛していると強く信じているようね。だったら、彼がマチルドを殺したかもしれないという考えは捨てるべきだわ」花嫁持参金についても話したかったが、どう伝えればいいのだろう？　先ほどドア口で盗み聞きしていたことを打ち明けないわけにはいかなくなる。

「もう捨てている」ウジェニーは力強くうなずいた。「あの手紙はマチルドが殺されたかもしれないと、わたしに警告するために書かれていた。でも犯人はジルベールじゃない。わたしはイヴェットだと思う」

「なんですって？　イヴェットがマチルドを殺した？　でもふたりはとても仲がよかったと聞いたけど」

「マダム・ラニエはそう言っている。自分の娘は非の打ちどころがない、完璧な女性だったと信じ込みたいからでしょうね。でもわたしは、イヴェットがジルベールをマチルドに渡したくなかったんだと思う。わたし以上にマチルドを敵と見なしていたはずよ」

　アタランテは不意にうまく息ができなくなった。イヴェット自身、そんなようなことを言っていなかっただろうか？　マチルドが死んでから、おじが自分のために時間を取ってくれるようになったのだと？　ウジェニーが続ける。「イヴェットはわざとやったのではないかもしれない。ちょっといたずらするつもりで、たまたま間が悪かっただけなのかも。やぶの陰から突然飛び出して馬を驚かせたのかも。とにかく結果を考えずに行動する無鉄砲な娘だから」こめかみの傷にふたたび触れて、顔をしかめる。「でもイヴェットのせいでマチルドは死んでしまった。あの娘はそれを知り、罪悪感を募らせ、そのせいであんなに心が不安定になっているんだと思う」

そんなのはこじつけだと笑い飛ばしたい。でもアタランテは疑念を捨て切れなかった。たしかに、あの日イヴェットが馬を怖がらせるようなことをした可能性はある。しかも、そういう罪の意識はその人をいっきに食い尽くしたりはしない。むしろじわじわとその人の心をむしばんでいくものだ。

「マチルドが亡くなった日、彼女の友だちが一緒にいたという話をラウルから聞いたの」

「ラウルから？　彼といつマチルドの話をしたの？」

アタランテは手を軽く振った。「それはどうでもいいことよ。何か知っている？」

「ええ、アンジェリーク・ブローノーよ。でも事故が起きたときは一緒にいなかった。アンジェリークは道がでこぼこしていて危険だと考えて、マチルドとは違う道を行くことにしたの。マチルドはそんなことは気にせずにひとりでその先まで進んでしまった。事故の報せが届いたとき、アンジェリークはすでに屋敷へ戻ってきていたわ」

「なるほど。ところで落馬事故に最初に気づいたのは誰？」

「たしか農夫か外回りの販売員よ。誰も乗っていない馬が走っていくのを見かけて報告しにきたの。みんなでアタランテを探しに森のなかへ入ったら、その日の遅くに彼女が発見されたというわけ」

「そうだったのね。そのとき、あの密猟者も逮捕されたのよね？」

「どの密猟者？」ウジェニーは眉根を寄せ、こめかみの痛みに顔をしかめた。

「先日亡くなった密猟者よ。警察は彼がこの地所で誰かと揉めていたと考えて、手がかりを探しているわ。わたしたちがここにやってきた日、手押し車が道を塞いでいたことを覚えている？　作業員たちがどぶから男を引きあげていたでしょう？　あの男は酔っ払いなんかじゃなかった。殺されていたの」

「まあ、なんて恐ろしい」ウジェニーは立ちあがり、アタランテをじっと見た。「それで警察はいま、その殺人者の手がかりをベルヴューで探しているの？」

「ええ。警察はその男がこの地所内の別の場所で殺されたかもしれないと考えているの。伯爵の猟場番人と前から仲が悪かったから。ふたりは犬猿の仲だったみたい。猟場番人は、密猟者の男が刑務所にいる間も彼を脅しつけていたそうよ」

「なるほどね。そういう人たちがいかにもやりそうなことよね」ウジェニーは体を震わせた。「だったらわたしたち、何も心配しなくていいのね」

　アタランテは自分の爪を見つめた。依頼人に説明すべきだろうか？　マチルドが死んだ日、密猟者デュポンがこのあたりをうろついていたことを？

　それとももう少し待ったほうがいいのか？　警察はもうすぐ洞窟の捜査を終えて、サージャントが犯人だという証拠を見つけるかもしれない。いわゆる凶器を。猟場番人ならナイフを肌身離さず持っていても何もおかしくない。

　アタランテはきびきびした口調で答えた。「わたしたちは結婚式に意識を集中させるのが一番だと思う。もう本番まであと少ししかない。あなたは結婚式をやり遂げたいと思っているの？」ウジェニーがそうでないと言ってくれたらいいのに。アタランテは心のどこかでそう願っている自分に気がついた。もし依頼人がベルヴューを立ち去る決意を固めたら、自分の仕事もそこで終わることになる。

「もし気乗りがしないなら」アタランテは続けた。「なるべく早く伯爵にそう話さなければ。結婚式当日になったら中止も何もできなくなる」

「ええ、わかってる」ウジェニーは不機嫌そうな顔だ。「イヴェットにあのブラシで叩かれるまでは、どうにかやり遂げられると思っていた。でもいまは、あの凶暴で頭がいかれた娘とこの屋敷に一緒にいるのさえ嫌なの」

　そのとき扉がノックされ、ルイーズが顔をのぞかせた。「お母様（ママン）が到着したわ」ウジェニーの表情がみるみる変わっていく。「ママンが？　すぐに会いたいわ」

　アタランテは母親がやってくる前にその場から立ち去りたかった。だがルイーズのすぐ背後に、すでに母親が立っていた。ルイーズが扉を大きく開けると、真っ赤なドレス姿のレディが入ってきて、両腕を広げて叫んだのだ。「わたしの娘（マ・フィーユ）よ！　どうしたの？　いったい何があったの？」

　女性は近づいてくると前かがみになり、傷を見つめた。「わたしのかわいそうな娘（マ・ポーヴル・フィーユ）！　休まなくてはだめ。落ち着いて。ああ、なんてことなの」舌打ちをしてベッドの頭のほうへ回り込む。「結婚式の日は最高に美しくなければいけないというのに。わたしがこの日をどんなに楽しみにしてきたことか」

アタランテはそそくさと扉へ向かった。「紅茶を持ってきます」廊下に出て後ろ手に扉を閉める。

ルイーズが待っていた。「ウジェニーとずいぶん仲がいいみたいね」冷たい表情だ。「それなのにあなたの話を一度も聞いたことがないわ」

「父がスイスへ移ってからほとんど連絡を取っていなかったの」アタランテはどうにか笑みを浮かべた。「紅茶を持ってくると約束したから」

厨房へ向かい、新たに到着した女性のために最高のものを用意するよう伝えた。紅茶にケーキ、フォンダンにマカロン。トレイにどのボンボンをつけ加えればいいか指示しているると、ひとりのメイドが腕に触れてきた。「マドモワゼル、失礼ですがちょっとお話ししてもいいでしょうか？　すぐに済みます」メイドはあたりを見回すと、アタランテを脇に引っ張った。「マルセルについて尋ねていらっしゃったと聞きました」

「マルセル？」誰のことか思い出すのに少し時間がかかった。「ああ、デュポンのことね。密猟者の」

「はい。彼が死ぬ前にこの屋敷に訪ねてこなかったかとお尋ねになっていたのを聞きました。わたしはその答えを知っているわけではありません。ですが別の話を知っているのです」

「そうなのね?」アタランテはメイドをうながすように相槌を打った。自分の目となり耳となる者に情報集めを頼めなくても、このメイドから価値ある情報を得られるかもしれない。

「奥様が亡くなったあの日、マルセルは逮捕されましたが、そのとき大声で騒いでいたんです。彼は伯爵と話がしたいと叫んでいました。みんなは地所でウサギを捕まえる許可をもらいたがっているのだろうと考えたんです。でもマルセルは、伯爵に会いたいのはもっと重要な話がしたいからだと言っていました」メイドは青い瞳を見開いた。「あれからずっと気になっていたんです。彼は何を話したがっていたんだろうって」

ええ、わたしも気になる。「伯爵は彼と会ったの?」

「いいえ、まさか。当時あの方は他のことで頭がいっぱいになっていました。奥様の葬儀の準備のためです。ひどく悲しんでいらっしゃいました。伯爵が悲しみのせいで死んでしまうのではないか、すぐに奥様のあとを追うように息を引き取られるのではないかと、わたしたち全員が心配になったほどです。何週間も外へ出ようとなさらず、その後またイタリアへ出かけられました。伯爵がマルセルと話したとは思えません。マルセルは有罪判決を受けて刑務所に入っていましたから。ようやく今週釈放されたんです」

「なるほど」そしてマルセルはすぐベルヴューへ戻ってきた。伯爵と何か話し合うために。

彼はすでに服役を終えている。いまさら自分は潔白だとわざわざ言いにここへやってくるとは思えない。だったら彼は何を知っていたのだろう？

その何かを知っていたせいで、彼は殺されたのだろうか？

「釈放されたあとに、彼がこの屋敷近くをうろついていたのを見たことはある？　もしあなたが見なかったとしても、彼を見かけたという話を誰かから聞いたことは？」

「庭師がマルセルを見たような気がすると言っていました。少なくとも、こそこそ歩き回っている誰かを見たと話していました。でも作り話かもしれません。何か大変なことが起こるとすぐ、庭師は自分が全部知っているみたいな話し方をするんです」メイドはやれやれと言いたげに両方の手のひらを上に向けた。「これ以上お話しすることはありません。結婚式が台無しにならないよう、心から願っています。わたしたちみんな、結婚式の日を楽しみにしてきたんです。この屋敷は長いことほったらかされていました。伯爵はイタリア旅行のあと、春はパリでずっと過ごされていたんです。伯爵夫人がここでお亡くなりになったせいで、伯爵は永遠にこのプロヴァンスの屋敷に背を向けるのではないか、もうここに住みたくないのではないかと、わたしたちはとても心配でした。でもいま伯爵はこうして戻られ、ここで暮らしていらっしゃいます。結婚式の日、教会には花がいっぱい飾られ、この屋敷は招待客でいっぱいになるでしょう。ベルヴューもようやく生き返るときがやってきたんです」

そう、ふたたび命を吹き込まれることになる。でも同時に、死も戻ってくることになった。

アタランテはひんやりとした恐怖を覚えていた。マルセル・デュポンの体にナイフを突き刺した手の持ち主は、わたしが知っている誰かなのだろうか？

13

アタランテがメイドをひとり引き連れて軽食をウジェニーの部屋へ運び込むと、室内には笑い声が響いていた。ウジェニーはベッドの上で起きあがり、頬を紅潮させながら燦然と輝くネックレスを手に掲げている。メイドはトレイを運びながらも、そのネックレスを見て驚きに口をあんぐりと開けたままだ。彼女がつまずいてトレイの中身をぶちまける前に、アタランテはトレイを受け取り、礼を言った。メイドは最後にもう一度、まばゆく輝き渡るネックレスを見つめ、部屋から出ていった。

「紅茶を注ぎましょうか？」アタランテが尋ねる。

マダム・フロンテナックは首を左右に振ると命じた。「窓のところへ来てちょうだい」

アタランテがためらっていると、指輪をたくさんはめた手で手招きをした。「早くこっちへ。あなたの顔をよく見せて」

渋々言われたとおりにした。マダム・フロンテナックは何を確かめようとしているのか？

マダム・フロンテナックはアタランテの両肩に手を置くと、彼女の体を左右に向かせ、横顔にじっと見入った。思いきり眉をひそめている。

胸がどきどきしてきた。もしマダム・フロンテナックが一族に共通する顔の特徴を探しているなら、どう考えても無駄だ。自分にはフロンテナックの血は一滴も流れていない。

もし正体がばれたらどうしよう?

ウジェニーは母親を説得できるだろうか? 調査を続けるために、このまま真実を隠し続けてほしいと? 新たに得た情報によれば、デュポンは何か重要なことを知っていたようだ。それをジルベールに明かそうとしたせいで殺されたのだろう。

「そうねえ」マダム・フロンテナックはとうとう口を開いた。「あなたの顔にはフロンテナックの特徴がいくつか見られるわ。鼻とか耳たぶとか」

やれやれ。アタランテは安堵したが顔には出さず、どうにか礼儀正しい笑みを浮かべた。

マダム・フロンテナックが顔をしかめながら続ける。「でも本当に遠い親戚のようね。あなたの話を一度も聞いたことがないもの。わたしは全員を知っているのに」

ほら、きた。これから彼女はわたしに質問するつもりだろう。でもわたしは彼女を満足させる答えが返せそうにない。前にウジェニーから教わった情報を、どうにか思い出そうとする。わたしの父の名前はギヨーム。母の名前はたしか……思い出せない。

それに男兄弟は何人だっただろうか? 三人? それとも四人?

ああ、もう最悪！

マダム・フロンテナックはアタランテの肩から手を離すと、ベッドへ戻った。「紅茶を注いでもらえる？　これは何かしら？　あら、ちょっとしたお楽しみね」

間一髪で助かった。「はい、長旅のあとなので軽食でもどうかと思ったんです。おいしく召し上がっていただけるのでは？」アタランテが急いで紅茶とケーキを用意をしていると、ウジェニーが新しいネックレスをまたしても見せびらかした。「本物のダイヤモンドなの。パパからの愛情のこもった贈り物なのよ」それから説明を加えた。「パパは結婚式には出席できないの。先約とかいろいろあって」

でも、パリにあるフロンテナック家の屋敷の料理人は、裁縫師がムッシュー・フロンテナックの結婚式用のスーツの仮縫いにやってきたと話していた。つまり、ウジェニーの父親も最初はここへやってくるつもりでいたということだ。

「パパはいつも仕事で忙しいから」ウジェニーはふくれっ面をしたが、目を輝かせている。このネックレスの贈り物は、出席できない埋め合わせとして十分なのだろう。「きっとパパもあとでわたしに会いにここへやってきてくれるはず。絶対にそうよ」ネックレスを胸の前に掲げ、顎の下に押し当ててどんな様子か確かめる。「ねえ、ママン、どうかしら？　ちょっと派手すぎやしない？」

「派手くらいにしてちょうどいいの」マダム・フロンテナックは堂々と宣言した。「伯爵はもちろん爵位を持っているけれど、わたしたちには彼よりもはるかにたくさんのお金がある。そのことを彼に知らしめるつもりよ。世の伯爵たちときたら高慢で、自分と自分たち一族の歴史のことで頭がいっぱい。でもここが重要なところ。いまのあなたは、自分がつき合いたいと思うどんな貴族ともおつき合いできる立場にある。だけど、もしあなたにお金がなくてパンを買うお金の余裕もなかったら……」彼女は舌打ちをした。

「たぶん、スーモンヌ伯爵にはパンを買うお金の余裕があります」アタランテはそう言うと、彼女たちに出した甘いお菓子の数々を身ぶりで示した。

マダム・フロンテナックがまた舌打ちをした。「もちろんそうでしょうとも。わたしだって、うちの娘を借金まみれの男と結婚させる気はさらさらないわ。でもわたしが言いたいのは、伯爵がここにそれなりの資産を蓄えていても、わたしたちは彼をあてにしている名もなき人たちとは違うということ。さあ、ウジェニー、あさってあなたはこのネックレスをつけなさい。きっと夢でも見ているような幻想的な美しさよ」娘の指先に口づけて続ける。「ここらへんの人たちがかつて目にしたどんなものよりも、花嫁姿のあなたは美しいのだから」

アタランテは扉のほうへ向かった。「積もる話もおありでしょう。わたしは失礼します。ウジェニー、具合がずいぶんよくなったみたいでよかった」

依頼人にこちらの言葉は届かなかったようだ。高価なネックレスを優しく撫でながら、母からコニャック・ボンボンを口に入れてもらっている。

アタランテは廊下に出てため息をついた。花嫁の母親の来訪によって張り詰めた空気がある程度和らいだのはいいことだ。とはいえ、自分の両肩にのしかかる重荷は少しも軽くなっていない。マチルドが亡くなった日に本当は何が起きたのか探り出さなければ。それにマルセル・デュポンが釈放されてわずか数時間後に死体となってどぶから引きあげられた日の真相も。もし彼があの〝落馬事故〟を目撃していたとしたら……警官のひとりからこっそり話を聞けないだろうか？　彼らはどんな手がかりを期待してベルヴューを捜索しているのだろう？

そんな話は聞けそうにない。警官はわたしには関係のないことだと考えるに決まっている。特にわたしが女だからなおさらのこと。

不満げにまたため息をついた。賭けてもいい。もし祖父がここにいて、庭園を散歩するふりをして警察関係者に近づき、彼らと話しはじめたら、絶対に何か情報を得られていたはず。

それでもデュポンが重要人物であることに変わりはない。もっと情報を得るためになんらかの行動を起こす必要がある。時間は刻々と過ぎていくばかりだ。

自分の部屋に戻り、荷物のなかから双眼鏡を取り出すと、貝殻洞窟のある森に面したバルコニーに出てみた。これを使えば警察の動きが見えるだろうか？　彼らの動きから、どんな手がかりを見つけようとしているかわかるかも？

もしすでに立ち去っていたとしても、警察が何かを見つけ出せたかどうかわかるかも？

アタランテは長いことバルコニーに立ち尽くし、石造りの手すりに寄りかかりながら森全体に視線を走らせていた。でも飛び立つ数羽の鳥たちや食べ物を探す一頭のシカ以外何も見えない。とうとう陽の光がだんだん弱くなり、これ以上続けても無駄だとあきらめ、部屋へ戻るべく体の向きを変えた。

また失敗だ。

膝がすっかりこわばり、両脚が棒のようだ。少しマッサージをしてから、よろめくように部屋へ通じる扉へ向かった。先ほどバルコニーへ出るとき、虫が入らないよう扉は閉めておいた。だがいまは取っ手を回しても開かない。

どうしたんだろう？　何度も取っ手を押し下げ、体重を思いきりかけて開けようとしても、扉はびくともしない。何者かが内側から扉に鍵をかけたのだ。わたしを閉め出すために。

いまやあたりには暗闇が迫り、遠くの森からフクロウの不気味な鳴き声が響いている。たちまち両腕に鳥肌が立った。誰がこんなことを？　なんのために？　わたしがこの案件に興味を抱いていることに気づいた誰かのしわざだろうか？

ラウル・ルモンとはこれまでも何度か対立している。でも彼がわたしを疑わしいと考えていたら、その疑問を口にしないまま黙っているだろうか？

　とにかく、ここで大声で助けを求めて愚か者みたいに振る舞うつもりはない。この窮地から抜け出す方法を見つけ出せるはず。

　バルコニーの左側には何もないが、右側には隣の部屋のバルコニーがある。隣の部屋に誰が泊まっているのかわからない。でも半分だけ閉じられたカーテンから明かりが漏れている。バルコニーの手すりを乗り越え、隣のバルコニーへ移り、室内へ通じる扉をノックしてみよう。試す価値はあるはずだ。

　アルプス山脈を長時間歩き回っていた経験から、狭い岩棚を渡り切るコツは心得ている。高いところも苦手ではない。ラウルからシロイワヤギ呼ばわりされても当然かもしれない。

　苦笑いしながら石造りの手すりに両手を突き、体を持ちあげる。下を見てはだめ。目的地に意識を集中させること。

　息を止め、そのまま手すりを乗りこえて、隣のバルコニーとの間にある、ごく狭い足場のような張り出し部分におりる。慎重に、隣のバルコニーのほうに向かって少しずつ進んでいく。途中、体のバランスが崩れ、息をのんだが、長年鍛えていた反射神経のおかげでバランスを取り戻した。右足に体重をかけるようにして進み、片手でどうにか隣のバルコニーの手すりにしがみついた。

　隣のバルコニーの石造りの床面に着地し、ようやく安堵の息を吐き出す。ドレスのしわを伸ばして息を整えようとした。このままだと甲高い悲鳴のような声しか出せそうにない。それから部屋のなかをのぞき込んだ。部屋の開いた扉の向こうにラウルが立っていた。といっても、その手前に女性が立っているせいで、彼の顔しか見えない。優雅な白いドレス姿の女性はちょうどかぶっていた小さな帽子を脱いだところだ。濃い色の髪があらわになった瞬間、女性はベッドにその帽子を投げ、ラウルを抱きしめようとした。

アタランテはラウルの反応を固唾を飲んで見守った。彼は女性の両腕をかわしてあとずさると、首を振りながら何かを言い、扉を閉めて部屋から出ていった。

女性は身じろぎもせずに立ち尽くしている。片方の腕はまだあげたままだ。やがて彼女は拳を握りしめると、その拳を思いきり扉に叩きつけた。バルコニーにもその音が聞こえてきたほど強く。それから女性は拳を振りあげたままくるりと体の向きを変えた。美しい顔を怒りにこわばらせながら、手に取って投げつけるものを探すかのように、室内に視線をさまよわせる。

アタランテはあとずさろうとした。だが時すでに遅し、女性に見つかってしまった。

体がすくんで動けない。女性は絹を裂くような悲鳴をあげるだろう。みんなが何事かとここへ駆けつけ、闖入者が何者か知ることになる。自分が陥った苦境から抜け出すためにささやかな冒険をしただけだといくら説明しても、かえって怪しまれるだけだ。

ところが女性は叫ぼうとしない。それどころか、バルコニーへ通じる扉へ歩み寄り、開くなり尋ねてきた。「わたしの部屋のバルコニーで何をしているの？　のぞき見？　あなたは哀れなラウルの婚約者なの？　そうでなければ、彼がわたしとのキスを嫌がる理由がわからない」低い声で続ける。「昔はあんなに楽しんでいたのに」

あけすけな物言いに、アタランテは頬を染めた。ハンサムなラウルのことだ。これまで女性は選び放題だったはず。そう思ってはいた。でも実際にこうして、かつてラウルと親密な間柄だった女性と面と向かって会うのはまた別の話だ。これはいままで体験したことのない、しかも少し切ない一幕だ。

女性は笑い声をあげた。「なかへ入って。日が落ちて、これから寒くなるばかりよ」片手を大きく広げて招き入れてくれた。室内にはバラの香水の匂いが漂っている。

アタランテは扉のそばに立てかけられたいくつかのスーツケースをちらりと見た。どれも象嵌(ぞうがん)細工の持ち手がついた、とびきり優雅なデザインだ。

「アンジェリーク・ブローノーよ」女性はそう名乗ると、ベッドから帽子を手に取って化粧台の上に置いた。

マチルドが死ぬ前に一緒にいた女友だち。まさに会いたかった人物だ。「わたしはアタランテ・フロンテナック。あなたのピアノ伴奏者なの」

「本当に？　だからあなたはこんな時間にわたしのバルコニーからやってきたの？　リハーサルのために？」アンジェリークは笑った。喉の奥から発せられた笑い声は優しく心地いい。「困ったわね、ここにはピアノがないのよ。それにそうしようと思えば、わたしはこの屋敷の窓を震わせるほど大きな声が出せるけれど。他の招待客たち全員を叩き起こすことになりそう」

「自分の部屋から閉め出されたの」アタランテは打ち明けた。豪快なこの女性を好きにならずにはいられない。ちょっとした秘密を打ち明ければ、質問しやすい雰囲気も生まれるだろう。「バルコニーに出て夏の夕暮れを楽しんでいたら、誰かに扉を閉められて」

「犯人の見当はつくわ」アンジェリークは目をぐるりと回した。「イヴェットにいちいちいらだっていてはだめよ、あなたが反応を返すほど、あの娘から追い回されるだけだから。彼女を無視すること。たとえベッドのなかに濡れたほうきを入れられても気づかないふりをすれば、あの娘はもうあなたに手出ししなくなる」

アンジェリークは一瞬眉をひそめた。「あの年頃になれば、もう大人になると思っていたんだけど、それか〝他のことに興味を持つようになると思ったんだけど〟と言うべきかしら?」ウィンクしながら続ける。「残念ながら、彼女はあの年齢の割に奥手なのかもしれない。無理もないわよね、ここに閉じ込められているんだから。適当な気晴らしができる場所がどこにもないんだもの」腰をおろして脚を組んだ。「ちゃんと自分の部屋に戻れるかどうかすぐに確かめたい? それとももう少しおしゃべりする? あなたのためにカクテルも用意できるわよ」手ぶりでスーツケースを示しながら言う。「いつも自分専用のバーを持ち歩いているの」

「わたしもカクテルは大好き」アタランテは心を決めた。この奇妙な状況を最大限活用して、目の前にいる女性についてなるべく多くの情報を得よう。アンジェリークが伯爵と親しい関係にあるという話を聞かせてくれたとき、ルナールはこの女性がかなり疑わしいとにらんでいるようだった。

　彼女ともう少し一緒に過ごしたほうがいい。もちろん、あの案件の調査のためだ。彼女がラウルにキスしようとしていたことは全然関係ない。

　ラウルがアンジェリークの腕から逃れたとき、なぜ心ひそかに満足感を覚えたかについては考えたくない。彼が何をしようとしまいと、わたしにはなんの関係もない。

「ほら、ここよ」アンジェリークは小さなケースの蓋を開けると、アルコールのボトル数本とシェイカーを取り出した。「誘惑のカクテルと名づけている味があるの」アタランテに向かってにやりとする。「試す勇気があるならぜひどうぞ」

「あなたは本当にいいときにやってきてくれたわ」秘密を打ち明けるような調子でアタランテは言った。「実は、この滑稽な茶番劇にうんざりしていたところだったから」

「茶番劇って？」

「ここではみんながそれぞれ、自分に与えられた役割を演じているように思えるの。再婚しようとしている男やもめ、新しい花嫁を困らせようとする意地っ張りの少女、あまりに幸せすぎるせいでいつも涙を浮かべている花嫁……」

「あら、ウジェニーは幸せなの？」アンジェリークは完璧な弧を描く美しい眉を片方だけつりあげた。「てっきり彼女は欲深いだけの女かと思っていたわ」アタランテに鮮やかなオレンジ色の液体が入ったグラスを手渡しながら言う。「乾杯」

アタランテはカクテルを一口すすった。かなりの量のアルコールが入っている。慎重になったほうがいい。そうしないと、すぐに酔いが回ってしまうだろう。「おいしいわ。欲深いだけの女ってどういう意味？　彼女の母親から、フロンテナック家は伯爵よりずっとお金持ちだと聞かされたの。この結婚は彼らの得にはならないはずよ」

「もちろん、得にならないわけがない」アンジェリークは頭の鈍い生徒を諭すように、アタランテに向かって指を一本振った。「彼らにはお金があるかもしれない。でも由緒ある家柄の人たちとのつき合いはない。ウジェニーを伯爵と結婚させることで、彼らは同じレベルまでのしあがることができる。目に浮かぶようだわ。マダム・フロンテナックが早くも、この地所のあちこちで紅茶を楽しむ自分の姿を想像して喜んでいる姿がね。彼女はうぬぼれの強い女性だけど、それなりに教育を受けているし、人あしらいもうまい。きっと上流階級にもすっと溶け込んでうまくやるはず」

「ウジェニーはどう？　彼女もうまくやれると思う？」

「ここでの生活を楽しめるかどうかは疑わしいわね。マチルドとは違って」アンジェリークは自分のカクテルを手にして腰をおろし、緑色の液体を見つめた。「マチルドはここでどんなことにでも熱心に取り組んでいた。庭園の模様替えを計画したり、馬の繁殖をやってみたがったり。彼女はパリを懐かしがってはいなかった。でもウジェニーはせいぜい……もって三カ月というところかしら。三カ月もすれば、ここでの暮らしに飽きてパリに戻りたい、そうしないと頭がどうにかなると騒ぎ出すはずよ」

「伯爵はそのことに気づいているのかしら？」アタランテはグラスを握りしめた。どうしてみんな、あのふたりを結婚させようとしているのだろう？　最終的にふたりとも惨めになる運命のように思えるのに。

「さあ、彼は気にしていないんじゃないかしら。伯爵は仕事柄、旅が多い。ウジェニーは彼がいない間に、パリにいる友だちを好きなだけ訪ねられる。ここは冬になると、本当にやることが何もなくなるの」アンジェリークは手ぶりでカーテンが揺れる窓を示した。「いまは完璧な景色が広がっている。満開のラベンダー畑、咲き乱れるひまわり、それに陶器のかごを運んで市場へ向かう農夫たち。まさに最近、画廊で大人気の絵画に描かれているような光景よね。みんなが自分の応接室へ飾りたがるような、のどかな田園の美しいシーン。でもみんな、冬はこの場所がどんなふうになるかなんて知りもしない。すべてがどんよりとした灰色に覆われて、窓に激しく雨粒が叩きつけるだけの陰鬱な光景を」体をぶるりと震わせて続ける。「わたしは頼まれたってウジェニーの立場にはなりたくない」

これで〝アンジェリークは伯爵が自分と結婚するのを期待している〟という筋書きは消えたことになる。

もちろん、彼女が嘘をついていなければの話だ。

でも嘘をつく必要がどこにあるだろう？ 彼女はわたしが何者か知らないのに。

アンジェリークはウィンクをした。「といっても、そんな立場に立つ危険にさらされたこともないの。ジルベールはわたしを知りすぎていて、結婚なんて望みもしなかったから」

アタランテは彼女をあらためて見つめ、叫んだ。「あなたはあの写真の女性ね！ 伯爵とラウル・ルモン、他の若い男性たちと一緒に写っていた！ 少し前の写真のはず」あれはマチルドではなくアンジェリークだったのだ。目の前の彼女を見てわかった。

「伯爵はまだあの写真を飾っているの？ いまよりずっと若かったとき、イタリアのフィレンツェで美術コースに通っていた時代の写真よ」アンジェリークは夢見るような表情を浮かべた。「みんな夢いっぱいで本当に楽しかった。あの頃ジルベールはルネサンスの画家たちへの深い愛に気づいたの。ラウルとわたしは、お互いへの愛に気づいたというわけ」

「すてきね」アタランテは胸の小さな痛みを無視して、カクテルをすすった。

「もちろん、ラウルとわたしが結婚するなんてありえなかった。ふたりとも自立心旺盛すぎて結婚なんて向いていなかったの。もし結婚していても、歌を披露するために世界じゅうを旅するわたしを見て、周囲は眉をひそめたでしょうね。いまだってそうだけど、少なくともいまのわたしは歌手としての地位を確立しているから。でもいまのラウルは……マセラティに命をかけている、危なっかしい彼を見ていても楽しいとは言えないわね」

「彼はマセラティを持っているの？」アタランテは驚いて叫んだ。

「ええ、スポーツタイプをね。レースのためよ。あなたは本当にラウルとはあまり話していないのね。彼が一番情熱をそそいでいるものを知らないなんて」

アタランテはまばたきをした。カーレースに世の関心が高まっているのは知っている。男たちがスポーツカーに乗って、命がけでスピードを競い合い、最初にゴールするのは誰かを競い合う競技だ。未来のスポーツと言われている。ドライバーたちが長生きできればの話だけれど。

アンジェリークは言った。「本当にびっくりしているみたいね。きっとあなたは音楽教師として、これまでひっそりと目立たないように生きてきたんでしょうね。それかピアノの伴奏者として？　失礼な言い方を許してね。あなたの演奏を一度も聞いたことがないから、あなたの本当の実力がよくわからない。でもわたしたちならできるはず。ここでみんなの記憶に残るような演奏を披露しましょう。幸せなカップルのために」

アタランテは、命がけのレースに参戦しているラウルのイメージをどうにか頭から振り払った。いまはこの会話を一番興味のある話題へつなげる必要がある。マチルドの死についてだ。「イタリアの美術コースに通って以来、ずっと伯爵と連絡を取り続けていたの？」

「ええ、そうよ。彼の最初の結婚式にも招待されたわ。ここでマチルドと一緒に過ごして――」アンジェリークはカクテルを飲み干すと立ちあがり、おかわりを作りはじめた。

「彼女を止めるべきだった。あのかわいそうな馬に乗らせないようにすればよかった。たしかシラノという名前で、どんな命令にも従おうとしない馬でね。それこそ解き放たれたトラみたいに荒々しい気性の黒毛の馬だったんだから。でもマチルドは元々、誰の忠告にも耳を貸さないたちだった。そのことについて冗談を言って笑っていたほどよ。マチルドに、そんなにジルベールに逆らい続けていたら、いつか彼に首を締められて殺されるわよって」首を左右に振って続ける。「でもジルベールにはその機会さえなかった。マチルドは首の骨を折ってしまったから」

アンジェリークは新しいカクテルをすすった。今度はピンク色だ。「事故が起きたとき、わたしは彼女と一緒にいなかった。あのとき一緒に引き返せばよかったのに。雨が降ったあとで道がぬかるんでいて、途中に枯れ木もいっぱい落ちていた。マチルドは全然気にしていない様子で、枯れ木なんて飛び越せばいいと言ったけれど、わたしの乗馬の才能は彼女の半分もないから断ったの。結局マチルドを置き去りにしてしまった」

最後の言葉には激しい後悔の念が感じ取れた。あるいは親友を非難する気持ちなのだろうか？　アタランテにはどちらかわからなかった。

「あなたは賢明な判断をしたと思う。だって本当に危険だったのだから」

「そうね。でもジルベールから強い口調で質問された。なぜマチルドをひとりで置いてきたのか、わたしはどこにいたのかって」アンジェリークは鈍い音を立ててグラスを置いた。「彼だってあの場にいなかったのに……わたしを非難した」

「伯爵はあなたを非難したんじゃないと思う。もしそうなら、あなたを今回招いて歌わせるはずがないもの。あんな衝撃的な出来事が起きた直後は、どんな人も気が動転する。誰かを責めるようなことを口走って当然だわ」

アンジェリークは少し落ち着いたようだ。「もちろんそうよね。わたしもそれはわかっているの。ただ……ここまでの長旅で疲れているだけ」

「だったら、もうそろそろおいとましないと。自分の部屋に戻ったほうがいいみたい」

部屋を出ると、アンジェリークはドア口にとどまり、アタランテの部屋の扉が開くかどうか見守ってくれた。「開いたわ」アタランテが小声で言うと、アンジェリークはうなずいて、声を出さずに口だけ動かした。「おやすみなさい」

その一瞬、寄宿学校の生徒になったような錯覚を覚えた。友だちの部屋でこっそりふたりだけでパーティーを楽しみ、おやすみの挨拶をして部屋に戻る気分。どうしても頰を緩めずにはいられない。アンジェリークは陽気な性格で、友だちになれそう。わたしがパリで社交界デビューするときも助けてくれそうだ。

自分の部屋の扉を大きく開いてなかへ入ったとき、奇妙な感じに襲われた。自分ひとりではない。誰かがここにいる——そんな違和感だ。その人物はわたしをバルコニーに閉め出すだけでは飽き足らず。他にも何かしようとしているのだろうか？

アタランテはすべての動きを止め、あたりの匂いを嗅いでみた。イヴェットがわたしにも馬糞を使っていたずらをしかけたのだろうか？　でも悪臭はどこにも漂っていない。

両腕に鳥肌が立つのを感じながら、違和感の正体を突き止めようとする。部屋のどこがおかしく感じられるのか？　震える指先で明かりをつけてベッドを見たが、何も変わったところはない。ベッド脇のナイトテーブルにはいつもの品々がのせられている。グラスと本、小瓶。それぞれひとつだけ。小瓶には、就寝前に両手につけているクリームが入っている。

ベッドの下や衣装戸棚のなかも確かめてみたが、いつもと変わった点はひとつもない。ようやく神経の波立ちがおさまってきて、ほとんど笑い出しそうになった。誰かがこの部屋に入ってきたと考えただけで、こんなに激しく動揺するなんて。

最後に化粧台の前にやってくると、引き出しをひとつずつ開けてみた。誰かがわたしのアルバムをぱらぱらとめくり、新聞の切り抜きや異国情緒あふれる絵葉書の数々に目を通したのだろうか？　ここにアルバムを持ってきたのは、いつかはピアノの腕を活かし、演奏活動でさまざまな場所を訪れたいと夢見るのはおかしくない筋書きだと考えたからだ。

そのとき心臓が止まりそうになった。

愛読書の『ギリシャ神話』の置き場所が違っている。その本を手に取り、下に積み重ねてあるメモを確認してみた。今回の調査について記録したメモだ。誰かがぱらぱらとめくったかのように、メモ用紙が乱れている。これを見た何者かはきれいにメモ用紙を揃えようとしたのだろう。でも一枚の用紙の隅が丸まっている。

呼吸が浅くなるのを感じた。この部屋に侵入したのが誰であれ、キリル文字と転置式暗号を組み合わせたメモは解読できないだろう。でも誰かがここで意識的に何かを探していたことを知り、どうにも落ち着かない。わたしがここで何をしようとしているのか確かめようとしたのだろうか？

わたしは殺人犯に狙われているの？

まさか。殺人犯がいるのかどうかもまだわかっていないのに。そう自分に言い聞かせて落ち着こうとした。知りたがり屋のメイドのしわざかもしれない。そのメイドがわたしがいるのに気づかないまま、バルコニーに通じる扉を閉めた可能性だってある。

とはいえ、この部屋に入った者なら誰でも、わたしがバルコニーにいたことに気づいたはずだ。やはりあの扉はわざと閉められたのだろう。しかもわたしは知っている。たとえマチルドの死が事故であっても、マルセル・デュポンの死が殺人事件であることを。

それにマチルドが死んだ日の何か重要な情報を握っている、とデュポンが言っていたことも。

14

翌朝目ざめたとき、アタランテはどうしようもない不安を覚えた。結婚式は明日に迫っている。時計の針は進むばかり。もう引き返せない。依頼人からは、自分の婚約者が前妻の死に関係していないことを証明してほしいと頼まれた。それなのに、伯爵が無実だという決定的な証拠をまだ見つけられていない。しかも、他の誰も関わっていないという証拠も、あれが事故だったという証拠もだ。

着替えながら考えをめぐらせる。何かが確実だと証明するにはどうすればいいのだろう？　そのとき両手が止まり、ぼんやりと遠くを見つめながら心のなかでつぶやいた。そうだ、どうしてもっと早くにこのやり方を考えつかなかったのだろう？　マチルドが落馬したとき、彼女の検死を担当した医者に話を聞く必要がある。その医者ならば、どのような状態だったかはっきり知っているはずだ。もし医者が事故死だと納得していたら、マチルドが命を落としたのは確実に馬上から投げ出されたせいだと言い切れる。

アタランテは朝食を食べるために慌てて階下へおりた。まだ誰の姿もない。急いでコーヒー一杯を飲んでブリオッシュを少しもらうと、そのまま歩いて近くの村へ向かった。村ならば医者が見つかるはずだ。歩くのはちっとも苦にならない。しばらく忘れていた体を動かす喜びがよみがえってきた。運動には本当にすばらしい効果がある。頭が心配やもやもやでいっぱいになっていても、こうやって歩くと自信を取り戻せる。物事をひとつずつ着実に進める必要がある。あまり先の先まで考えてはいけない。

村はずれでは、ひとりの男性が育てているブタたちに餌をやっていた。広場では、地元の宿屋の主人がほっそりした年配の女性から新鮮な卵の入ったバスケットを受け取っている。アタランテは誰かとすれ違うたびに、明るくこんにちは(ボンジュール)と声をかけ、宿屋の主人に医者の家はどこかと尋ねてみた。すると、ちょうど同じ広場に面していることがわかった。小さな診療所では薬も売られており、窓に記された金文字が朝の光を受けてまぶしく輝いている。

すでに扉が開いていたため、診療所へ足を踏み入れた。薬草や香辛料の刺激的な香りが漂うなか、ガラス製の容器に大きな両手を使って丸薬を入れていた年配の女性が顔をあげた。

「ここはすてきな場所ね」アタランテは熱を込めて言った。「わたしは自然が持つ薬効成分ってすばらしいと思っているの。あなたは自分で薬を煎じるの?」

女性は値踏みするようにアタランテを一瞥した。「ええ、いくつかはね。他の薬は村の外から送られてくるんです」

「そうなの。お医者様はいるかしら？」

「いいえ、もう往診に出かけています。流感の患者が何人かいて、はしかかもしれない子どもがひとりいるんでね。それで今日はどういった要件でここへ？」

「ぐっすり眠るためのラベンダーのようなものはあるかしら？　そういうものが必要みたい。いとこで親友の女性がもうすぐ結婚することになっているの。スーモンヌ伯爵と」

　薬をいじるのに大忙しだった女性は手の動きを止め、全神経をアタランテに集中させた。

「スーモンヌ伯爵？　あなたは招待客のおひとり？」

「ええ。結婚式の披露宴でピアノを弾くことになっているの。とても興奮しているし、緊張もしているみたい。身分の高い人たちがいっぱいやってくるから」

「ああ、新聞で読みましたよ」女性は舌打ちをした。「お気の毒な伯爵。最初の奥様が亡くなられたとき、それは打ちのめされたご様子で。彼女がお亡くなりになったことは知ってます？」

「もちろん」アタランテは喜びの表情をこらえるのに必死だった。自分がまいた餌に、この女性がこれほど簡単に食いついてくれるとは。厳（おごそ）かな表情を保ちながら続ける。「この村にとってもさぞ衝撃的な出来事だったんでしょうね。彼女はここでとても愛されていたと聞いたわ」

「ほとんど姿を見かけたことはなかったですがね」女性はそっけなく答えた。「地所のあれこれでお忙しそうでしたから。友だちをもてなしたり、あれこれ変えようとなさったり。ただみんながそれをいいと考えていたわけじゃありません」

「なるほど。あれこれ変えようとすることにどんな反対意見があったのかしら？」

女性は肩をすくめた。「あのお屋敷も庭園も何も変わらない状態で代々受け継がれてきました。ありのままの姿でね。それが伝統というもの。でも彼女はそれに手を加えようとされた……ここらの者はそういう変化を好ましく思いません」

アタランテはうなずいた。「あの屋敷も庭園も本当に美しいもの。特に貝殻洞窟が」

女性はその言葉になんの反応も示さなかった。彼女にとってあの洞窟はなんの意味も持たないという証拠だ。だったらなぜマルセル・デュポンはあそこに行ったのだろう？　アタランテはさらに続けた。「それなのに馬から落ちるなんて……考えるだけで恐ろしいことね。首の骨を折るなんて」そう言って体を震わせた。

「もっと正確に言えば、頭ですけど」女性は大きな手をカウンターに突いて体を前のめりにした。「彼女は頭の骨を折ったんですよ」

「頭の骨？　聞いた話と違うわ、てっきり彼女は転落した衝撃で首の骨を折ったものだとばかり思っていたのに」そもそもウジェニーからそう聞かされていたし、ラウルとアンジェリークからも同じことを聞かされた。それが真実とは違うなんてありえるだろうか？

「彼女は何かに頭をぶつけたんですよ。きっと木かしら？　うちの先生は頭蓋骨が割れていたって言ってました。はっきり覚えてます。そんな事故はめったに起きないから」

「そうでしょうね。頭蓋骨が割れていたなんて。考えるだけで恐ろしいもの。転落したあと、あの馬が彼女の頭を蹴飛ばしたのかもしれないわね？」

「そうかもしれない。先生は何か硬いものにぶつかった衝撃のせいだと言ってましたから」

マチルドは地面に落ちたあとで、何者かに強打されたのだろうか？　でもその件についてこれ以上根掘り葉掘り質問するわけにはいかない。怪しまれてしまう。この会話から最大限の成果を引き出さなければ。「今度はあの密猟者も死んでしまったなんて。なんという名前だったかしら？　マルセル・デュポン？　彼は頭の骨を折ったわけじゃないでしょう？」

「ええ、彼は刺されたんです。あんな生き方をしていたらなんの不思議もありませんよ。いつも飲んだくれて自分から災いを招くようなことばかりしていたんだから。誰かのことを死んで当然なんて言うのは間違っていますけれど、デュポンの場合は自ら死を求めていたようなものでした。刑務所から出所してすぐにけんかしに行ったんだから」女性はかぶりを振った。「警察は昨日ギヨーム・サージャントを逮捕しましたよ。伯爵の猟場番人です。でも本人はやっていないと言っているらしいですけど」

「あら、ふたりは仲が悪かったんじゃないの？」アタランテは眉をひそめた。「もちろん、わたしたち招待客には、この土地の詳しい人間関係はわからないわ。それでも警察が伯爵の地所内で、証拠探しをしているのをこの目で見たの。それに伯爵は、その猟場番人が密猟者デュポンとずっといがみ合っていたと話していらしたし。まさか……こんな平穏な場所で殺人事件に出くわすなんて思いもしなかった」

「わたしたちみんな、いつかは死ななければなりません」女性は哲学的な言葉を口にした。

「よく眠れるようにラベンダー油を少し買っていきますか？」

アタランテはうなずくと代金を支払った。地元の名産だというコーヒー風味のお菓子も一緒に買い求めた。さっそくひとつ味わいながら診療所を出て、次に小さな教会と墓地に向かった。しばらく墓石を見つめながら歩き、ふと思う。マチルドもここに埋葬されたのだろうか？　ほとんどの墓はよく手入れされ、小さな花束が飾られている。思えば、両親のお墓にはもう何年も行っていない。教師のお給料は真っ先に父の借金返済にあてるようにしていたから、故国イギリスへ帰る余裕なんてなかった。でもいまはお金の余裕がある。すぐにでもロンドンへ行って、死によってふたたび結ばれた両親が眠る、ひっそりとした墓地を訪れたい。

マチルドはどこに埋葬されているのだろう？

彼女のお墓を見れば何かわかるのでは？　墓石に刻まれた言葉や、墓所に残された思い出の品々を見たら?

だけどここにある墓のほとんどは村の人たちのもののように見える。伯爵家の墓らしきものは見当たらない。もしかすると彼女の墓は教会内にあるのかもしれない。

立ち去ろうとしたところに、年配の管理人が入ってくるのが見えた。全身黒ずくめで、手にした熊手で小道を掃いている。その男性に近づいていき、スーモンヌ伯爵夫人マチルドの墓はどこかと尋ねてみた。

「ここには埋葬されていません」管理人は答えた。「伯爵のご家族の墓は地所内にあるんです」

アタランテを見つめて尋ねる。「あの方のご親戚ですか?」

「いいえ、明日の結婚式のためにお屋敷に滞在しているの」

「わたしらみんな、伯爵は再婚するだろうと考えていたんです。そうする必要があるから。この土地のためにも世継ぎが必要だ」

「伯爵は世継ぎをもうけるためだけに結婚するの? 新しい花嫁を愛しているから結婚するとは思わないの?」

男性はひび割れたような笑い声をあげたが、すぐにばつの悪そうな顔になり、あたりの墓石を眺めた。「伯爵のような方が自分以外の誰かを愛するとは思えません。あの方には権力も金もある。誰かに気に入られるよう努力する必要もない。わたしら村人は、伯爵のご機嫌を損ねたくはないのですが、伯爵本人は……」

「彼のことがあまり好きじゃないような言い方ね」アタランテはけっして相手を批評しているのではなく、事実だけを淡々と述べているような口調を心がけた。

管理人はいらだったように答えた。「昔は、伯爵家が代々この村を治めていた頃は、村人全員にとって伯爵の命令は絶対でしたが、この時代になっても、今の伯爵はかつての伯爵様気取りでね。ここにはほとんど顔も見せないというのに。いつもイタリアへ出かけて高い絵を何枚も買い込んで、それをパリの画廊に売っている。そう聞いています」

〝そう聞いている〟という最後の一言が引っかかった。「あなたは彼がそうやって生計を立てているとは考えていないの？」

「さあ、わたしにはわかりません。ですがマドモワゼル、わたしらはそういった絵を見たことが一度もないんです」

「伯爵はお屋敷にすばらしい芸術作品を収集しているわ」

管理人はたしなめられたかのように背筋を伸ばした。「さあ、わたしは知りません。屋敷に招かれる機会もありませんから。よければ失礼します。仕事がありますので」彼は熊手を引きずりながら立ち去った。

アタランテは考え込みながら彼を見送った。管理人は興味深い点を指摘した。ベルヴュ－の屋敷にある絵画のなかにルネサンス期のものは一枚もない。もちろん伯爵はそういった絵画を手に入れるとすぐに売却するのだろう。とはいえ……。

墓地をあとにし、途中の食料品店でリンゴをふたつ買い、ベルヴューに戻る道へ向かった。リンゴは甘くて汁気がたっぷりでとてもおいしい。太陽の光に照らされ、頬が紅潮しているのがわかる。案件を解決しなければいけないという張り詰めた気持ちが、少しだけ和らいだ気がした。ここへやってきてから初めて、自分が置かれた新たな状況を楽しめている気がする。とうとう好きな場所へ旅行して、これまで見たこともない新たな光景を楽しむ自由を手に入れたのだ。たとえ案件解決のためにここへやってきていても、過ぎゆく時間を自分なりに楽しむ喜びまであきらめることはない。そうでしょう？　思えば、これまで心の余裕が全然なかった。一瞬たりとも気を抜くことを自分に許していなかった。もちろん、わたしを頼りにしてくれている依頼人のことを忘れてはならない。でも、もしわたしが心身ともにくたびれ果てて十分な力を発揮できなければ、結局その依頼人のためにはならない。

背後から馬のひづめの音が聞こえ、肩越しに見あげると、馬に乗った人が近づいてくるのが見えた。ラウルだ。堂々たる鹿毛(かげ)の馬に乗っている。艶のある肌と力強い筋肉を持つ馬は、長いたてがみを風になびかせていた。

最後にラウルを見たのは、まさにアンジェリーク・ブローノーの抱擁をかわして扉を閉める瞬間だった。それを思い出したとたん、頬がかっと熱くなり、アタランテはあたりを見回した。どこか隠れるところはないだろうか？　彼が現れたことで、なぜひとりで散歩する楽しみを台無しにされなければいけないの？

でも道の両側には、一面のラベンダー畑が広がるだけだ。どこにも隠れられない。

「おはよう」ラウルが叫んだ。「きみは馬に乗らないの？」

「乗馬を習う機会がなかったの」アタランテはすなおに認めた。母と一緒にポニーに乗っていた記憶はぼんやりと残っているが、それだけだ。父は馬を買うお金の余裕がなかったし、娘に乗馬を教えることに興味も示さなかった。

「徒歩でしか移動できないのは、さぞ面倒なことなんだろうね。ものすごく時間がかかりそうだ」ラウルはアタランテの脇に馬をつけた。馬が鼻を鳴らし、もっと走りたいと言いたげに手綱を引っ張っている。

「まわりの様子をよく知るのに、散歩ほど最高の方法はないわ。通りすぎるものすべてを時間をかけて眺めながら楽しめるもの。きっとあなたはあっという間に駆け抜けているせいで、すぐそこに何があるかも気づかないんでしょうね」

「たとえば？」ラウルは面白そうに濃い色の目を輝かせている。

「たとえばこの石」アタランテは草地に置かれた石を指差した。高さは人の手のひら二個分ほどで、風雨にさらされて灰色になっているが、数字のようなものが刻まれている。

「この数字にはどういう意味があるのかしら？」

「きっと昔の境界石だろう。土地の範囲や所有者を示していたに違いない」ラウルは皮肉っぽくつけ加えた。「ジルベールはそういう制度をさぞ嫌っているに違いない。この石みたいに、自分の権利を制限されるのを嫌うだろうから」

馬は静かにいななくと首を伸ばした。もう一度全速力で走らせてほしいと催促しているようだ。だがラウルは馬の首を軽く叩いて落ち着かせた。それから馬の背からおり、手綱を引いてアタランテの隣にやってきた。

たちまち胃がきりきりするのを感じた。ラウルは先ほど、散歩はペースが遅すぎて不便だと言ったばかりだ。それなのに一緒に歩こうとしているのは何か魂胆があるに違いない。

彼は口を開いた。「なぜきみはこの村にやってきたんだ？　あの屋敷の張り詰めた雰囲気が我慢できずに外へ出たとか？」

「なぜあなたは乗馬をしているの？」アタランテは問い返した。

「マダム・フロンテナックの質問攻めから逃れるためだ」

フロンテナック家の一員か確かめるために、あの既婚女性に右や左を向かされたことを思い出し、アタランテは赤面した。「こんな早い時間に彼女が起きているとは思えない」

「ところが彼女は必要とあらば早起きが好きになれるらしい。彼女と一緒に朝食の席に着きたくなかったんだ。それにもうひとり、不機嫌そうなフランソワーズともね」

「ウジェニーのもうひとりのお姉様のこと？　昨日の夜、彼女には会わなかったけれど」

「きっと長旅で疲れたんだろう。彼女はいつだってくたびれている」ラウルは目をぐるりと回した。「若い女性はどうしてあんなに疲れやすいのか、ぼくにはさっぱりわからない。彼女の母親は娘ふたり分のスタミナの持ち主だけどね」

「マダム・フロンテナックにはちょっとだけお会いしたわ。ウジェニーにものすごく豪華なネックレスを渡していた」

「賄賂だな」ラウルが芝居がかった声で言う。

「なんですって？」

「賄賂だよ。娘をジルベールと結婚させるための。ウジェニーはジルベールを愛していない」

低い声を聞き、アタランテはしばし口をつぐんだ。「彼女はヴィクトルを愛しているの？」

ラウルは柔らかな笑い声をあげた。「ヴィクトルはそれを望んでいるだろうな。彼は女たちをおもちゃみたいにもてあそぶ。使い捨てできるようにね。だが、ぼくはウジェニーがヴィクトルを愛したことは一度もないと考えている。というか、彼女には愛がどういうものかわからないのではないかと疑っているんだ」

「あなたは愛がどういうものだと考えているの？」アタランテはやや哲学的な質問をした。

ラウルは小石をあちこちへ蹴りながらゆっくりと歩みを進めた。「愛とは無私無欲で控えめなものだと思う。自分よりも相手を大切にする気持ちだ」

返事など期待していなかったのに、ラウルは答えてくれた。しかも、それはこれ以上ないほど望ましい答えだったのだ。

アタランテは口をあんぐりと開けた。彼は本当にそんなふうに考えているの？　まさか。だがラウルは続けた。「必ずしも誰もがそんな崇高な感情を持てるわけじゃない」優しい笑い声を立てた。「そうできないウジェニーのことを、ぼくが非難しているなんて思わないでほしい。ぼく自身だって同じなんだから」

アタランテは心がずしりと重たくなるのを感じた。ラウルはこの世で一番美しいものを拒んでいる。愛情、そしてつながりを。何かの一部であること、そして家族を持つことを。でもそれは、ラウルが自分のような生き方――命がけでマセラティに乗り込むような人生――では、そういったものを手に入れるのが不可能だと考えているからなのだろうか？

「昨夜聞くまでは全然知らなかったわ。あなたがカーレーサーだったなんて」

「誰からそれを？」ラウルは食いつくように尋ねてきた。

「アンジェリーク・ブローノーからよ」アタランテはその名前を口にしながらラウルをちらりと見た。彼の表情に、アンジェリークへの未練が感じられないだろうか？

ラウルは前方を見つめたままだ。その横顔は大理石の彫刻みたいに硬く冷たく、なんの感情も浮かんでいない。「きみは昨夜彼女と話をしたのか？　アンジェリークは小さなハチみたいに、いつだって忙しく飛び回っているからな」どこか悔しげな声だ。

「あなたがそんな命がけの人生を送っていたなんて本当に驚いたわ」

「なんだって？」

「どうしてあなたがあんな車に乗れるのか、わたしには想像もつかない。死なないよう祈りながら猛スピードを出すなんて」そう言葉にしながらも、みぞおちのあたりがきりきりとしてきた。ラウルがこれまでどれほどの危険に直面してきたかを考えずにはいられない。いったいなぜそんなことを？　なんのために？

ラウルは信じられないと言いたげに息を吐き出した。「あの車に乗ってレースに出場しているとき、ぼくは死ぬことなんて考えていない。むしろ一番考えないことかもしれない。いつだって生きることを考えている。なんとも言えずいきいきした気分になるんだ」彼は穏やかな表情を浮かべ、熱っぽく目を輝かせている。「レースをしているときほど、自分が生きていると感じられる瞬間はない。愛車はぼくのどんな望みにも応えてくれる。まるで自分が空を飛んでいるように感じられることもある」

彼の言葉に込められた情熱が、アタランテの心の琴線に触れた。「でも危険なんでしょう？」

ラウルは肩をすくめた。「危険によってそういう思いはさらに高まるんだ。一か八かやってみようともしないで、それが人生と言えるだろうか？」まじめな表情になる。「マチルドのことを考えてみてほしい。彼女は安全を選んだ。田園地方でのシンプルな生き方を自分で選択したんだ。それなのに彼女は死んだ。ばかばかしい事故のせいだ。たまたま馬が荒れ狂ったせいで」彼は首を左右に振った。「嫌だ。ぼくは失敗を恐れて尻込みなどしない。〝体に気をつけていれば寿命を伸ばせる〟などと言うやつがいても、絶対に信じる気はない。ぼくは運命を信じている。人は死ぬべきときがきたら死ぬ運命なんだ。たとえどこにいようとね」

そんなに簡単なことなのだろうか？「でもいつも運命によって決まるのかしら？　他の要素がはたらくことはありえないの？」アタランテは少し曖昧な言い方をした。

ラウルは弾かれたように彼女を見た。「いったいきみは何を言っているんだ？　マチルドは事故死ではなかったとでも？」

「すぐにわたしの言いたいことがわかったわね」ラウルの視線をまっすぐに受け止める。「あなた自身、前からそう考えていたのね」

ラウルは何も答えようとしない。怒りを募らせているみたいに歯を食いしばっている。彼はひらりと馬にまたがり、このまま立ち去るだろう。わたしを埃まみれにしたままで。でもそんな予想は裏切られた。彼は話し続けたのだ。「マチルドが死んだ一年前、そういう疑問がよぎることはなかった。数日前に結婚式のためにここへ到着したときでさえ、事故以外の可能性を疑ったことなどなかったんだ。だが、あの密猟者が刺殺されたと聞いて……」

「ええ」アタランテは唇を引き結んだ。彼は自分と同じ考えを口にしようとしている。

「地元警察が、あの事件が起きたのはデュポンと猟場番人とのいさかいのせいだと考えているのは知っている。あるいは、デュポンと競争相手である他の密猟者ふたりとの縄張り争いのせいだと考えていることもだ。実際、密猟者のひとりはデュポンが服役している間にこの地で縄張りを広げ、我が物顔に振る舞っていたらしい。だが自分が真っ先に疑われるとわかっているのに、わざわざ誰かを殺そうとする間抜けがいるだろうか？　いまサージャントは留置場にいて、有罪なら二度と外へ出ることはないはずだ。そんな理屈の通らない話があるだろうか？」

「人は感情で行動する生き物よ。理性を働かせる必要はないわ」

「そうかもしれない。だけど聞いたところによれば、デュポンはマチルドが死んだ日のことで何か知っていると言い張っていたそうじゃないか」ラウルはしばし考え込んでからつけ加えた。「いまの言い方を訂正させてほしい。デュポンは逮捕されたとき、ジルベールに直接会いたいと言った。そばでそれを聞いていたみんなは、デュポンが無実を訴えようとしている、あるいは伯爵の地所内で狩りをする許可を得ようとしているんだろうと思った。だが、もしデュポンがジルベールに〝マチルドの事故に関する情報と引き換えに自分を自由の身にしてくれ〟と持ちかけようとしていたとしたらどうだろう？」

「わたしもそう考えていた」アタランテはぽつりと言った。「あなたはそれがどういう意味だと考えているの？」

「どういう意味とは？」ラウルが聞き返す。

「ええ。それはつまり、マチルドが死んだとき、彼女はひとりきりではなかったという意味にならない？　あなたは以前、事故が起きた日にマチルドは友だちと一緒だったと話していたわね。いまではわたしも、それがアンジェリーク・ブローノーだと知っている。アンジェリークが事故の原因を作ったのではないかしら？」

アタランテはずっとラウルと目を合わせたままでいた。この話に彼がどんな反応を返してくるか見たい。いまのわたしの言葉で、ラウルは元恋人が事件に関わっていたとほのめかされたと思い、いらだちを見せないだろうか？

「アンジェリークはあの事故が起きたとき、すでに屋敷に戻っていたと話していた。あのまま乗馬を続けるのは、自分の実力では無理だと判断したからだと」

少し前に比べると、ラウルがやけに熱っぽく語っている気がする。しかも言葉を慎重に選んでいるようだ。それは彼が何かを隠そうとしているせい？「ええ、彼女はわたしにもそう言っていた」アタランテはそう言い、ラウルの反応を見た。

彼が考え込むように言う。「あの当時はそう聞いて驚いた。アンジェリークは最初の障害を目にしたくらいですごすごと引き返すような女性じゃない。それに彼女の乗馬の腕前は天下一品なんだ」

「彼女はそんな話、わたしにしていなかった」

ラウルが片眉をつりあげる。「本当に？　だったらもっと慎重に言い直さないとな。数年前、彼女の乗馬の腕前は天下一品だった」

「あなたたちがイタリアにいた頃？」

「彼女はそんなことも話したのか？　やれやれ、本当におしゃべりだな」ラウルが皮肉たっぷりに言う。「ああ、そうだ。イタリアで、よくふたりでそれぞれの馬に乗ってぶどう畑を駆け抜けたものさ。彼女はよくぼくを追い越して、笑い声をあげながら低い壁を乗り越えていた。だからあの日、どうして彼女がマチルドと一緒に馬で森を駆け抜けるのをためらって屋敷へ戻ってきたのかすごく不思議だったんだ」

「ということは、あなたはあの日起きたことに関して、アンジェリークが嘘をついていると考えているの？」アタランテは身の縮む思いだった。わざわざ〝嘘〟という言葉を選んで揺さぶりをかけるなんて。だけどもっと詳しく調査する必要がある。あの落馬事故の背後に何が隠されているのか見つけ出さなければ。

「わからない」ラウルは苦しげな表情だ。「こんなこと、前は考えたこともなかったんだ」

「でもデュポンが殺害されたいま、わたしたちはどうしても考えなければいけない」

「わたしたち？」ラウルは探るような目をアタランテに向けた。「なぜ〝わたしたち〟なんだ？　きみになんの関係が？」

その瞬間、切実に思った。いまここで本当のことを打ち明けられたらどんなに簡単だろう。自分がベルヴューへやってきたのは案件を調査するためで、ラウルに手伝ってほしいのだと。彼は多くのことを知っているようだ。きっと調査の大きな手助けとなるだろう。

でも正直に打ち明けるのは、あまりに危険すぎる。ラウルはこちらがどの程度まで知っているのか、試しているのかもしれない。

だからこう答えた。「わたしはウジェニーの親戚だもの。彼女には幸せになってほしい。この結婚で彼女が幸せになれるよう心から願っているの。でも、ここでは幸せを見つけるのが簡単なことではないみたい。マチルドもそうだった」

「彼女は幸せを見つけた。だが予定よりもずいぶん早くあの世に旅立った。あれこそ運命だと思う。もしあのまま生きていたら……」

「運命よりも人為的な何かが関わっているとは思わないの?」

ラウルは低く笑った。「きみはぼくにそう言わせようとしている。だがなんであれ、ぼくはいかなる結論にも達していない。ぼくには関係のないことだ。どのみちウジェニーはジルベールと結婚するだろう。最初からそう腹を決めていたはずだ。たとえ彼女がイヴェットのせいでこの結婚に疑問を抱いたとしても、あの母親から結婚しろとせっつかれるはずだ。彼女は娘を伯爵夫人にしたくてたまらないのだから」

そう、マダム・フロンテナックはあなどれない。強烈で無視できない存在だ。

アタランテは無言のまま歩みを進めた。ウジェニーが脅迫状を受け取って不安を募らせているることを、ラウルに話すわけにはいかない。依頼人はわたしを信頼してあの話を打ち明けてくれたのだ。その信頼を裏切るような真似をするつもりはない。でもそのいっぽうで、ラウルからもっと情報を引き出す必要がある。彼は伯爵家の友人だ。あの一族に関することをもっと知っているかもしれない。自分はウジェニーと親戚関係にあるという説明だけでも、この結婚を心配するのに十分な理由になるはずだと信じて、ラウルともう少し話を続けてみよう。

「あなたはジルベールが取り扱っている絵を見たことがある？　イタリアで彼が買いつけているというルネサンス期の作品を？」

突然話題が変わり、ラウルは面食らったようだ。「どうしてそんなことを聞く？　もしかして興味があるとか？」

「興味がある人を何人か知っているから」とっさに嘘をついた。

「ぼくはこれまで実物を一枚も見たことがない。だがジルベールは仕事でものすごく忙しそうにしている。数週間ごとにイタリアへ飛んで、ローマやヴェローナのような都市で何日かかけて、パリの画廊に売るための新たな絵画を探している。まさに宝探しだな」

宝探し。マチルドがかつてイヴェットに言った言葉だ。アタランテは尋ねた。「伯爵はその絵画を売る前に、どこに保管しているのかしら？　お屋敷のなか？」

「いや、そうは思えない。ジルベールはルネサンス期の絵画を直接パリに送っている。パリの銀行で保管室を利用しているんだ。ここの屋敷でそんな高価な絵画を保管するのは安全とは言えないからね。盗まれる危険性がある。結局、ジルベールは屋敷を何週間も留守にしているし、ここにももちろんスタッフがいるにはいるが……パリのスタッフと同じレベルとは言いがたい」

「なるほど」

ラウルはアタランテをちらりと見た。「もし興味がある人を知っているならジルベールにそう言うべきだ。いつだって新たな顧客はありがたいはずだ」馬の歩みを止めるとまたがった。「そろそろこの馬を運動させてやらないとね。ではこれで」そう言うと、彼は馬の横腹に両方のかかとを押し当て、急き立てた。まさに人馬一体。あっという間にラウルの姿は見えなくなった。

アタランテは唇を噛んだ。いつもラウルには驚かされてばかりだ。彼は見ばえがいいだけではない。見かけ以上のものがある。しかもはるかに大きな何かが。その証拠に、彼もマルセル・デュポンの死についてあれこれと考えていた。ふたりで力を合わせて事件を解決することを考えただけでぞくぞくする。でも、ラウル自身もまた事件の関係者である可能性があることをゆめゆめ忘れてはならない。彼の言葉を真に受けることはできない。祖父からの警告だ。〝常に注意を怠るな〟

たとえば、ラウルはアンジェリークが彼女自身が認めているよりもはるかに乗馬がうまいと話していた。あれは彼女に罪を背負わせるためなのだろうか？

もしラウルがアンジェリークとよりを戻す気がまったくないなら、悪意を持って彼女を傷つけようとしているのかもしれない。

重苦しい気分を抱えながら、アタランテは屋敷へ戻りはじめた。

15

アタランテは図書室をゆっくりと歩きながら、本のタイトルに目を走らせていた。書棚の上から下まで革装丁の本がびっしりと並んでいる。心をそそられると同時に、圧倒される眺めだ。本当に自分が期待しているような本は見つかるだろうか？　地元の歴史に関して何か重要なことが記された本が？

とはいえ、あの死んだ密猟者のポケットには貝殻が入っていた。彼の殺人事件の鍵を握るのはあの貝殻洞窟かもしれない。もしかするとマチルドの死の鍵も。

アタランテは部屋の隅まで行き、書き物机の蓋を開いた。開かれた蓋の上で書き物ができるように造られていて、その下には小ぶりの引き出しや手紙を保管するための空間が並んでいる。象嵌細工の象牙の表面に指先を走らせる。とても繊細な作りの逸品だ。しかも女らしいデザインでもある。マチルドが使っていた机なのだろうか？

引き出しを開けてみた。筆記用具がしまわれている。ペンやインク壺、吸い取り紙、ペンナイフ。試し書きをするための紙束もある。何種類かのレタリング文字を試すために使われていたようだ。

引き出しの一番下、何も書かれていない用紙の下に、庭園全体を表した一枚の紙があるのを見つけた。いろいろな場所に小さな文字が書き込まれている。池の部分には〝どこかへ移す〟と記されている。いくつかの部分には十字の印がつけられ、名前が書き込まれていた。ペルセポネ、ヘラ、ミネルヴァ。

不意にイヴェットがミネルヴァ像の下で体を丸めていた姿を思い出した。この十字の印はすべて庭園にある彫像を意味しているのだろうか？　確かめてみるしかない。

アタランテはその紙を手に庭園へ向かい、あたりを歩き回った。やはり十字の印がつけられた地点には彫像がある。それにマチルドには時間がなくて、庭園の改装計画を実行に移せなかったこともわかった。〝どこかへ移す〟とメモされた池はそのままの場所にある。バラの花壇も樹木園には変えられていない。

紙のなかで一点、どうしても意味のわからないところがあった。〝クロイソス〟という名前が記された場所だ。

クロイソスはギリシャの歴史書に登場する裕福な王だ。いまでも〝クロイソスのように金持ち〟などと表現されることがある。

これも宝物を意味しているとか？　でも、どうしてこの名前だけ一番最後に疑問符がついているのだろう？　他の名前にはいっさいついていないのに。

何より興味深いのは〝クロイソス〟と書き込まれているのが、庭園のあの貝殻洞窟であることだ。

アタランテは洞窟のほうをじっと見た。警察が確認作業を終えて、いまは立ち入り禁止になっている。しばらく誰も入れない。違法なことをするわけにはいかない。

紙を折り畳んでポケットに入れ、屋敷へ戻った。依頼人と話し合わなければならない。伯爵との結婚を明日に控えてどんな気分なのか確かめる必要がある。

だがどうにも足が重い。ウジェニーに報告できる決定的な事実が何ひとつないせいだ。こんな状態で、どうして依頼人に〝すべてうまくいく〟などと言えるだろう？　それにマチルドが本当に事故死かどうか疑わしいと告げても、彼女の不安をかき立てるだけなのに。診療所の女性は、マチルドが頭蓋骨に損傷を負ったと話していた。馬から地面に振り落とされたとき、頭を強く打ったのだろうか？　もしかして、人の手で強打された？

でもあくまで推測にすぎない。事実ではない。

あの運命の日に何が起こったとしても、伯爵はマチルドの事故に関係していないようだ。それなのに彼とウジェニーの結婚を邪魔する権利が、わたしにあるだろうか？

伯爵が望んでいるのはただひとつ。この屋敷と彼の心に穏やかな幸せを取り戻すことだけなのに。

それに彼の姪っ子のためにも。

でもイヴェットはウジェニーを忌み嫌っている。一緒に暮らしても幸せになるとは思えない。わたしがいま何を言っても、ウジェニーが今後進むべき方向を決定づける可能性がある。彼女やその周囲の人たちの人生に衝撃を与えることになりかねない。そんな大きな影響力をどうやって振るえばいいというのだろう？　誰も傷つけることなく？

おじいさま。あなたがここにいてくれて、何をすべきか教えてくれたらいいのに。

ウジェニーの部屋にやってきたものの、最悪のタイミングだったことに気づいた。彼女がウェディングドレスを身につけ、母親と姉ふたりがそのまわりをぐるぐる回りながら、ドレスの袖口やヘッドドレスを調整している最中だったのだ。

アタランテはまたあとで来ると言ってすぐに立ち去ろうとした。だがウジェニーに呼び止められ、心配そうに尋ねられた。「どうかしら？」

「わたしたちがいまさっきすばらしい(メルヴェイユーズ)と褒めたばかりじゃない」フランソワーズが歌うような声で言ったが、ウジェニーははねつけるように手を振った。「偏りのない意見を聞きたいの。お姉様はわたしが麻袋を身につけてもすてきだと言うに決まっているもの」

フランソワーズはがっかりした表情を浮かべ、母を見た。「ママン、聞いた？　どうしてウジェニーはいつもわたしをいじめるの？」

マダム・フロンテナックは長女の言葉には気づきもしない様子で、顔をほころばせながら末娘を見つめるばかりだ。胸の前で両手を組むとささやいた。「わたしの自慢の娘」

そんな母には構わず、ウジェニーは手ぶりでアタランテを呼び寄せた。「どう思う？」くるっと一回転すると、ドレスのスカートがふんわりと広がった。「伯爵夫人にふさわしい、美しい装いかしら？」

「ええ。だからこそ、結婚式を延期するなんて考える必要もないのよ」マダム・フロンテナックはウジェニーに指を振ってみせた。「あなたのこめかみの傷はそんなにひどくない。礼拝堂の通路を歩けないほどじゃないんだから」

「でもママン」ルイーズが口を開いた。「もしこの子の気分がよくないなら」やけに熱心な瞳だ。「もう一週間待つこともできるわ」

「招待客たちはすでに到着しているの。結婚式は明日行わないと」

母親の自信たっぷりの言葉を聞いて、ウジェニーは幸せそうな表情を消し、ベッドへどすんと腰をおろした。「本当にそうかしら……」すがるような目でアタランテを見あげる。

息がうまくできなくなった。自分は任務をやり遂げられなかった。失敗したのだ。どちらにせよ、ここで確かなことは何も言えない。

マダム・フロンテナックが言う。「何をばかなことを言っているの。あなたはあの最高の結婚相手と結ばれようとしているのよ」娘に近づき、首にかけているダイヤモンドのネックレスに触れはじめる。「彼女自身がここへ持ってきた高価なネックレスだ。「お父様もわたしも心から喜んでいるんだから」

ルイーズが言う。「パパは来ないけれどね」勝ち誇ったような声だ。

またしてもアタランテはスーツの仮縫いの話を思い出した。マルタン・フロンテナックは結婚式に出席しようとしていた。それなのにここへやってこない。それは何を意味しているのだろう？　それに、そのときの裁縫師が言っていた〝ウジェニーの婚約指輪は偽物〟という話は？

「彼はどうしても仕事で手が離せないの」母親はルイーズをにらみつけた。「もしこの子を落ち込ませるようなことばかり言うなら、ここから出ていきなさい」

「でもママン……」

「いますぐに」

ルイーズはしっかりと足を踏ん張った。「わたしは花嫁介添人のひとりよ。花嫁がドレスを試している間、ここにいる必要がある」

「お姉様はやきもちを焼いているだけ」ウジェニーが吐き出すように言う。「本当は自分がジルベールと結婚したかったんだもの」

ルイーズは頬を赤く染めた。「違うわ」弱々しい声でつけ加える。「マチルドに彼を引き合わせたのはこのわたしよ」

「ええ。だけどその後間違いに気がついた。マチルドが死んでさぞ嬉しかったでしょうね。ついに自分にチャンスがめぐってきたと考えたはずだわ」

いまやルイーズの顔は真っ赤だ。「そんなことない！」そう言い返した声には説得力が感じられない。

ウジェニーは立ちあがった。「あの手紙をわたしに送ったのはお姉様なの？　お姉様が買い物かごのニラネギの間にしのばせたの？」

ルイーズは口を開いたがふたたび閉じた。

マダム・フロンテナックが尋ねる。「手紙ってなんのこと？　ニラネギって何？」

アタランテが答えた。「料理人が買い物から帰ってきたら、かごに手紙が入れられていたんです。そのときメイドたちは図書室でおしゃべりをしていて、執事はちょうど午後の休憩を取っていました」

「どうしてあなたがそんなことを知っているの？」ルイーズはうっかり口走り、ふたたび口を閉じた。

ウジェニーはルイーズにつかつかと歩み寄り、姉をひっぱたいた。「お姉様ね。嫉妬に駆られてあんなことを――」

ルイーズはさらに叩かれないようあとずさりをした。「ママン！　何か言ってよ！」

マダム・フロンテナックは両手を振って注意をうながした。「ドレスに気をつけて。ものすごく高かったんだから。手紙っていったいなんの話？」アタランテのほうを向いて尋ねる。「あなたはなんの手紙の話をしているの？」

会話の主導権を握ったのはウジェニーだ。「ママン、ここにやってくる途中、わたしはずっと不安だった。ある手紙を受け取っていたから。だからアタランテにその手紙のことで相談したの。だって手紙には、マチルドは事故死じゃない、わたしも次の犠牲者になるかもしれないと書かれていたから」

マダム・フロンテナックはウジェニーをまじまじと見つめた。

きっとこの母親は大きくあえぐか、体をぐらつかせるだろう。もしかして半分気を失ってしまうかも——ところがそんなアタランテの心配をよそに、マダム・フロンテナックは言い放った。「あなた、頭がどうかしてしまったの？　そんな意地の悪い手紙はいつだって送られてくるものよ。それになんの意味もない。あなたはそんな意気地なしだったの？」

それからルイーズのほうを向いた。「あなたがその手紙を書いたの？　嘘はつかないほうが身のためよ。嘘をついても、どのみちわたしが真相を見つけ出すわ」

ルイーズはその場で消え入りたそうな様子だ。「わたし、その……」

「わたしは真実が知りたいの。いまここで」母親がぴしゃりと言う。最後の言葉を強調するように足を踏み鳴らした。

「そう、あの手紙はわたしよ」ルイーズは顔を背けた。「我慢できなかった。ウジェニーときたら、ことあるごとに自分が結婚してわたしは結婚できないことを見せびらかすんだもの。ものすごく傷ついたわ」

「その手紙を書いたのはあなたなのね?」マダム・フロンテナックは容赦ない。

「そうよ、そう言ったでしょう?」

「何を書いたの?」アタランテが尋ねる。「それにどんなふうに書いたの?」

ルイーズはアタランテを見つめた。「なんであなたに教える必要があるの?」

「とても重要なことだから。本当にあなたが書いたのだと納得できれば、ウジェニーはこれ以上怯える必要がなくなる。明日幸せな気持ちで結婚できる」

マダム・フロンテナックははっとした表情になった。「もちろんそうだわ。あなたは頭のいい娘ね」ルイーズに向かって言う。「彼女の質問に答えなさい」

それでもルイーズはまだためらっているようだ。だが母親にさらに歩み寄られ、横腹を肘でつつかれ、とうとう答えた。「真っ赤なインクで〝彼の最初の妻は事故で死んだのではない。注意しろ。恐れよ〟と書いたの」

手紙に書いてあった文言と一言一句同じだ。書き手本人でなければ、これほど正確に答えられるわけがない。

マダム・フロンテナックは我が娘を見つめ、鼻を鳴らした。「信じられない。そんな愚かな真似をするなんて。安っぽい小説の読みすぎよ。あなたにふさわしい罰を考えなければ。妹をこんなに怖がらせたのだから」ウジェニーに向き直り、なだめるように続けた。

「でもすべて明らかになったじゃない。手紙はただのいたずらだった。なんの意味もなかった。あなたは何も心配せず、明日結婚して幸せになれるわ」末娘の頬を軽くつねりながら言う。「ほら、笑って笑って」ウジェニーはためらいがちな笑みを浮かべると、探るような目でアタランテのほうを見た。

依頼人はわたしに明確な答えを求めているのだろう。自分の母親の出した結論は間違っていない、すべて解決したからもう大丈夫という答えを。でもアタランテは心の奥底で、まだ釈然としないものを感じていた。ウジェニーから話を聞かされていなかったのに、ルイーズがあの手紙の詳細を知っていたのは、彼女が手紙を書いた張本人だという証拠だ。でもまだ大きな問題が残されたままだ。なぜルイーズはそんな手紙を書いたのだろう？もしかして彼女も、あの落馬事故はどこかおかしいと考えているのでは？

アタランテはひそめた声でルイーズに尋ねた。「廊下で少し話せるかしら？」

ルイーズは信じられないと言いたげにこちらを見つめている。「どうして？」

「お願い。一緒に廊下へ出て最後までわたしの話を聞いて」

ルイーズは、すでに花嫁のドレスの確認作業に戻った母親を一瞥し、ため息をついた。それからアタランテのあとを追って部屋から出た。アタランテがずばりと尋ねる。「あなたはスーモンヌ伯爵が最初の妻マチルドを殺したと考えているの？」

ルイーズは驚愕の表情を浮かべた。「まさか。わたしはジルベールを心から尊敬している。それに彼はわたしの親友でもあるのよ」

「だったらなぜあの手紙で、伯爵が犯人みたいな書き方をしたの？　妹を傷つけるため？でもそれでは意味が通らない。なぜわざわざあんなことを？」

「まさかウジェニーがあの手紙の話を誰かにするとは思ってなかった。もし妹しか知らなければ、あの手紙でジルベールが傷つくこともないでしょう？」

「もしあの手紙のせいでウジェニーが婚約を破棄していたら、伯爵は傷ついていたはず」

「婚約を破棄するはずがない。ウジェニーは虚栄心のかたまりだもの、伯爵夫人になりたくてうずうずしているのよ」

「だったらあの手紙の目的は？　彼女を怖がらせるためだけに書いたの？」

「そこまで深く考えたわけじゃない」ルイーズは胸の前で腕を組んだ。「ただウジェニーに嫌な思いをさせてちょっと楽しもうと思っただけ。執事はちょうど休憩中だったから、あのタイミングが完璧に思えたの」

「たしかに……」アタランテは率直な物言いを心がけた。「あの手紙にはジルベールが妻を殺したとは書かれていない。ウジェニーはもっと別の誰かに気をつけたほうがいいとも読める内容だった。あなたは誰を思い浮かべてあの手紙を書いたの？」

ルイーズが目を光らせた。元々そういう誰かがいると考えていたのか、それか非難すべき誰かを慌てて考え出そうとしているのか、アタランテにはわからない。とにかくルイーズは口を開いた。「正直に言うとイヴェットのことを考えていたの。彼女はいつも精神状態が不安定だから」息を深く吸い込みながら続ける。「自分がジルベールを愛していると信じていた時期もあった。彼もまたわたしを愛していると信じていた。でもイヴェットのせいで、ジルベールとそれ以上深い関係にならないようにした。彼が責任を持ってあの少女を育てていることは知っていたし……はっきり言って、自分がイヴェットと同じ屋敷に住めるとは思えなかったから。あの娘がどんな才能の持ち主か、あなたも知っているでしょう？　常に混乱状態を生み出すし、彼女がいるところでは誰も心穏やかではいられない。だからジルベールにマチルドを紹介したの。彼女はそういう混乱を気にしない人だったから。実際イヴェットとうまくやっていた。ふたりは相性がいいんだなと思っていたの」

「ええ、イヴェットは彼女になついて、一緒の時間をたくさん過ごしていたそうね。それなのに、なぜあの少女がマチルドを傷つけたかもしれないと考えたの？」

「だって彼女の頭のなかがどうなっているかなんて、誰にもわからないから。彼女はどう見ても精神のバランスが取れていない。誰かに気持ちを傷つけられた場合は特にそう」

アタランテは壁を見つめた。これでパズルは完成だと思うとすぐに、誰かがさっとピースを奪い取り、新たなピースをつけ加える――そんなことの繰り返しのように思えてしかたがない。このパズルが完成することなど永遠にないのでは？　ルイーズに視線を戻して尋ねる。「あの貝殻洞窟でウジェニーに泥を落としたのはあなたなの？」

「わたしはそんな子どもじみたいたずらなんかしない。きっとイヴェットのしわざよ。それかヴィクトルかもね」

「ヴィクトル？」

「ええ、ウジェニーがジルベールからのプロポーズを受けると決めたとき、かんかんに怒っていたもの。彼は自分のためにウジェニーとつき合い続けていたかったんでしょうね。といっても、もちろんお金のためよ。お父様から相続権を奪われたんだから」

「それでいま、彼はあなたに求婚しているの？」

「わたしたちはただの友だちよ」ルイーズはあとずさった。「あなたは本当に好奇心旺盛なのね。そんなに好奇心が強いと、あなたのためにならないんじゃない？」身ぶりで部屋を指し示した。「なかへ戻っていいかしら？」どこか挑むような口調だ。

「もちろん」アタランテは笑みを浮かべた。「あの手紙の話を打ち明けて、あなたは本当に正しいことをしたわ。ウジェニーはずっと気が楽になったはずだから」

「それでも彼女は伯爵と結婚したことを後悔するようになるはず」ルイーズが満足げに言う。「ジルベールは本当にいい人よ。いい人すぎて、とっくの昔にイヴェットを見捨てるべきだったのにまだ我慢し続けている。いつか、あの少女のせいで彼は破滅するかもしれない」部屋のなかへ入り、アタランテの面前で扉をぴしゃりと閉めた。

　かえって好都合だ。ウェディングドレスの試着が行われている限り、自分がここにいる理由はない。あの警告の手紙にまつわる問題は解決したけれど、他の問題は解決にはほど遠い。あの貝殻洞窟でウジェニーを襲ったのは誰だったのか？

ヴィクトルだろうか？　彼とまともに話す機会をまだ持てていない。

そのときメイドが慌てた様子でやってきて、廊下にいるアタランテを見たとたん、ほっとした顔になった。「マドモワゼル、あなたにお電話です。電話は玄関ホールにあります」

アタランテは階下におり、受話器を手に取った。「もしもし？」

「ルナールです。お伝えしたい情報がいくつかあります。情報を聞いても何も言わないようにしてください。どこで誰が聞いているかわかりませんので」

「わかったわ、ありがとう」アタランテはあたりを見回した。近くには誰もいない。とはいえ、近くにいなくてもこちらの話を聞くことはできる。たとえば階上で聞き耳を立てていればいい。

「伯爵の被後見人イヴェットについて尋ねていらっしゃいましたね。彼女は伯爵の亡き弟の娘です。母親も亡くなっています。彼女の両親は亡くなったとき、無記名債権で多額の遺産をイヴェットにも遺しました。十八歳になったら、彼女はその遺産を相続することになります。元々彼女の弟が相続するはずだったものも全額彼女が引き継ぐことになりそうです。最近、その弟は気に入らない同級生に銃を突きつけて、寄宿学校を退学になっています」

アタランテは息をのんだ。

ルナールは続けた。「彼は前にも騒ぎを起こしています。音楽教師に弓矢を放ち、肩にけがを負わせました。その男性教師はもはやバイオリンを弾くことができません」

想像するだけで胸が苦しくなる。こよなく愛していた楽器を弾けなくなるなんて。しかもその楽器の演奏を教えて生計を立てていたのに。

ルナールは言った。「一族は彼に金を与えて放り出しました。その若者には生まれつき暴力を振るう傾向があるようです」

彼だけではないかもしれない。イヴェットも同じかも。自分を無視した人たちに罰を与えるのをなんとも思っていない。自分の人生から完全に消し去ろうとしたことさえあるかも？　彼女の弟のやり方はいかにも安直だ。自ら行った行為の報いを自分が受けている。だけどイヴェットはもっと頭がいい。彼女がマチルドの死に関わっているとしたら、絶対に事故だと判断されるように偽装工作するだろう。

イヴェットに疑いの目を向けるのはどうにも切ない。それでも依頼人のために確かめるべきだ。あの少女が本当はどれほど危険か探り、証明する必要がある。

ルナールは続けた。「ラウル・ルモンについてもお尋ねでしたね。彼はフランス人の父親とスペイン人の母親の間に生まれ、いくつもの大学で学び、レースをするようになりました。最近イタリアとドイツで開催されたレースでは最も優秀なドライバーのひとりとして称賛されています。命知らずの方のようです」

一瞬の間の後、ルナールはつけ加えた。「彼はいろいろな女性と浮名を流しています。そのなかには結婚している男爵夫人もいました。ただマチルド・ラニエとそういう関係にあったかどうかは確認できませんでした」

アンジェリーク・ブローノーについて尋ねたかったが、不用意に名前を出せば誰かに聞かれる恐れがある。だからこう言うにとどめた。「わかったわ」

ルナールが言う。「マチルドの家族について非常に興味深い話を聞きました。父親は彼女がわずか十歳のときに亡くなり、それ以来母親とずっと仲よく暮らしていたそうです。娘が死んでからマダム・ラニエは打ちひしがれ、結果的に体調を崩すことになりました。ほとんど外国で過ごし、静養のために温泉などの保養地を訪れていましたが、つい最近帰国しています。聞いた話によれば、余命あと数カ月だそうです」

あの女性には失うものが何ひとつない。

アタランテは受話器を握りしめた。なぜ彼女は娘の元夫の結婚式に出席するためやってきたのだろう？　ここで何か実行したい計画があるのでは？

それか彼女はただ、死ぬ前に人生にけりをつけようとしているのだろうか？　自分に残された時間が終わる前に、せめていとおしい娘の死を心穏やかに受け入れようとしているの？

ルナールが口を開いた。「どうかくれぐれも気をつけてください。深みにはまらないように」

「ええ、気をつけるわ、メルシー。また何かわかったら電話して」受話器を置いて顔をあげたとき、階段に伯爵が立っているのが見えた。アタランテはたちまち頬が染まるのを感じた。なにしろ、ついさっきまで彼について話していたところだ。それも彼が殺人の罪を犯していないかという調査に関しての話だ。だからとっさに嘘をついた。「実はちょっとした演奏会を開こうとしているんです。会場や他の演奏家たちを探してくれている友人からの電話で」声が震えているのに気づき、不安になった。すぐに嘘だと見抜かれるのでは？

「なるほど」伯爵は軽い足取りで階段を駆けおりてきた。「詳しいことが決まったら教えてほしい。ウジェニーもわたしも聞きに行きたい」

きまり悪さのあまり、いまや頬が燃えるように熱い。それでもアタランテは笑みを浮かべ続けた。「ええ、ありがとう。なんてご親切なの」

「それどころか、わたしはいろいろなことに気を取られ、招待客のみんなにきちんと配慮できていないようだ。この埋め合わせはするつもりでいるが、よければ、明日結婚式を行う予定の礼拝堂をわたしに案内させてくれないか？　ちょうど使用人たちが飾りつけをしているところでね」

「ええ、ぜひ見てみたいです」伯爵の注意をそらすことができて内心ほっとしながら、彼のあとから廊下を進み、屋敷の奥につながる小さな木製の扉をくぐり抜けると、やがてもうひとつ扉が見えてきた、扉の先に広がっていたのは礼拝堂だ。通路の両脇に木製の長椅子が並べられ、正面には神父が立つための演壇がひとつ置かれている。

壁にはつづれ織りが飾られ、深い青と赤の衣装姿の聖人たちが描かれた祭壇画には金箔の装飾が施されている。使用人たちが長椅子の上にせっせと純白のバラを飾りつけていた。

「明日結婚式が始まる前に、あのバラは枯れてしまわないかしら？」アタランテは尋ねた。

「実は、あのバラは水を張った花瓶にいけてあるんだ。花瓶は純白のリネンとレースで長椅子に結びつけられている。すべてがよく考えられているでしょう」ジルベールは笑みを浮かべた。「きみも同じ意見だといいが」

アタランテも伯爵に笑みを返した。「ええ、もちろん。窓もとても美しいわ。すばらしいです」男女が手を繋いだ光景が描かれているステンドグラスを指差した。

「わたしの先祖たちはみな、ここで結婚したんだ」

「そしてみなさん、ここに埋葬されているの？　先祖代々のお墓があると聞いたけれど」

「ああ、地下にあるんだ」伯爵は演壇の背後にぽっかりと空いた四角い開口部を指差した。地下へ続く階段が伸びている。「わたしはそんなにひんぱんには行かない。暗くてじめじめした、わびしい場所だから」

伯爵が話している間に、開口部から何かの影が浮かびあがってきた。人だ。全身黒ずくめの人が地下からあがってくる。

ジルベールが息をのんであとずさった。顔から血の気がひいている。アタランテも一瞬心臓が止まりそうになった。だが、その人物のほっそりした体つきには見覚えがあるような気がした。ジルベールにささやく。「マダム・ラニエよ」

伯爵はどうにか落ち着きを取り戻し、前へ進み出た。「マダム・ラニエ、どこか具合がよくないんですか？」

「マチルドを訪ねてきたの」マダム・ラニエは泣き腫らした赤い目をしている。「あなたが再婚すると話してきたところ」

しばし沈黙が落ちるなか、アタランテは心のなかでひとりごちた。きっとマダム・ラニエは、マチルドがその話をどう考えているか話し続けるだろう。この年配の女性は、自分の娘がまだ生きているかのような話しぶりだ。

ジルベールが口を開いた。「マチルドは、もしふたりの間に子どもができる前に自分の身に何かあったら、絶対に再婚すべきだと言っていました。彼女はわたしにはいまでも自分の地所を守る責任があることをよく理解していたんです」

マダム・ラニエは彼に鋭い一瞥をくれた。「なぜマチルドは自分の身に何かあったらなんて考えたの？」

「いや、そんな深い意味じゃなく、あなたも彼女がどんなふうだったかご存知のはずです。

前にも大けがをしたことがあったじゃないですか。でもマチルドは自分のやり方を変えるつもりはない、既婚女性で伯爵夫人だからといって何事にも慎重になるつもりはないとわたしに言ったんです」柔らかな笑みを浮かべて続ける。「わたしもマチルドに変わってほしいと言ったことはありません。なぜならありのままの彼女を愛していたからです」瞳に苦しげな色が浮かんだ。「わたしたちなら幸せになれたのに」

マダム・ラニエは伯爵の腕にそっと手を置いた。「嘆く必要なんてないわ。あの子も本当に幸せだったんだから。いつもどれだけ幸せか、手紙に書いて送ってくれたものよ。これ以上ないほど幸せだと書いてあった。あなたの心がどこにあるか知っている、あなたの心はあなたにとっての本当の宝物と一緒にあるんだともね。それにわたしたちは自分が愛するものにこだわり、そういったものを自分の心の近くに置いておけるものだとも書いていた。でもそういったものは、埃のようにわたしたちから離れていくものなのね」

マダム・ラニエは頬に一筋の涙をこぼすと、早足で通路を去っていった。黒ずくめの地味で弱々しいその姿は、長椅子に飾られた純白に輝く白バラとはあまりに対照的だ。

ジルベールがぽつりと言う。「彼女はここへやってくるべきじゃなかった。どう見ても無理をしすぎている」

ふたりとも無言のまま立ち尽くした。先ほどまでの明るい雰囲気がすっかり消えてしまった。宙に漂う花々の甘やかな香りさえ不適切なもののように思えてくる。

ジルベールはアタランテに向き直り、言葉を詰まらせながら尋ねた。「きみはどう思う？　わたしの再婚は間違ったことだろうか？」〝そんなことはない〟という答えを切実に望んでいるように聞こえる。でも同時に〝そうね〟と答えられてもしかたがないというあきらめも感じられた。

「いいえ、あなたはもう戻らない誰かをいつまでも恋しがっているわけにはいかないもの」しばらくしてつけ加えた。「でも、あなたがそういう選択をしたことで問題が生じています。ウジェニーはイヴェットとうまくやれていない。彼女が十八歳になるまで養育の責任があなたにあるのはわかっているけれど、それまであと二年もあるんですね」ここに数日滞在し、あの張り詰めた雰囲気を身をもって体験したからこそ言える。わたしには想像もできない。あと二年間もこんな状態が続くなんて。

「きみはイヴェットが十八歳になるまで、わたしが再婚を待つべきだったと考えているんだね？　わたしもそのつもりだったんだ。だがウジェニーと出会って……彼女のおかげで自分の人生を取り戻せた。わたしが幸せを望むのは身勝手だろうか？　いや、きっとそうなんだろう」伯爵は背を向けてそのまま立ち去った。飾りつけはどうでしょうかと尋ねた年若いメイドを完全に無視したままで。

アタランテは無視された少女に笑みを向け、すばらしい飾りつけだし、花嫁も絶対に気に入るだろうと答えた。メイドはためらいがちな笑みを浮かべている。

だがアタランテ自身はそう簡単に明るい気分にはなれなかった。言いようもない不安にさいなまれている。ここではないどこかに逃げ出したい。外の新鮮な空気を吸って考える必要がある。

16

貝殻洞窟に立ち入ることは警察から禁じられている。だがアタランテは吸い寄せられるようにその場所に向かわずにはいられなかった。マチルドが遺した庭園の地図には、貝殻洞窟にも十字の印がつけられていた。しかも〝クロイソス〟という興味をそそられる名前まで記されていたのだ。あれは洞窟に財宝が隠されているという意味だろうか？　それか戦利品とか盗品とか？

ルイーズは前に軽蔑したような口調で、マチルドとイヴェットが宝探しをしていたと話していた。彼女たちが妄想を募らせ、夢中になっていたのだと。でも、もしそれがある程度本当のことだとしたら？　マチルドは庭園を改築する計画を立てているときに、何かを発見したのでは？

アタランテは後ろめたい思いを無視して、体をかがめると、イチイの木の間に結びつけられた目の粗いロープの下をくぐり、小道の先にある洞窟へと進んだ。洞窟に入ったとたん、感じたのはむっと湿った空気だ。

たちまち背筋に冷たいものが走った。もし誰かがひそんでいて、急に襲いかかられたら？　その何者かに傷つけられたら？

壁に背中を押しつけながら、入り口から差し込む太陽の光を見つめる。誰かの影で突然光がさえぎられたりしないだろうか？　でも変わった様子は何も感じられない。胸の鼓動がおさまってきたのを感じつつ、自分に言い聞かせる。最短の時間で最大の成果を手に入れなくては。この洞窟に秘密が隠されているかどうかを探るには、どうするのが一番なのだろう。

誰かを殺すのもいとわないほど、絶対に守りたい秘密とはなんなのか。

壁のモザイク画にすべての神経を集中させた。幸せそうなニンフたちと猟犬たちに追われるシカが、貝殻で描かれている。マルセル・デュポンのポケットには貝殻がひとつ入っていた。

この壁から取ったものなのだろうか。それとも地面に落ちていたのを拾ったのか。

そもそも彼はここでいったい何をしていたのだろう。

猟場番人サージャントと会って、マチルドの死に関して知っている情報を話し、黙っていることを約束する代わりに口止め料を請求したのか。

いや、デュポンにとってサージャントは長年の敵だった。そんな話を持ちかけるはずがない。

デュポンはこの洞窟について何か知っていたのだろうか。密猟の罪で逮捕されたとき、伯爵に会いたがっていたのは、ここで見つけたことを彼に話したかったから？　それとも彼が知っていたのは、死ぬ直前のマチルドに関する情報？

診療所の女性によれば、マチルドは頭にけがを負っていた。頭蓋骨を骨折していたのだ。あの日、マチルドはこの洞窟で何かを探している最中、天井の穴から狙っていた何者かに襲われた？　頭めがけて何かを思いきり投げつけられたとか？　それか、その何者かがこっそりと近づき、マチルドの頭をいきなり殴りつけたのか？　そして彼女の遺体を小道まで引きずっていき、馬を駆り立てていかにも落馬事故のように見せかけた？

この洞窟のなかで、人が死ぬような何かが起きた——そう考えるだけで不安をかきたてられる。でも冷静さを保ち、五感を研ぎ澄まして調査しなければ。まずは耳を澄まして、入り口から漏れ聞こえてくる音を聞き取ろうとした。それから壁の大きな貝殻に触れ、内側に引っ込んだり裏返ったりする貝殻はないか確かめてみた。隠しレバーのようなものはないだろうか。秘密の小部屋に通じる小道のようなものは？　マチルドはここで隠し場所のようなものを見つけたのでは？

クロイソス……。

しゃがみ込んで低い位置にある貝殻を確かめてみる。描かれた模様に規則的なパターンや意味はないだろうか。でもいくら指先で試しても動かせる貝殻はひとつもない。こんな岩壁に隠し場所があると考えるなんてどうかしているのかもしれない。どう見ても、これほどがっちりした岩壁が動くわけがない。

それでも気になる。なぜマチルドはこの洞窟に印をつけていたのか？　マルセル・デュポンはここでいったい何をしていたのか？

「イヤリングを落としたのか？」皮肉っぽい声が聞こえた。

驚いて立ちあがったはずみで、岩壁に片方の肩をぶつけてしまった。「痛い！」片手をあげ、肩のぶつけた部分をさすりはじめる。

「ここは立ち入り禁止だと警察から言われたはずだ」ラウルだ。冷笑しながらこちらを見つめている。

「だったらあなたはここで何をしているの？」

「きみのあとをつけてきた」

アタランテはまばたきをした。まさか彼がこんなにあっさり本当のことを話すとは思いもしなかった。「わたしのあとをつけてきた？　どうして？」

「さあ、他にやるべきことがないから？　きみがずいぶん行き詰まっているようだから？」

「行き詰まっている？」アタランテは嫌悪感たっぷりに繰り返した。「わたしは大人の女性よ。あなたの助けを必要としている女学生じゃない」

ラウルの瞳に何かが光った。いらだちだろうか？「ぼくは不思議でたまらないんだ。きみはここベルヴューに本当は何をしにやってきた？」彼女の全身にすばやく視線を走らせる。「きみは披露宴で歌の伴奏をするためにやってきたという作り話でみんなをだましている。だがぼくはだまされない」

いまやアタランテの心臓は早鐘のようだ。「だったらウジェニーに尋ねてみて。わたしは彼女に招かれて一緒にやってきたんだから」

「そう、彼女がきみを招いて一緒にやってきた。その話は信じている。だが、きみがひた隠しにしてる本当の目的はなんだ？」

「あなたがなんの話をしているのか、さっぱりわからない」

「だったら、きみはいまここで何をしている？」

「わたしは神話に興味があるの」

「なるほど、そうか、アタランテ」ラウルはその名前をゆっくりと口にした。「きみの両親はギリシャ神話に興味を持っていたに違いない。伝説の女戦士と同じ名前を娘につけているくらいだから」

「ええ、そのとおり。小さい頃、母からギリシャ神話の話を聞いたものよ」

「幼い少女向きの物語とは思えないが」

「母はギリシャ神話が好きで、本を読み聞かせてくれたことがあったの。きっと衝撃が強すぎる文章は読み飛ばしていたのね」アタランテは頬を緩めた。昼下がり、母が本を読み聞かせてくれたひとときは一番お気に入りの思い出だ。

「アタランテ。いかなる男にも負けない能力の持ち主だ。それに狩りの名人でもある。さて……」ラウルは体をかがめた。「きみはここで何を狩っているんだ?」

近すぎる。そのせいでさらに胸の鼓動が激しくなる。自分にとって、ラウルは危険な存在だ。いろいろな意味で。アタランテは弱々しく笑いながら答えた。「貝殻の模様を見たかったの。どんなパターンを形作っているのか知りたくて」

「そのためだけに、警察の立ち入り禁止の命令を無視したというのか? しかもここでウジェニーが泥を落とされた事実も無視したと? いや、きみはもう少し常識ある人だ。本当にモザイク画になんらかのパターンがあるか探していたんだろう。だが貝殻が生み出すパターンじゃない。きみが探しているのは事件の要素が生み出すパターンだ」

ラウルはあまりに鋭すぎる。一瞬たりとも気が抜けない。「たぶんウジェニーを襲ったのはイヴェットでしょう。いかにも子どもっぽい悪ふざけだもの。なんの不思議もない。あのふたりは親友とは言えないから」アタランテは息を深く吸い込んだ。先ほど岩壁にぶつけた肩の部分が燃えるように痛い。でもその痛みをラウルの前では隠したい。とにかくこちらの行動から彼の気をそらさなければ。いますぐに。「こんなところで油を売っているより、アンジェリーク・ブローノーと一緒にいたほうがずっといいのでは? 彼女はイタリア時代のように、あなたとよりを戻したがっている様子だったから」

「イタリアにいたのははるか昔のことだ。ぼくはあの頃とはまるで違う。彼女も当時は純真な少女だった。いまみたいに蠱惑的な歌姫ではなかった」どこか悲しげな声だ。「なぜ彼女はきみにそんな個人的なことまで話したんだろう？」

「さあ、わからない。彼女は隠し事をしないし、はつらつとした女性に見える。とても活発な性格だと思うわ」

ラウルは許すような小さな笑みを浮かべた。まだアンジェリークを憎からず思っているのだろう。「ああ、たしかに。彼女がここにきてくれてよかった」

「ええ、これからはすべてがいい方向へ向かうわ」アタランテは貝殻のモザイク画に向き直り、しばらく見つめた。そのとき、貝殻がひとつ抜け落ちている場所があるのに気づいた。腰をかがめ、穴の空いた部分に指で触れてみる。デュポンはここにあった貝殻を持ち去ったのだろうか。

「傷つけてはだめだ」ラウルが警告する。「ものすごく古いものだからね。それにジルベールは自分の所有物に対するこだわりが強い。細心の注意を払って管理しているんだ」

アタランテはふと考えた。あの手紙を書いて、ここでヴィクトルが待っていると思わせてウジェニーを呼び出し、頭の上から泥を落としたのは伯爵なのでは？　彼女を懲らしめるために？　もし伯爵がそれほど独占欲が強いなら、ウジェニーがまだあの金髪の男性を気にかけているのが面白くないはずだ。

とはいえ、運転手はあの日ずっと、伯爵がカフェで誰かと話し込んでいたと話していた。ベルヴューに戻ってくることなんてできなかったはずだ。

そのとき物音がした。何かをこするようなかすかな音。上から聞こえる。誰かが洞窟の岩山によじ登り、移動している。

アタランテは顔をあげ、天井の穴を見あげた。誰かの影が見えないだろうか？

ラウルも耳をそばだてている。「誰かがぼくらを見張っている」息を殺しながら言うと、突然外へ駆け出した。アタランテがすぐにあとを追うと、一足先に外へ出たラウルが洞窟の岩肌をじっと見あげていた。クロウタドリが一羽、洞窟のてっぺんから飛び立ち、近くの小枝に止まると、不機嫌そうな鳴き声を立てた。

ラウルはやれやれと言いたげにかぶりを振った。「ぼくらは疑り深くなっているようだ。たかが一羽の鳥が、岩壁を覆う苔に虫がいないか探していただけなのに」片手を伸ばしてアタランテの手を取った。「こんな陰気な場所に隠れているのはもううんざりだ。太陽のまぶしい光を浴びて楽しむべきだよ」アタランテの腕を引っ張って、そのまま洞窟を後にした。「きみのこのちょっとしたお出かけについて、ジルベールに報告するつもりはない」

「告げ口しても伯爵が取り合ってくれるとは思えないけど」アタランテは応えた。思っていた以上にきっぱりとした声が出た。

ラウルは歩調を緩めると、空いたほうの手を動かした。「ほら、あのラベンダー畑を見てごらん。遠くに広がっているだろう？　耳を澄ましてみるんだ」

アタランテは言われたとおりにした。「何も聞こえない。鳥のさえずりしか」

「そのとおり。静けさ。田園を愛する者たちを虜にしてやまない魅力だよ」

「でもあなたは違うでしょう？」

ラウルは笑い声をあげた。「ぼくは都会人だからね。ローマに戻るのが待ち遠しくてしかたない」

「またレースのために？」ラウルがそんなものに命をかけていると考えるだけで、アタランテは気分が落ち込んでしまう。でもラウル本人はまったくそんなふうには感じていない。むしろそういう生き方は彼を幸せな気分にするようだ。この瞬間に生きているという充実感をかき立てるらしい。「もし郊外の穏やかさが好きになれないなら、どうしてここへやってきたの？　あなたが何年も前から伯爵と友だちづき合いをしているのは聞いているけれど……言い訳をつけてここへやってこないこともできたはず。だって花嫁の父親ムッシュー・マルタン・フロンテナックだって出席しないんだもの」

「そんなのはただの言い訳だろう、と思われるのが癪だったからだ。それにそもそも言い訳なんて必要かな？　人は誰でも何かを隠しているものなのに」ラウルはさらに歩調を緩め、あたりの景色を見つめた。「ぼくがかつてマチルドに思いを寄せていたという噂は誰もが知っている。みんな、ぼくが知り合った女性全員と恋に落ちると考えているらしい」

「きっと知り合った女性ひとりおきに恋に落ちているのね?」からかうように言う。

ラウルはアタランテの瞳をじっと見た。「だったらきみはどっちのカテゴリーに入るんだろう? ぼくが恋に落ちるタイプ? それとも落ちないタイプ?」

侮辱されたような気がしてアタランテは答えた。「そんなのどうだっていいことよ。どんな種類であれ、わたしは誰かと個人的な関係になりたいなんて思っていないから。だからあなたがわたしを気にかけていないならますます都合がいい。友だちのままでいられるもの」

「友だちだって?」ラウルは繰り返した。「友だちは互いを信頼し認め合うものだ。だがきみはぼくを嫌っている。ましてや信じてなどいない。違うだろうか?」

一本取られた。もしここでラウルが好きだと言えば、彼にあざ笑われるだろう。もし好きではないと言えば、いかにもお高くとまっているようだ。それでも〝好き〟よりは適切な答えだけど、本当の気持ちとは違う。

いっぽうでラウルは信頼についても口にした。自分は彼を信じていない。これっぽっちも。何より悪いことに。

「とうとうきみを黙らせることができたようだね」にやりとしながらラウルが言う。

「知り合ったばかりの相手を信頼する気にはなれない。時間がかかるものよ」

「だがその相手が信頼できるかどうか、本能的にわかるはずだ。ぼくはどう？」どうやらラウルはこの話題を続けたがっているようだ。

「あなたはまじめなのかそうじゃないのかさっぱりわからない。だからよけいに答えるのが難しい」

ラウルは大きくのけぞらせて笑い声をあげた。「まじめだって？　なぜ女はいつもありとあらゆることを深刻に考えたがるんだ？」

「それはわたしたちが男性に比べて弱い立場にいるからよ。わたしたち女性の評判はすぐに台無しになってしまう。でもあなたたち男性は違う。誰かと戯れても、それはその男性が魅力的だからだと思われる。でもわたしが男性となれなれしくしていたら、きっと……」

「ふしだらだと思われる？」ラウルは両方の眉をわざとらしく上下させた。「きみはどんなふうに男と戯れるんだろう？　男の目を見つめたまま、たばこをくゆらせるのか？　いや、きっときみはたばこを吸わないいな。あんなものに金をかけるのはもったいないと考えるはずだ」

「わたしをからかっているのね」

「少しね。きみがあまりにも澄ましていてきまじめだから、からかわずにはいられないいんだ」ラウルはしばし考えてから続けた。「いや、きまじめという言葉はふさわしくない。ぼくはきみが本当にまじめだとは思っていない。きみは妄想を膨らませて楽しんでいるタイプだ。もし自分に金と機会があればどんな人生を送っているだろうとね」

またしても一本取られ、アタランテは赤面した。ラウルはわたしのことをなんでもお見通しみたいだ。本来なら絶対に知られるはずがないこと——知られてはならないことまで知られている。

もしかしてわたしの部屋に忍び込んだのはラウルだろうか。引き出しを開けてあのアルバムのページをめくり、わたしの旅の計画を盗み見たのは？

それに案件に関する記録も？　もしラウルなら、どうしてそんなことを？　彼はあのキリル文字の暗号を読み解けるだろうか。

彼ならレースでモスクワに行ったことがあるかもしれない。

「なぜそう思うの？」震える声で尋ねた。

ラウルはその質問を無視して続けた。「たぶん、きみはきまじめじゃない。だが分別はある。そう、この言葉のほうがずっとしっくりくる。きみは自分の妄想に溺れたりしない。自分なりの現実的な感覚で、そういった妄想を食い止めている。自分が何者で、ここになんのためにやってきているか忘れていない」

ラウルの言うことはほぼ当たっている。それでもアタランテは動揺を顔に出さないようにした。たとえ彼がキリル文字を読めたとしても、あの転置式暗号を解読できるはずがない。ラウルが言おうとしているのは、あの案件についてではない。彼はわたしの〝ウジェニーの遠縁〟という立場について言っているのだろう。わたしが彼女たちと同じ階層に属していないと考えている。自分の本当の立場をわきまえ、こんな颯爽とした男性相手に気ままに振る舞うべきではないのだと。

ラウルはわたしに純粋な興味を抱いているのではない。彼にとっては、このやりとりはあくまでゲームなのだろう。

それか意地の張り合いなのだろうか？　こちらが洗いざらい話すかどうか、ラウルは試しているのかもしれない。

「きみには分別があると言ったことで気を悪くさせたかな？　若いお嬢さんたちはその言葉をひどく嫌がるから」

「嫌がる理由がわからない。分別があるって常識をわきまえているということだし、わたしもある程度常識的な人間でありたいと思っているから。でもあなたの指摘は当たっている。わたしには夢がある。いろいろな都市をこの目で見て回りたいの」

「ピアノの演奏でその夢が叶えられると信じているのか。最初はパリで、お次はニース、モナコ、ローマで演奏会をする？」

もしローマで演奏会を開いたら、あなたは聞きにきてくれる？　そう尋ねたくなったが、自分はプロのピアニストではない。それに、この事件が解決すれば彼に二度と会うことはない。

残念なことに。

「ローマにきたらぼくが案内役を務めるよ」ラウルはふざけてお辞儀をするふりをした。

アタランテは不機嫌そうに答えた。「いまそうやって約束するのは簡単だけど、もし永遠の都へ行くまでに二年もかかったらどうするの？　それでもあなたはわたしの名前を覚えていられる？」

「ああ、簡単には忘れられない名前だから」彼はアタランテの目をじっと見た。

突然周囲の世界がぼやけ出し、誠実そうな焦げ茶色の瞳にいっきに吸い込まれそうになる。でもアタランテの心のなかで小さな警戒の声が聞こえた。ラウルはふたりの間に、いかにも信頼できる雰囲気を作り出そうとしている。その雰囲気に溺れてはだめ。

「ローマを訪ねることがあれば、あなたに手紙を書くわ」軽い調子で言った。「あなたはローマに住んでいるの？」

「いや、だがホテル・ベンヴェヌート宛てに手紙を送ってくれたら、ぼくの手元に届けられる。ぼくはひとつの場所に縛られるのが嫌なんだ」

「でも誰だって家と呼べる場所は必要なはずよ」

「そうかな？　誰がそんなことを言った？」ラウルは彼女をまじまじと見つめた。「それ

にきみの家はどこなんだ？　もしパリに立ち寄るとき、どこに宛てて手紙を書いたらい
い？」

アタランテは急いで答えをひねり出そうとした。本当の住所を教えるわけにはいかない。ここには〝フロンテナックの遠縁〟としてやってきているけれど、その仮の両親がスイスのどこに住んでいるか知らない。ラウルがそんなことに興味を持つなんて想定外の事態だ。それなのに、心のどこかで弾けるような喜びを感じている。

「きみは謎めいた女性だね。謎めいた、分別のある女性。なんとも矛盾している。その謎を解き明かしたい」

「手紙なら、パリにあるフロンテナックの屋敷宛てにして。そうすれば、いつでもわたしのもとに届くわ」

「自分が送った手紙がきみ以外の誰かに開けられて、盗み読みされるとわかっているのに？　マダム・フロンテナックは飽くなき好奇心の持ち主だ。ぼくやきみの個人的なことで、彼女の興味を満たすつもりはない。彼女は……男女の友情が適切だとは思わないだろうから」

アタランテはまた頬を染めた。たしかに、友だちのままがいいと言ったけれど、こんな意味ありげな言い方をされるなんて。

「だがジルベールから聞いたが、きみは電話で演奏会を開く予定について話していたそう

じゃないか。会場が決まったらぜひ知らせてほしい。そうだ、花を贈ろうかな?」ラウルはアタランテの手を放すと花壇に近づいて、紫色のダリアを一本摘み取った。大げさな身ぶりで花を掲げてみせる。「約束は必ず守るという証として、まずはこれを受け取ってほしい」

アタランテは無言のままダリアの花を受け取った。心臓が早鐘のようだ。息をすることもままならない。

ラウルはお辞儀をすると、足早にその場から立ち去った。その途中、こちらに向かってくるある人物とすれ違った。フランソワーズだ。彼女は興味津々の表情でアタランテを、次に手にしたダリアの花を見つめた。「あら、失礼。もしかしてお邪魔だったかしら?」

彼女が浮かべているのは、どう見ても作り笑いだ。目は笑っていない。もの問いたげな光が宿っている。「ラウルがこんなに移り気だとは知らなかったわ。つい先週まで彼はわたしたちと一緒にパリにいて、休日を過ごしていたドイツの王女しか目に入っていない様子だったのに。彼は王女のダイヤモンドのイヤリングから目が離せないみたいだった。もしいまみたいな贅沢な暮らしを続けたいなら、お金持ちと結婚するしかないものね。噂では、彼はレースで賞金稼ぎをしていて、銀行の貸し金庫には亡きお母様が遺した宝石類がたくさんあって、いつでも質に入れられるんだとか。でも銀行はその貸し金庫を開ける権限を持っていないし、行員たちも実際になかを確かめたわけではないそうよ。その貸し金庫を開けられるのは所有者だけ。ラウルはその銀行に立ち寄って好きなだけ資金を得ているふりをしているけれど、誰もそれが本当のことだなんて信じていない」フランソワーズは背筋を伸ばした。「嫌だ、噂話なんかするべきじゃないわよね。ママンに見つかったら腕をぴしゃっと叩かれるわ。屋敷に戻って一緒にお茶でもどう？　ドレスの試着は終わったけど、ウジェニーがすごくいらいらしているの」

アタランテは彼女ににっこりと笑みを向けた。どう見てもフランソワーズに演技の才能があるとは思えない。彼女はいまの情報を伝えたくてしかたがなかったのだろう。ラウルにはお金がなく、贅沢な暮らしを続けさせてくれる裕福な伴侶を探す必要があることを、わざとわたしに伝えたのだ。そういった結婚は珍しくない。お互いが合意の上なら、かなり快適な毎日を送れるはずだ。

アタランテの直感は〝ラウルはそんな人ではない〟と告げている。独立心旺盛な彼が、相手の財産を狙って結婚するはずがない。でもわたしが彼を誤解している可能性はある。ラウルは自分にとって結婚はなんの意味もないものだと話していたけれど、本当はお金を得るための手段と考えているのかもしれない。

フランソワーズのあとについて屋敷へ戻りながら、花嫁にどんな質問をしようかと頭をひねる。晴れの日をいよいよ明日に控え、ドレスの試着やその他の準備は順調か尋ねればいい。明日の結婚式の障害となるものは何ひとつなくなったように思える。ルイーズがあの手紙を書いたことを認めたし、自分なりに貝殻洞窟を調べたが不審な点は何ひとつ見つからなかった。残ったのは敗北感だけだ。自分でもよくわかっている。わたしの推理が間違っていたのだろう。

それなのに、その考えをすなおに認める気になれない。

17

　いよいよ結婚式当日の朝、ベルヴューの空に顔を出したのは、オレンジと金色に輝く太陽だった。アタランテはバルコニーへの扉を開け、その燦然たる陽光を複雑な思いで見つめた。マダム・フロンテナックがやってきてからすべてが彼女の手に委ねられ、結婚式は予定どおり執り行われることになった。とはいえ、あの密猟者が殺された件が心に引っかかっている。なぜデュポンは釈放されてすぐにベルヴューへ戻ってきたのだろう？　しかも、よりによってあの貝殻洞窟へ？

〝クロイソス〟――心のなかでささやき声が聞こえる。〝クロイソスが鍵だ〟

　扉を叩く音がして、メイドが顔を洗うための湯を運んできた。アタランテが滞在している翼にある浴室は、花嫁に近い血縁者たちが使うことになっている。もうひとつの翼にある浴室は、ウジェニーが好きなだけ使えるようになっていた。

　メイドはお辞儀をした。「本当にすばらしいお天気ですね、マドモワゼル。ウェディングドレス姿の花嫁を見るのが待ち遠しくてたまりません。彼女のお母様は、それはもう息をのむような美しさなのだとおっしゃっていました。花嫁のドレス姿はもうご覧になりましたか？　当然ご覧になっていますよね。それにあのお花ときたら……ご主人様が庭師に命じてブーケを作らせたんです。他のお花はすでに礼拝堂に飾りつけられています。ちょうど摘み取るところを見ていたんです。ご主人様は春からずっとあの花たちを育てさせていらっしゃいました。きっと花嫁のことを心から愛しているに違いありません。本当にロマンチックですよね？」少女は顔を真っ赤にした。「申し訳ありません、ぺらぺらと」

「いいのよ、あなたと話せて嬉しいわ。他のみんなは忙しそうだから。あなたはここに勤めてもう長いの？」

「昨年の十二月からです。ご主人様の最初の奥様に仕えていたメイドは、あの事故のあと、実家に戻りました。それからしばらく人手が足りなくて大変だったようです」

「ここの主（あるじ）はひんぱんに家を空けているようだけど？」アタランテは尋ねた。

「こんなに大きなお屋敷だし、ご主人様はご自分の美術品に埃がたまるのを嫌われています。強いこだわりを持っていらっしゃるんです。わたしなんて恐ろしくて、ああいう美術品には近づけません。ご主人様は大切な絵は書斎に保管して、手入れもご自分でされています。本当によかった。もし手入れを任されていたら、落としやしないかと気が気じゃなかったでしょう。高価な品々だから、一生かかっても弁償できないはずです」

弁償にどれくらい長い歳月が必要か、しばし考えたのだろう。メイドはぶるっと体を震わせた。「わたしは永遠にこのお屋敷にいるわけではありません。自分用のウェディングドレスとジルと暮らす小さな家を買うお金が貯まるまでのことです。彼がふたりのために家を買おうと言ってくれているから」

「ジルというのは、あなたの婚約者なの？」

「はい、ここの厩舎で仕事をしています」

「どこに家を買う予定なの？」

「近くの村にしようと思っています。そうしたらジルが村にある鍛冶屋でも働けますから。ただふたりとも、あと数カ月はここで仕事をする必要があります。お金が十分に貯まったら、出ていくつもりです」

「そうなの。どうかお幸せに」

「わたしたちには、今日みたいに大きな結婚式は挙げられません。それでもものすごく特別な日になるはずです」

「ええ、そうでしょうとも」アタランテは部屋から出ていくメイドを手を振って見送ると、すぐに顔を洗って着替えた。宝石を身につけ、姿見に映る自分の姿をあらゆる角度から確認したあと、部屋から出た。

　挙式前の朝食用に階下に用意されていたのは、地元の名物料理やシャンパンといった特別な食事だ。ダイニングルームに足を踏み入れるとすぐに、ラウルが手にしたグラスを掲げて近づいてきた。「今日はいちだんとすてきだ」身ぶりで従者を呼び止め、彼が運んでいたトレイからグラスを一脚手に取り、アタランテに手渡した。「乾杯しよう。記念すべき日に」

アタランテは彼からグラスを受け取った。「乾杯」

「わたしにも一杯お願いできる？」そう言いながら近づいてきたのはアンジェリークだ。目が覚めるようなブルーのドレスを身にまとっている、袖口には金色のクジャクをモチーフにした刺繡があしらわれていた。「喉がからからなの」

「意外だな。てっきり、きみはベッドから一歩出た瞬間からカクテルを飲んでいると思っていたが」ラウルは軽い口調で応じた。ほんの少し非難めいた調子だ。彼女が笑い声をあげたとき、アタランテはかすかなアルコールの匂いに気づいた。アンジェリークが続ける。

「また今日も暑くなりそう。飲まないとやっていけないわ」

「なら、シャンパンじゃなくて水にするんだ」ラウルは何かを心配するかのように、眉をひそめている。まるでアンジェリークが飲み過ぎて騒ぎを起こすのを恐れているみたいだ。

アタランテは花嫁や彼女の母親と姉たち、その他の出席者たちに挨拶するためにその場から離れた。しばらく招待客たちの歓談が続いたが、やがて神父が到着した。

神父から礼拝堂へ移るよう言われるとすぐに、招待客たちはダイニングルームから退出した。

アタランテにはひとつ気になっていることがあった。今朝からずっと、マダム・ラニエの姿がどこにも見えない。近くを歩いていたフランソワーズに体を寄せて、前妻の母親はどこにいるのだろうと尋ねてみた。

彼女は肩をすくめると、地元の既婚女性と話しはじめた。招待客たちは全員、礼拝堂へ入ったが、アタランテだけはなかに入らず、マダム・ラニエがやってくるのを待った。今日はあの婦人にとってつらい一日になる。誰かの支えを必要としているはずだ。

そのとき階上から叫び声が聞こえ、アタランテは弾かれたように階段を見た。駆けおりてきたのはウジェニーだ。憤怒の表情を浮かべている。「イヴェットはどこ？　あの娘、わたしのヴェールを盗んだの。いますぐ取り戻さないと。あの娘のつまらないいたずらはもうたくさん。もしヴェールに何かあれば、たとえ小さな汚れひとつでもあの娘の首を絞めてやる。わたしのこの手で！」

「落ち着いて」アタランテは彼女をなだめようとした。「ヴェールはあなたの寝室にはなかったの？」

「あるわけない。あるなら、こんなふうに探し回ったりしない。そうでしょう？」ウジェニーは嫌悪感たっぷりの表情を浮かべた。「あの意地の悪い小娘が、わたしがお風呂に入っている間に盗んだのよ。朝食のあと、ヴェールをつけるためにわたしが部屋へ戻るのを知っていたんだわ。腹いせにヴェールを盗んだに決まっている。わたしがジルベールを説得して、結婚式にあの犬を参加させないよう約束させたから。ジルベールが使用人たちに命じたの。今日が台無しにならないようにあの汚らしい犬を厨房に閉じ込めておくようにって」

なんてことを。ポンポンはイヴェットにとってかけがえのない存在なのに。

「その仕返しに、あの娘はわたしのヴェールを盗んだのよ。どこにあるか知りたい。いますぐに！」

マダム・フロンテナックが厨房のある方向からこちらへ向かってきた。イヴェットの肘を取って引きずっていて、少女のほうは金切り声をあげ続けている。叫んでいるのは本当に痛いせいなのか、芝居がかった真似をしているからなのかはわからない。

「彼女に乱暴しないで」アタランテは言った。

「わたしのヴェールをいますぐ返さなければ、本当に乱暴するわよ！」ウジェニーは少女をにらみつけた。「どこに隠したのよ？」

イヴェットはため息をついて天井を見あげただけだ。怒りの火にさらに油をそそがれ、ウジェニーは叫んだ。「わたしのヴェールを台無しにしたからって、わたしやジルベールがあなたの思いどおりになると思ったら大間違いよ。結婚式に、あの小うるさくて醜い犬を参加などさせるものですか。さあ、ヴェールはどこか教えて。いますぐに！」

「本当に知りたいなら教えてあげる。もうひとりの花嫁にかぶせたの」

「もうひとりの花嫁？」ウジェニーは口ごもると、母親とアタランテをちらっと見た。何を言われているのかわからないようだ。「誰のことよ？　どこにいるの？」

イヴェットは礼拝堂の入り口を指差した。「ヴェールはあそこにあるわ。地下埋葬室にね。マチルドにかぶせたの」

「マチルドに？」ウジェニーは真っ青になった。「どういう意味？」

「マチルドのお墓には大理石で作られた彫像がついているの。まるでそこに眠っているのかと思うほどそっくりよ。その彫像にヴェールをかぶせたの」

「この悪魔、なんてことを！」ウジェニーは少女をひっぱたいた。「あなたなんか大嫌い。この怪物め。そこへ行って取ってきなさい。いますぐに！」

イヴェットはウジェニーの激しい怒りにあぜんとした様子で、マダム・フロンテナックの手から逃れた。「あなたのために取ってくるつもりはない。なんでわたしがそんなことしなきゃいけないの？　わたしはあなたにここにいてほしくない。あなたのせいで何もかも台無しよ」そう言い残し、あっという間に階上へ駆けあがってしまった。残されたウジェニーが泣き叫んでいる。「わたしは嫌！　あんな暗い地下埋葬室にヴェールなんか取りに行きたくない」美しい顔が歪んでいる。アタランテは心配になった。あんなに涙を流して、せっかくのお化粧が台無しにならないだろうか？　すぐに申し出た。「わたしが取りに行くわ。あなたはここで待っているだけでいい」

アタランテは礼拝堂に駆け込み、急ぎ足で通路を進んだ。すでに着席した招待客たちは和やかに談笑している。慌てているこちらには目もくれようとしない。

地下埋葬室へ通じる急な階段の上に立ち、大きく深呼吸をするとおりはじめた。あたりは漆黒の闇だ。しまった、灯りを持ってくるべきだった。

そのとき何かのせいで靴底が滑るのを感じた。息をのんで慎重に体のバランスを保とうとする。やはり灯りを取りに戻ったほうがいいだろうか？　それとも手探りしながら進むべきだろうか？

急いだほうがいい。ウジェニーはとにかく怒鳴り散らしていた。これ以上もたもたしていると、彼女をさらに怒らせるだけだ。

アタランテは心を決め、そのまま進むことにした。片足に何かが当たったのを感じたのはその瞬間だ。硬いものが行く手をさえぎっている。かがみ込んで手を伸ばし、それが何か確かめてみた。誰かの肩、それに髪だ。ひんやりと冷たい大理石の床ではない。柔らかくて滑らかな人間の髪。

考える間もなく悲鳴をあげていた。これまでずっと、何か恐ろしい発見をしても自分なら冷静に対処できると考えていた。でも実際は違った。頭を働かせる時間もなかった。もう一度ちゃんと確認する前に、悲鳴が口から飛び出していた。背を向けて慌てて階段を駆けあがると、悲鳴を聞きつけた人たちがこちらを見つめている。どの人もいったい何事かと言いたげな表情だ。

神父はラウルやジルベールと一緒に演壇のそばに立っていた。アタランテはつっかえながら神父に言った。「あ、あそこで人が死んでます」

ジルベールがこともなげに言う。「ああ、みんな先祖たちだからね。死んでからもうかなり長い歳月が経っている」

みんなを笑わせようとした伯爵の試みは見事に失敗した。ふらつくアタランテの腕をつかみながら、ラウルがたしなめるように言う。「彼女が本気で怖がっているのがわからないのか？　誰か火のついたろうそくを！」

神父はためらうことなく演壇に手を伸ばし、すでに火が灯されたろうそくを手に取るとラウルに手渡した。ラウルが階段をおりていき、しばし息苦しい沈黙が続いたが、とうとう階下から叫ぶ声が聞こえた。「マダム・ラニエだ。階段から落ちて死んでいる」

アタランテは片手を口に当てた。悲嘆に暮れた母親は、結婚式が始まる前にもう一度、自分の亡き娘との時間を過ごそうとしたのだろうか。

疲れがたまっていたせいで足がふらついたとか？　あるいは感情の乱れのせいで？

もしかすると、涙で目がかすんでいたのかも。

不幸にも階段を踏み外して転落し、大理石の硬い床に思いきり叩きつけられてしまったのか。

彼女には我が身に起きたことを理解するだけの時間があったの？　それとも即死だった？

「信じられない。こんなことが起きるとは」ジルベールがぼんやりとつぶやいた。「まさかまた事故とは。よりによってわたしの挙式の日に」

「今日の結婚式は取りやめだ」ラウルが言う。「医者を呼ぶ必要がある。それにムッシュー・ジュベールにも知らせて、彼女の死因を正式に発表してもらわないと。この出来事について、誰にも何も言われないようにする必要がある。噂話のネタにされないよう先手を打たなければ」

伯爵はつっかえながら尋ねた。「ジュベール？　あの警官をなぜ？」

ラウルは彼の腕に触れた。「きみの評判を守るためだ、我が友（モ・ナミ）よ。心配することはない。すぐにすべて解決するだろう」アタランテを見て尋ねる。「きみはどうして階下へおりたんだ？」

「ウジェニーがヴェールを探していたから」心ここにあらずの状態で答えた。

「彼女のヴェール？」ラウルは混乱した様子だ。「それがあそこにあると？　地下埋葬室なんかに？」

「イヴェットがあそこへ置いたの。ウジェニーがジルベールを説得したせいで、ポンポンが結婚式に参加できなくなったから、その仕返しのために」

ジルベールは片手をあげ、両目を覆った。「信じられない。あの子がそんなばかげたことをするとは」

ラウルは怒りに目を光らせた。「イヴェットは本当にそんなことをするべきじゃなかった。もしかすると彼女は……」一瞬口をつぐみ、歯を食いしばる。「きっとイヴェットが地下埋葬室にいる間に、マダム・ラニエがやってきたのでは？　そしておそらく……」

ラウルが何を考えているのか、アタランテには手に取るようにわかった。病弱な年配の婦人はイヴェットに声をかけたのだろう。少女は驚いて一目散に階段を駆けあがったが、途中でマダム・ラニエを突き飛ばしたに違いない。そのせいでマダム・ラニエは階段から転げ落ち、命を落としたのだ。

「あの子を守らないと」ジルベールがささやく。「警察には別の話をする必要がある。何か作り話を。なんでもいいから」衝撃のあまり、目は大きく見開かれたままだ。

ラウルは伯爵の体に腕を回した。「図書室へ移ったほうがいい。きみには強い酒が必要だ」それからアタランテに話しかけた。「花嫁のところへ行って、結婚式は取りやめだと伝えるんだ。なるべく優しく」

アタランテは気づくとうなずいていた。とはいえ、全身のありとあらゆる部分が叫んでいる。遺体を発見したばかりだというのに、どうやってウジェニーに優しく話をすればいいというの？　それにいくら優しく伝えても、彼女の衝撃を和らげることはできない。結婚式という晴れの日がめちゃくちゃになったのだ。

花嫁はまだ母親とふたりの姉と一緒に廊下で待っていた。四人とも声を揃えて尋ねてきた。「それで？」

マダム・フロンテナックはアタランテの空の両手を見つめた。「見つけられなかったの？」

「絶対にイヴェットが破ったか、汚したかしたんだわ」ウジェニーが叫んだ。「あの娘をこの手で殺してやるわ」

「もっと別の、間違ったことが起きてしまったの」アタランテは冷静な口調を心がけようとした。すべての秩序を保つための協力者として、ラウルがこの自分を頼ってくれたのだから。「マダム・ラニエがマチルドのお墓に行こうとして、地下埋葬室の階段から落ちたの。残念ながら亡くなられたわ」

驚きの沈黙が落ちた。ウジェニーは何を言われたのか理解できないみたいに目をぱちぱちさせている。ルイーズは下唇を嚙んだままだ。困惑の叫び声を抑えるためだろうか？それとも冷笑を隠すため？

そのときマダム・フロンテナックが口を開いた。「それが何？彼女はそもそもここにやってくるべきじゃなかった。もはやベルヴューともジルベールともなんの関係もないんだもの。ジルベールはこれからウジェニーと結婚して――」

「ママン、どうしてそんなことが言えるの？」フランソワーズが母をさえぎった。「あの気の毒な女性は亡くなった。本当にひどい話だわ」指輪が食い込むほど両手をきつく握りしめている。

「それでヴェールは？」マダム・フロンテナックはアタランテに尋ねた。「ちゃんと取ってきたの？」

〝この女性は何事もなかったかのように結婚式を行おうとしている〟アタランテの胸に暗澹たる思いが広がった。「まだ見つけていません。でもいますぐにはもう必要ありません。お医者様を呼ばないといけないので」警官であるムッシュー・ジュベールも呼ばれていることは伝えたくない。

「彼女が死んだからって何？　彼女をあの場所に置いておくよりいい選択肢はないでしょう？　結局あそこはお墓なんだもの」マダム・フロンテナックは胸をそらせた。「たとえひとときでも、あんな美しい場所で眠る機会に恵まれてマダム・ラニエも喜ぶべきよ。彼女の娘のほうはあそこに埋葬されるに値しないけれど。だってマチルドは実際何者でもなかったんですもの」

「ママン」フランソワーズはふたたび母をさえぎると、アタランテをちらっと見た。「そんなことを言ってはいけないわ。人がひとり亡くなったんだもの。医者がやってきていろいろと確認するのは当然だわ。結婚式はまた別のときにできるんだし」

もっともな忠告だ。だがフランソワーズの目には、どうしてもこの結婚を遅らせたいという執拗さが見え隠れしている。たしか先日、ルイーズも結婚式はもう少し延期できると言っていなかっただろうか？　なぜ姉たちはふたりとも結婚の先延ばしを望んでいるのか？

「いいえ、結婚式はいまやらなくては」マダム・フロンテナックが取り乱したように言う。「わたしがわざわざここまでやってきたんですもの。それに招待客も全員そうだわ。取るに足りないどこかの女の死ごときで、結婚式を台無しにされるわけにはいきません」

「お医者様が呼ばれているんです」アタランテは譲ろうとしなかった。「今日結婚式を執り行うわけにはいきません。どうか部屋に戻って少し休んでいてください」

その間ウジェニーは一言も話そうとしなかった。思いがけない事態の連続に茫然とし、呆気に取られているようだ。

フランソワーズとルイーズがウジェニーの体に腕を回し、妹をその場から連れ去った。マダム・フロンテナックはまだ何か言いたそうだったが、アタランテと目を合わせると、怒りの表情を浮かべたまま、娘たちのあとを追って階上へあがっていった。

18

アタランテは図書室へ向かい、扉をノックした。しばらくすると、扉がほんのわずかに開かれ、ラウルが顔をのぞかせた。険しい表情をしている。誰だかわかると、その表情がほんの少し和らいだ。「ああ、きみか」探るような目でアタランテを見ながら低い声で言う。「大丈夫？　いきなりマダム・ラニエの遺体につまずくのは愉快な体験とは言えないよね」

「わたしは大丈夫。状況がこれ以上最悪にならないようにしなければ。結婚式が中止になったせいで、マダム・フロンテナックがひどく怒っているの。伯爵は本気で、マダム・ラニエの死にイヴェットが関係していると考えているの？」

ラウルは彼女の視線を受け止めた。「ずいぶんと活動的だね。さっそく質問攻めか」

アタランテは頬が赤く染まるのを感じた。ラウルはこちらがショックを受けていないか尋ねてくれた。個人的に仲よくなるチャンスだったのだ。それなのに、自分は仕事の同僚を相手にするみたいにそっけない返事をして、そのせっかくの機会を台無しにしてしまった。でもまさにそこなのだ。いまは自分の気持ちを深く掘り下げたり、わっと泣き出したりする気にはなれない。

ラウルは目をそらし、手招きをした。「さあ、入って」

ジルベールは両手で顔を覆いながら椅子に座り込んでいた。何かぶつぶつとつぶやいている。「もうおしまいだ。何もかも」

ラウルは顎をしゃくって伯爵のほうを指し示し、かぶりを振った。ジルベールはとうてい真剣な話し合いをする状態ではない、と言いたげだ。

アタランテは口を開いた。「ウジェニーはそんなに最悪な受け止め方はしていなかった」気休めにしか聞こえない言葉だ。でも伯爵にはウジェニーとの結婚をあきらめてほしくない。

ジルベールは身じろぎをするとアタランテを見た。目が赤くなっている。「誰が?」

「ウジェニーよ。何が起きたか完全には理解していないようだったし――」

「だがわたしは完全に理解している」ジルベールはすべてに絶望したような口調だ。「何もかもおしまいだ。医者に警察だなんて。なぜ警察を呼ぼうなんて言い出した?」ラウルをにらみつける。

彼はどうしようもないだろうと言いたげな身ぶりをした。「今回の件を隠し通すことはできない。ここには招待客たちがいたし、遺体を発見した瞬間を見られたんだ。だからこそぼくらは、周囲に対して態度で示す必要がある。あれはただの事故で、これ以上深刻な結果を招くはずがないと」

「深刻な結果……」ジルベールは両手を髪に差し入れた。「だが何もかも台無しだ。きみだってわかっているだろう？」

ラウルは息を吐き出した。「もちろんわかっている。結婚式の日に人が死んだなんて不幸なことだし――」

「ジュベールになんて言えばいい？」ジルベールはのけぞるようにして天井を仰いだ。「誰かが銀器を盗みに礼拝堂にこっそり忍び込んだと言い訳すれば、彼を納得させられるだろうか？　運悪くマダム・ラニエに見つかって、逃げ出すときに階段で彼女を押しのけたと言えば？　なんでもいい。どんな話でもいい。最悪の事態を避けられるなら……」彼はふたたび背筋を伸ばし、アタランテを見た。「あの地下埋葬室からヴェールは取ってきたのか？」

「いいえ、まだ」

「だったらすぐにそうしないと。ジュベールはあんなものがあんな場所にある理由を知りたがるだろう。イヴェットの名前を出すわけにはいかない」

「だがイヴェットは実際にあそこにいたんだ。だから……」ラウルがゆっくりとつけ加える。「重要な証人になるかもしれない」

ジルベールは首を左右に振った。「彼女をこのすべてから遠ざけなくてはならない。そう、あのヴェールだ。いったいどうすれば――」

ラウルはジルベールに歩み寄った。「ぼくたちは嘘をついたり事実をねじ曲げたりするつもりはない。ジュベールは間違いなく、彼女が足を滑らせて階段から落ちた事実に気づくはずだ。階段に水がたまっていたんだ」

「階段に水が？」ジルベールが繰り返す。

「ああ。たぶん花を生けたときのものだろう」

「本当よ」アタランテは口を開いた。「わたしも階段をおりるとき、足を滑らせそうになったんです」いまでもありありと思い出せる。危うく階段を踏み外しそうになり、心臓が止まりそうになったあの瞬間を。地下埋葬室へ通じる階段は険しい。転落したら無事ではいられなかっただろう。

「マダム・ラニエは足を滑らせて階段から落ち、命を落としたんだ。気の毒に」ラウルは同情するように言ったが、感情に流されているわけではない。責任を持ってこの状況すべてをおさめようと考えている様子だ。「医者はマダム・ラニエの傷は転落によるものと判断するだろう。そうすれば一件落着だ」

「あのヴェールさえ、あそこになければ。あのヴェールのせいで、イヴェットが地下埋蔵室にいた事実が証明されてしまう……ああ、そんなことになれば」ジルベールはふたたび両手で顔を覆った。

　ラウルがアタランテをちらっと見る。助けを求めるような目だ。彼女は優しい声で話しかけた。「伯爵、なぜそれがそんなに最悪なことなのかしら？　ラウルが言ったように、あの階段には水がたまっていた。水のせいで大理石が滑りやすくなっていたんです。完全に理にかなっているし――」

「ああ、もちろんそうだ。もしきみたちがそれ以上考えなければ……」伯爵は突然口をつぐんだ。

　ラウルはまた心配そうな目でアタランテを見ると、伯爵に話しかけた。「もしジュベールがここへやってくる前に、きみがぼくらに話したいことがあるなら、いますぐ教えてほしい」

「そうよ、わたしたちを信じてください。あなたを助けたい」アタランテはラウルのそばに立った。「もちろん、嘘をつくことはできません。でも――」

「嘘をつくつもりがないなら、きみたちはわたしの役には立てない」ジルベールはふたりに背を向けた。「ひとりにしてくれ」

　ラウルが言う。「教えてくれ。いったいきみは何に頭を悩ませている？　ぼくらはきみを助けたいんだ」

「だがジュベールに嘘をつくつもりがないなら、きみたちはわたしを助けられない」

「きみはマダム・ラニエの死について他に何か知っているのか？　まさかきみが……」

「わたしが？」ジルベールはラウルを見あげて歯を食いしばったが、すぐに表情を変えた。

「そうだ、それだ。それが答えだ。なぜ思いつかなかったんだろう？　わたしが罪を告白する。めそめそとマチルドの思い出話ばかりするマダム・ラニエにうんざりしていたし、これ以上我慢できなかった。だから階段から彼女を突き落とした。そのせいでマダム・ラニエは命を落とした。すべてわたしが、わたしがやったんだ。それだ、何もかもわたしがやった」

アタランテは信じられない思いで伯爵を見つめた。どうして突然こんなことを言い出したのだろう？　頭がおかしくなったとしか思えない。

伯爵はさっと立ちあがり、部屋を行きつ戻りつしはじめた。「最初からそう考えるべきだったんだ。わたしが彼女を突き落としたと言えば、彼らも信じるだろう。わたしにはそうするための体力も十分にある。だがあのヴェール。あのヴェールはどう説明すればいい？　そうだ、わたしから警察に、あのヴェールを持ち出したのはマダム・ラニエだと話そう。ウジェニーの部屋から持ち去って、死んだ自分の娘の像にかぶせたのだと。それでわたしは怒りのあまり、マダム・ラニエを突き飛ばしたことにすればいい。そうすればすべてうまくいく。なんの問題もない」彼は大喜びするように手を叩いた。

ラウルは友をまじまじと見つめた。「きみは殺人を自白しようと考えているのか？」

アタランテは胃がねじれるのを感じた。「まさか本気じゃないでしょう？」

「ああ、わたしがマダム・ラニエを殺した。それにマルセル・デュポンもだ。彼を殺したのもわたしだ。警察はすぐにわたしを連れていくだろう」伯爵は両腕を差し伸べるようなしぐさをした。あたかも手錠をかけられるのを待ち望んでいるようだ。「このわたしがやったんだ」

ラウルは何がなんだかわからないと言いたげな表情を浮かべている。「マルセル・デュポンがこの件となんの関係があるんだ？　ぼくにはわからない。きみは？」彼はアタランテにちらと視線を向けた。

アタランテはゆっくりとうなずいた。耳のなかからどくどくという心臓の鼓動が聞こえている。この一瞬で、物事が収まるべき場所に収まったような気がする。まるでわたしがチェスのプレイヤーで、自分の戦略に自信を持ってゲームを進めていたのに、最後の最後で突然相手の戦略に気づかされたかのよう。行き当たりばったりに思えていた相手の駒の動きがすべて意味あるものだった――突然そう気づかされたような、最悪な気分だ。「あなたが二件の殺人を自白しようとしているのは犯人をかばうためね。イヴェットを」低いかすれ声しか出てこない。

「犯人をかばう？」ラウルが繰り返した。「マダム・ラニエを階段から突き飛ばし、デュポンを刺し殺した犯人がイヴェットだというのか？　ジルベール、きみは頭がおかしくなったに違いない。再婚でぴりぴりしていたうえに屋敷で死人が出たせいで、脳みそがどうにかなったんだろう。そう、きみは脳炎に違いない。医者が到着したら真っ先にきみを診せる必要がある。医者はマダム・ラニエを生き返らせることはできないが、きみに鎮静剤を処方することはできるからな」

「わたしは鎮静剤も医者も必要としていない。それに脳炎でもない。二件の殺人を自白しようとしているのは、そうすればジュベールに連行され、刑務所に収監されるからだ。イヴェットのことを話すのはやめてくれ。彼女はあの地下埋葬室には一歩たりとも足を踏み入れていない。それにあのヴェールもあそこに置いていない。置いたのはマダム・ラニエだ。ウジェニーがイヴェットのしわざだと勘違いしたんだ」

アタランテは口を開いた。「でもウジェニーから責め立てられ、イヴェットは自分がやったと認めていました。ウジェニーがポンポンを結婚式に参加させるのを許さず、一日じゅう使用人たちと過ごさなければいけなくなかったから、仕返しにやったんだと話していたわ」

「黙るんだ」ジルベールはアタランテをねめつけた。「少しでもそんな話をしたら、すべてが台無しになる」

ラウルははっと息を吸い込んだ。「きみは本気で、イヴェットが犯人だと考えているのか？　まさか彼女をかばうために自分が犠牲になろうなどと考えているんじゃないよな？」

「わたしはこれまで黙っていたが、そうするべきじゃなかった。それによって事態がはるかに最悪になってしまった」ジルベールは顔をごしごしこすった。「責められるべきはこのわたしだ。わたしはいい大人で、彼女はまだ子どもだったのに。いまもそれは変わらない。傷つきやすくて興奮しやすい子どものままだ」

「これまで黙っていたって何をだ？」ラウルが尋ねる。

「あなたはマチルドの死について何か知っているのね」アタランテはぽつりと言った。背筋に冷たいものが走り、思わず体をぶるりと震わせずにはいられない。「ずっと犯人がイヴェットではないかと疑っていたのね」

ジルベールは力なくかぶりを振った。だが青ざめた顔を見れば、彼がそう疑っていたことは一目瞭然だ。

ラウルは叫んだ。「なぜはっきりと答えない？　ぼくには信じられない。イヴェットがマチルドをわざと傷つけるはずがない。あの娘はマチルドを愛していた。きっといたずらをしかけて、それが運悪くあんな結果になったんだ」

「もちろんそうだ。だがジュベールがそんなふうに考えるはずはない。特に、いまも貴族を尊敬しているふりをしているのだからなおさらだ。あの男は根っからの社会主義者だ。もし革命の時代に生きていたら、先頭に立って貴族たちを断頭台に送り込んでいただろう。間違いない。ジュベールはイヴェットを連行し、刑務所に閉じ込める。まだあんなに小さいのに。自分の娘のように愛してきたんだ。イヴェットを守るためなら、わたしはなんだってやるつもりだ」

「たとえ死刑になっても？」アタランテは低い声で尋ねた。「もし二件の殺人を自白すれば、あなたは断頭台送りになる。しかもマチルドの死の責任も問われることになる。そもそも、なぜデュポンは殺されたんです？　彼が何か知っていたから？」

「あのみすぼらしい密猟者についてまた考えることになろうとは思わなかった」伯爵は低くうなった。「デュポンは逮捕された直後、わたしに会いたがっていたそうだが、なんの用件かさっぱりわからなかった。だが刑務所を出てここへ戻ってくると……きっとあいつはマチルドが死んだ日に、イヴェットが森のなかに障害物を置いていたのを見かけたに違いない。マチルドを事故死させたのはイヴェットだと知っていたから、それをネタに釈放させるようわたしと交渉しようとしたんだろう。まさかあの日、そんなことが起きていたとは……」

「彼は刺し殺されたんだ」ラウルが低い声で言った。「イヴェットがいたずらをしかけ、それがとんでもない結果を生み出した可能性はある。だがぼくは、あのイヴェットにデュポンを刺し殺せるとは思えない。なあ、理性的に考えるんだ。一瞬でいいから自分の恐れは忘れて、その光景を想像してみてほしい。イヴェットとデュポンが争う？　たしかに彼は年寄りだが、男であることに変わりはない。イヴェットよりもずっと力が強いはずだ。わずか十六歳の少女に刺し殺されるはずがない」

「あいつの不意を突いたらできるかもしれない。きみと同じように、デュポンだってイヴェットにそんなことができるはずがないと信じていたはずだ。だが彼女の弟は……もしかしてあの家族はそういう傾向が強いのでは？」

アタランテははっと息をのんだ。ルナールから聞いた話によれば、イヴェットの弟は同級生に銃を突きつけ、音楽教師に弓矢を放ったという。弟と同じ凶暴な衝動がイヴェットにも受け継がれているのだろうか？　脅威を感じたら、とっさにナイフをつかんでしまうような？

「あの老人はイヴェットに、罪深い秘密を黙っている代わりに金をくれと要求したんだろう。イヴェットはそういう脅迫が永遠に終わらないことを知っていた。だから……」ジルベールは大きくあえいだ。「マダム・ラニエはここにやってきて以来ずっと、マチルドのことをしゃべり続けていた。イヴェットはもうこれ以上我慢できないと思い、彼女を殺してしまったんだろう」

アタランテは必死に反論しようとした。でも伯爵が口にしている言葉は薄気味悪いほど、そして恐ろしいほどもっともらしく聞こえる。

ラウルは唇をすぼめた。「イヴェットがそんなことをしたなんて信じられない。きみはあの娘が、マチルドが落馬するようにいたずらをしかけたと考えているのか？」

「もちろん確かなことはわからない。だがそうではないかと疑っている。イヴェットはあのだ、やけにおとなしかったんだ。いつもの彼女らしくなかった。何かを怖がっているようだった。事故だと判断されてようやく普段の彼女に戻ったんだ。だがその後も気分がころころ変わるようになった。まるで……他人だろうと自分自身だろうと、誰を傷つけても気にしないように見えた。わたしはそれがきっと……」

「罪悪感のせいだと？」アタランテが言葉をおぎなった。

「ああ、自分でも嫌になる。これまで愛情をかけて育ててきた自分の姪のことをそんなふうに考えるなんて。だが……マチルドの死はどこかおかしいという違和感をずっとぬぐえずにいた。ただ、それは彼女がこの世にいない事実をなかなか受け入れられないせいだろうと考えようとしていた。マチルドが二度とわたしのもとへ戻ってこないと思うだけで耐えがたかったんだ」伯爵は大きく息を吸い込んだ。「なぜデュポンは刑務所からここへ慌ててやってきたんだろう？　別の場所で新たな人生を始めることはできなかったんだろうか？」

ラウルは体をかがめ、ジルベールと目を合わせた。「イヴェットが殺人の罪を犯したなんて本気で信じているわけじゃないよな？　自分が間違っていると気づいてくれ。結婚する日にこんなことが起きたのは不幸としか言いようがない。だが、だからといって芝居がかった真似をする必要はどこにもない。きみが警察に自首するなんてばかげている」もう一度アタランテのほうを見て言葉を継いだ。「マドモワゼル・アタランテとぼくで、何が起きたのかを必ず解明してみせる。イヴェットが無実だと証明するよ。そうしたらきみも安心できるだろう」

ジルベールはぼんやりと虚空を見つめた。「マチルドが死んで以来、心から安らいだことなど一度もない。その責任がイヴェットにあると考えはじめるようになってからはなおさらだ。イヴェットのことがずっと心配だった。あの子が危なっかしいことをやらかすたびに、彼女の心が不安定なせいだ、罪悪感を感じているせいだという証拠を突きつけられているような気がしていた」彼の声はしわがれている。「でもわたしにとってそれと同じくらい耐えられないのは、あの子を失うことなんだ」伯爵は両手で顔を覆った。

アタランテは涙が目を刺すのを感じた。この男性は自分に残されたただひとりの家族を手放すまいとしているだけだ。たとえ、その姪が最悪の時期にどんな恐ろしい一面を見せても、彼女の一番いい面をいまだに愛し続けている。かつての姿こそ、伯爵がよく知る見慣れたイヴェットだから。

「ぼくらふたりで必ず突き止める。マチルドに、マルセル・デュポンに、そしてマダム・ラニエに何が起きたのかを。きみはここにいて少し落ち着いたほうがいい」ラウルは身ぶりでアタランテに一緒に部屋から出るようながした。「かわいそうに」廊下へ出るなり、彼は言った。「彼は完全に取り乱している」

「忘れられるわけはないと思うけど、あなたは伯爵に三件の殺人事件を解決してみせると約束していたわね?」アタランテは自分の呼吸が乱れて浅くなっているのに気づいた。ラウルは友人である伯爵を助けなければならないと感じているのだろう。その気持ちはよくわかる。でもラウルは、自分がどれほど骨の折れる仕事を引き受けてしまったか想像もつかないに違いない。ジュベールがここに到着するまでもう時間がほとんど残されていないのだ。

「きみの返事は?」ラウルが言う。「ぼくを助けてくれる?」

「なぜあなたはわたしに助けを求めているの?」

アタランテは昨日、ラウルから〝分別がある〟と言われたことを忘れてはいなかった。だから、彼から〝この仕事に必要なのは分別がある人だから〟という答えが返ってくるだろうと予想していた。でも、いまの自分は平常心を保てているとは言えない。頭がぼんやりとして、足に力が入らない。いまにもへなへなとくずおれそう。これからわたしたちふたりがどう動くかで、あの少女の一生が決まるかもしれないのだ。

でもラウルが口にしたのは、完全に予想外の答えだった。しかも驚くべき言葉でもあった。「ここにいる人たちのなかで、イヴェットを本気で好きになり、友だちになろうとしていたのはきみだけだったからだ」

アタランテは唇を嚙んだ。ラウルに打ち明けるわけにはいかない。両親を亡くしたあの少女にわたし自身を重ねていることを。ここでの立場上、自分の架空の親たちはスイスのどこかで元気に生きていることになっているのだ。いま演じている役割をゆめゆめ忘れてはならない。「彼女と友だちになろうとしたけれど全然うまくいかなかった」そう言ってため息をつく。本当のことだ。イヴェットはわたしを信頼していない。だからラウルが必要としている、イヴェットの潔白を証明するような情報を伝えることもできない。「それに、もしわたしがイヴェットのことをそんなに気にかけているなら、どうやって公平な立場で彼女が有罪かどうか調べられるの？」

ラウルは彼女の視線をしっかりと受け止めた。「もしきみが彼女を気にかけているなら、ぼくが真実を見つけ出す手助けをしてくれなくてはいけない。ぼくらでイヴェットの汚名をすすぎ、彼女を自由にしてあげよう。あるいは、せめて彼女に助けの手を差し伸べよう。彼女を見捨てるわけにはいかないんだ。絶対に」

彼の声に聞き取れるのは紛れもない情熱だ。アタランテはその情熱になすすべもなく心を揺さぶられた。自分がここにやってきたのはウジェニーを助けるためだ。そう信じていた。なのに案件について調べるうちに、どんどん別な方向へ導かれている気がする。でもそういえば、祖父が手紙のなかでそんなことを言っていなかっただろうか？〝調査を進めるにつれ、おまえ自身で道を切り開かなくてはいけなくなるだろう〟と。

これが祖父の言いたかったことなのでは？

たとえ何があってもイヴェットを助けることが？

「ええ、彼女を見捨てるわけにはいかない」アタランテは繰り返し、背筋を伸ばした。

「いまイヴェットはどこにいるのかしら？　ジュベールが到着する前に、彼女を見つけて話を聞き出さなければ。ジュベールが旧貴族を特別に毛嫌いするタイプかどうか、わたしにはわからない。でも、容疑者かもしれない少女に対して優しい態度は取らないはずだもの」

「きみの言うとおりだ。さあ、一緒に来てくれ」

ラウルとアタランテはイヴェットの部屋へ向かった。だが部屋はすでにもぬけの殻だった。

「ちょっと安易な考えだったな」彼はつぶやいた。「あの子が逃げ込むとしたらどこだろう？」

「厩舎はどう？　イヴェットは馬が大好きだから」

厩舎へ向かったところ、イヴェットを見つけた。鼻に白い斑点がひとつある茶褐色の馬の体を軽く叩きながら、あやすように何かささやいている。心ここにあらずの表情だ。どうやら物思いにふけっているらしい。

アタランテは話しかけた。「マダム・フロンテナックにつかまれたせいで腕にけがしなかった？」相手を落ち着かせるような、ゆっくりとした口調を心がけよう。突然マダム・ラニエに関する質問を浴びせかけるのは、かえって逆効果だ。

「そんなこと、誰も気にしてない」イヴェットはアタランテのほうを振り返った。「みんなが気にしているのはあのヴェール。見つかったの？　ウジェニーはまるで自分がベルヴュ一の女王であるかのように振る舞っているわね。あなたたち全員が彼女の命令に従って、愚か者みたいに作り笑いを浮かべてる。特にあなたは言いなりよね。まるで彼女の愛玩用の子犬みたい」

アタランテはまばたきひとつしなかった。「イヴェット、あなたにどうしても聞きたいことがある。とても重要なことなの。あなたがあのヴェールを地下埋葬室に運んだとき、誰かあそこにいなかった？」

「あそこに誰かが？　いいえ、だって真夜中だったから。それにあたりは暗くて、わたしも急いでいたから」そのときを思い出したみたいに、イヴェットは体を震わせた。

アタランテは重ねて質問した。「あなたがあそこに行ったのはウジェニーが朝食を食べている間じゃなかったの？」

「違うわ。わたしがあのヴェールを持ち出したのは昨日の夜、彼女が自分の部屋に戻る前だもの。そのまま自分の部屋に置いておいて、みんなが眠ったのを見計らってこっそり地下埋葬室へ出かけたの」

「そのとき階段で滑らなかった？」そう尋ねたのはラウルだ。

「階段で？」イヴェットが眉根を寄せる。「いいえ、全然滑らなかった。どうして？」

「だったら、きみはあのヴェールを墓の彫像の頭部にかぶせて自分の部屋へ戻ったんだね？　近くにいた誰かを見たり、声を聞いたりしなかった？　礼拝堂に誰か隠れていなかったか？」

「いいえ、そんなことはないと思う。じっくり注意していたわけじゃないけど」

「あそこにマダム・ラニエはいた？　娘のために祈りを捧げていなかったかな？」

「いいえ、見ていない。きっと彼女はベッドで眠っていたはず。あんな遅い時間に、寒い礼拝堂で、マダム・ラニエが何をしていたっていうの？」

「つまり、あなたがあそこにヴェールを置いたのは夜だったのね？」アタランテははっきりした答えを聞きたかった。この案件では時間が重要な鍵となるに違いない。「招待客たちが朝食を食べている間じゃなくて？　ウジェニーの話では——」

「あのヴェールは彼女の部屋に置かれた箱のなかに入ってた。だから昨日の夜十時くらいに、彼女があなたと階下にいる間に持ち出したの。ちょうどジルベールから、結婚式の間ずっとポンポンを使用人たちと一緒にいさせる、だから翌朝ベッドから出たらすぐにポンポンを自分に引き渡すようにと言われたから。ものすごく腹が立って、ウジェニーに仕返ししてやりたくなった。ベッドに入る前にあの箱を見て、ヴェールがないって大騒ぎするだろうと思ったの。もしポンポンを結婚式に出席させるなら、ヴェールをすぐに返すつもりだったけど、その後もずっと何も起きなかった。ウジェニーが全然気づかなかったの」

自分の計画がうまくいかなかったのを思い出したように、イヴェットはがっくりとうなだれた。「ヴェールを持ち出したはいいけど、どうしたらいいかわからなくて。火をつけて燃やす？　馬糞まみれにする？　そんなの、想像力豊かなやり方とは言えない。庭園にあるミネルヴァ像に巻きつけて、彼女のあの醜い赤い部屋を塗ったペンキを使って、ミネルヴァ像の顔に赤い涙を流してやろうかとも考えた。もしウジェニーが自分の部屋の窓から外を見たときにあのヴェールが垂れ下がっているのに気づいて、慌てて庭園に取りに行ったら面白いじゃない？　赤い涙を流しているミネルヴァ像を見たら、本当にぞっとするだろうと思ったの」

「たしかに想像力豊かなやり方だな」ラウルがそっけなく答えた。

彼の言葉を無視してイヴェットは続けた。「夜は正面玄関に鍵がかけられているから外へは出られないと考えた。だから礼拝堂に行って、お墓に飾られたマチルドそっくりの彫像にかぶせることにしたの。そのほうがずっと衝撃でしょう？　まるでマチルドが〝そのヴェールはわたしのもの。わたしの代わりにウジェニーが妻の座におさまるのは許さない〟って訴えているみたいだもの。だから地下埋葬室におりてあそこに置いてきたの」

「それは何時ごろ？」

「夜中の三時くらい？　よくわからない」

「そのとき、あそこにマダム・ラニエはいなかったのか？」

「どうしてマダム・ラニエにそんなにこだわっているの？」

「彼女があの地下埋葬室で亡くなっていたからだ」

イヴェットは弾かれたように顔をあげ、ラウルを見た。「またそんな作り話を」声がかすれている。

「いや、作り話なんかじゃない。彼女は亡くなった。ちょうどきみがあの墓にヴェールを置いていたから……」

「みんな、わたしが彼女を殺したと考えているのね」イヴェットの顔に浮かんでいるのは驚きや恐怖の表情ではない。信じられないという表情だ。「冗談でしょう？　どうしてわたしがなんの恨みもない女性を殺さなければいけないの？　むしろ彼女はわたしを気に入ってくれていたのに」

ラウルはアタランテに鋭い一瞥をくれた。「ムッシュー・ジュベールはきみから話を聞きたがるだろう。彼には、いまぼくらに話してくれたことだけ話せばいい。そうすれば大丈夫だ」

「ジュベールは大ばか者よ。制服を着ることで自分が特別になったと思い込んでいる。でも容疑者みたいに、彼の質問に答える気はない。ここはわたしのうちで、ジュベールは歓迎されない侵入者にすぎないもの」イヴェットはふたたび馬を撫ではじめた。

「いまはかんしゃくを起こしているときじゃない」ラウルが警告する。「事態はとても深刻だ。もしムッシュー・ジュベールからかけられたあらぬ疑いを晴らせなかったら、彼はきみを留置場へ連行することだってできる。容疑者たちが監禁されている、あの村の留置場を知っているだろう?」

イヴェットはラウルをじっと見返した。まだ信じられないといった表情だ。だがゆっくりと表情を変え、ラウルに駆け寄ると首にかじりついた。「そんなことが起こらないようにして。わたしを守って」

ラウルが少女の頭越しに、じっとアタランテを見つめている。こんなに真剣なラウルをいままで見たことがない。ほとんど悲しげにも見える。ラウルは気づいたのだろうか。自分たちにイヴェットを救えないかもしれないと?

アタランテはまばたきをして、涙を振り払った。

ラウルはイヴェットの肩に手を置き、話しかけた。「もしきみが協力してくれなければ、守ることはできない。ジュベールに、ぼくらに話したことを話すんだ。そうすれば大丈夫だ。気まぐれでおかしなことをつけ加えたり、作り話をしたりしないように。あと、ミネルヴァ像が血の涙を流す話は、彼にしないほうがいい。ただあのヴェールでちょっとしたいたずらをしたかったとだけ話すんだ。よくある女学生の冗談だと」

イヴェットは突然体を引いた。頬が真っ赤だ。「わたしは女学生じゃない」ラウルからその言葉を言われたことで、ひどくがっかりしているように見える。

イヴェットはこのハンサムなカーレーサーに淡い恋心を抱いているのだろうか？　前にウジェニーが話していたように？

もしそうだとしても、わたしはイヴェットを責められない。

イヴェットはその場から逃げ出そうとしたが、ラウルはすかさず彼女の腕をつかんだ。

「きみは屋敷にいるんだ。ここから逃げ出してもきみのためにならないし、そんなことを許すつもりもない。きみのおじ上は心からきみのことを心配している。そろそろ大人になって、たまには他の人たちのことも考えるようにしないといけないよ」

イヴェットは口を開いて言い返そうとしたが、つと視線を落としてうなずくと、ふたりに導かれるように屋敷へ戻った。部屋まで送り届け、呼ばれるまでそこにいるように念を押して扉を閉める。ラウルはアタランテに向き直った。「ぼくらが次にやれることはなんだろう」

アタランテは深く息を吸い込んだ。「もしいま聞いたイヴェットの話が本当なら、マダム・ラニエが地下埋葬室へおりてあそこで亡くなったのは午前三時以降になる。彼女は階段で滑って転落したのかもしれない。あるいは誰かに押された可能性も」

「イヴェットは階段は滑らなかったと言っていた」

「でもわたしがおりたときは、たしかに階段で滑りそうになった。マダム・ラニエが踏んだ水たまりを、イヴェットはたまたま踏まずに済んだのかもしれない。彼女は若いし、すばしこいし、動きも速い。マダム・ラニエみたいな年齢の女性とは歩き方も違うはずだわ」

「ああ、もちろんそうだな」ラウルは手で額をごしごしとこすった。

外へ出ると、馬のひづめの音が聞こえてきた。地元の医者が到着したのだ。彼は大きな革のかばんを手にしたまま、礼拝堂へ姿を消した。ほどなくして一台の車が到着し、ふたりの男がおりてきた。ジュベールともうひとりの制服姿の警官だ。

ラウルとアタランテが見守るなか、ふたりもすぐに礼拝堂へ入っていった。彼らはあの現場を見てどう考えるだろう？　アタランテは心臓の鼓動が早くなるのを感じた。

咳払いをしてラウルに尋ねる。「ジュベールが連れてきたのは、彼より上の階級の警察官かしら？」

ラウルは肩をすくめた。「ああ、たぶん。こういう小さな村だと警官がひとりかふたりなんてことは普通で、あれはきっと地元の警察署長だろう。彼らはふたりとも伯爵家に敵意を抱いているようには見えないな。むしろ気に入られたがっているように見える。医者があの傷が転落によるものだと判断しさえすればね」

「一年前のマチルドの事故のあとなのに？」アタランテはかぶりを振った。「今回、医者はあのときよりもさらに熱心に遺体の状態を確認するでしょうね。一年前だって医者は、彼女の死因を首の骨折ではなく、頭蓋骨骨折だと考えていた。マチルドは何かで頭を強打された可能性があったのよ」

「きみは彼女が誰かに殺されたと考えているのか？」ラウルはアタランテを見つめた。

「当時医者がそう考えていたことを、どうやって知ったんだ？」

アタランテは考えをめぐらせた。ラウルと協力するために、ここはある程度本当のことを明かしておいたほうがいい。「ウジェニーは、マチルドが事故死ではないという内容の手紙を受け取ったの。意地の悪い手紙のせいで、幸せの絶頂にいたウジェニーは突然、この結婚が不安になった。だから彼女はここへ一緒に来て、わたしの考えを聞かせてほしいと頼んできたの」

ラウルは拳を片方の手のひらに打ちつけた。「やっぱり。きみはただの招待客じゃないと思っていたんだ」

アタランテは赤面した。「隠していたのは、ウジェニーを助けるため。それだけだわ。彼女に直接警告するのではなく、あんな手紙を使って晴れの日を台無しにしようとしたのが誰か突き止めたかった。結局……手紙を書いたのはルイーズだとわかって、その問題はすべて解決したように思っていたの」

「ルイーズがそんな手紙を書いていたのか？」ラウルは口笛を吹いた。「それは予想外だな。もちろん、彼女は自分よりも先にウジェニーが結婚するのを嫌がっていた。とはいえ、どうして気にかけている男を疑わせるような手紙を書いたんだろう？」

「ルイーズが伯爵を気にかけていると考えているの？」

「ああ。かなり長いことそう思っていた。だがルイーズなら、ジルベールを自分の妹に引き合わせる代わりに、彼女自身で誘惑の罠をしかけられたはずだ。それなのに、そうしなかった。まったく女は理解できないよ」

「ルイーズがあの手紙を書いた張本人であるのは確かなの。手紙に書いた内容を正確に話していたから。ウジェニーはあの手紙の内容をわたし以外には話していないし、手紙の差出人はルイーズで間違いない。ただ気になるのはマルセル・デュポンだわ。彼は本当に何かを知っていたはず。そうでなければ殺されるはずがないもの」

「ジュベールは長年犬猿の仲だったサージャントが彼を殺したと考えているようだ」

「そうね。でも、どうしてデュポンのポケットにあの洞窟の貝殻が入っていたのかしら？」

　ラウルはいきなりアタランテを指差した。「あの日きみは洞窟で、デュポンの事件を調べていたんだね？」

「ウジェニーのためにそうしなければと思ったの。彼女はわたしを信頼して話を打ち明けて、助けを求めてくれたんだもの」

「なるほど。で、何かわかった？」

「いいえ、何も」そう認めるのはひどくきまりが悪い。それなのに、ラウルは一瞬顔を輝かせたように見えた。「そうか、何も見つからなかったんだな。ということは、警察が何かを疑う可能性はない。彼らがあのデュポンの殺人事件をイヴェットやここにいる人たちと結びつけることはないはずだ。何も心配する必要はない」

ラウルは行きつ戻りつしながら続けた。「ぼくらは何も心配する必要はない。一時の感情に押し流されるべきではない。感情にとらわれるとよからぬ選択をしてしまう。カーレースがそうなんだ。人生もまた然り」

「あなたと同じで、わたしもまず知りたいのは医者の判断なの」アタランテは誘うようなしぐさをした。「何か聞こえないか確かめてみない?」

礼拝堂に行ってみると、医者は地下埋葬室におりているらしく姿が見えない。ジュベールが立ったまま地下へ続く階段を見おろすなか、彼の前にいるもうひとりの警官が明かりを手にし、医者の動きを熱心に見つめている。

アタランテとラウルは彼らに気づかれることなく、さらに近づくことができた。

地下から医者の声が聞こえてきた。「彼女は頭にけがを負っている。階段から落ちてこの床に頭をぶつけたに違いない。おそらく転倒の衝撃と恐怖から心臓発作も起こしたんだろう。ただ心臓発作のほうははっきりとは断定できない。死後……七時間というところかな」

ラウルは腕時計を確認し、アタランテにささやいた。「つまり朝四時頃に亡くなったことになる。イヴェットの話とつじつまは合う」

「殺人の可能性は？」ジュベールが尋ねた。「誰かに押されたとか？」

「いや、なんとも言えない。階段から落ちたら体に傷があるはずだが……いや、これは殺人だ。体に傷やあざがひとつも見当たらない。どう考えてもおかしい」医者はひとりごとを言うようにつぶやいている。「体に傷があるはずだと言ったが、けがをしているのは頭だけのようだ」

ラウルはアタランテの腕をつかみ、指先に力を込めながらささやいた。「これはよくない展開だぞ」

「誰かが彼女を棍棒のようなもので殴ったということか？」ジュベールが尋ねる。「それから彼女を階段の一番下に置いて転落したように見せかけたと？」

「その可能性はある」声が大きくなったことからすると、医者は背筋を伸ばしたようだ。「どう考えてもおかしい。スーモンヌ伯爵夫人マチルドは落馬して、頭にけがを負って亡くなった。ずっとあの馬から振り落とされたんだと考えていたがこうなったいま……彼女は頭部を殴られ、馬から転落したように見せかけられたようにも思えてきたよ」

ジュベールは悪態をついた。「いまになって、昨年の伯爵夫人の死は殺人だったと言い出すつもりか？」

「そんなことは言っていない。ただそういう可能性もあると言っているだけだ。捜査をするのはきみたちだ。わたしじゃない」

「だがわれわれに必要な情報を与えてくれないと困る。もし去年、誰かが伯爵夫人の頭を殴ったと言うなら……」

アタランテは息をひそめた。ラウルからまだ腕をつかまれたままだ。次々と驚くべき事実が明らかになっていく。望んでいた結果とはどんどんかけ離れていく。

「彼女の頭部の外傷がどういう経緯でできたか特定するのは難しい」医者がジュベールを責めるような声で言う。「あのとき、彼女が落馬したのを疑う理由はどこにもなかった。あの馬は気性が荒かったし、逃走中のところを捕獲されたんだ。あの状況はどこからどう見ても——」

「状況と事実は別のものだ」ジュベールはまた悪態をついたが、もうひとりが口を開いた。

「一年前に何が起きたか確かめることはできない。あのときに戻って調べられるわけじゃない。今回の件が殺人事件だとわかっただけで十分だ。彼女はこの場所で死んだと思うか？　それともここへ移されてきたんだろうか？」

「はっきりしたことは言えない」医者は答えた。「彼女はそんなに出血していないが……」声がさらに大きくなった。開口部から医者が頭を突き出し、アタランテとラウルに気づいた。「あそこにお客さんがいるぞ」

警官ふたりは揃って怒りの表情を浮かべた。「まだ事情聴取する準備はできていません。屋敷で待機していてください。誰も屋敷から出ることは許されません」

「みんなにそのことを伝えておく」ラウルはそう言うと、アタランテを連れて礼拝堂から出て、声の届かない場所まで行ってから、すぐに口を開いた。「ということは、あれは殺人だったんだ。マダム・ラニエは階段から転げ落ちたのではなく殺された。イヴェットがやったとは思えない。どうしてそんなことを？　イヴェットがマダム・ラニエを好きではなかったから？　いや、もし彼女が好きではない相手全員を殺すとすれば、真っ先に死ぬのはウジェニーだ」

アタランテはかぶりを振った。「その話は笑えないわ」

「だが殺人事件の場合、動機が一番重要になるはずだ。人は何か理由があって行動を起こす。面白半分に、他の人の頭を叩いたりしない」

常に最初に立ち戻るようにしなさい。祖父からの忠告だ。あらゆる物事を動かしている動機について考えなければ。最初の死。マチルドだ。なぜ彼女は死ななければならなかったのだろう？

ラウルは眉をひそめた。「あれは殺人事件のようだとジルベールに伝えなくては。あんな状態だけに、警察の口から突然聞かされるのはよくない」

アタランテは気が進まなかった。いま伯爵にこんな悪いニュースを知らせるなんて。でもそうするしかない。ラウルに向かってうなずき、彼のあとから重い足取りで階段をのぼりはじめた。自分にとって初めての案件は、どんどん恐ろしい展開になりつつある。もっと経験豊かな探偵なら、こんなとき何をすべきかわかるかもしれないのに。でもわたしにはどうすればいいのかわからない。

図書室へ戻ったが、誰もいなかった。

「ここにいるよう言ったのに」ラウルが険しい表情で言う。「彼はどこへ消えたんだ？」

そのとき開かれた書斎の扉の奥から誰かが話し合う声が聞こえた。すぐに向かってみると、机の向こうにジルベールがたばこを吸いながら座り、手前にヴィクトルが立っているのが見えた。ヴィクトルが伯爵に何か話している。「本当なんだ。あれはあのデュポンという男だった」ふたりの足音を聞きつけ、ヴィクトルは振り返った。

ジルベールがふたりに話しかけた。「ヴィクトルからたったいま、彼とルイーズがここに着いた日の話を聞かされていたところだ。ふたりでコーヒーを飲んだ宿屋で、デュポンがルイーズに話しかけていたらしい」

「あの男がルイーズに何か話しているのをこの目ではっきり見たんだ。ルイーズは彼に何か手渡していたように思う。金じゃないかな？」ヴィクトルが肩をすくめる。「いままで全然思い出しもしなかった。だがさっき、屋敷にやってきた警官ふたりの話が聞こえたんだ。今回の事件はベルヴューで起きたもう一件の殺人と関係があるだろうと話していた。それに、警察はデュポンの死を猟場番人とのけちな争いとして片づけてはいないとも。あとデュポンは死んだとき、どうやら紙の切れ端を握りしめていたらしい。誰かが彼が死ぬ前に金を払っていたんだ」

「それでヴィクトルはいま、その相手がルイーズだと考えている」ジルベールは額をこすった。いかにも疲れた様子だ。「だがわたしには信じられない。なぜルイーズがあの密猟者に金を支払う必要がある？　それになぜ彼女があの男を刺し殺さなければならないんだ？　まったくわけがわからない」

ヴィクトルは反論したそうだったが、ジルベールはさえぎるように手を振った。天井に向けてたばこの煙がゆっくりと弧を描きながら立ちのぼっていく。「頼むから出ていってくれ。すでに十分悩ましい状況なんだ」

ヴィクトルは応えた。「きみはイヴェットを救いたいんだろう。きみならそうできる。だがそのための手段はただひとつ。疑いの目をイヴェット以外に向けさせるしかない」

ジルベールは無言のまま、立ち去るヴィクトルの背中を見つめていた。

ラウルが口を開いた。「いったいどうしてヴィクトルはルイーズを悪者にするようなことを言い出したんだ？　てっきりルイーズを愛していると思っていたのに」

ジルベールは笑い声をあげた。「ヴィクトルが望んでいたのはウジェニーだ。彼女がわたしの求婚を受けると、すぐに第二候補だったルイーズに乗り換えた。ルイーズ自身もそれはわかっているはずだ。ルイーズがヴィクトルに甘い顔をしたのは、ウジェニーを傷つけるためなんだ」しばらくしてぽつりとつけ加えた。「結局ウジェニーはいまでも彼のことが好きだから」

つまり、伯爵はそのことを知っていたのだ。

「なぜそう思うんだ?」ラウルは腕組みをして伯爵を見つめた。「ウジェニーが結婚しようとしているのはきみじゃないか」

「こんなことがあった以上もうだめだ」ジルベールはたばこの火をもみ消した。「結婚式も、新婚旅行も、幸せな結婚生活もない。いまやすべてが消え去った。あの階段にあった水たまりのせいで」

「いや、事態はそんなに簡単じゃない」ラウルは先ほどの医者の話を説明した。「医者はマダム・ラニエが頭を殴られたと考えている」

「つまり、どのみちイヴェットが容疑者となる」ジルベールはふたたび青ざめた。「あの子は浴用ブラシでウジェニーを叩いた。まだ傷あとが残っている。イヴェットが暴力的だという証拠になるだろう。しかも彼女は何も考えず、相手に暴言を吐いてしまう」慌てたように手を大きく振り回しながら続ける。「すぐにあの子を逃がさないと、逮捕される前に」

アタランテはその提案を聞いて体をこわばらせた。「いいえ。そんなことをしたら、彼女が有罪だと認めるようなものだわ。警察は彼女の行方を捜すはず。そんなことになればイヴェットは……」最悪の筋書きを口にするのがはばかられ、言葉を切った。

すぐにラウルが口を開いた。「アタランテの言うとおりだ。ここで慌ててはいけない。それに――」

「きみはレーシングカーを乗り回し、あれをスポーツと呼んでいる。恐れというものを知らない。だがわたしは違う。イヴェットの身に何か悪いことが起きるのを見るくらいなら死んだほうがましだ」ジルベールは目を閉じた。すっかり年老いてくたびれきっているように見える。

「わたしたちはあなたを助けると約束しました」アタランテは言った。「これからもそうです。あなたとイヴェットを助けるわ」そう言いながらラウルを見た。彼の瞳に宿っているのは深い絶望だ。きっと自分の瞳にも同じ絶望が宿っているのだろう。だけど何かできることはないだろうか。わたしたちふたりで力を合わせてできることが？

19

警察の聴取を受ける順番がやってきたとき、アタランテは思っていたより落ち着いていることに気づいた。心のなかで自分に約束をする。なるべく嘘はつかないようにして、聞かれていない情報まで話さないようにすること。できるだけしゃべらないのが一番だ。

ジュベールはどこか堂々とした雰囲気の上司を紹介した。地元の警察署長ムッシュー・ショヴァックだ。

「あなたはフロンテナック家のいとこに当たるんですね？」ショヴァックが尋ねる。有名な富豪一族の家名をとくに臆することもなく口にした。

もしかしたらショヴァック自身が何代も続く資産家の出で、土地や貴重品を代々受け継いできたのではなく、つい最近ビジネスで巨万の富を得た成り上がり者を見下しているのかもしれない。

「ええ。わたしはウジェニーの結婚式でピアノを弾くためにきました。音楽教師をしています」

「なるほど。あなたは彼女とここへやってきてずっと滞在しているんですな？　亡くなったマダム・ラニエには会いましたか？」

「ええ」

「あなたが第一発見者でもあった？」

「地下埋葬室にあるものを取りに行ったとき、彼女の体につまずいたんです」

「あるものとは？」

「花嫁のヴェールです」

「なぜ花嫁のヴェールが地下埋葬室に？」

不意に〝それが古くからの伝統だから〟という作り話を披露したくなったが、さりげない調子で答えた。「伯爵の姪マドモワゼル・イヴェットがヴェールをあの場所に置いたからです。女学生のいたずらみたいなものです。いたずらをしたのは、彼女がウジェニーを好きじゃないからです。伯爵の最初の奥さん、マチルドのことは大好きだったのに」

「わたしが尋ねているのは事実だけです。あなたの個人的な意見ではありません」

「でもイヴェットがウジェニーを好きではないというのは事実です。彼女自身がいろいろな人の前でそう言っていました。しかも何度か」この点を強調しても特に害はないだろう。そういういたずらが好きなんです」

「イヴェットは前にも、招待客のベッドに濡れたほうきを置いたことがあります。そう

「あなたはヴェールを取りに行って、それからどうしましたか？」

アタランテはあの現場の状況を可能な限り詳しく伝えようとした。「倒れているのがマダム・ラニエだと聞いたとき、階段で滑って転げ落ちたんだと思いました。だって彼女は前にも地下埋葬室に行ったことがあるし――」

ショヴァックは彼女を制するように片手をあげた。「あなたがどう考えているかに興味はありません」

「でも、マダム・ラニエが前にあの地下埋葬室に行ったことがあるというのは重要なことだと思います」

「何が重要かはわたし、わたしが決めます」警察署長は手入れの行き届いた黒い口ひげを撫でた。

「遺体が発見されたとき、そのイヴェットという少女はどこにいたんです？」

「礼拝堂の外にいました。イヴェットが地下埋葬室にヴェールを置いたことを聞いて、他の人たちは怒っていたわ」

「それなのに、そのあともずっとマドモワゼル・イヴェットは同じ場所にいたんですか？」

「同じ場所にはいませんでした。でもよくあることなんです。彼女は怒ったり感情的になったりするとじっとしていられなくなります。けっして逃げた――」

「その行動にどういう意味があるかはわたしが決めます。あなたは彼女を探しに行きましたか？」

「はい」

「どこにいましたか？」

「厩舎です」

「馬で逃げようとしたんですね」ジュベールは興奮したように署長を見た。

ショヴァックは何も聞かなかったかのようにアタランテに尋ねた。「あなたに見つかったとき、マドモワゼル・イヴェットはあなたになんと言いましたか？」

「わたしが屋敷へ戻るようにと言ったら、彼女はそうしました。イヴェットはただ馬をあやすように優しく叩いていただけです。鞍をつけたりしていないわ」アタランテはジュベールを鋭く一瞥した。でも彼はどこ吹く風といった様子だ。

ショヴァックはアタランテの注意を自分に戻すように咳払いをすると、質問を続けた。

「あなたがベルヴューに滞在している間、マドモワゼル・イヴェットは他にも騒ぎを起こしたことがありますか？　暴力的な一面を見せたことは？」

アタランテはためらった。「彼女はまだ少女です。わたしの経験から言えば――」

「わたしが尋ねているのはあなたの経験でも、他の少女たちについてでもありません。あの少女、伯爵の姪マドモワゼル・イヴェットについてです。彼女が暴力的な一面を見せたことは？」

「その質問にわたしは答えられません」

「この質問に対する答えを拒むということですね」警察署長がジュベールに言う。「彼ら全員であの少女を守ろうとしているな」

「わたしは精神科医ではありません」アタランテは反論した。「相手の性格を判断するなんてでき——」

「わたしはただ、あなたが見聞きしたことについてお尋ねしているだけです。他の人たちはためらわずに証言していますよ」

きっとウジェニーに違いない。不意に違和感を覚えた。「もし他の人たちがイヴェットの振る舞いについてためらわずに証言しているなら、なぜあなたはわたしたち全員があの少女を守ろうとしていると言ったんです？　ウジェニーは何も言おうとしなかったんですか？」いや、それは信じられない。

警察署長は片手を掲げてアタランテを制した。「質問するのはわたし、答えるのはあなたです。あなたはあの少女が誰かを叩くのを目撃しましたか？」

「ええ」イヴェット、本当にごめんなさい。でも〝なるべく嘘はつかない〟と自分に約束したから。

「あの少女はあなたが見ている前で不可解な行動を取りましたか？　自分を傷つけようとしましたか？」

アタランテは深く息を吸い込んだ。嘘をつきたい。それか少なくとも、正直な答えを口にしたくない。またしてもそんな衝動に駆られている。「あなたが言いたいのは、ピクニックに出かけた湖での出来事かしら？　イヴェットは注目を引きたくて大騒ぎしただけです」

「わたしが尋ねているのは、その出来事やあの少女の気持ちをあなたがどう解釈しているかではありません。お尋ねしたいのは、彼女が自分を傷つけようとしたかどうかです。あの少女に荒々しい一面があり、予測不能な行動を取る場合があるかどうかです」

「ええ」

「ありがとう。ほら、わたしがお願いしているのはそんなに難しいことではないでしょう？」

怒りがふつふつと湧き起こるのを感じたが、アタランテはどうにかこらえた。

警察署長は自分の帳面をじっと見た。「あなたがここに到着したのは、マルセル・デュポンの死体が発見された日ですか？」

「ええ。ちょうど彼の遺体が運ばれているところへ、わたしたちの乗った車が通りかかったんです。運転手は酔っ払いの浮浪者だと話していましたが――」

「あなたが屋敷に到着したとき、マドモワゼル・イヴェットはそこにいましたか？」

「ええ、いました。使用人たちと一緒に出てきて、わたしたちを出迎えてくれたんです」

「彼女にどこかおかしな様子は見られませんでしたか？　服がくしゃくしゃだったり、靴が泥まみれだったり、ふさぎ込んでいたりは？」

「いいえ、普段どおり、気が強い彼女のように見えました」

「なるほど。あなたがここにいる間に、マドモワゼル・イヴェットを精神科医に診せるべきだという話を聞いたことはありますか？」

「そういう話は聞きました。でもわたしは――」

「ありがとうございます。わたしが知りたかったのはその点だけです」

アタランテは背筋を伸ばした。「もし誰かがわたしのことを精神科医に診せるべきだと言ったら、わたしは本当に精神的に不安定という意味になるのかしら？　それはただ、そう言った人物がそう考えているだけなのでは？　もしかして意地悪な気持ちからそう話した可能性だってあるわ」

「あなたはいま、精神的に不安定とおっしゃいましたな。実に興味深い」ショヴァックはマダム・ラニエと言い争っていた。「あなたが知る限りで構いません。マドモワゼル・イヴェットが彼女に反感を抱いていたとは――」

「いいえ。あのふたりが言い争っているのを見たり聞いたりしたことはありますか？」

警察署長は片手をあげた。「先ほど申しあげたことを繰り返すつもりはありません」

アタランテはため息をつくと、椅子の背にもたれた。「あなたが事実だけを探し求めているのは理解できます。でもそもそも事実って何？　もし私たちの誰もあのふたりが言い争う声を聞いたことがなくても、それで彼女たちが言い争っていなかったことが証明される？　反対に、もし彼女たちが言い争っていたら、それがその後起きた殺人事件の証拠になる？　いいえ、何も証明されていない。あなただってわかっているはずだわ」

「いま、あの少女の部屋を捜索して証拠を探している最中です。もし決定的な何かが見つかれば……」彼は言葉を切り、手錠をかける手の動きをしてみせた。「さあ、他にわたしたちに話すことはありますか？　ただし憶測ではなく、事実をお願いします」

「いいえ、何もないわ」

「ありがとうございます。ではお引き取りください」

アタランテが立ちあがった瞬間、扉が大きく開かれ、別の警官が駆け込んできた。見覚えのない顔だ。あとからここへ到着した警官に違いない。

「あの少女の部屋でこれを見つけたんです！」彼は興奮したように叫ぶと、イヴェットの画材道具入れを掲げた。絵を描きたい気分になると、彼女がいつも森に持っていくものだ。絵筆や絵の具、画用紙がいっぱい入っているが、その一番下に光を受けて何かが光っている。小型のナイフだ。刃先が錆のようなもので汚れている。

だがすぐにその汚れの正体に気づき、アタランテは体を震わせた。乾いた血だ。マルセル・デュポンの血？

警察署長は立ちあがった。「彼女を署まで連れていけ。そこで自白させるんだ。マダム・ラニエの件もな」

アタランテは異を唱えた。「誰だって、あのナイフを彼女の画材道具入れにしのばせられたはずよ」

「ええ、もちろん。殺人犯が凶器のナイフを持ったまま歩き回り、あの少女の画材道具入れにしのばせたのかもしれません。ですが、すぐどこかに捨てるほうがずっと理にかなっているとは思いませんか？　水中に沈めるとか、どこかに埋めるとか？　外にいたら、他にもいろいろな選択肢があります。それなのに、なぜわざわざ屋敷のなかへ持ち込んだのか？」

「賭けてもいい。そのナイフにイヴェットの指紋はついていないわ」アタランテは言い切った。警察側が出した結論に反論しなければ。ほんの少しでもいい。その結論は本当に正しいのかと、彼ら自身が疑いを抱くように仕向けたい。わたしにできる限りのやり方で。

「そんな賭けに応じる気はありません」ショヴァックはあざけるように応えた。「あの少女を連行しろ」

画材道具入れを発見した警官は、ジュベールのあとから部屋を出ていった。意気揚々たる足取りだ。

アタランテは口を開いた。「そんなに慌てて連れていかなくてもいいんじゃないかしら？

証拠がすべて出揃ってからでも遅くないのでは?」

警察署長は彼女を見つめた。「マダム・ラニエは敵などひとりもいない、尊敬できる立派なご婦人でした。誰が彼女を傷つけたいなどと思うでしょう?」

「だったら、なぜイヴェットが彼女を傷つけたいと思ったのか、納得できる理由をわたしに教えて」アタランテは言い返した。どうにかして踏みとどまらなければ。伯爵のために、ラウルのために、そしてわたし自身の良心のために。

警察署長はため息をついた。「あの少女は真夜中、地下埋葬室にヴェールを置きに行った。そしてそこでマダム・ラニエに出くわした。ふたりは言い争ったのかもしれない。あるいは彼女がマダム・ラニエを押しのけようとしたかもしれない。いずれにせよ、すべて偶然で片づけられる話だ」彼は紋章入りの指輪をねじりながら続けた。「だが発見されたあのナイフは偶然では済まされない……もしあの少女がデュポンを殺したなら、マダム・ラニエも殺したに違いない。なんと冷血で邪悪な少女だ。心根が腐っている」

アタランテは気分が落ち込むのを感じた。すでに多くの人がイヴェットの精神状態について疑問を口にしている。もはやあの少女を救うことはできないのだろうか?

そのとき廊下からすさまじい叫び声が聞こえ、続いてどさりという何かが落ちるような物音がした。アタランテが慌てて部屋から出てみると、イヴェットが泣き叫びながら警官を蹴り飛ばそうとしている。その警官が少女の体を押さえつけ、ジュベールが彼女の両手を背中に回して手錠をかけようとしていた。彼らは激しく揉み合い、勢いよくサイドボードにぶつかった。飾ってあった背の高い、踊る男たちが描かれた深紅の花瓶が小刻みに揺れている。

花瓶を守るためにアタランテが駆け寄ろうとした瞬間、ショヴァックから大声で止められた。「もし逮捕を邪魔したら、あなたも連行する！」

連行されるわけにはいかない。ここに残って調査を続け、イヴェットを助けなければ。

アタランテはその場に凍りついた。

花瓶が床に落ち、粉々に砕けた。破片が四方八方に飛び散る。

ジルベールが階下へ駆けおりてきた。「ギリシャの壺だぞ」怒鳴り散らしている。「バッカスの宴を描いた貴重な品なんだ。あれがどれくらい価値のあるものかわかっているのか？」かがみ込んで砕け散った破片をじっと見つめる。

イヴェットは突然抵抗をやめると、おじをまじまじと見おろした。「わたしが逮捕されようとしているのに、あなたはちっとも気にしようとしないのね。いつだってそう。あなたはわたしよりも、そのくだらない古代遺物のほうが大切なんだわ」

伯爵は色を失った。「そんなことはない。おまえだってわかっているはずだ。もしわたしがおまえと代わってやれたらどんなにいいだろう。だが……」手を伸ばして少女の頬に触れようとする。だがイヴェットは顔を背けた。

「どうして」伯爵が苦しげに言う。「こんなことを？　なぜおまえ自身やわたし、それにおまえのことを気にかけてくれるみんなを破滅させるようなことをした？」

イヴェットは伯爵をにらみつけた。「わたしは誰も殺していない。この人たちは嘘をついている」

警官たちはイヴェットをその場から連れ去った。ショヴァックは部屋から出てくると、ジルベールにいとまの挨拶をした。「何かわかったらすぐにお知らせします。それではごきげんよう（オー・ルヴォワール）」

ジルベールは立ち尽くしたまま、姪が連れ去られるのを見守ると、しわがれた声でぽつりと言った。「信じられない。なぜだ？」

「警察はイヴェットの画材道具入れのなかから血のついたナイフを見つけました」アタランテは低い声で説明した。「彼らはきっと、あのナイフがマルセル・デュポン殺害の凶器だと考えたんです」

「あの密猟者の老人を？　なぜイヴェットに彼を殺す必要が？　わたしには信じられない。あの子がそんなことをするなんて」伯爵はすっかり忘れてしまったようだ。つい先ほどまで、イヴェットがデュポンを殺したかもしれないから彼女の代わりに自分が自首すると話していたことを。「何もかも誤解だ。弁護士に電話しないと。それが一番いい」

伯爵は電話のほうへ歩き出した。

アタランテは彼に向かって〝残念だわ〟というような言葉をつぶやき、階上へあがった。あの花瓶が落ちるのを止めようとしたとき、全身の力がいっきに抜けた気がする。足に力が入らない。

ラウルがやってきた。「いったいなんの騒ぎ?」ウィンクをしながら尋ねる。「まさかきみが警察署長と乱闘騒ぎを起こしたとか?」

アタランテは首を左右に振った。「冗談を言っている時間はないわ。イヴェットが逮捕されたの」

「こんなに早く?」ラウルは動揺したというよりも純粋に驚いているように見えた。「どうしてだ? 警察が確かな証拠でも見つけたのか?」

アタランテは彼らが発見したものについて詳しく説明した。

「そのナイフは何者かの手でそこに置かれたに違いない」ラウルは両手を使って〝置く〟身ぶりをした。「マダム・ラニエの遺体が発見されたことは誰もが知っている。しかも、みんなが屋敷じゅうをうろついている。イヴェットの部屋に忍び込んで、彼女の画材道具入れにそのナイフをしのばせることは誰だってできたはずだ」

アタランテはうなずいた。「わたしは警察署長に、そのナイフにイヴェットの指紋が残っているはずがないと訴えたの。でも彼はすでにイヴェットが犯人だと確信しているみたいだった」

ラウルがため息をつく。「一般的に、こういう地方ではいまだに旧態依然でね、家名や地位のある彼らは法廷闘争でさえときに支配し、自分たちに都合がいい判決を出せる。たとえば土地争いがあったとしても、判事は彼らに有利な判決を下すんだ。警察もまた然り。彼らに気に入られるために、なんの証拠もないのに密猟の罪で農夫たちを逮捕してしまう。こんな悲劇的な状況を終わらせるために、最近任命された警察署長たちは、これまでとは違うやり方をすると誓約させられている。だから警察は、彼らの痛いところを突くことなどなんとも思わないってところを見せたがっているんだ。ショヴァックにとって、伯爵の姪を逮捕するのは、そういう大義のために身を捧げる覚悟を示す絶好の機会なんだろう」

つまり、ショヴァックに対するわたしの第一印象は当たっていたことになる。彼は相手の家名や世間の評判を気にかけるたちではない。アタランテは唇をとがらせた。「ショヴァックの志はすばらしいと思うわ。家名や地位があるからという理由だけで容疑者から外そうとせず、罪を犯した可能性のある人たちを同等に扱おうとしているんだもの。でも、あなたが言ったように〝そういう大義のために身を捧げ〟ようとするあまり、彼はありとあらゆる点をイヴェットに不利な証拠として考えようとしている」

「同時に、ぼくたちもイヴェットを大切に思う気持ちが強すぎるあまり、現状をちゃんと見ていない可能性は否めない。ありとあらゆる点をイヴェットの潔白を証明する証拠として考えようとしているのかも」ラウルはアタランテの目をじっと見た。「少なくとも、ぼくはイヴェットを気の毒に思っている。それは否定できない。といっても、それは今回彼女が殺人の罪で逮捕されたせいじゃない。そう、もっと前から彼女を気の毒だと感じていた。イヴェットがあまりに不幸だからだ。彼女は両親を失い、弟にもほとんど会えない。ジルベールを敬愛してはいるが、その気持ちをうまく表現できずにいる……しかも、いつも厄介事を引き起こしている。今回、そんなこんなで彼女の立場が悪くならないかと心配だ」

アタランテはうなずいた。「わかるわ。彼女の弟も難しい性格だという噂を聞いたの」

ラウルはかすかに笑った。「きみが言っているのは、彼が自分の気に入らない相手に弓矢を放った事件のこと？　たしかに衝動的だし危険でもあるが、あれは一瞬の間に起きたことだ。綿密に計画されたわけじゃない。ぼくはちらっとだけだが、その少年と会ったことがある。悪意のある少年には見えなかった」

「それでも、人は一瞬の判断で誰かを傷つけることもできるものよ。激しい感情に押し流されると特にそう」アタランテは先ほどまでの勇気がしぼんでいくのを感じた。もしイヴェットが早まった行動を取っていたとしたら？　何も考えないままに？　イヴェットはそのせいでこれ以上ないほど高い代償を支払わなければいけないのだろう。命をもって償わなければいけないの？

ラウルはアタランテの腕に触れると、励ますように指先に一瞬だけ力を込めた。「ルイーズに、マルセル・デュポンと会っていた話を聞きに行かなくては」

「ええ、そうね、名案だわ」何かやるべきことがあるといつも、アタランテは気分が明るくなる。やる気がみなぎってくる気がする。「彼女はどこにいるのかしら？」

「警察から話を聞かれたあと、庭園に行ったはずだ。いますぐに彼女を探し出して話を聞かなければならない」

20

ふたりは庭園にいるルイーズを見つけた。彼女は東家の脇にある長椅子に座り、片手に摘み取った一本のバラを持っていた。心ここにあらずの様子で花びらをすべてむしり取り、石造りの床にこぼれ落ちるのを眺めている。ラウルは彼女に話しかけた。「大丈夫？　ショックから少しは立ち直れた？」

ルイーズは片眉をつりあげた。「殺人事件が起きたというのに、礼拝堂でネズミを一匹見かけただけみたいな言い方をするのね。あの事件はどうにか乗り切れそうだけど、妹の結婚式の日に遺体が見つかったショックからは立ち直れそうにないわ」

「マダム・ラニエは様子がおかしかった」ラウルが肩をすくめる。「それに病身で弱っていたんだ」

アタランテは彼のざっくばらんな口調に内心驚いていた。これはルイーズの反応を引き出すための、彼なりの戦略なのだろうか？

「だからって、誰かが彼女を階段から突き落としてもいいってことになる？」ルイーズはまた眉をつりあげた。

「いや、ただ不思議なんだ。なぜわざわざそんなことをしたんだろう？」ラウルはルイーズを見つめながら続けた。「どのみちマダム・ラニエは死ぬことになっていた。医者から肺が弱っていると聞かされていたんだから」

アタランテは驚きを顔に出さないようにした。自分はルナールからその情報を聞かされた。でもラウルはどうやって知ったのだろう？　もしかして社交界の集まりでは有名な話だったのだろうか？　パーティーのたびに噂になっていたとか？

ルイーズは衝撃を受けたようだ。「彼女は死にかけていたの？」

「ああ。それなのになぜわざわざ彼女を殺したんだろう？」ラウルは片方の足を踏み出した。「あれは間違いだったのか、ルイーズ？　本来なら避けられたはずの？」

その言葉を聞き、彼女は衝撃を受けたようだ。面前で扉を思いきり閉められたかのようにまばたきをしている。「あなたは……何を言っているの？」

「それとも簡単だったかな」ラウルは落ち着き払った声で続けた。「デュポンを殺して、すでに罪の味を知っていたきみにとっては？」

「デュポン？」ルイーズが手にしていたバラを落として立ちあがる。「これ以上嫌な話を聞かされるつもりは――」

「まあ、そう慌てずに」ラウルはルイーズの前に立った。「きみはデュポンが死ぬ数時間前に彼と話をしていた。きみがここに到着した日のことだ。彼はきみに金をせびっていた」

「違うわ。彼はわたしと話をする気さえなかった。彼が話したがっていたのはウジェニーだもの」

「ウジェニー？」アタランテが思わず繰り返す。

「そうよ」ルイーズは大きくうなずいた。「あの日コーヒーを飲んで宿屋から出ると、デュポンがわたしに近づいてきたの。ウジェニーの写真が載った新聞記事の切り抜きを持っていた。何かのパーティーの写真で〝社交界の華、スーモンヌ伯爵と結婚間近〟という記事だった」

妹の幸運など口にするのも嫌だと言わんばかりに、ルイーズは声を一瞬震わせた。「デュポンはその切り抜きをわたしに見せて、〝もし伯爵と結婚したいなら、俺に金を支払うべきだ。さもないと屋敷に乗り込んで、前の妻マチルドについて知っていることを暴露してすべて台無しにしてやる〟と言ってきたの」

「デュポンがきみにそう言ったのか？」ラウルが尋ねる。

「ええ。わたしのことをウジェニーだと思い込んでね。だからデュポンに、わたしは彼女の姉だと教えてやった。そうしたら彼はわたしと写真を見比べて本当によく似ていると言ったの。ついでに、わたしは本当に彼女の姉だし、もしウジェニーと話したいなら、彼女が滞在しているベルヴューへ行く必要があると教えてやった。そうしたらデュポンはそうすると答えたわ。それでおしまい」

「本当に？」ラウルが皮肉っぽい口調で尋ねる。

アタランテはここぞとばかりに口を挟んだ。「あなたが彼に何か渡しているのを見たってヴィクトルが言っていたわ」

「ヴィクトルがあなたたちにそんな話をしたの？」ルイーズが嫌悪感たっぷりに言った。

「いったいなぜそんなことを？」

「実際のところ」ラウルが言う。「彼はジルベールにその話をしていたんだ。ぼくたちはちょうどその部屋に入ったときに、一部を聞いただけだ」

「ジルベールに？　どうして？」ルイーズはラウルからアタランテへ視線を走らせ、ふたたびラウルを見た。

彼は肩をすくめた。「それはきみ自身で確かめないと。ただぼくには、ヴィクトルが会話を楽しむためにその話をしたとは思えない」

「なんて嫌なやつ」ルイーズは息をのんだ。

ラウルは体をかがめて彼女に近づいた。「きみはデュポンに金を渡していた。ぼくたちはその理由が知りたい」

「ええ、渡したわ」ルイーズはいらだったように片手を振った。「ベルヴューまで行くお金がないと言われたから。あの宿屋はここから数キロ離れた場所にあるし、彼は老人でしょう。だから数フラン手渡して、ベルヴューまで連れていってくれる農夫でも探しなさいと言ったの。そんなに大金を渡したわけじゃない」

「硬貨を渡したのか？」ラウルが尋ねる。「紙幣ではなくて？」

「ええ、硬貨で間違いない」ルイーズは鼻にしわを寄せた。「あの老人が嫌でたまらなかった。意味ありげなほのめかしまでして。あの男がマチルドの何を知っていたっていうの？何も知っているはずがない」

「マチルドが落馬事故で死んだ日、デュポンは密猟の罪でこの土地で逮捕されていた」ラウルはルイーズの目を見つめた。「彼は目撃者だったかもしれない」

ルイーズはたちまちきまり悪そうな表情になった。「あら、そうなの」何かをしわくちゃにするかのように両手をきつく握りしめる。「なるほど」

「デュポンの死がとても重要なんだ」ラウルは続けた。「その宿屋での出来事をすべてぼくたちに話してほしい」

「もう話したわ」

「他に何かなかったかしら？どんなことでもいいの」アタランテがうながす。「彼の様子で特別気づいたことはなかった？」

「みすぼらしくて、ひどい臭いがしていた。両手にも、持っていた新聞記事のインクの汚れがついていた」

「あなたに見せたあと、彼はその新聞の切り抜きを自分のポケットにしまった？」

「いいえ、欲深い物乞いみたいに硬貨と切り抜きを握りしめたままだった」ルイーズは鼻を鳴らした。「まったく自分を何様だと思っていたのかしら？　このわたしを脅すなんて」

「きみはデュポンに腹を立てていた。仕返しして彼をナイフで刺すほどの激しい怒りだったんじゃないのか？」

「わたしが自分のバッグにナイフなんか入れていると思う？」ルイーズはラウルを軽蔑するように一瞥した。「それにどうしてさっきから質問ばかりするの？　あなたたち、いつから警察の味方になったの？」

「イヴェットが逮捕されたの」アタランテは言った。

ルイーズは冷笑を浮かべた。「本当に？　ああ、そうこなくちゃ。数日間留置場で過ごしたら、あの小さな怪物も少しは反省するでしょうよ」

「たしかウジェニーも、イヴェットを怪物と呼んでいたね。きみはいつから急にウジェニーとそんなに仲よくなったんだ？」ラウルが尋ねる。

ルイーズは目を大きく見開いた。「わたしはいつだってウジェニーと仲よしよ。もちろん、可愛い妹がひどい目にあわされた以上、放っておくわけにはいかない。どう考えてもイヴェットは頭がおかしい。警察にそう言ってやったの」

つまり、イヴェットが不利になる話を警察に漏らしたのはルイーズだったのだ。おそらく、そうすれば自分があの少女にどういう仕打ちをすることになるのか考えもせずに。

「はっきり言って、警察は全然興味を持っていないはずよ」アタランテは思わず言った。

ラウルが驚いたように、もの問いたげな目で彼女を見た。

ルイーズがゆっくりとアタランテに向き直った。「なぜそう思うの?」

「警察署長から、自分が対処するのは事実だけだと聞かされたから。単なる推測や仮説、アイデア、意見は求めていないって」

ルイーズは低い笑い声をあげた。「あら、彼はあなたにそんなことを言ったの? わたしにはそんなこと一言も言わなかったわよ。わたしはこれまでイヴェットについて聞いた話や、この目で見た彼女の情緒不安定な態度について自由に話したわ。彼は一度もわたしを止めたりしなかった」見下すような口調でアタランテに言う。「あなたはあの警察署長からよく思われなかったようね」それからラウルをちらりと見た。「もういいかしら? 暑くなってきたからそろそろ屋敷に戻りたいわ」

「もちろんだ。放っておけないほど可愛い妹が、さぞきみを恋しがっているだろう」ラウルが皮肉っぽく答える。そう言われて少し体をこわばらせたことからすると、ルイーズにもまだ慎み深さが少しは残っていたらしい。彼女は足早に立ち去った。

ラウルはアタランテに尋ねた。「きみは彼女の話を信じた?」

「デュポンが彼女をウジェニーと間違えたというのはありえる話だと思う。あのふたりは本当によく似ているもの。それに新聞の写真は画質が粗くてはっきりしないことが多いから。彼はルイーズをウジェニーだと思い込んだはず」

ラウルはうなずいた。「その他の点については？　ルイーズが彼に、ウジェニーに直接会いに行くように言ったという話はどう？　ルイーズはフロンテナック家の汚れのない評判を誇りに思っている。そんな彼女が幸せな結婚式を台無しにするようなチャンスを、あのみすぼらしい老人にわざわざ与えるかな？　ルイーズがデュポンにもっと金をやるからもう一度会おうと持ちかけ、そのとき彼を殺した可能性はまったくないと言い切れるだろうか？　仮にふたたびデュポンと会う約束をしていたら、ルイーズもあらかじめナイフを用意できるはずだ」

「たしかにその可能性はある。でもデュポンのポケットにあった貝殻が引っかかっているの。もし彼があの貝殻洞窟で殺されたとしたら、ルイーズは洞窟から遠く離れたあのどぶまで、どうやって彼を運んだの？　彼女にそんな体力があると思う？　しかもそんな姿を誰にも見られなかったというの？」

「正午から午後三時は暑さもピークだ。外をうろうろしている人はさほど多くない。ただ認めざるをえない。ルイーズに男の死体を肩に担いで運べるとは思えない。やはり殺人犯は別の誰かだろう。ヴィクトルはどう？　彼はルイーズとあの老人のやりとりを目撃していた。秘密を探るために、こっそりデュポンのあとを追うこともできる」

「ええ」アタランテはラウルを指差した。「あなたの言うとおりだわ。ヴィクトルに話を聞きに行きましょう」


ヴィクトルはテラスにある椅子に座り、本を読んでいた。ふたり並んで彼に近づき、ラウルが前かがみになって本の題名を確認した。「ジュール・ヴェルヌか。こんな憂鬱な一日から現実逃避するには、まさにうってつけだな」

ヴィクトルは首をかしげた。「ぼくが選んだ本を批判しにやってきたのか？」

「いや。ルイーズがあの宿屋で出会った男についてもっと知りたいんだ。きみが見たままの話を正確に聞かせてほしい」

「年老いた、薄汚い男だった。ルイーズは彼としばらく話して、何かを渡していた。それがぼくの知るすべてだ。すでに話したとおりだよ。といっても、ジルベールにだがね」

「そうよね」アタランテはとびきり魅力的な笑みを彼に向けた。「でもあなたは芸術家だわ。たとえ目にしたのが一瞬でも、そこからもっと細やかで詳しい情報を引き出せるはず。彼が老人だったという以外のことも記憶しているし、ルイーズが彼に与えていたものがなんだったのかはっきり見たに違いないわ」

「いや、見ていない。ただ金の可能性はある。金属が触れ合うような音が聞こえた気がしたから。でもたしかじゃない。あたりはひっきりなしに車が停まったりエンジン音が響いたりしていて、他の音はかき消されていたんだ」ヴィクトルは膝上の開いた本の上に両手を休めた。「そんなことを聞いてどうする？　それがそんなに重要なことかい？」

「デュポンは殺された」ラウルはそっけなく言った。「そしてぼくたちは彼を殺した犯人が誰か知りたい」

「ルイーズは？」ヴィクトルは笑っていない。「あの老人が話しかけてきたあと、彼女は動揺していた。大丈夫かとすぐに尋ねたら、大丈夫だと答えていたが、ルイーズはひどく取り乱した様子に見えた」

「その後きみたちはどこに行ったんだ？　この屋敷に到着するまでの間は何をしていた？」

「別行動を取ったんだ。ぼくは近くに住む友人を訪ねたかったから、ルイーズを村に置いていくことにした。彼女は村で買い物を楽しんでいたよ」

　ということは、ふたりともその後デュポンと会い、彼を殺すことはできたはず。アタランテは心のなかでつぶやいた。車があるヴィクトルの場合、ルイーズよりすばやく簡単に動き回れるだろう。遺体を違う場所へ運ぶことも――仮にデュポンがあの貝殻洞窟で殺されたとすればの話だけれど。

「なあ、ヴィクトル」ラウルが口を開いた。「ぼくはきみという人を知っている。きみは常に女性を守ろうとする紳士だ。しかも、その老人がルイーズを動揺させたと気づいていた。友人の家に遊びに行く途中か、あるいは帰り道の途中で、たまたま道端でその老人を見かけて車を停めて話しかけたんじゃないのか？　なんの話でルイーズを困らせていたのか知るために？」

「ぼくがあの男に会ったのはあのときだけだ」ヴィクトルはやや慌てたように答えた。しかもその答えは本当のように聞こえない。「ルイーズに直接聞いてくれないか」

「なぜあなたはジルベールに、あの宿屋での出来事を話したの？」アタランテは尋ねた。

「なぜ今朝マダム・ラニエの遺体が見つかったこのタイミングで？　どうしてもっと早くに伝えなかったの？　それか、なぜ口を閉ざし続けなかったの？」

「さあ、わからない。話さなければいけないような気がしたんだ」ヴィクトルはふたたび本を手に取り、ページをめくった。「そろそろいいかな。読書中なんだ」

「イヴェットが逮捕された」ラウルが言う。「それなのに、きみは読書か？」

ヴィクトルは彼をねめつけた。「ぼくにとって、彼女は何者でもない。きみがイヴェットのもとへ駆けつければいい。英雄の役割を演じて、彼女の子どもっぽい恋心をかき立てればいいじゃないか」

ラウルは首まで真っ赤になった。「イヴェットは深刻な問題に巻き込まれている。きみは気にならないのか？」

「ぼくは彼女をほとんど知らない。彼女のために何かしなければという気にも――」

「きみは彼女をほとんど知らない」ラウルが言う。「だが彼女の弟は知っているはずだ。きみは彼が生徒だった学校で絵を教えていたんじゃないのか？」

ヴィクトルは体をこわばらせた。「かもしれない。ぼくはいろいろな学校で絵を教えているから」

「彼についてきみはどう思っていた？」

「ぼくはこれまでたくさんクラスを受け持ってきた。教えた生徒ひとりひとりまで思い出せない。しかも一日か二日しか教えない学校だってあったんだ」

「なるほど。あるいは……」ラウルが眉をひそめる。「彼はきみの授業を受けることさえ許されなかったのかもしれない。いつも悪ふざけをして問題を起こしていたんだ。そのせいで退学まで言い渡されていた。きっときみはそれである計画を思いついたんだろう？イヴェットを利用して、自分の罪を彼女になすりつけようとしたんじゃないのか？」

「もううんざりだ」ヴィクトルは立ちあがった。「きみはぼくにけんかを売りたがっているようだが、相手にする気はない。ぼくはここで起きた事件には無関係だし……」

「あの貝殻洞窟の一件だけは別よね？　手紙でウジェニーを洞窟へ呼び寄せ、頭の上から泥を落としたのはあなたでしょう？」アタランテはある種の確信をもって言った。

彼はアタランテをにらみつけた。「ぼくはそんなことやっていない。彼女と誰もいないところでふたりきりで会いたいとも思わなかったし。ましてや、誰かが彼女を狙って泥を落とすなんて思いもしなかった」

「だが条件のいい相手が現れたせいで、きみはウジェニーから振られた。そのときはさぞ心が痛んだに違いない」ラウルが言う。

「よくあることだ。それにいまのぼくにはルイーズがいる」

「ルイーズはジルベールを愛している」ラウルはそれが周知の事実であるようにずばりと指摘した。

ヴィクトルは目を光らせた。「それも時間の問題だ」彼は本を閉じると大股で屋敷のなかへ戻っていった。

「いまのはどういう意味?」アタランテが尋ねる。「ヴィクトルはルイーズに証明しようとしているの？　彼女にとって、もはやジルベールは時間をかける価値もない相手だということを?」

「どのみちルイーズがジルベールを相手にすることは許されない。自分の妹と結婚しようとしている男だからね。ぼくが不思議なのは……」ラウルはしばし口を閉ざし、遠くをぼんやり見つめた。「こういう可能性はあるかな？　ヴィクトルがデュポンを殺し、その罪をジルベールになすりつけようとしているのでは？　ジルベールを留置場に閉じ込め、有罪判決を受けるよう仕向けているのでは？　デュポンがルイーズにマチルドの死に関して情報があると話しているのを、もしもヴィクトルがこっそり聞いていたとしたら……」

「その可能性はある。でも凶器のナイフはジルベールの私物から見つかったわけじゃない。イヴェットの画材道具入れのなかに置かれていた。なぜヴィクトルはイヴェットに罪をなすりつけようとしたの？　彼はイヴェットを特別好きじゃないかもしれないけれど、彼女を忌み嫌う理由もないはずだわ」

「たしかに」ラウルはため息をついた。「さっきから堂々めぐりだな。結論が出ない」

アタランテにしてみれば、これまで自分が到達できなかった結論に、ラウルもまたたどり着けないのだとわかり、どこかほっとしている。そんな奇跡はなかなか起きないものなのだろう。とはいえ、イヴェットを救い出すためにはなんとしても突破口が必要だ。

ありがたいことに、わたしには貴重な情報源がある。ルナールだ。彼は裁縫師グリセルを通じて、わたしがひとりではないと伝えてくれた。そろそろその言葉を本気で受け入れるべきときではないだろうか？

「本当にそうね。わたし、ちょっと村まで散歩に行ってくる」アタランテはラウルに告げた。「歩くといつでもいい考えが思い浮かぶの。あとでまた話しましょう」

アタランテはその場から歩き出した。ラウルがあとを追いかけてこないことを祈るような気分だ。村にある電話でルナールを呼び出してみよう。もしかすると、役に立つ情報を教えてもらえるかもしれない。

21

受話器の向こう側からでも、ルナールがアタランテの声を聞いてほっとしている様子が伝わってきた。「そろそろご連絡がある頃ではないかとお待ちしていました。その後、事態がどうなったか非常に興味があります」

たちまち喉のつかえを覚えた。この案件の解決に失敗したことを、いまこそ認めなくてはならない。「実は行き詰まっているの。マダム・ラニエが亡くなってね。たくさんのより糸がますますこんがらがって、どこからほどけばいいのかさっぱりわからないような感じ」アタランテは今朝の出来事をルナールに説明した。

「お気の毒に。あなたが遺体の第一発見者となったとは。さぞ恐ろしかったことでしょう」

「ええ。マダム・ラニエがあんなことになって本当に残念。すでに死期が迫っていたとわかっていてもね。彼女の遺産は誰が相続するのか、あなたは知っている？　これはとても重要なことよ。マチルドが死んだとき、彼女の持参金は実家に戻された。そしていま彼女の母親が死んで、そのお金はジルベールのもとへ戻ってくるのかしら?」

「さあ、それはないと思いますが調べてみます」

「お願い。それにイヴェットの相続関係についても詳しく調べてほしいの。現在何を所有していて、彼女が死んだ場合、その財産がどうなるかを」

「死んだ場合? 次の犠牲者が彼女かもしれないとお考えで?」

「いいえ、むしろイヴェットは殺人で有罪となり、死刑判決を受けるのではないかと心配しているところ」アタランテはため息をついた。「そうなればイヴェットの弟が得をすることになるかしら?」

ヴィクトルはイヴェットの弟とは知り合いでもないし、まともに会ったこともないし、生徒だったとしても思い出すことさえできないと話していた。でも仮にふたりが知り合いで、イヴェットの弟がヴィクトルにあることを依頼したとすれば……。

状況はこれ以上ないほど複雑に思える。でも、ほとんどの人は報酬によって行動を起こすものだ。ヴィクトルは無一文。しかもウジェニーに鼻であしらわれた。自由になる大金がない限り、自分にはいい結婚をして幸せな人生を送るチャンスなど絶対にめぐってこないと考えたのかも?

「あなたのほうでは、何か役に立ちそうな情報はあった?」アタランテはルナールに尋ねた。

「はい。それをお伝えするために、あなたに連絡を取る一番の方法について考えていたところだったんです。今日は結婚式当日だというのに、そちらの屋敷に電話をかけるのは礼儀正しくないように思えたものですから」ルナールはこれ以上ないほど礼儀正しい物言いだ。「アンジェリーク・ブローノーについてわかったことがあります」

認めざるをえない。このごたごたで、美しい歌手のことをほとんど忘れかけていた。うながすように相槌を打つ。「ええ、それで？」

「彼女は金銭面で問題を抱えています。そのせいで、パリ郊外にある屋敷とそこで大切にしていた馬二頭を売却しなくてはいけなくなりました」

「馬二頭？」

「はい。彼女は乗馬の名手で、その屋敷にいる間は毎日乗馬に出かけていたそうです」

「彼女はわたしに、乗馬はあまりうまくないと話していたけど」

「ですが本当です。二頭のうち一頭を障害飛越競走馬として飼育していたほどですから」

「つまり、彼女は馬に乗って枯れ木を飛び越えるのを恐れたりしないということ？」アタランテはゆっくりと応じた。だがマチルドが死亡したあの日、アンジェリークはぬかるんだ道で無茶をしたくないから自分だけ屋敷に戻ったと話していた。もし障害飛越をするほどの腕前なら、なぜそんなことを？

ルナールは続けた。「行うはずだった演奏会をキャンセルしたせいで、彼女には未払いの借金があるようです。しかも声に問題があり、飲み過ぎのせいだという噂もあります」

「そうなの」アタランテは想像してみた。借金問題に不安を抱え、プライベートバーを持参してカクテルを飲んでいるアンジェリーク。気まぐれで立ち寄った礼拝堂で、亡き親友の墓を目の前にして罪悪感にさいなまれるアンジェリーク。なぜならその親友の死に自分が関わっていたから……。

　そのとき、やってきたマダム・ラニエから〝あの事故の日、あなたは娘と一緒にいなかったと言ったけれどわたしには信じられない〟と言われたのかもしれない。それか〝わたしにはすべてお見通しよ〟というようなことを。さらに想像してみる。アンジェリークはマダム・ラニエに襲いかかるか、突き飛ばしたのかもしれない。そのせいでマダム・ラニエは後ろによろめいて、石の壁で頭を強打してしまったのかも。

　どれもすべて無視できない可能性だ。「教えてくれてありがとう。今後の鍵を握る情報になりそう。それともうひとつ。アンジェリークはベルヴューに到着する前にどこにいたか知っている？　演奏会のために、ここからずっと離れたニースやモンテカルロといった大都市に立ち寄っていなかった？」もしそうなら、アンジェリークにはデュポンは殺せない。

「いいえ、そういう演奏会の予定はありませんでした。聞いた話によれば、ベルヴュー近くにあるサン・ピアジェという町に友人を訪ねていたとのことです」

つまり、アンジェリークはこの近くにいたのだ。

とはいえ、もしアンジェリークが犯人なら、彼女はどうやってデュポンのことを知ったのだろう。それにどうしてデュポンが彼女のことを？

突然興味深い考えが思い浮かんだ。「急がなければ。また電話するわね。そのとき、今回頼んだ情報を教えてちょうだい」

「くれぐれもお気をつけて、マドモワゼル・アタランテ。殺人犯はまだ近くにいるかもしれません」

受話器を置いたとき、アタランテの頭は新たに思いついた考えでいっぱいだった。ルナールの言葉の意味をよく考えることさえしないまま、屋敷へ戻りはじめる。またしてもルイーズに話を聞かなくては。


アタランテがやってくるのを見ても、ルイーズはちっとも嬉しそうではない。ピアノの前に座り、鍵盤に指を滑らせてためらいがちに旋律を奏でながら、近づいてきたアタランテに低くつぶやいた。「もういい加減にして」

「デュポンがあなたに見せた新聞記事についてもうひとつだけ知りたいの」周囲に聞こえないよう、アタランテは小さな声を心がけた。「その記事の写真に写っていたのはウジェニーだけ？　それとも他に誰か写っていた？」

「そうねえ……」ルイーズは眉を思いきりひそめた。「そうだ、いま思い出した。妹の隣にアンジェリーク・ブローノーが写っていた。たしか記事には〝パリ社交界の華と、その結婚披露宴で歌声を披露する予定の歌姫〟だと書かれてあったはず」その答え方からすると、ルイーズは自分の妹と同じくアンジェリークのこともあまり好きではないようだ。

「デュポンはあなたにアンジェリークについても何か話していた？」

「いいえ、彼はウジェニーとわたしを間違えていたんだもの」ルイーズはしばし考えてから続けた。「でもわたしがウジェニーならベルヴューにいると教えたら、彼はもうひとりの女性もそこにいるのかと尋ねてきた。だからサン・ピアジェにいると教えたの」

「あなたはアンジェリークがそこにいたのを知っていたのね？」

「ええ。彼女はパリを出発する前、わたしたちみんなにそう触れまわっていたから」ルイーズが肩をすくめる。「それってそんなに重要なこと？」

アタランテは答えるどころではなかった。いろいろな考えが浮かんでくる。デュポンはサン・ピアジェのどこにアンジェリークが滞在しているのか探し出し、彼女に近づいたのだろうか？　そして〝あの運命の日、本当は何が起きたか伯爵に真実を話す〟と脅迫したせいで、アンジェリークに殺されたのか？

ルイーズは不思議そうにアタランテを見あげた。「どうしてそんなに必死になってイヴェットの汚名をすすごうとしているの？　そもそもあなたはわたしの妹に届いた手紙の謎を解く手助けをするために、ここへやってきたはずよ。それなのにいまは……きっとあなたは誰かに気に入られようと必死なのね。その相手がウジェニーだろうと、ジルベールだろうと、誰であろうと構わないんだわ。彼らが感謝と報酬を与えてくれる限りはね」

「わたしは自分ひとりでちゃんとやっていけるわ」

「あら、本当に？　音楽教師なんて安定した仕事に思えないけれど。アンジェリークを見ればわかることよ。もう声が出ないし、歌手としてのキャリアもおしまい。結婚式が取りやめになって今夜の披露宴で歌わなくてすんだのは、彼女にとっていいことだったかもしれない。最近の彼女の歌のひどさに、みんな驚くことになったはずだもの」ルイーズは立ちあがり、ピアノの蓋を乱暴に閉めた。

アタランテは目まぐるしく頭を働かせた。アンジェリークがマダム・ラニエを殺したのは、あの結婚式を取りやめにするためだったのだろうか？　そうすれば、声量が衰えている秘密を誰にも知られずにすむから？

でも、だったらなぜ披露宴で歌を披露することを承知したのだろう？　調子がよくないことを言い訳にして断れるではないか。風邪をひいたとか、喉が痛いとか、他にも歌えない理由ならいくらでもあるのでは？

人前で歌うことを避けるためにわざわざ誰かを殺すだろうか。もっと簡単な断り方があるのに？　いくらなんでもそれはありえない。でも半分酔っ払って良心の呵責にさいなまれていたアンジェリークがあの地下埋葬室で、偶然やってきたマダム・ラニエと言い争いになった可能性は考えられる。

アタランテは唇を嚙んだ。実際に起きた可能性のあるシナリオが多すぎる。それが問題だ。そのせいでどの方向へ進むべきか、どの手がかりを追うべきなのか、また追わなくてもいいのはどの手がかりなのか、はっきり決められない。包囲網をじわじわと狭め、殺人犯にたどり着くにはどうすればいいのだろう？

祖父はわたし宛ての手紙になんて書いていただろう？〝常に最初に立ち戻るようにしなさい〟しごく当然の忠告に思える。だけどいまのわたしは、情報のあまりの多さに完全に取り乱している。次々と判明する新たな事実に気をとられ、そもそもどこが出発点だったかさえ忘れてしまっている。

何が出発点だったのだろう？　何が引き金となり、この一連の出来事が起こるようになったのか？

マチルドの死だ。きっかけは、彼女のいわゆる〝事故死〟にほかならない。

最近わかった情報を考え合わせると、あれが事故ではない可能性も出てきた。もし事故ではないと仮定したら、自分に問わなければならない重要な質問がある。〝なぜマチルドは死ななければならなかったのか？〟

自分の部屋に戻って真新しい紙を一枚取り出し、マチルドの関係者全員の名前を書き出した。

スーモンヌ伯爵ジルベール（マチルドの夫）
イヴェット（伯爵の姪）
アンジェリーク・ブローノー（一家の友人であり魅力的な女性）
ルイーズ・フロンテナック（マチルドの友人、彼女を伯爵に引き合わせた）
ウジェニー（ルイーズの妹、伯爵の現在の婚約者でありニ番目の妻になる予定）
ヴィクトル（一家の友人）
ラウル（一家の友人）

最後のふたりは、マチルドの事故が起きたとき現場近くにいたかどうかわからない。そこでふたりより上に記された名前に意識を集中させ、彼らの動機を考えてみることにした。
もしマチルドを殺したのが女性だとしたら、その動機は明らかだ。伯爵を自分のものにしたかったからに違いない。候補はウジェニー、ルイーズ、アンジェリーク。とはいえ、この三人がわざわざ人殺しをしてまで伯爵を我がものにしようとするだろうか？　ウジェニーは姉ルイーズの紹介で伯爵と婚約した。そのルイーズはあえて新たな伯爵夫人の座に就こうとはしなかった。アンジェリークは……歌手としての輝かしいキャリアに満足しているように見える。

もしあの落馬事故がアンジェリークの無謀な行動によって引き起こされ、彼女がそれを認めるのを恐れていたとしたらどうだろう。そしてそのことをデュポンが知っていたとすれば？　彼はサン・ピアジェの友人の家にいたアンジェリークをわざわざ訪ねたのだろうか。それとも彼女に電話をかけてベルヴューまで呼び出したのか。そしてデュポンはあの落馬事故の日に自分が森のどの場所に立っていて、何を目撃したかをアンジェリークに告げたのか。だからこそ彼女はデュポンを殺したのだろうか。長年仲が悪かった猟場番人との争いのように見せかけて？

だめよ。アタランテは自分を戒めた。いま集中すべきはマチルドの死だ。デュポンではない。マチルドが事故にあったとき、デュポンはまだぴんぴんしていた。しかも目撃者でもあったのだ。

デュポンは何かを目撃したに違いない。彼は刑務所から釈放されたあとに何かを知っているとほのめかした。彼はその情報をネタに金をせびろうとしていたはずだ。だけど落馬事故の日に逮捕された直後、デュポンが面会を求めたのは伯爵だった。

なぜ伯爵だったのか？

彼ならば自分の情報に金を払うはずだと考えたから？　それともジルベール自身が関与しているから？

デュポンが伯爵に伝えたかったのは、あの落馬事故の真犯人が誰か知っているということなのか。刑務所のなかにいれば、デュポンの身に危険なことが起こるはずがない。ジルベールもまさか刑務所でデュポンに襲いかかるわけにはいかない。

とはいえ、密猟者が伯爵を脅迫すること自体、危険きわまりない行為のように思える。

ジルベール……アタランテはその名前の近くでペンをうろうろとさせた。ひとつ疑問がある。仮にジルベールが自分の妻の死に関係していたとしよう。運命のあの日、伯爵はマチルドがわざと馬から落ちるようにしたのかもしれない。あるいは実際に頭部を殴りつけて落馬事故に見せかけようとしたのかも。どちらにせよ、なぜ伯爵はそんなことをしたのだろう。マチルドが劇的な亡くなり方をしても、伯爵が得るものは何ひとつなかった。彼女の花嫁持参金も実家へ戻されたのだ。

ジルベールはマチルドの不貞に気づいたのだろうか？　だから嫉妬と怒りに駆られて殺した？

それともマチルドが命を奪われたのは、彼女が伯爵の屋敷を改築しようとしていたことと何か関係があるのか？　実際、彼女はここで代々引き継がれてきたものを変えようとしていた。庭園の改築だ。地図には〝クロイソス〟という言葉が記されていた。

ちょうどあの貝殻洞窟のある場所に、十字の印と一緒に。

それらすべてが、いまは亡きマチルド自身が遺してくれた手がかりだ。いわば彼女が墓の下からわたしに話しかけてくれているようなもの。きっと祖父なら、遺された手がかりに特別な意味を見いだしていたに違いない。でもわたしには、それらにどんな意味があるのかまるでわからない。わかるのは、あれがあの庭園を改築するためのマチルドの計画だったということだけ。華やかな都市から田園地帯に移り住んだ女性たちが、新たな屋敷において自分の影響力を示すためによくやることだ。

あの貝殻洞窟には財宝が隠されているのだろうか。それを見つけたマチルドを、秘密を守りたかった夫が殺害したとか？

マダム・ラニエも宝物という言葉を口にしていた。娘マチルドからの手紙に、夫ジルベールの心は彼の本当の宝物と一緒にあると書かれていたと話していた。そう聞くと、その宝物がマチルド自身を意味しているように聞こえる。夫ジルベールにとって、愛すべき宝物は妻である彼女なのだと。でも、もしその言葉にもっと重要な意味が隠されていたとしたらどうだろう。マダム・ラニエが宝物について誰にも話すことがないよう、ジルベールが彼女を殺した可能性はないだろうか。

でもマダム・ラニエの死を知らされ、伯爵はあんなに打ちひしがれていた。動揺するあまり、イヴェットのせいかもしれないとさえ考えていた。仮に伯爵が目的のためなら誰かを殺せるほど冷酷な人間だとしても、その罪を最愛の姪になすりつけるだろうか？　手を焼かされているにもかかわらず、常に守り続けようとしてきたイヴェットに？　あんな扱いの難しい少女は手放すべきだといくら言われても、これまでそんな意見には耳を貸そうとしなかったのに？

この矛盾をどう考えればいいのだろう？

いや、いまは伯爵以外の人たちについて考えるべきだ。

アタランテはゆっくり時間をかけて、その他の人びとの動機について考えてみた。でもどうにも難しい。自分はマチルドのことを知らない。だから、彼女が他の人たちの強い感情を呼び覚ますような女性だったのかどうかわからない。マチルドは他の女性たちの嫌悪感を駆り立てるタイプだったのだろうか？　彼女を傷つけたいと思わせるほどに？

イヴェットがマチルドを嫌っていなかったのは確かだ。それどころか、彼女たちふたりはとても仲がよかった。ふたりで地所を歩き回って宝探しをしていたほどだ。

マチルドは庭園か貝殻洞窟に何かが隠されているはずだと信じ、それを探す活動にイヴェットを巻き込んだのだろうか？　それともあれはイヴェットを夢中にさせるための、罪のないゲームにすぎなかったのか？

クロイソス。その言葉がすべての鍵を握っているように思える。富、金、財産の象徴。ジルベールはここに美しい邸宅を構え、その邸内に旅行先から持ち帰ったたくさんの芸術作品を所有している。選び抜かれた品々だ。どれも替えがきかない逸品ばかり。なかでも最高傑作は彼が自分の書斎に保管し、その部屋には誰も入れたがらない。あのメイドの話によれば、書斎の埃を払う必要さえないという。

伯爵が自分の部屋に宝物を隠し持っている可能性はないだろうか？　何か特別な品を？　でもジルベールは他の芸術作品を人目に触れる場所に飾っている。なぜその宝物も同じように飾らないのか？　その宝物のどこがそんなに特別なのだろう？　誰にも見せないよう細心の注意を払う理由とは？　伯爵にとって、それはそんなに重要な宝物なのか？　誰かの命を奪ってでも守るべきだと思うほどに？

アタランテは首をかしげた。自分は何か重要な部分を見逃している。そんな気がする。おそらくルナールのさらなる情報——マダム・ラニエの遺産、そしてイヴェットの相続状況に関する情報が、その隙間を埋めてくれるのでは？

22

ディナーの席は静まりかえっていた。大声で笑ったり不適切な発言をしたりするイヴェットがいないせいだ。誰もが物思いに沈んでいる。ジルベールはテーブルを見つめたまま、ほとんど料理に手をつけていない。他の者たちは料理を口に運んではいるものの、なるべく物音を立てまいとしているようだ。

「まるでお墓にいるみたいね」とうとうアンジェリークが言った。頬が染まっているのは、夕食のためにここへおりてくる前に、カクテルをすでに一、二杯飲んできた証拠だろう。

「その言葉は好ましくないな」ラウルがとがめるように応じたが、本気で非難しているわけではないだろう。

「あら、人生の盛りを過ぎていた女性が亡くなったからといって、わたしたち全員が落ち込む必要はないと思うけど」

ジルベールが顔をあげた。「亡くなった義理の母のことを、そんなふうに言ってほしくない」

アンジェリークが言い返す前に、伯爵はつけ加えた。「それにわたし自身のことを言えば、こんなに落ち込んでいるのは、死期が迫っていたはずの女性が死んだからではない。輝かしい未来が待っているはずの少女の今後が心配でたまらないからだ」

「イヴェットには芝居がかったところがあったから」ウジェニーが言う。「遅かれ早かれ、自業自得で困った立場に立たされることになったと思うわ。時間の問題だったのよ」ジルベールをちらっと見た。「避けられないことだったんだわ」

「きみがあの子にもっと優しくしてくれていたら事態は違ったかもしれない」伯爵は冷たい口調で応えた。「きみはアルバムを台無しにしようとして、イヴェットの気持ちを傷つけた。ポンポンのこともそうだ。その仕返しの意味もあったのかもしれない。あの子がきみのヴェールを持ち去ってあんな場所に置いたのは――」声がしわがれ、そこで途切れた。

ウジェニーが言った。「わたしはマチルドの写真を台無しにするつもりなんてなかった。ただあのみすぼらしいアルバムを壊してやりたかっただけ。だって先にわたしを傷つけたのはイヴェットのほうだもの。その仕返しよ」

マダム・フロンテナックが舌打ちをする。「あなたはもう十六歳じゃないのよ、ウジェニー。争ったりせず、あの少女の上を行かなければ」

ウジェニーは母に向かってしかめっ面をすると、ふたたび自分の皿に集中した。

次に口を開いたのはルイーズだ。「ジルベール、相談した弁護士はなんて言っていたの？」

アタランテは驚いた。ルイーズはなぜそんなことを知りたがっているのだろう？　イヴェットが勾留されるかどうか確かめたいとか？　もしあの少女が釈放されたら、警察の目が他の者たちに向くのを心配しているから？

「弁護士はイヴェットとの面会に向かっているところだ。彼が言うには……」ジルベールは一瞬言葉を切り、ナプキンをいじくった。「一時的に錯乱状態になったと訴えれば、イヴェットを救うことができるかもしれない。もちろんその場合、彼女は治療を受ける必要がある」

「病院に入って治さないと」ウジェニーが引き取って言う。嬉しげな表情を隠そうともしていない。

マダム・フロンテナックは娘に警告するような一瞥をくれた。「なんて恐ろしい」体をジルベールのほうへかがめて続ける。「あなたはそうしようと考えているの？」

「他に選択肢がたくさんあるわけではない。故意に犯したわけではない罪のせいで、イヴェットを死なせるわけにはいかない」

「あるいは、彼女はまったく罪を犯していないかもしれない」ラウルが言葉をおぎなった。

ジルベールはラウルの言葉が聞こえなかったようだ。「あの子を死なせるわけにはいかない」ゆっくりと繰り返す。「だから、治療を受けさせるのが最良の解決法だと思う。わたしたちの評判に傷がつくのは十分承知している。一族に……そういう者が出たとなれば……だが……」

「有罪判決を受けた殺人者が出るよりはいい」ヴィクトルがそっけなく言った。

ジルベールは彼をにらんだ。「きみの感想は聞きたくない。なんならもう帰ってもらってかまわないんだ。実際……」テーブルを見回しながら言う。「なぜきみたち全員、ここに残っている？　もう結婚式はなくなったというのに」

「でもあなたの気持ちは変わらないわよね？　ウジェニーと結婚するつもりなんでしょう？」マダム・フロンテナックが口を開いた。「イヴェットは専門医に任せて、もはや誰も傷つけられないような安全な場所で治療を受けさせることにすれば、警察も彼女の釈放に同意するはずだわ。そうしたら予定どおり、結婚式を行うことができる。あの気の毒な少女の妄想癖をあなたはどうすることもできない。それはわたしだって十分わかっていますよ。だからあなたがうちの娘と結婚することに反対するつもりはないし、むしろ賛成よ」

ウジェニーは何か言いたそうな様子だ。きっと反論したいのだろう。だがマダム・フロンテナックは片手をあげて娘を制すると、ジルベールに笑みを向けた。「あなたは本当にすばらしい男性だわ。このいたましい出来事にも見事に対応してらっしゃる。そんなあなたのことをますます尊敬するようになったくらい」

「こんなことがあった以上、わたしはもう結婚するつもりはありません」ジルベールが言う。「こんなふうに……ただならぬ事態になったことに関して、ウジェニーには罪がないかもしれません。だがわたしはイヴェットがいらだちを募らせた一因は彼女にあると考えています。理不尽に思われるかもしれませんが、こんなことを経験したあとではもはや理性的に考える気分になれないんです。みなさんには立ち去ってもらいたい」

ラウルが口を開いた。「だが警察は事件解決までぼくらにここへ残るよう求めてくるはずだ」

「わたしたちがここに滞在しているのは取り調べを受けるためじゃありませんよ」マダム・フロンテナックが言う。「ここに残っているのは結婚式のためです。あなたはわたしの娘と結婚するのだから」彼女の声には有無を言わさぬ調子が感じられる。

ジルベールは立ちあがると、テーブルの上にナプキンを放り投げた。「そのことについてはもう一言も聞きたくありません」そう言い残して部屋から出ていった。

「なんてひどい態度なの」マダム・フロンテナックが不満げに言う。

ヴィクトルが慰めの言葉を口にした。「彼は結婚式の新たな日取りを決める気になれないだけですよ」

「あら、不思議ね。なぜあなたがそんなことを言うの？　それに、なぜ伯爵の気持ちがわかったような口をきくの？　あなたはイヴェットを嫌っていた。まあ、彼女の弟からされた仕打ちを考えれば無理もないことだけど」ルイーズが冷笑を浮かべた。

「イヴェットの弟？」アタランテはすかさず尋ねた。ほぼ同時にラウルがヴィクトルに質した。「つまり、きみはあの学校で彼女の弟に絵を教えていたんだな？」

「ええ、彼から聞いたわ。イヴェットの弟がものすごく不適切なものを描いたせいで授業が台無しになったってね」ルイーズが得意げに言った。

　ヴィクトルはたちまち真っ赤になった。「きみなんかに話さなきゃよかった！」

　マダム・フロンテナックが言う。「ねえ、ルイーズ、その子はなんの絵を描いたの？」

　ルイーズはウジェニーをちらっと見ながら答えた。「いいえ、ママン、答えないほうがいいと思う。とても衝撃的なものだから」

「なぜヴィクトルが弟の悪ふざけをイヴェットのせいにするのか、ぼくにはわからない」ラウルが言う。

「それはそうかもしれないわね」ルイーズはワインをすすった。

　ラウルはマダム・フロンテナックに話しかけた。「あなたがまだこの結婚にこだわっていると知って、正直驚いています。イヴェットは精神が不安定だし、学校の事件を聞く限り、彼女の弟もそのようだ。だとしたらどうです？　そんな親族がいる男と結婚させても気苦労が絶えないのでは？　娘さんが幸せに暮らせると自信を持って言えますか？」

「わたしもそう思っていたところ」ウジェニーが言う。

マダム・フロンテナックは急いで答えた。「伯爵の弟さんは、彼より身分が下の女性と結婚したの。不安定なところは母親に似たに違いないわ。だって彼女は女優だったんだもの」

マダム・フロンテナックはその言葉にありったけの嫌悪感を込めながら吐き捨てるように言った。

アタランテはとりなすように言った。「もしウジェニーが結婚に前向きな気持ちになれないなら、この婚約を破棄しても許してあげるべきだと思います」

マダム・フロンテナックは怒ったように顔を真っ赤にした。「そんなことになったら、他の殿方がウジェニーを相手にすると思う？　わたしにはそうは思えない。ウジェニーはいますぐ伯爵と結婚する必要がある。他に道はないのだから」彼女は立ちあがり、部屋から出ていった。

ウジェニーがわっと泣き出した。「わたし、身内に人殺しがいる相手なんかと結婚したくない」

「イヴェットが有罪かどうかはまだわかってもいない」ラウルが言う。だがウジェニーは泣き叫んだ。「そうかもしれないと考えるだけでぞっとする。それにイヴェットが病院送りになったら……まわりからどんな目で見られるか……そんなの耐えられない。やっぱり結婚はできない」

「ぼくと駆け落ちしよう」ヴィクトルが唐突に言い出した。「きみをまだ愛しているんだ」

「ヴィクトル！」ウジェニーとルイーズが同時に大声を出した。ただ妹のほうは喜びの叫びだが、姉のほうは怒りの叫びだ。

「本気なの？」ウジェニーが尋ねる。

「彼は一文なしよ」ルイーズが吐き出すように言う。「彼と一緒になったら、あなたはこれまで楽しんできたような暮らしを続けられなくなる。それでもいいの？」

「わたしたち、自由にどこへでも行ける。それに彼は絵を描ける。そんな冒険ってとてもわくわくすることよ」

今回だけはアタランテもウジェニーに共感を覚えた。たとえ彼女の計画がずさんきわまりなくて、結局ふたりの仲が破綻するだろうとわかっていてもだ。冒険はいつだってわくわくするものなのだ。

「それならいますぐ逃げ出しましょうよ」ウジェニーは愛情たっぷりの目でヴィクトルを見つめた。「わたし、すぐに荷物をまとめるわ」

「だったらそれを返すべきだわ」ルイーズは妹がはめている派手な指輪を指差した。ウジェニーが指輪を引き抜き、テーブルの上に放り投げる。指輪はころころと転がり、ワインのボトルに当たった。「ほら、欲しければお姉様にあげる。お姉様はいつもジルベールを自分のものにしたがっていたものね。いまなら彼を自分のものにできる。それに彼の子どもたちを産むことだってできるわ！」ウジェニーは早足で部屋から出ていった。

ラウルがヴィクトルに話しかける。「まさか本気じゃないよな」

ヴィクトルは彼にゆっくりと魅惑的な笑みを向けた。「そうしたっていいだろう？ ウジェニーはいつだってぼくに惚れているんだ。彼女がぼくに飽きるまで、それかぼくが彼女に飽きるまで一緒にいることにするさ。ウジェニーはいつだって親元へ戻れる。いまマダム・フロンテナックは手厳しいことを言っているが、目に入れても痛くない娘にずっと背を向け続けるはずがない」

ルイーズは衝撃の表情を浮かべたものの、反論しようとしない。その姿を見てアタランテは思う。ウジェニーは本当に母親の一番のお気に入りなのだ。きっと何をしでかしても許されてしまうのだろう。

「ママンに話してくる」ルイーズは立ちあがった。「絶対にウジェニーを止めるはずよ。こんな最悪なことを許すはずがない」

ヴィクトルは懇願した。「やめてくれ、ルイーズ。ぼくらの邪魔をしないでくれ」そう言いながら彼女のあとを追いかけて出ていった。ふたりを追うようにフランソワーズも部屋をあとにした。

ラウルは立ちあがるとテーブルに置かれたままの指輪を手に取った。それを見たアンジェリークが警告する。「こっそりポケットに入れてはだめよ」

ラウルは鼻を鳴らした。「ぼくは泥棒じゃない」窓のほうへ指輪をかざし、光に当てながらじっと観察する。「それに宝石の専門家でもないが、この石が本物とは思えない」

アタランテはパリにあるフロンテナック家の料理人の話を思い出した。彼女も同じことを言っていた。いや、ほのめかしていたと言うべきか。

「偽物ってこと?」アンジェリークが尋ねる。「ジルベールの安物好きにはいつも驚かされるわ。きっと、大切なお金を婚約者への贈り物よりも絵画に注ぎ込んでいるのね。どうして彼が再婚を望んだのか不思議だわ。ジルベールは自分が見つけた美術品以外、なんにも興味がないみたいなのに」ワインを飲み干すと、グラスをラウルに突き出した。「ねえ、ダーリン、わたしにおかわりをお願い」

「もう十分飲んだだろう、ダーリン」ラウルは最後の呼びかけをあざけるように強調した。「もう階上へあがって休んだほうがいい」

「そんなことするものですか。これから始まるこのドラマを見逃すわけにはいかない。ほら、聞こえる?」アンジェリークが手を掲げる。階上から、いくつかの扉が激しく叩きつけられる音が連続して聞こえてきた。「マダム・フロンテナックが娘をみすみすあんな不埒な男と駆け落ちさせるわけがない。ジルベールは自分の名誉を守るために決闘を申し込まなければと考え、ピストルを手に取るはずよ。ええ、賭けてもいい」手首にはめた優雅な腕時計で時間を確認しながら続ける。「――あと十分以内に血が流れることになる」

「血ならもう十分流れている」ラウルが厳しい口調で応じた。「これを持っていてくれないか？」そう言いながらアタランテに向かって指輪を投げた。

彼は両手で受け止めたアタランテにウィンクをした。「ちょっと失礼する。またしても殺人事件が起きないように止めてこないと」そう言い残し、部屋から出ていった。

いまならアンジェリークとふたりきり。これはチャンスだ。「あなたはマルセル・デュポンと会ったの？」

アンジェリークは眠たげに目を閉じた。「それ、誰？」

「マルセル・デュポン、マチルドの事故を目撃した密猟者よ。あなたがサン・ピアジェの友人と一緒にいたとき、彼から連絡があったはず」

アンジェリークは目を見開いた。先ほどまでの自信たっぷりな表情がすっかり消えている。

「あなたが彼から連絡を受けたことはもうわかっているの。だからわたしには、そのあとどうしたか話したほうがいい」

「何もしていないわ。彼は電話をかけてきて、マチルドの死について情報があるけれど、その情報はわたしにとってどれくらい価値のあるものかと尋ねてきた。わたしはなんの価値もないときっぱり答えた。だから実際に彼とは一度も会っていない」

まるでリハーサルしたみたいに、ずいぶんすらすらと答えている。それが本当の話だという確信が持てない。アタランテはさらに尋ねた。「あなたは本当にデュポンと会っていないの？　彼が何を知っているのか、少しも興味を持たなかった？」

「ええ、マチルドは死んでこの世にはいないもの。いまさら何を聞くことがあるっていうの？」アンジェリークはたばこを取り出し、自分専用のパイプに取りつけると火をつけた。「どうしてわたしのことをこそこそ嗅ぎ回っているの？」

「こそこそ嗅ぎ回ってなんかいない。あの凶器のナイフは、誰かが彼女の画材道具入れにわざと入れたんだと思う」

「それがわたしだと？」アンジェリークは煙越しにアタランテを見つめた。「あなたはイヴェットを助けたいの。彼女はデュポンを殺していない。イヴェットがやったと見せかけるために、わたしがナイフを入れたと考えているのね？」

「頭の回転が速いあなたならそうできると考えている」

「たしかにわたしは頭の回転が速い」アンジェリークはあくまで軽い口調だ。この前のようにカクテルの好みについておしゃべりしているような気になる。とはいえ、彼女の目は笑っていない。こちらを値踏みするような冷たい目だ。「隠すことなんて何もないわ。わたしはデュポンを殺していない。あなたの次の質問に先に答えておくわね。マダム・ラニエもよ」

「マチルドは？」アタランテは尋ねた。

アンジェリークはほんの少し目を見開いた。「マチルドを？　彼女は馬から落ちて死んだ。あれは事故よ」

「みんながそう言っている。でも医者の話では、マチルドの頭の傷は殴られたせいでできた可能性もあったの。あの日、あなたはマチルドと言い争いになったんじゃない？　彼女の頭を殴って、馬から落ちたように見せかけたのでは？」

「まさか。わたしたち、言い争いなんて一度もしなかった。ただ楽しい時間を過ごしていただけ。だって一番の親友だったんだもの」アンジェリークは指先でパイプをもてあそんだ。「そもそもわたしにはマチルドを傷つけたいと思う理由がない」

「あなたはジルベールに恋をしていた」

アンジェリークは笑い声をあげた。「誰だってジルベールを好きにならずにはいられない。あの哀れなルイーズがいい例だわ。それにあなたもよ、マドモワゼル・アタランテ。あなたも伯爵に心惹かれているのでは？　いいえ、違う、あなたが恋しているのはラウルだわ。彼ってよそよそしいからよけいに興味を引かれるのよね。それに危険なことが大好きなところも」

きまり悪いことに、頬が染まるのを感じた。「わたしは別に――」言葉がうまく出てこない。

アンジェリークは片手でアタランテを制した。「あなたを責めているわけじゃない。うまくいくよう願っているわ。しばらく彼を自分のものにできるといいわね。永遠に一緒にいられるタイプではないけれど、ラウルは関係が続いている間は一緒にいて楽しい相手よ。わたしが言うんだから間違いない」

いっときこちらに興味を示しても、ラウルは結局去っていく――そう聞かされたとたん、アタランテは気分が沈むのを感じた。でも、それはあくまでアンジェリークの心のなかに存在するシナリオにすぎない。いま、自分とラウルはイヴェットを助けるために力を合わせている。それ以上のことは何もない。アタランテは口を開いた。「あなたって本当に頭がいい。わたしたちがさっきまで話し合っていた話題から、さりげなくわたしの気をそらそうとするなんて」

「いいえ、あなたが話していた話題よ。そもそも会話を始めたのはあなたなんだから。気が済むまでテーブルの上の陶磁器に話しかけてちょうだい。わたしはもう失礼するわ」アンジェリークは立ちあがり、扉へ向かった。驚くほどしっかりとした足取りだ。

アタランテは言った。「あなたの何も気にしないと言いたげな態度に、わたしたち全員がだまされているわけじゃない。実際の話、あなたは気にしている。ジルベールのことも、自分が美しい歌声を失いそうなことも、自分の馬を売り払わなければいけないことも。熱心に育てていた障害飛越競走馬のことは特にそう」

アンジェリークは色を失った。「あなた、わたしの秘密を全部知っているのね」

「わたしはただ助けようとしているだけ」

「助ける？　だったらここから立ち去って、わたしたちを放っておいて。もうあなたをここに引き留めておくものは何もないはず。結婚式も、歌の伴奏もなくなったんだから」

階上で床に何かがぶつかるような音がした。それとも誰かが？

アタランテははっと天井を見あげた。急に心臓が速くなる。ラウルは自分が殺人を食い止められると考えているようだった。でも、いらだった花婿と駆け落ちしたがっている愛人の板ばさみになってしまったら？

「ほらね、言ったでしょう」アンジェリークが腕時計を確認した。「あと十分以内に血が流れることになるって」

23

慌てて階上へ駆けあがったアタランテは、廊下の床にヴィクトルが尻餅をついているのを見つけた。顎をさするヴィクトルの前にジルベールが立ちはだかり、見おろしながら話しかけている。「駆け落ちなどさせない。きみには彼女を養う手段がない。駆け落ちなんかしても彼女の評判を台無しにするだけだ。そんなことになれば、他の誰かと幸せな結婚をするチャンスも奪われることになる。わたしはもはや彼女との結婚は考えられないが、きみに勝手な真似をさせるつもりはない」

ふたりのかたわらに立っていたラウルがアタランテに言った。「ヴィクトルは一発殴られて当然だ」

アタランテはやれやれと言うようにかぶりを振った。「ウジェニーはどこにいるの？」

「あの子は自分の部屋に閉じ込めてきたわ」マダム・フロンテナックが大股で近づいてくると、ヴィクトルめがけて唾を吐いた。「もしあの子と駆け落ちするなら、警察にあなたを追わせてやるわ。誘拐の罪で訴えてやるから」

「あなたの娘さんはもう大人だ。自分のことは自分で決められる。もはや付き添い役は必要としていない」

「でもあの子のお金は全額、まだわたしたちが管理している。それにウジェニーもそのことを十分承知している。ねえ、坊ちゃん、あなたがあの子に抱いている可愛らしいイメージを壊すのは気の毒だけれど、ウジェニーはあなたなんかよりも自分のドレスや帽子、イヤリングのことをずっと大切に思っているのよ」

マダム・フロンテナックは自分の部屋に向かい、扉を静かに閉めた。

ヴィクトルはぼんやりと床に座ったままだ。ラウルが突然大声で笑いはじめた。「これは一本取られたな、坊ちゃん」マダム・フロンテナックのあざけるような呼びかけを繰り返され、ヴィクトルは耳まで真っ赤になっている。

ジルベールはようやく正気を取り戻したようだ。背筋を伸ばし、殴ったほうの手をさする。「強いアルコールが必要だ……」そうつぶやくと踵を返した。

ラウルは心配そうに伯爵を見送った。「彼の相手をしたほうがよさそうだ」

ヴィクトルがよろよろと立ちあがった。「これ以上問題を起こす前に、ぼくは立ち去るのが一番みたいだ」そう言って廊下を見つめたが、ルイーズが近づいてくるのに気づいて声をあげた。「うわっ、大変だ」慌てて反対の方向へ駆け出す。

「あなたはここから離れられないわよ」ルイーズが金切り声で言う。「殺人犯はあなたかもしれないもの。警察はあなたと話したがるでしょうね。わたし、イヴェットの弟のことを彼らに話すつもりだから。それにあなたが彼もイヴェットも嫌っていたことも。きっと、イヴェットの画材道具入れにあのナイフを入れたのはあなたね。警察はあなたの指紋を見つけ出すはずよ。ねえ、待ちなさいよ！」

アタランテはルイーズの前に立って彼女をさえぎった。「お願いよ、ルイーズ。あなたはこの屋敷のなかで一番分別と知性のある人よ。一時の感情に流されて、自分の品位を落とさないで。威厳のある態度を貫いて」

ルイーズは反論したそうだったが、深く息を吸い込んだ。「ええ、あなたの言うとおりね。わたしは一番の分別と知性の持ち主だもの。いつだってそう。ヒステリーを起こしたりしない。あの役立たずの詐欺師にばかにされてなるものですか。わたしはヴィクトルを愛したことなんて一度もない。ただウジェニーを怒らせたくて、愛しているふりをしていただけ」

「あなたはジルベールを愛しているの？」アタランテはそっと尋ねた。

ルイーズはまっすぐ見つめ返してきた。「ええ、かつてはそうだった。でも、そのうち彼がどんな人間かに気づいたの。ジルベールは人を思いやったりしない。彼にとって大切なのは物だけなの」彼女は体の向きを変え、肩をそびやかして立ち去った。

アタランテは心のなかでうなずいた。そう、言い方こそ違うけれど、何人かの人から同じことを聞かされた。突き詰めれば、どの人もこう言っていたのだ。スーモンヌ伯爵ジルベールは芸術と金、財産を何よりも大切にしている。それが彼という人間なのだと。

それでもなお、女たち全員が伯爵に関するある一点について誤解し、そのせいで嫉妬を募らせていた。ジルベールは誰かと恋に落ちたりしないけれど、血のつながった家族は大切にする。イヴェットを愛している。姪を守りたがっている。だから彼女のためならなんでもやってきた。伯爵は——。

「マドモワゼル、お電話です！」メイドがそう伝えにやってきた。

アタランテは早足で階段をおり、受話器を取った。「もしもし？」

「ルナールです。あなたが知りたがっていたことを急いで調べてみました。わたしに恩義を感じている知り合いがいて、彼らが快く手助けしてくれたのです」ルナールは満足げな声だ。「マダム・ラニエの遺産は親戚が相続することになり、伯爵には一フランたりとも与えられません。それとイヴェットが所有する財産についてですが、彼女の母親が死んだときに信託預金として彼女に与えられました。ただしイヴェットが十八歳になるまでは、伯爵しかその信託預金の管理ができません。仮にイヴェットが死んだ場合、伯爵は管理権を失い、全額彼女の弟が受け継ぐことになります」

ということは、伯爵がイヴェットを傷つけるはずがない。少なくともいまは。あの少女はまだ十六歳なのだ。伯爵はまだあと二年間、彼女の信託預金の管理権を握ることになる。イヴェットが有罪と見なされ、裁判にかけられ、絞首刑になることなど望んでいないはずだ。

伯爵が望んでいるのは……。

アタランテは受話器を握りしめた。周囲を見回し、誰にも聞こえないように低い声で尋ねる。「もしイヴェットには自分のお金を管理する能力がないと判断された場合はどうなるの？」心臓の鼓動が速くなるのを感じた。

「その場合、伯爵が引き続き管理することになるでしょう。彼女の弟は一族から見限られ、勘当されたも同然です」

「メルシー。とても興味深い情報だわ」アタランテは頭上に飾られた一枚の絵画をじっと見た。パリの美しい街並みが描かれている。体の向きを変え、廊下に飾られた芸術作品の数を数えはじめた。この廊下だけでもかなりの数だ。伯爵はこれらの品々を絶対に手放したくないのだろう。

絶対に……お金を得るために売りたくなどないに違いない。

お金。

お金は諸悪の根源だ。そこに答えがあるのか？

早朝、大地を覆う霧がゆっくりと晴れていくように、目の前で、ある解答が次第に形作られていくのがわかった。最初は曖昧でばらばらにしか思えなかった要素が組み合わさり、はっきりとした輪郭を帯びていく。そう、この一連の事件のつながりがいまはっきりと見えた。すべてがおさまるべきところにおさまっている。つじつまの合わない部分はどこにもない。

でも、どうやってこれを証明すればいい？

遠くからルナールの声が聞こえ、現実に引き戻される。「ごめんなさい、いまなんて？」

「あなたのおじいさまはあるモットーを大切にしておられました。〝キツネを狩るときにはキツネのような狡猾さを、オオカミを狩るときにはオオカミのような強さを持たなければならない。殺人犯を狩るときには、その相手と同じくらいの冷酷さを持たなければならない。決然たる覚悟で一度自分が始めたことを最後まで終わらせよ。なんとしてでも〟というものです」

しばし沈黙したあと、ルナールは続けた。「あなたにとってこれは初めての案件です。決然たる覚悟とともに警戒心も併せ持たなければいけません。あなたがこれから相手にしようとしているのは泥棒でも、詐欺師でもありません。ただし目的達成のためなら、ためらわず暴力に訴えようとする相手です。しかも何度もそれを実行しています」

「そうよね」重たい気持ちで応えた。でもだからこそ、この殺人犯を止めなければならない。そんな人物を野放しにしておくわけにはいかない。すべてをかけてでも、たとえ自分の命を危険にさらしても、この案件を解決しなければ。かつて、どうして自分のことなんかを気にかけるのかと尋ねてきたあの少女のために。

なぜなら、人生において一番恐ろしいのは、問題をいくつも抱えることでも、生き延びるために必死で戦わなければいけないことでもないから。〝この世に自分のことを見てくれ、気にかけてくれている人がひとりもいない〟と思い込むことだから。

かつてわたし自身、そんなふうに感じていたことがあった。でもいまは違う。アタランテはルナールに告げた。「心配しないで。秘密の仲間がいるの。わたしはひとりぼっちじゃない」

24

ラウルからは、そんなばかげた計画がうまくいくはずないと言われた。それでもアタランテは、方法はこれひとつしかないのだと言い張った。「わたしを助けるつもりはあるの、ないの？」

ラウルはため息をついて渋々同意すると、厩舎の少年に屋敷のなかで自分を手伝うよう命じた。結局、アタランテもラウルも本当に誰かを傷つけるつもりはさらさらない。

アタランテは心臓の激しい鼓動を感じた。胸が痛いほどだ。どう考えても危険な計画だ。それなのに、どこかわくわくしてしまう。

そのとき、廊下に煙が漂いはじめた。アタランテはすかさず、部屋の扉を次々と叩きながら叫びはじめた。「火事よ！　屋敷が燃えている！」

すぐに人びとが悲鳴をあげながら扉を開けて、部屋のなかから飛び出してきた。服もちゃんと着ていない状態で、階段を駆けおりていく。アタランテは隙間に隠れ、伯爵の寝室の扉が開くのを見守った。ジルベールはサテンの部屋着のまま姿を現した。彼が一目散に向かったのは……階下ではない。彼の書斎だ。伯爵にとって一番大切な品々が保管されている部屋。

誰も勝手に入ることを許されていない場所だ。

アタランテは気づかれないように伯爵のあとを追い、彼が書斎のなかへ入ると、その場で待った。煙はすでに薄くなっている。きっとラウルはこれ以上煙が広がらないように、火をつけた麦わらに水をかけるよう厩舎の少年に命じたのだろう。

案の定、書斎のなかからカチリという金属音が聞こえた。

アタランテが大きく扉を開くと、伯爵が壁際に置かれた机の上に立っていた。ちょうど頭上に掲げられていた油絵を取り外し、その背後にある金庫を開け、大きな革のかばんに大量の紙を詰め込んでいるところだ。

「イヴェットは泣いて喜ぶでしょうね。あなたが彼女の財産を火事から守ろうとしたことを知ったら」アタランテはそっけなく言った。

伯爵は手にしていたかばんを落とした。なかから紙がこぼれ落ち、床の上に広がる。無記名債権だ。

「それともこう言うべきかしら。あなたが火事から守ろうとしたのは、彼女の財産の残りだと」伯爵をじっと見る。「あなたはすでにかなりの金額を絵画に注ぎ込んでいるはず。自分が愛してやまない芸術にね。あなたは買いつけた絵画を画廊に売っていると話していたけれど、そのほとんどをどうしても自分のものにしたくて手元に置いてある。でも新しい作品を買いつけるためにはもっとお金が必要になる。イヴェットは十八歳になるまで、自分の財産が使い込まれている事実に気づくことがない。まだ二年も先だわ。その間に彼女が精神的に不安定で、自分のお金を管理する能力がないとわかったら、あなたはそれから先もずっと彼女の財産を管理し続けられる。あなたの使い込みにイヴェットが気づくこともない」

伯爵は目をぎらぎらと光らせながらアタランテを見つめている。

「でもあなたは間違いを犯した。結婚したことよ。妻のマチルドはこの屋敷を大改築しようと張り切って計画した。家具から庭園に至るまで、ありとあらゆる部分を変えたいと考えた。とんでもないお金がかかるはず。あなたが彼女のために使う気にはなれないほどの大金がね。しかも、マチルドはあなたに絵を売ったお金はどこにあるのかとひんぱんに尋ねてきた――いいえ、むしろ絵を売ってなどいないのではないかと尋ねたのかもしれない。とにかくマチルドはあなたに近づきすぎた。あなたは彼女を自分の屋敷に招き入れてはいけなかったの。だからある日、午前中の乗馬からアンジェリークがひとりだけ戻ってきたとき、あなたは馬に乗った妻がひとりきりで危険な道を進んでいることに気づいて、そこへ出かけた。そして馬を怖がらせてマチルドを転落させ、馬が逃げ去ったあと、妻の頭を殴りつけて命を奪った。でも、そのすべてを誰にも見られずにやり遂げられたわけじゃない。マルセル・デュポンに姿を目撃されていた。ベルヴューで密猟の罪で逮捕されると、デュポンはすぐにあなたとの面会を求めた。自分が知っていることをすべてあなたに話したかったから。だけどあなたは彼との面会には応じなかった。それどころではなかったのかもしれない。それか、マチルドの死に関する話だとは知らなかったのかも。でも最近デュポンが釈放されると、彼の存在そのものが問題になった」

一拍置いて続ける。「デュポンはウジェニーを探しにベルヴューまでやってきたけれど、そのとき彼女はまだここに到着していなかった。あなたは金を渡すと約束してデュポンをおびきよせ、彼が紙幣を数えている間に殺害し、いったん渡した金を奪い返した。でもそのとき、デュポンの手のひらに紙幣の切れ端が残ったのには気づかないままだったのね。それからあなたは念入りにデュポンのポケットの中身も調べ、ウジェニーとあなたの結婚に関する記事の切り抜きを見つけた。その記事をそのままにしておこうかと考えたはず。そうすればウジェニーかアンジェリークが犯人と見なされる可能性もあったから。でも結局、あえて危険は冒さずに切り抜きをポケットから取り去り、その代わりにあの貝殻を入れることにした。デュポン殺害と財宝の噂があるあの洞窟とに何か関係があるように思わせるためにね。あなたはマチルドがあの庭園で、特に洞窟で宝を探しているのを知っていた。それはマチルドが自分のクロイソス、つまりお金持ちの夫がどこから収入を得ているかに興味を抱いていたから。でも彼女も結局、あなたの収入源がイヴェットの財産だと気づくことはなかったはず。その前にあなたに命を奪われてしまったんだもの。でもマチルドが生前、あの洞窟に興味を抱いていたことはあなたにとって好都合だった。この前、警察が洞窟を捜索したときにも、何も見つけられなかった。わたしもすっかりだまされて、かなり時間をかけてあの洞窟を調べたの。貝殻を押したり揺さぶったりして、秘密の小部屋へ続く隠しレバーを探したりもした。でもあなたの宝物はここに、あなたの書斎にあるのだとようやく気づいたの。あなたの許可なく誰も入ることが許されないこの場所に。あなたはマチルドもこの部屋から遠ざけようとしていた。彼女が大嫌いなたばこをここで吸うことでね」

伯爵は一言もしゃべろうとしない。大理石の彫像のごとく整った顔立ちのなかで、目だけをぎらつかせている。

アタランテは続けた。「あなたはデュポン殺害に使った凶器のナイフを手元に置いていた。きっと処分に困っていたのね。それか、あとで何かに利用する計画を立てていたのかもしれない。そのナイフを巧みに使って、誰かにデュポン殺しの罪をなすりつけるために。結局、この屋敷には結婚式のためにおおぜいの人がやってくることになっていたのだから。でもマダム・ラニエからマチルドの手紙に、あなたの本当の宝物がどこにあるか知っていると書いてあったと聞かされたときは、さすがに心配になったはず。買いつけた絵画のほとんどを売っていないにもかかわらず、もっと絵画を買う資金を常に調達できている秘密を漏らされたのではないかとね。おそらくマダム・ラニエはそのことについてあれこれ考えるうちに、娘の言葉が何を意味していたかに気づいたんじゃないかしら？　そうでなければ、あなたが新しい花嫁と結婚しようとしているこの場所へわざわざやってくるわけがない。心配を募らせていたところ、あなたはわたしを礼拝堂に案内していたときに、たまたまマダム・ラニエがあの地下埋葬室から出てくる姿を見かけ、彼女がまたあの場所へ戻ってくるはずだと考えて待ち伏せした。その予想が見事に的中し、案の定マダム・ラニエがふたたび地下埋葬室に戻ってきたとき、彼女の頭を殴りつけ、階段から転落したように見せかけたのよ。イヴェットの話では、彼女があのヴェールを置きに行った真夜中、埋葬室に通じる階段に足を滑らせるような水たまりなんてなかった。きっとあなたはあのバラ飾りを入れた花瓶の水を階段にまいて、マダム・ラニエが誤って転落死したように偽装工作したのね。あなたにとって最悪だったのは、医師がマダム・ラニエの転落死を認めようとせず、警察が騒ぎ立てはじめたことだった。でもあなたはそのピンチさえ巧みに利用して、自分の思いどおりの方向へ私たちの注意を向けさせた。イヴェットが犯人だという考えに衝撃を受けたふりをしながらも、ここにいる全員が彼女を疑うように仕向けた。わたしたちに絶対にそう考えてほしくないという演技をしながらも、イヴェットが犯人だという考えをみんなの頭に確実に植えつけた。完璧なやり口だった。自分にとって脅威となる存在はことごとく排除し、精神が不安定なイヴェットこそ殺人事件に関与していると思わせることで、あなたはまんまと彼女の財産を我がものにしようとしたのだから」

「実に興味深い話だ」伯爵がついに口を開いた。「だが所詮はあてずっぽうだ。きみには、ここにある無記名債権がイヴェットの財産の一部だと証明する手立てがない」

「ええ。でもイヴェットの財産を管理している銀行に金庫の中身を確認し、なかが空っぽかどうか確かめるよう依頼することはできる。聞いた話によれば、その銀行はこれまでイヴェットの財産が保管されているはずの貸し金庫も金庫室も確認することが許されず、そこに何があるのか知る者もいないとか」

ジルベールは低い笑い声をあげた。「きみは本当に頭がいいんだな。きっと火事でもなんでもないのに火事だと叫んだのもきみだろう？　見事な罠だ。おめでとうと言わなければならないね、マドモワゼル・フロンテナック。いや、きみはフロンテナックの一員ですらないのか？　本当は何者なんだ？」

「わたしの名前はアタランテ・アシュフォード。あなたの婚約者に雇われて、あなたが最初の妻を殺したかどうか探りにやってきたの」

伯爵は目をしばたたいた。「ウジェニーはわたしがマチルドを殺したと考えていたのか？　いったいなぜ？」

「ルイーズが送った手紙のせいよ。結婚を目前に控えたウジェニーを傷つけ、不幸な気分にさせるためにね。もっともルイーズには、あなたに罪を負わせる気なんてなかった。ただ妹の幸せを台無しにしたかっただけ」

伯爵がかぶりを振る。「くだらないな」

「ルイーズはやむにやまれぬ思いからあんな行動を取ったんだと思う。あなたに愛されたいと切実に願う彼女の気持ちと、芸術をこよなく愛するあなたの気持ち、違いがある？」

「芸術は他のいかなるものよりも偉大だ。感情も超える。人生をも凌駕する」

「だから芸術のために人を殺しても構わないと？」

「言っておくが、あの気の毒なマダム・ラニエはすでに死にかけていた。デュポンはなんの目的もない人生を生きるだけのちっぽけな男だった。盗みを繰り返し、浴びるように酒を飲むしか能がなかったんだ」

なんて傲慢な。他の人たちの人生を価値がないもののように切り捨てる言葉を聞き、はらわたが煮えくりかえる思いがした。「だったらイヴェットは？　あなたは十六歳の元気いっぱいな少女を精神科病院に送り込もうとした。それはどう言い訳するつもり？」

伯爵は一瞬体をこわばらせた。「そんな必要に迫られるとは予想もしていなかったんだ。大傑作を一枚見つけ出して売却すれば、イヴェットから借りていた金は全額返せる。実際そうするつもりでいた」

「あなたはそんな嘘を自分につき続けていたのかもしれない。でも心のなかでわかっていたはず。もし本物の大傑作を見つけ出せたら絶対に手放せないことを」

伯爵は床に散らばった債権を拾い集め、かばんに戻しながら口を開いた。「ここにいるのはわたしたちふたりだけだ、マドモワゼル・アシュフォード。他の者たちは偽物の火事を恐れてこの屋敷から逃げ出した。だがわたしはそんなこけおどしには乗らない。特に相手がたかが女性、しかも雇われた使用人ならなおさらだ」彼はかばんを締めると、ふたたび机の上に飛び乗って金庫を閉じ、絵画を元の位置に戻しておりた。

ジルベールの自信たっぷりな態度に、アタランテは言葉を失った。次にどうすればいいのかわからない。これまでわかったことをすべて並べ立て、伯爵から否定されなかったことにすっかり有頂天になっていた。

伯爵が言う。「このかばんに入っている債権はかなりの財産になる。もしきみがこれまで並べ立てた絵空事を誰にも言わないと約束してくれるなら、この債権の一部をきみに与えよう。それでどうだ？」

彼は本気なのだろうか？　本気でわたしが口止め料としてお金を受け取ると信じているの？「強欲なあなたのせいで、イヴェットを苦しめるわけにはいかない」

「それは残念だ」机にわずかに体重をかけて元の位置に押し戻した次の瞬間、伯爵は目にも止まらぬ速さで引き出しを開けた。取り出したのはピストルだ。

決闘のピストルの話をしていたのは誰だっただろう？　あの話を覚えておくべきだった。致命的な失敗だ。

ジルベールは銃口をまっすぐアタランテに向けている。「みんなにはこう言えばいい。火事から守るために、わたしがこの書斎で優れた美術品二、三点を集めているところへ、きみが美術品を盗むために入ってきた。だからわたしはきみを撃った。つまりは正当防衛だ。あとできみの部屋にうちの美術品を何点か置いておこう。きみが招待客のふりをしてここに滞在している間、その品々を盗んでいた証拠になる。警察は一も二もなく信じるはずだ。ウジェニーがきみを雇ったなどと考えるはずもない。彼女もわざわざそのことを言い出したりしないだろう。手紙のせいでわたしを疑っていたのを恥じているはずだから。特にイヴェットが逮捕されたいまはなおさらだ。ウジェニーはイヴェットを忌み嫌っていた。彼女が有罪判決を受けるのを心待ちにしているはずだ」

認めざるをえない。伯爵のシナリオは完璧だ。どこにも矛盾がない。極度の緊張のせいで、体じゅうの筋肉がこわばっている。伯爵のピストルの腕前がどの程度かわからない。隙をついて床に体を投げ出すことはできるだろうか？　そのまま体を回転させて――。

「マドモワゼル・アタランテ、きみと知り合えて光栄だったよ。きみは戦いがいのある敵だった」

絶体絶命の危機にあるというのに、アタランテは胸に温かな気持ちが広がるのを感じた。わたしはこの案件を解決した。祖父も誇りに思ってくれるだろう。

「もしぼくがきみなら、その引き金は引かない」誰かの声がした。

心のどこかで駆けつけてくれることを期待していたのに、実際に声を聞いてアタランテは驚いてしまった。伯爵は床に足を踏ん張ったまま、ドア口を見つめている。姿を現したのはラウルだ。ピストルを手にして、伯爵に狙いを定めている。

そんな！　武器を持っているなんていう話は、ラウルから聞かされていない。

もし撃ち合いになって、どちらもけがを負ったらどうするの？　死んでしまったら？

ラウルが言う。「きみは己の欲する美術品のために、自分以外の人から金を盗んだ。それだけでも十分に罪だ。だがその罪と、無実の少女を病院に閉じ込めて彼女の財産を我がものにしようとした罪とは、完全に別物だ。ぼくには信じられない。いますぐきみを撃ち殺してやりたい。あるいは、一番の急所を撃ち抜いてやりたい」

「ラウル、やめて」彼の全身から怒りが放たれ、部屋じゅうに漂っている。しかもアタランテ自身も、この無神経で欲深い伯爵に対する煮えたぎるほど激しい怒りをどうすることもできない。とはいえ、ラウルに取り返しのつかないことをさせるわけにはいかない。

「撃たないで、ラウル、あなたが逮捕されてしまう」

ふたりの注意がそれた一瞬の隙を狙って、伯爵は床に体を投げ出した。片手でかばんを引っつかみ、机の背後にある床を転がりながら窓辺まで達すると、ふたたび立ちあがる。それから窓を大きく開け放ち、バルコニーへ出ていった。

「おい、待てよ！」ラウルはピストルをおろし、窓辺に駆け寄った。少し遅れてアタランテが続く。ふたりが窓の外へ体を乗り出すと、伯爵はすでに隣室のバルコニーに取りついているところだった。敏捷な動きだ。ラウルが叫んだ。「たしか、あのバルコニーには格子がついている。彼は格子を伝えばおりられると考えているんだ！」

ふたりは部屋から飛び出し、廊下から階段をいっきに駆けおりて、正面玄関から外に出た。外では屋敷にいた他の者たちが体を寄せ合うようにしながら、建物を眺めている。いまにも屋根か窓から炎が噴き出すかと、固唾を飲んで見守っているようだ。アタランテとラウルが玄関から慌てて飛び出してきて屋敷の背後に回るのを、彼らはあんぐりと口を開けながら眺めるほかない。

建物の背後にやってくるとラウルが指差した。「伯爵はすでに着地したようだ。ほら、そこの芝地を猟犬のような速さで逃げている」

「まさに命がけで逃げている感じね」アタランテは冷ややかに応じた。

ラウルとアタランテはジルベールのあとを追いかけた。頭を低くしてぶら下がるツルバラの巻きひげをかわし、彫像を回り込み、背の低い生け垣を飛び越えながら狭い道を何本も縫うように進んでいく。

伯爵にとっては勝手知ったる庭園だ。追跡者をまくためにわざと障害物が多い道を選んでいるに違いない。

アタランテはラウルに向かって叫んだ。「ここを左へ！　近道よ」

ラウルはすぐに彼女の指示に従い、ふたりしてその道を全力で駆け抜けていく。「いた！」アタランテが指差したとたん、ラウルは相手に飛びかかった。ピストルを手にした片方の手を、伯爵の膝めがけて思いきり振りおろす。見事命中。ジルベールはあまりの痛みに叫び声をあげ、思わず革製のかばんをとり落とした。慌てて引っつかんだものの、反対側をアタランテにつかまれた。負けじと強く引っ張りながら、彼女が最後通牒（つうちょう）を突きつける。「観念なさい、ジルベール、これで終わりよ」

「もし逃がしてくれたらたんまり謝礼金を払う」

「お金なんてどうでもいい。わたしにとって意味があるのはお金じゃない。正義なの」かばんをひったくった。

伯爵は手ぶらのままその場に立ち尽くした。傷ついた膝に体重をかけないように注意している様子で、もはやどこにも逃げようとはしていない。

ラウルは伯爵にピストルを向けたまま、アタランテに言った。「ジルベールの両手を背中に回して縛ってほしい。彼の部屋着のベルトを使うんだ」

「わたしもそうしようと思っていたところ」細心の注意を払いながら伯爵に近づいたが、ジルベールはすでにあきらめたようだ。部屋着のベルトを手に取り、彼の両手を縛りつける。結び目が十分固いのを確認してから、どうしても聞きたかったことを尋ねた。「伯爵、ひとつだけ教えて。本当にこんなことを計画する価値があったと思う？　三件の殺人を犯したあげく、少女に恐ろしい運命を与えようとするなんて」

「計画なんて一度もしたことがない」伯爵は苦しげな声でぽつりと答えると、頭をあげてはるか遠くにある自分の屋敷に見入った。ウジェニーがかつて〝まさに夢のような場所〟と褒めたたえた、瀟洒(しょうしゃ)な純白の建物だ。ジルベールもようやく理解しはじめているのだろう。彼はもはやあの屋敷で暮らすことも、ラベンダーが咲き乱れる敷地内を散歩したりドライブを楽しんだりすることもない。スーモンヌ伯爵ジルベールとしてここに立ち、威厳に満ちたあの屋敷を見あげるのはこれが最後なのだ。すぐに彼の名前は事件の詳細とともに新聞の一面をでかでかと飾ることになる。記者たちはこれでもかとばかりに読者の感情をあおり、興味をかき立てるような記事を書くに違いない。

そうなると伯爵はもはやひとりの人間ですらない。いい見世物だ。刑務所に勾留され、裁判にかけられたあと、死刑になる。

「計画なんて一度もしたことがない」伯爵は繰り返した。「だが一度始めると続けざるをえなくなる。もう後戻りはできない」

ラウルはピストルをウェストバンドにおさめると、伯爵の腕を取った。「屋敷のなかへ戻ろう。ぼくが警察に通報する」アタランテに向かって言う。「それとぼくらは、途方に暮れている招待客たちに、あれは本物の火事ではなかったと告げなければいけない」

「ウジェニーはひどく怒るでしょうね。こんな寒さのなか、理由もなく立たされていたんだもの」アタランテは言った。先ほどまで張り詰めていた気持ちがいっきに緩み、大声で笑い出したい気分だ。「それにマダム・フロンテナックは絶対に信じようとしないでしょうね。義理の息子になるはずだった男がまさか殺人犯だったなんて」

「ぼく自身もまだ信じられないよ。でも、きみは実に説得力豊かな説明をしていたね……マドモワゼル・フロンテナック？」彼はまじめに呼びかけるのではなく、面白がるように語尾をあげた。わざとだろう。きっと先ほどの伯爵との会話をどこかで聞いていて、アタランテが明かした彼女の正体を知っているに違いない。

それでもなお、ラウルはつと足を止めると、自由なほうの手をアタランテに向かって差し出してきた。「ラウル・ルモンだ」

アタランテは彼と握手を交わした。「アタランテ・アシュフォードよ」

本当の名前を堂々と名乗れるのは、ことのほか気分がいい。しかも、これは祖父の名前でもある。わたしに探偵としての才能があると見抜き、新たな人生行路を歩ませてくれた、大切な恩人である男性の。

25

警察はすぐにやってきた。警察署長ショヴァックは最初ひどく疑わしげな様子だったが、伯爵が持っていたかばんの中身を確認し、ラウルからアタランテが手に入れた情報を聞かされると、まじめに捜査する気になったようだ。まずパリに電話をし、弁護士たちからイヴェット・モンターニュの相続状況について詳しく聞き出したあと、今度はパリ警視庁に問いあわせて銀行の金庫にあるはずの彼女の無記名債権が本当に保管されているか、さらに伯爵のこれまでの絵画販売の履歴が彼の説明どおりだったのかをもっと詳しく調べるよう依頼した。

さらにショヴァックは、招待客全員にこのまま屋敷へ残るよう求めた。イヴェットが逮捕されたあと、何が起きたのか詳しい事情聴取をするためだ。これ以上ここへ足止めされ、さらなる質問に答えさせられることに誰もが難色を示した。いや、ルイーズだけは別だ。彼女は警察署長に、イヴェットの弟がヴィクトルにどんな心ない仕打ちをしたか、とうとうと語って聞かせた。

証言を終えたアタランテとラウルは図書室にいた。伯爵のアルコール専用戸棚から、ラウルがふたりのためにシェリー酒を注ぎながら言う。「つくづく不思議だ」彼はずらりと並べられた本を見回した。「ジルベールは死刑になるだろう。このすべてはいったい誰のものになるのか？　ジルベールには子がいない。両親もすでに他界している。弟ももはやこの世にいないし……」

「イヴェットが相続することになると思う」アタランテは答えた。「イヴェットのお金で買われた芸術作品すべてが、今後は彼女のものになる。これは一種の勧善懲悪と言えるんじゃないかしら」

「ぼくにはイヴェットがこの皮肉な状況を喜ぶとは思えない。イヴェットは彼女なりのやり方でジルベールを慕っていた。彼が自分にどんな仕打ちをしたか知ったら、ものすごく困惑するはずだ」

「でもマチルドの死が自分のせいではないと知ったら、きっとほっとするはずよ。ポンポンはいつもイヴェットのまわりを駆け回っている。あの落馬事故が起きたのは、自分の愛犬が馬を怖がらせたせいだと考えていたかもしれない」

ラウルはうなずいた。「かわいそうに。これまで我が家と呼べるような場所がどこにもなかったんだものな。しかもこれから彼女を待ち受けているのは、世間をあっと言わせる衝撃的な裁判だ」

「イヴェットは旅行に出かけないと」アタランテはきっぱりと言った。「旅をすれば何かもがよくなるはず。いろいろな場所を見て、たくさんのことに挑戦して、おおぜいの人たちと出会えばいい。イヴェットには彼女を見守ってくれる分別のある仲間が必要よ。そういう存在に、旅の途中で知り合えればいい。少なくとも、彼女にとっていままでよりも事態がはるかによくなっていくはずだわ」

ラウルはグラスを掲げた。「本当にそのとおりだな」アタランテを見つめながら言う。「きみはまさか、あのクラレンス・アシュフォードの身内じゃないよね？」

「彼はわたしの祖父だったの」

「すぐに気づくべきだった。かつて彼に、ぼくが参加したレースのちょっとしたいざこざを解決してもらったことがあるんだ。彼は本当に頭のいい、機転のきく人だ。でも、さっき〝祖父だった〟と言ったね？　亡くなったのか？」

「ええ。それでわたしがこの仕事を引き継いだの。ウジェニーは本当は祖父に依頼するつもりでいたのに、そういう事情で急遽、わたしが代わりに引き受けることになってね」

ラウルは彼女をまじまじと見つめた。「それは面白い展開だね。きみは本当に音楽教師なの？」

「スイスの寄宿学校で音楽とフランス語を教えていたわ。でも、もうその必要はない」

ラウルは一瞬その言葉の意味について考えたようだが、何も尋ねようとしなかった。きっとそれ以上質問するのは失礼だと考えたのだろう。

「だったら、きみはこれから何をするつもり？」

「さあ、まだわからない。世界のすばらしい都市をこの目で見てみたい」心のどこかで期待している。ラウルがローマかトスカーナに招いてくれるのでは？　彼が故国のように愛してやまない国イタリア。彼の目を通じてかの国の美しさを教えてもらえたらどんなにいいだろう。でも、自分からそんな頼みごとをするつもりはない。

「だったらモスクワかな？」ラウルが目を輝かせている。「あの暗号からすると、きみはすでにあの国の言葉を知っているようだ」

「わたしの部屋に忍び込んだのはあなただったのね？」アタランテは彼をしげしげと見つめた。ここ数時間の大騒ぎのせいで、そのことをすっかり忘れていた。「どうしてわたしをバルコニーに閉め出したの？」

「そんなつもりはなかった。こっそりきみの部屋を探っているところを見つかりたくなかったから、念のためにバルコニーに通じる扉に鍵をかけた。部屋から出ていくときに、鍵をまた開けておくつもりだったんだ。だが暗号で書かれたきみのメモを見て、すっかり混乱してしまった。そのうちに廊下からアンジェリークの声が聞こえてきた。ちょうどメイドに案内されて、きみの隣にある自分の部屋に通されるところだったんだ。彼女と話したいことがあったから、慌ててきみの部屋から出た。扉の鍵を開け忘れたことに気づいたのはそのあとだったんだ。許してもらえるよね?」

アタランテはどう反応すればいいのかわからなかった。自分の私物を探っていたラウルに怒りを覚えるべきなのか、それとも彼の大胆不敵な告白に笑い出すべきなのだろうか?それにラウルがあの暗号を解読できなかったとわかり、誇らしい気持ちになっている。

そのとき図書室の扉がノックされ、ウジェニーが入ってきた。「あら、お邪魔してごめんなさい。でもアタランテ……ちょっと話せるかしら?」

一緒に図書室の外へ出ると、ウジェニーは口を開いた。「あなたはわたしのために事件を解決してくれた。期待していたのとは全然違った結末になったけれど、あなたが真相を突き止めてくれたことに感謝しているの。わたしはもうあんな……恐ろしい怪物と結婚する必要もなくなった。ママンも結婚しないことに賛成してくれたから。でもあなたに報酬を支払えないの。ヴィクトルと駆け落ちできないようにと、持っていたお金も宝石もすべてママンに奪われてしまったから」

「お金はいらない。自分のがたくさんあるから」アタランテはにっこりとほほ笑んだ。

「あなたがわたしの仕事に満足してくれて本当に嬉しいわ」

「いまはとにかく、この不幸な出来事すべてを忘れたい。ママンに頼んでウィーンか、どこかこの噂話が聞こえてこない場所に連れていってもらうつもり。フランソワーズとルイーズ抜きでね。お姉様たちはお姉様たちなりの気晴らしを見つければいい」そう言い残し、ウジェニーはさようならの挨拶も告げずに立ち去った。すでにありありと想像できる。ウィーンでウジェニーと彼女の母親が、どこへ行って何を見るべきか、誰と会うべきか、誰を避けるべきか、賑やかに話し合っているところを。

ふたたび図書室に戻ると、ラウルが本棚の前にたたずみ、立派な大型本のページをめくっていた。背表紙に記されたタイトルを読みあげる。『中世の殺人事件』という本だ。歴史的に最も世間を騒がせた殺人事件について書かれている。伯爵はこの本からヒントを得たと思う？」

「さあ、そうは思えない。ただいろいろなことが、たまたま伯爵に都合のいいように運んだだけのような気がする。マチルドは自分の手に負えない馬に乗りたがった。しかも、その馬は前にも乗り手を振り落としたことがあったから、誰も転落死を疑わなかった。それに、一緒に乗馬していた女性がたまたま屋敷に戻ってきたから、伯爵は自分の計画をやり遂げられた。だからよけいに最高のお膳立てができて、誰もマチルドの死になんの疑問も抱かなかった」

「でもぼくにはまだわからないんだ。なぜアンジェリークはあの日、マチルドとずっと一緒にいなかったんだろう？　乗馬の名手なのに」

「それこそが理由だと思う。アンジェリークはあのまま危険な道を進むこともできたけれど、馬を傷つけるリスクを冒したくなかったんじゃないかしら。特に、乗っていた馬が自分のものではなかったからなおさらよ」

ラウルは大きくうなずいた。「なるほど、ありそうなことだ」アタランテに笑みを向け、ふたたびグラスを掲げた。「きみの未来に乾杯、マドモワゼル・アシュフォード。これからきみは好きなだけ世界じゅうを旅できるんだから」

そしてその旅の最中に、全力を尽くしていろいろな人たちを助けたい。アタランテはそう心のなかでつぶやいた。

結局のところ、今回の件で、自分に探偵としての才能があることがわかった。それも自分が思っていた以上の能力だ。これからも亡き祖父のあとを引き継いでいきたい。そして生前の祖父が感じていたであろう謎解きへの情熱を、わたしももっと肌で感じてみたい。その情熱を糧に無実の人たちを守り抜き、罪を犯した者に正義の鉄槌を下したい。

この先にゲームが待ち受けている。そう考えるとわくわくしてくる。そのゲームに何より必要なのは、常に先を読みつつ、自分の直感だけを頼りにして正しい方向へ進む能力にほかならない。

ラウルはそばにやってくると、アタランテのグラスに自分のグラスを重ね合わせ、瞳をのぞき込んできた。「殺人について、こんなにも情熱たっぷりに話す人を初めて見たよ、マドモワゼル・アシュフォード」

いまのは本当に彼の言葉？

それとも、これは想像の産物？　かつてめぐらせた想像の世界がよみがえってきただけ？

いまはもう自分の人生について、あれこれ想像を膨らませる必要もない。だってこの先、冒険と謎に満ちた人生が待っているのだから。

これからわたしはどんな人生を歩むのだろう？　新たな人生に踏み出すのが、いまから待ち遠しくてたまらない。

謝辞

いつもながら執筆から出版に至るまで、オンラインで情報を共有してくださるエージェント、編集者、作家の方たちに心より感謝申しあげます。特に、わたしのすばらしい編集担当シャーロット・レジャー、本当にありがとう。あなたはわたしがこのシリーズで描きたかったことを瞬時に理解してくれただけでなく、優れたフィードバックを通じてミス・アシュフォードにさらにいきいきとした魅力をつけ加える手助けをしてくれました。このシリーズを担当してくれたチーム〈ワン・モア・チャプター〉のみんな、そしてこれ以上ないほどぴったりの表紙イラストを描いてくれたルーシー・ベネットとゲイリー・レッドフォードにも心から感謝しています。

このシリーズの構想が生まれたきっかけは、数年前、休暇で訪れたスイスで散歩をしている最中に美しい建物の前を通りかかり、そこがかつて国際的な寄宿学校だったという話を聞かされたことでした。どこにいても、わたしの〝物書き脳〟は休むことがありません。そのとき、いつか雄大な景色が広がるスイスの国際的な全寮制学校を舞台にした作品が書けたらいいなと思ったのです。この本の主人公ミス・アタランテ・アシュフォードの姿が見えた気がしました。国際的な寄宿学校で教師として働いていた彼女が、そこから思いきって冒険の旅に出かける姿です。

本書の舞台ベルヴューは架空の土地ですが、実在する広大な地所に見られる数々の美しい要素を参考に描いています。その一つが神話の光景が描かれた貝殻洞窟です。いまでも多くのマナーハウスや王宮でも目にすることができます。もしご自分の目で確かめる機会があれば、ぜひ行ってみてください。一度は見る価値がある場所です！

訳者あとがき

著者ヴィヴィアン・コンロイにとって初の邦訳書となる〝Mystery in Provence〟全訳をお届けします。一九三〇年代を舞台に、令嬢探偵ミス・アシュフォードが風光明媚（めいび）な土地で活躍する〝Miss Ashford Investigates〟シリーズの記念すべき第一作です。

一九三〇年六月、スイスにある良家の令嬢向けの寄宿学校で教師をしていたアタランテ・アシュフォードの人生は一変することになります。疎遠だったパリ在住の祖父が亡くなり、莫大な財産を相続することになったのです。ところが相続にはひとつだけ、「祖父が秘密裏に続けてきた私立探偵業を引き継ぐこと」という条件が付されていました。これまで祖父は上流階級の人びとの悩み事や厄介事を解決するべく、極秘に私立探偵のような活動をしていたというのです。

祖父が住んでいたパリの館に引っ越してきたアタランテのもとへ、さっそくひとり目の依頼人が訪ねてきます。彼女の名前はウジェニー・フロンテナック。パリ社交界の華として知られる有名人です。依頼されたのは、彼女の婚約者スーモンヌ伯爵にまつわる調査でした。一年前、伯爵は悲劇的な落馬事故で前妻を亡くしています。しかし、あれは事故ではなく伯爵のしわざだとほのめかすような中傷の手紙が届いたため、ウジェニーはその送り主が何者か、事の真相はどうなのかを突き止めてほしいと依頼するのです。

アタランテはウジェニーの遠縁だと身分を偽り、結婚式が行われる予定のプロヴァンスへ旅立ちます。ところがラベンダー畑が広がる牧歌的な雰囲気のなか、結婚式に参加するためにやってきた招待客たちは一癖ある人ばかり。しかも次々と不可解な事件が起き、新米探偵であるアタランテは頭を抱えてしまうことに。はたして彼女は調査をやり遂げ、最初の事件の謎を解けるのでしょうか?

この本の最大の特徴は、なんといっても魅力的なヒロインの誕生にあります。祖父から莫大な遺産を受け継いだものの、アタランテは元々父の借金返済のために、寄宿学校で教師をしていた女性です。校長や同僚教師、女生徒たちやその親たちなどの板ばさみになり、いろいろな苦労を重ねています。しかも幼い頃に母を亡くし、あちこち転々とする生活を余儀なくされ、本当にひとりぼっちで頑張ってきたのです。それだけに人の心の弱さやもろさを理解できる優しい心根を持っています。しかもアルプスの山々で鍛えたおかげで気力・活力ともに養われ、強さも併せ持っています。おまけに並々ならぬ想像力の持ち主でもあるのです。彼女がこれまで思い描いてきた世界各国の地に実際に赴き、どんな謎解きに挑戦するのか、今後が楽しみです。

著者ヴィヴィアン・コンロイは、コージー・ミステリを得意とする女流作家で、今回が初邦訳作品となります。これまでメイン州土産物店オーナー、ヴィッキー・シモンズをヒロインとした『COUNTRY GIFT SHOP MYSTERY シリーズ』や、一九二〇年代が舞台の、英国貴族レディ・アルクメネ・カレンダと報道記者ジェイク・デュボワを主人公にした『LADY ALKMENE CALLENDER MYSTERY シリーズ』を含む、二十五冊以上の作品を発表しています。

早くも本国では、二〇二三年一月に、本書の続編となる『Book 2: Last Seen in Santorini』が刊行されています。このシリーズ第二作では、ヴェネツィア観光に訪れていたアタランテが、ヴェール姿の謎の女性から、サントリーニ島で起きた娘の事故死について調査してほしいという緊急の依頼を受けることになります。こちらの作品にもどうぞご期待ください。

最後に、本書が世に出るまでには、多くの方々のお力を頂戴しました。この場を借りて、厚く御礼申しあげます。

二〇二三年十二月

訳者紹介　西山志緒

成蹊大学文学部英米文学科卒。小説からビジネス書、アーティストのファンブックまで、幅広いジャンルの翻訳に携わる。佐藤志緒名義でも訳書多数。主な訳書にハニーマン『エレノア・オリファントは今日も元気です』(ハーパーコリンズ・フィクション)など。

プロヴァンス邸の殺人

2024年1月20日発行　第1刷

著　者　ヴィヴィアン・コンロイ

訳　者　西山志緒

発行人　鈴木幸辰

発行所　株式会社ハーパーコリンズ・ジャパン
東京都千代田区大手町1-5-1
04-2951-2000 (注文)
0570-008091 (読者サービス係)

印刷・製本　中央精版印刷株式会社

この書籍の本文は環境対応型の植物油インクを使用して印刷しています。

Printed in Japan
ISBN978-4-596-53427-9